KiWi 305

Über das Buch
Wenn sie einmal etwas für sich entdeckt haben, lassen sie es sich nicht mehr streitig machen. Dafür sind die Kwimpers, ein weitverzweigter Familienclan aus New Jersey, schon seit Pionierzeiten bekannt. Und Pop Kwimper hat für sich und die Seinen – Sohn Toby, die Zwillinge Eddy und Toddy und Babysitter Holy – die Segnungen des Wohlfahrtstaates entdeckt und weiß sie auf einer abenteuerlichen Reise durch die USA gewitzt zu verteidigen.

»Eine köstliche Lektüre. An diesem Buch wird jeder sein Vergnügen haben.«

Rias, Berlin

Der Autor
Richard Powell, 1908 in Philadelphia geboren, arbeitete nach dem Studium als Reporter.

Aus dem Amerikanischen
von Walter Hasenclever

Richard Powell

Die Kwimpers

Roman

Kiepenheuer & Witsch

Titel der Originalausgabe
Pioneer, Go Home!

Aus dem Amerikanischen von
Walter Hasenclever

Umschlag Manfred Schulz, Köln
Umschlagzeichnung Norman Junge
Satz Froitzheim, Bonn
Druck und Bindearbeiten Clausen & Bosse, Leck
ISBN 3 462 02266 0

I

Das Ganze wäre nicht passiert, wenn Pop befolgt hätte, was auf der Tafel stand. Die Tafel hing an einer Schranke über die neue Fahrstraße, die von der, auf der wir fuhren, abzweigte, und darauf stand geschrieben »Gesperrt für die Öffentlichkeit«. Nachdem jedoch Pop alle diese Jahre Wohlfahrtsgelder, Arbeitslosenunterstützung, Kindergelder und derartige Zuwendungen erhalten hatte, betrachtete er sich nicht mehr als ein Stück Öffentlichkeit. Er empfand sich beinahe als einen Teil der Regierung, weil er doch mit ihr so eng zusammenarbeitete. Die Regierung half Pop, und Pop tat sein Bestes, die Regierung bei Arbeit und guter Laune zu erhalten; sie waren sozusagen beide aufeinander angewiesen. Ich glaube, ehrlich gesagt, wenn Pop nicht gewesen wäre, hätte eine Menge Regierung einfach ihre Koffer packen und nach Hause gehen müssen.

Wir fünf – Pop, die Zwillinge, unser Babysitter und ich – hatten im März und bis in die erste Hälfte des April eine Ferienreise in den Süden unternommen. Pop brauchte damals dringend Erholung. Denn im Februar, nachdem er gerade wieder einige Unterstützungsgelder verbraten hatte, magerte er vor Sorge zu einem Schatten ab, weil er sich nicht entschließen konnte, ob er sich der Wohlfahrtspflege zuwenden sollte oder so lange Arbeit annehmen, bis er wieder Anspruch auf Arbeitslosenunterstützung erheben konnte. Man sollte glauben, daß er sich selbstverständlich für die Wohlfahrtspflege entschieden hätte, aber so einfach lagen die

Dinge nun auch wieder nicht. Pop wollte mit fünfundsechzig Jahren seine Sozialversicherungsrente erhalten, aber er hatte noch nicht genügend Zeit abgearbeitet, als daß er damit sein gutes Auskommen gehabt hätte. Er mußte also die Wohlfahrtspflege auf die eine Waagschale legen und sie gegen Arbeit, Unterstützung und Sozialversicherung auf der anderen Schale abwägen. Das war für Pop eine aufreibende Angelegenheit, und deshalb brauchte er einen Erholungsurlaub im Süden.

Der Urlaub hatte ihm wirklich gut getan. Wir befanden uns auf dem Rückweg nach New Jersey, und Pop war nun entschlossen, ein bißchen zu arbeiten, um sich etwas Kredit für die Sozialversicherung zu verdienen und zu gleicher Zeit eine Handvoll Arbeitslosenunterstützung anzupeilen.

Es war ein warmer Apriltag. Pops altes Auto lief munter des Weges, auf der Straße am Golf entlang herrschte nicht viel Verkehr und alles war in Butter, bis wir zu dieser neuen Abzweigung gelangten. Kurz bevor wir sie erreichten, sahen wir ein riesiges Schild am Straßenrand, das verkündete:

EIN WEITERES VERBESSERUNGSPROJEKT
ZUM AUSBAU DES STRASSENNETZES

Gouv. George K. Shaw
State of Columbiana

Ich las das Schild und wünschte, ich könnte es verstehen und wir hätten auch in New Jersey Gouverneure, die so lange und eindrucksvolle Worte gebrauchen könnten. Hinter dem Schild zweigte eine neue Straße nach links ab, die durch eine Schranke mit der Tafel *Gesperrt für die Öffentlichkeit* verriegelt war. Aber Pop drehte das Steuerrad des Wagens, schlängelte sich an der Schranke vorbei und fuhr auf die neue Straße.

»Hast du die Tafel nicht gesehen, Pop?« fragte ich.

»Doch«, erwiderte er.
»Hast dich aber nicht besonders danach gerichtet.«
»Ich bin doch drum rumgefahren, statt sie umzuwerfen.«
»Sie war aber sicher nicht dazu da, daß du drum rumfährst, Pop. Ich glaube, sie war dazu da, daß du auf der alten Straße bleibst.«
»Sie führt in die Richtung, wo wir hinwollen, Toby. Sie kann nicht vom Meer wegbiegen, ohne die alte Straße zu kreuzen, und sie kann sich nicht nach Westen wenden, ohne in den Golf von Mexiko zu fallen.«
»Sie könnte aber auch geradenwegs in die Sümpfe führen.«
»Ich will der Regierung so weit trauen, daß sie mich nicht in die Sümpfe schickt. Ich habe der Regierung lange Zeit Vertrauen geschenkt, und sie hat mich nie im Stich gelassen.«
Ich habe mich mit Pop nicht weiter gestritten, denn wenn er sich einmal was in den Kopf gesetzt hat, dann kann man ihn nicht mal mit 'nem Bulldozer davon abbringen. Ich wußte, warum er die neue Straße genommen hatte. Er wollte sich mit der Öffentlichkeit nicht in einen Topf werfen lassen, das war's. Also lehnte ich mich bequem zurück und genoß die Fahrt. Die neue Straße war asphaltiert, hatte zwei Fahrbahnen und führte durch eine mächtig leere Landschaft. Damit will ich sagen, daß es für ein Krokodil oder einen Pelikan sehr wohl eine hübsche und fette Landschaft sein mochte, aber sie schien recht arm an menschlichen Wesen. Sie erinnerte mich ein bißchen an die Heide in Jersey, nur daß hier die Kiefern nicht so ausgefranst waren und man in der Heide von Jersey keine Palmen findet. Ab und zu lief die Straße an Mangrovenwäldern oder an einer Meeresbucht vorbei oder veranstaltete eine Art Bockspringen über ein paar Inseln, bevor sie wieder zum Festland zurückkehrte. Pop hatte mit der Richtung recht behalten. Sie deutete in

fast gerader Linie nach Norden. Ich sah mir die Autokarte an und bemerkte, daß die Straße, von der wir abgebogen waren, die sogenannte Golf-Küsten-Straße, einen großen Bogen ins Inland machte; wenn wir auf dieser neuen Straße nach Gulf City fuhren, wo wir vorhatten zu übernachten, kürzten wir wahrscheinlich ein hübsches Stück ab.
Wir fuhren Meile um Meile und sahen kein einziges Lebewesen außer einigen Reihern im flachen Wasser, die reglos dastanden und darauf warteten, daß vielleicht ein Stichling leichtsinnig würde. Das brachte mir die Ärzte im Verband ehemaliger Kriegsteilnehmer ins Gedächtnis, wie die dagestanden und mich angestarrt hatten, als ich zum erstenmal auftauchte und mich erkundigte, ob ich für schwerbeschädigt erklärt werden sollte. Diese Leutchen taten mir direkt leid, denn sie erfüllten nur ihre Pflicht, und hätte ich gewußt, was sie von mir erwarteten, dann hätte ich nach Möglichkeit ihre Erwartung befriedigt. So versicherte ich ihnen immer wieder, daß mein Rücken fast wieder neuwertig sei. Aber je mehr ich ihnen erzählte, desto mehr schüttelten sie die Köpfe und sagten, es sei leicht zu sehen, daß ich noch nicht wiederhergestellt sei, und nicht nur hinsichtlich des Rückens; sie würden mich für völlig arbeitsuntauglich erklären.
»Pop«, sagte ich, »ich glaube, diese Ferien haben meinem Rücken sehr gut getan.«
»Du meinst, er tut weher als vorher, Toby?«
»Ich meine, es geht ihm besser.«
»Dreh dich um, und laß mich mal fühlen.«
»Mir wär's lieber, du würdest nicht fühlen, Pop.«
»Dreh dich um, Toby Kwimper.«
Da konnte ich nichts andres tun, als mich umdrehen und die Zähne zusammenbeißen, während Pop anfing zu fühlen.
»Tut's da weh, Toby?« fragte er.

Kein Mensch, dem man nicht schon mal den Schaft einer Axt in den Rücken gerammt hat, kann sich vorstellen, wie Pops Finger sich anfühlte, den er mir in den Rücken bohrte.
»Könntest du nicht ein bißchen sanfter fühlen, Pop?« fragte ich.
»Ich muß dir beweisen, daß es immer noch wehtut.«
»Es tut weh!«
»Also, mein Junge, dein Pop hat dir eben sechsundsechzig Dollar und fünfzehn Cents im Monat gerettet. Wie viele junge Leute im Alter von nur zweiundzwanzig Jahren können allmonatlich, bei Regen oder Sonnenschein, Republikanern oder Demokraten mit sechsundsechzig Dollar und fünfzehn Cents rechnen?«
»Vermutlich nicht viele, Pop. Ich weiß nur nicht, ob ich mich dabei wohlfühle.«
»Das Militär nimmt einem Mann den Sohn weg und läßt ihn sich überdies noch den Rücken verbiegen, weil er einen Vier-Tonnen-Lastwagen aus dem Schlamm hebt; da ist doch das Mindeste, was es ...«
»Es war aber kein Vier-Tonnen-Laster. Es war bloß ein lumpiger kleiner Jeep.«
Wenn er sich's in den Kopf setzt, dann hat Pop den todtraurigen Blick eines alten Jagdhundes, der sich nicht vom Ofen vertreiben lassen will. Solch einen Blick richtete er nun auf mich und meinte: »Ein Mann sollte sich von seinem Sohn keinen Dank erhoffen, gleichgültig, was er für ihn tut. Wenn ich zu jener Zeit nicht nach Fort Dix gekommen wäre, um zu sehen, wie's dir geht, dann hättest du dein Leben lang einen kaputten Rücken mit dir rumgetragen, ohne es zu wissen.«
»Entschuldige, Pop. Du hast sicher recht.«
»Dann komm mir nicht mehr damit, daß sich dein Rücken besser fühlt.«

Wir fuhren wieder ein Stück, und ich machte mir auf einmal Gedanken, wie es den Zwillingen und dem Babysitter im Rücksitz wohl gehen mochte. Die Zwillinge sind sieben Jahre alt und kamen schon, als sie ganz klein waren, zu Pop und mir. Ihre Eltern hatten nämlich versucht, einem Zug an einem unbeschrankten Bahnübergang zuvorzukommen und es nur zu einem Unentschieden geschafft. Ich weiß nicht mal, wie sie mit mir verwandt sind. Manche behaupten, die Zwillinge sind meine Vettern, andere sagen, meine Onkel. Wir Kwimpers sind insgesamt in ein halb Dutzend verschiedenen Graden untereinander verwandt, da wir schon seit dem Jahre Eins in Cranberry County, New Jersey, ansässig sind und untereinander geheiratet haben, als es noch nicht viel anderes zu tun gab. Ja, man würde in unserem Bezirk nur schwer jemanden finden, der kein Kwimper ist. Ausgenommen allerdings unser Babysitter, Holly Jones. Sie kam erst vor wenigen Jahren nach Cranberry County, ein dürres, kleines Geschöpf mit strähnigen Haaren und großen ängstlichen Augen; sie fragte jemanden von meinen Tanten und Onkeln, ob sie eine Weile bei ihnen bleiben dürfte. Niemand hat jemals aus ihr rausgebracht, wo sie herkam und warum, aber sie war ein nettes Mädchen und nützlich im Haushalt. Ziemlich bald hörten dann die Leute auch auf, sie von oben herab zu behandeln, weil sie keine Kwimper war, und einigten sich, daß es gut und demokratisch sei, auch mal 'ne Jones dabei zu haben.
Ich wandte mich also um, und betrachtete die drei auf dem Rücksitz. Der Babysitter saß in der Mitte, Eddy rechts und Teddy links, oder vielleicht war's auch umgekehrt. Es ist nicht einfach zu unterscheiden, wer von den beiden wer ist. Beide Zwillinge haben semmelblondes Haar und blaue Augen, wie wir Kwimpers alle, und sehen sich selbstverständlich ähnlich, aber das ist nicht das wirkliche Problem. Die

Schwierigkeit ist, daß sie's bewußt darauf anlegen, daß niemand sie voneinander unterscheiden kann. Wenn man den einen mit etwas zeichnet, um ihn gewissermaßen festzulegen, gibt der andere keine Ruhe, bis er dasselbe kriegt. Vor einigen Tagen hatte Pop dem Eddy ein T-Shirt mit einem Fliegenden Fisch vorne drauf und dem Teddy eins mit einem Schwertfisch gekauft. Die Jungen haben darauf ihre Hemden so schnell hin und her getauscht, daß es aussah, als ob ein ganzer Schwarm von Fliegenden Fischen und Schwertfischen rumwimmelte; und nach fünf Minuten konnte man nicht mehr erkennen, welcher Zwilling nun welcher war. Und die meiste Zeit wollen die Zwillinge selbst nicht sagen, wer wer ist, weil man nämlich Eddy für etwas, was er angerichtet hat, dann nicht ausschimpfen mag, wenn er gar nicht Eddy ist.

Als ich mich umdrehte, schliefen die Zwillinge und der Babysitter. Das heißt, es sah so aus, als ob die Zwillinge schliefen, aber die Art, wie Eddy seine Augen zugekniffen hatte, kam mir verdächtig vor. Man hatte den Eindruck, daß er hellwach war. Ich paßte auf, denn er führte natürlich was im Schilde. Er schob seinen Arm langsam und vorsichtig an der Rücklehne entlang, hinter dem Babysitter vorbei bis zur äußersten Seite von Teddys Kopf. Dann spannte er den Mittelfinger gegen den Daumen und schnellte ihn gegen Teddys linkes Ohr.

Teddy muß geglaubt haben, daß ihm ein Ohr abhanden gekommen sei, aber er krampfte sich nur ein bißchen zusammen und öffnete nicht mal die Augen. Ich sah weiter zu, weil es nicht oft vorkommt, daß man einen von den Zwillingen wirklich auf frischer Tat ertappt und weiß, wer von beiden es getan hat. Etwa fünf Minuten lang geschah nichts, und ich konnte sehen, daß Eddy seinen Arm für einen zweiten Stüber auf Teddys Ohr in Positur setzte. Aber in diesem Augenblick handelt Teddy so schnell, daß man kaum folgen konnte. In etwa zwei Augenblicken hatte er einen Gummiring aus der Tasche gefischt und ließ eine dicke Papierkugel gegen Eddys Nase flitzen – und saß schon wieder friedlich und mit geschlossenen Augen in seiner Ecke. Die Kugel traf Eddys Nase, aber auch er gab nicht den geringsten Piep von sich. Nur das übrige Gesicht schien sich zur Nase hin zu kräuseln, als hätte es Mitleid mit ihr.

Hier hätte ich eigentlich eingreifen sollen, aber es sah mir so aus, als seien sie quitt und würden aufhören. Ich hätte wissen sollen, daß die Zwillinge niemals glauben, sie sind quitt.

Ohne Warnung beugte sich Eddy vorwärts und landete einen Schlag auf Teddys Augen; dieser jedoch ergriff Eddys Arm und biß hinein – und auf einmal waren beide auf dem Boden des Autos und fuhren aufeinander los wie zwei Bandsägen, die sich um denselben Baumstamm zanken.

Der Babysitter wachte mit einem Ruck auf und sagte: »Jungen! Aber, Jungen!«

Man hätte denken sollen, daß nichts als Dynamit die beiden auseinanderbringen konnte, aber wie von Zauberhand saßen die beiden wieder auf ihren Plätzen. »Ja, Fräulein?« fragte Eddy.

»Ja, Fräulein?« fragte Teddy.

»Ihr solltet euch was schämen«, sagte der Babysitter. »Eddy, hat er angefangen?«

»Nein«, sagte Eddy.

»Aha«, meinte sie, indem sie sich an Teddy wandte. »Er hat also angefangen, wie?«

»Nein«, sagte Teddy.

»Dann müßt ihr beide zu gleicher Zeit angefangen haben.«

Eddy erklärte: »Wir sind auf den Boden gefallen.«

»Weil nämlich«, ergänzte Teddy, »das Auto so plötzlich gebremst hat.«

Pop riet: »Laß dir nichts vormachen, Holly. Das Auto hat nicht gebremst.«
Eddy sagte: »Wir wären auf den Boden gefallen, wenn das Auto schnell gebremst hätte.«
»Wir haben geträumt, das Auto hat schnell gebremst, und da sind wir auf den Boden gefallen«, erläuterte Teddy.
»Meinetwegen«, sagte der Babysitter. »Wenn ihr euch so aufführt, dann habt ihr jetzt Unterricht.«
»Wir gehen noch nicht mal zur Schule«, maulte Eddy, »und sollen schon Unterricht haben.«
»Wenn wir dann wirklich zur Schule gehen, bleibt gar nichts mehr, worauf wir uns freuen können«, gab Teddy zu bedenken.
»Wir fangen an mit dem Alphabet«, sagte der Babysitter unerschütterlich. »Eddy, du zuerst.«
Eddy sagte in einem Atemzug: »A-c-e-g-i-k-m-o-q-s-u-w-y.«
Mit Blitzesschnelle fiel Teddy ein: »B-d-f-h-j-l-n-p-r-t-v-x-z.«
Darauf sahen die beiden so stolz und glücklich aus, daß man denken konnte, es hätte vorher kein Alphabet gegeben und sie hätten es eben erst erfunden.
»Nein, das geht nicht«, sagte der Babysitter, »so machen wir das nicht. Ihr müßt beide das ganze Alphabet lernen, nicht bloß jeden zweiten Buchstaben.«
Eddy fragte: »Warum können wir uns die Sache nicht teilen wie alles andere?«
»Denk mal die Arbeit, die wir sparen«, meinte Teddy.
»Wir lernen es, wie's alle lernen«, sagte der Babysitter. »Los jetzt, Eddy. Fang noch mal von vorne an, und sage diesmal das ganze Alphabet auf.«
Eddy stieß ein Ächzen aus, das ihm um einige Nummern zu groß war, und sagte: »A ... äh ... äh ...«

»B«, rief Teddy hilfsbereit.
»Ach, halt die Schnauze«, sagte Eddy.
»Wem sagst du hier, er soll die Schnauze halten?« sagte Teddy.
»Aber Jungen!« mahnte der Babysitter.
»Ja, Fräulein?« fragte Eddy.
»Ja, Fräulein?« fragte Teddy.
Das hatte ich schon mal durchgenommen, deshalb hörte ich nicht mehr hin, weil sich diese Unterhaltung noch stundenlang ausspinnen konnte. Ich richtete meine Augen wieder auf die Straße.
»Pop«, sagte ich nach einer Weile, »hast du eigentlich schon bemerkt, daß wir auf der ganzen Strecke an keinem Haus, keiner Tankstelle und keinem Apfelsinenstand vorbeigekommen sind?«
»Es ist eine neue Straße, die durch unbesiedeltes Land gelegt worden ist, Toby. Es dauert natürlich seine Zeit, bis sich alle diese Dinge angefunden haben.«
»Es dauert aber im allgemeinen nicht lange, bis sich auf einer neuen Straße Autos anfinden. Aber wir haben kein einziges Auto gesehen.«
»Die Öffentlichkeit ist ermahnt worden, von dieser Straße keinen Gebrauch zu machen. Drum!«
»Glaubst du nicht, daß es einen Grund gibt, warum die Öffentlichkeit von dieser Straße keinen Gebrauch machen soll? Vielleicht führt sie eben doch in das Sumpfland, wie ich schon sagte.«
»Warum sollte eine Straße in den Sumpf führen?«
»Kann sein, daß ihnen das Geld ausgegangen ist.«
»Toby, der Regierung geht niemals das Geld aus. So was passiert nur bei den Leuten.«
Ich sah auf die Benzinuhr, die fast auf »leer« stand, und fragte: »Wie steht's mit unserem Benzin, Pop?«

Er sah nach und sagte zuversichtlich: »Der Zeiger steht auf ›leer‹.«
»So kommt's mir auch vor, Pop. Das sieht hier nicht wie eine Stelle aus, die ich mir aussuchen würde, um mit leerem Tank liegenzubleiben.«
»Toby, ich habe niemals jemanden gesehen, der so ein Talent hat, das Zähneklappern zu kriegen. Diese Meßgeräte sind so eingerichtet, daß sie den Leuten Angst einjagen. Wenn sie ›leer‹ sagen, dann sind noch acht bis zehn Liter im Tank.«
»Ja, Pop, aber wie lange sagt es schon leer?«
»Verdammt nochmal, Toby, wenn du in deinem Kopf ein Meßgerät hättest, dann hätte es schon seit deiner Geburt auf leer gestanden. Überlaß diese Sorgen mir.«
Gerade in diesem Moment ließ der Wagen einen höflichen Rülpser vernehmen. Pop erschrak. Wir fuhren ein paar hundert Meter weiter, und das Auto rülpste noch einige Male.
»Schmutz in der Benzinleitung«, meinte Pop und trat den Gashebel durch.
Der Wagen kriegte einen heftigen Schluckauf. Pop faßte nach unten und schlug auf die Benzinuhr. Die Nadel starb auf ›leer‹, als hätte er sie darauf zermanscht. Der Wagen zuckte ein letztes Mal und stand stockstill.
»Verdammt nochmal«, sagte Pop. »Man könnte doch wenigstens erwarten, daß ein Benzintank einen Menschen warnt, bevor er die Arbeit niederlegt.«
Ich konnte an seinem Gesicht erkennen, daß ich mir das Leben kaum erleichtern würde, wenn ich ihm sagte, er hätte sich geirrt. Also sagte ich gar nichts. Und schließlich hatte Pop auch wieder recht mit seiner Beschwerde. Wenn man darauf vertraut, daß einen ein Ding belügt, dann ist es nicht anständig, wenn es auf einmal die Wahrheit sagt.

2

Wo uns das Benzin ausging, lief die Straße vom Festland kommend zwischen Seitenstreifen entlang, die offensichtlich aus der Bucht gebaggert und hier aufgeschüttet waren. Etwas weiter unten befanden sich eine hölzerne Brücke und Mangrovenbäume, die mit ihren Wurzeln ins Wasser wateten. Dahinter war entweder eine Insel oder wieder ein Stück Festland. Wenn man sich umblickte, hatte man das Gefühl, es habe noch nie ein Mensch diese Stelle betreten, außer denen natürlich, die die Straße hinterlassen hatten. Die Zwillinge schossen aus dem Wagen wie die Kugeln aus einer Doppelflinte und preschten die Straße runter. Der Babysitter flitzte ihnen nach, um notfalls zu verhindern, daß sie sich in eine Beißerei mit etwa vorhandenen Raubtieren verwickelten. Pop und ich setzten uns hin, um auf ein vorbeifahrendes Auto zu warten, das uns aus der Patsche helfen könnte. Das heißt, Pop wartete darauf. Ich konnte hingegen nicht vergessen, daß wir kein einziges Auto gesehen hatten, seit wir in die neue Straße eingebogen waren. Nach einer Weile brachte der Babysitter die Zwillinge zurück, und wir holten uns eine Autokarte, um festzustellen, wo wir waren. Das war nicht so einfach, weil die Karte die neue Straße überhaupt noch nicht zeigte. Pop glaubte, daß wir etwa sechzig Kilometer auf der neuen Straße gefahren waren. Das wäre eine nützliche Feststellung gewesen, wenn wir gewußt hätten, wo wir von der alten Straße abgebogen waren.

»Kein Grund zur Sorge«, sagte Pop. »Ein Bereitschaftswagen der Straßenverkehrspolizei wird jeden Augenblick hier vorbeikommen und uns mit Benzin aushelfen; vielleicht sogar, ohne Geld dafür zu verlangen.«

Na schön, da saßen wir also, und es begann dunkel zu werden. Wir machten die Scheinwerfer an, damit der Bereitschaftswagen uns auf jeden Fall bemerken mußte. Die Lichter lockten jedoch nur einen Schwarm Insekten herbei. Mücken waren nicht dabei, entweder, weil es noch die trokkene Jahreszeit war, oder weil sie sich nicht mit Leuten einlassen wollten, die mit den Mücken von New Jersey aufgewachsen waren. Überdies wurde uns allen allmählich sehr deutlich bewußt, daß unser Mittagessen schon geraume Zeit zurücklag. Der Babysitter stöberte im Auto herum und brachte sechs Flaschen Limonade und einige Tafeln Schokolade angeschleppt, an denen die Zwillinge noch nicht zu sehr gelutscht hatten; wir hatten also zum Abendbrot Schokolade und Limonade.

Dann saßen wir noch einige Zeit herum, bis schließlich der Babysitter sagte: »Wißt ihr, was ich glaube?«

Der Babysitter sagte die meiste Zeit nichts, außer zu den Zwillingen, und deshalb waren Pop und ich ein bißchen verblüfft. Wir hatten uns nie vorgestellt, daß der Babysitter sich Gedanken machen könnte, von denen Erwachsene etwas hören wollten. »Nein«, erwiderte Pop. »Ich und Toby wissen nicht, was du glaubst. Aber wir würden es uns ganz gern anhören, nicht wahr, Toby?« Es war nett von Pop, daß er so sanft redete, um ihr keine Angst einzujagen. »Ich glaube«, sagte der Babysitter, »daß die Batterie langsam zu Ende geht, und daß wir bald kein Licht mehr haben werden.«

»Was hältst du davon, Toby?« fragte Pop.

Es sah so aus, als ob die Lichter reichlich trübe würden.

»Da ist was dran an dem, was sie sagt, Pop«, antwortete ich.

»Na«, meinte Pop, »alles was sie da zu bieten hat, ist eine weitere Sorge, und dafür haben wir im Augenblick keine Verwendung. Entweder wir lassen die Scheinwerfer an und schwächen die Batterie, so daß wir im Dunkel sitzen, oder wir stellen die Scheinwerfer ab, so daß wir ebenfalls im Dunkel sitzen.«
Der Babysitter sagte: »Wenn wir aber hier im Dunkel sitzen und ein anderes Auto kommt schnell um diese Kurve gefahren, dann kann es uns rammen.«
»Holly«, mahnte Pop, »ich habe dir gerade erklärt, daß wir keine weiteren Sorgen gebrauchen können.«
»Aber ich wollte etwas vorschlagen«, sagte sie. »Ein bißchen weiter unten, direkt vor der Brücke, ist ein hübscher offener Platz neben der Straße, wo wir den Wagen parken können. Die Zwillinge und ich waren schon dort. Es ist da auch kein Schlamm oder Sand, sondern sind größtenteils zerstoßene Muschelschalen, so daß die Räder nicht einsinken können. Findet ihr nicht, daß wir das Auto dorthin schieben sollten, um es von der Straße runterzukriegen?«
»Mir ist schleierhaft, wie wir es bis dorthin schaffen können«, meinte Pop. »Es sind hundert Meter, und die Straße geht ein wenig bergauf.«
»Oh, das schaffen wir leicht, Pop«, sagte ich.
»Dich laß ich nicht schieben, Toby«, sagte Pop. »Nicht mit deinem verletzten Rücken. Holly, glaubst du, daß du das Auto mit den Zwillingen von der Stelle schieben kannst, während ich steure?«
Sie waren sehr zuversichtlich; deshalb stiegen wir alle aus dem Wagen außer Pop, und die Zwillinge versuchten gemeinsam mit dem Babysitter zu schieben. Aber wie Pop schon gesagt hatte, die Straße ging dort bis zur hölzernen Brücke ein wenig bergauf, und die drei konnten das Auto nicht in Bewegung setzen. Also stieg Pop aus, und ich setzte

mich ans Steuer, während er mit den anderen mitschob. Nun ist Pop nie so kompakt gewesen wie ich, aber man sagt, daß er vor Jahren eine zehn Meter hohe Kiefer mit vier, fünf Axtschlägen umlegen und dann ohne fremde Hilfe fortschleppen konnte. In den damaligen Zeiten war das Leben in Cranberry County noch ziemlich rauh, und die Menschen mußten für sich selber sorgen. Aber dann kamen die Wohlfahrt, die Notstandsprogramme, die Kindergelder sowie Arbeitslosenunterstützung und dergleichen, und Pop entdeckte, daß die Regierung einem lieber einen Kubikmeter Holz schenkt, als daß sie einem erlaubt, es sich selbst zu fällen. Danach machte er sich das Leben etwas leichter. Heutzutage würde Pop schon zu keuchen anfangen, wenn er einen Schößling umschlagen sollte. Er konnte mit den anderen den Wagen auch nicht bewegen.

Ich sagte: »Laß mich mal probieren, Pop. Ich werde dabei meinen Rücken gar nicht benutzen. Ich benutze nur die Beine.«

»So«, meinte Pop, »warum hast du das nicht gleich gesagt?« Er setzte sich wieder ans Steuer, ich gab dem Auto einen Schubs und brachte es auch richtig ins Rollen. Als wir die breite Aufschüttung erreichten, wollte ich so gerne sehen, wie ich damit losbrausen konnte, daß Pop mit aller Macht auf die Bremse treten mußte. Als ich bemerkte, daß die Räder rutschten, statt sich zu drehen, hörte ich mit Schieben auf, und das Vehikel kam ganz kurz vor dem Wasser zum Stehen. Pop war ziemlich wütend, als er rauskletterte, denn er hält große Stücke auf dieses Auto, so alt es auch sein mag, und einen Augenblick hatte er schon gedacht, daß es erst mitten in der Bucht zum Stehen kommen würde. Ich sagte ihm, ich könnte nichts dafür, weil ich ja nichts sehen konnte, wohin ich schob, und ich hätte mich nur etwas vergessen. Nach einer Weile ließ er sich besänftigen.

Wir machten uns fertig für die Nacht, die Zwillinge auf dem Rücksitz, der Babysitter auf den Vordersitzen und Pop und ich auf der Aufschüttung, nachdem wir uns ein paar alte Kleidungsstücke untergelegt hatten. Pop beklagte sich über die Muschelschalen, aber mir erschienen sie nicht so schlimm. Die meisten waren zerbrochen, und die wenigen großen Stücke, die aus dem Sand staken, waren kaum scharf genug, um einen zu schneiden. Ich schlief dementsprechend recht gut. Pop behauptete, er hätte überhaupt nicht geschlafen, aber das erste, was er am nächsten Morgen fragte, war, ob in der Nacht Autos vorbeigekommen seien. Wir hätten uns vielleicht mit einer Wache ablösen sollen, aber ich vermute, daß uns das Geräusch und die Lichter eines Autos ohnedies geweckt hätten, und davon hatte niemand etwas bemerkt.

Ich zog mir die Badehose an und nahm von der Brücke aus ein Morgenbad. Ich fühlte mich großartig, als ich wieder an Land kam. »Die Welt sieht am Morgen immer am besten aus, nicht?« sagte ich.

Eddy rief: »Ich hab' Hunger.«

Teddy rief: »Ich hab' Durst.«

Pop sagte: »Es gibt einen Artikel, den wir in diesem Staat nicht gebrauchen können, und das ist mehr Sonne; du kannst es dir also sparen, Toby, die Welt mit sonnigen Augen zu betrachten. Ich habe Hunger *und* Durst. Ich kann mir nicht denken, warum noch kein Bereitschaftswagen der Polizei vorbeigekommen ist. Es ist das erste Mal, daß mich die Regierung im Stich läßt. Ein Mensch könnte hier glatt verhungern, wo das Land doch voll ist von Lebensmittelüberschüssen, die die Regierung wegschenken will. Ich möchte nur das eine wissen: warum schenken sie's nicht hier weg, wo es wirklich gebraucht wird?«

Der Babysitter sagte: »Ich weiß, wie wir uns etwas Was-

ser verschaffen können, aber es macht eine Menge Arbeit.«
Pop fragte: »Fällt dir nichts ein, was nicht eine Menge Arbeit erfordert?«
»Die einzige Möglichkeit, um hier Wasser zu bekommen, besteht darin, daß wir danach graben.«
»Das ist hier alles Salzwasser«, sagte Pop. »Wir können soviel Salzwasser kriegen, wie wir wollen, ohne danach graben zu müssen.«
»Es gibt überall das sogenannte Grundwasser«, erklärte der Babysitter. »Wenn es regnet, dann sickert das Wasser in den Boden. Es vermischt sich nicht mit dem Salzwasser. Wenn ihr also ein wenig landeinwärts geht und dort tief genug grabt, dann findet ihr bestimmt Grundwasser auf der Spiegelhöhe der Bucht.«
»Ich bin bereit, einen Versuch zu machen«, sagte ich.
»Toby«, mahnte Pop, »hör auf, deinen Rücken anzustrengen.«
»Ich werde dabei meinen Rücken nicht verwenden«, versprach ich. »Ich benutze nur die Arme.«
»Na, dann ist's gut«, meinte Pop.
Der Babysitter und die Zwillinge nahmen mich mit über die Holzbrücke und dann weiter die Straße rauf, wo die Mangroven aufhörten und man Sand finden konnte statt Schlick. Wir rechneten uns beide aus, daß wir etwa anderthalb bis zwei Meter tief bis zum Spiegel der Bucht graben mußten. Das bedeutete, daß wir ein ziemlich breites Loch machen mußten, so daß die Seiten nicht einstürzen und es wieder zuschütten konnten. Ich sah mich in der ganzen Gegend um, ob ich irgendwas zum Schaufeln finden könnte, wie zum Beispiel ein breites Brett, aber ich konnte nichts Brauchbares entdecken. Die Zwillinge peesten zurück zum Wagen und brachten mir die Pfadfinderaxt, die einem von ihnen gehör-

te, sowie einen kleinen Sandeimer und eine Kinderschaufel. Die Axt kam sehr gelegen, wenn ich auf eine Wurzel stieß, aber die Kinderschaufel ging mir kaputt, und der kleine Sandeimer verlor den Boden, als ich damit den Sand hochbaggern wollte. Darauf grub ich mit meinen Händen, kam damit aber auch nicht gut voran. Es waren zu viele Muscheln im Sand, als daß ich schnell mit den Händen hätte scharren können, aber wenn ich nicht schnell scharrte, konnte ich meine zwei Meter nie erreichen.
Ich ging zum Auto zurück und berichtete Pop. Ich sagte: »Es muß etwas in diesem Auto geben, womit ich graben kann.«
»Hier gibt's nichts«, erwiderte Pop.
Ich durchwühlte den Gepäckraum, fand aber nichts Brauchbares außer einer Zange, einem Schraubenschlüssel und einem Schraubenzieher. Die steckte ich mir in die Tasche, für den Fall, daß sie mir was nützen könnten; dann ging ich nachdenklich um das Auto herum, aber ohne Resultat, was mich furchtbar ärgerte. Schließlich versetzte ich einem der vorderen Kotflügel einen kleinen Tritt, um meinem Ärger Luft zu machen.
»Laß deine schlechte Laune bitte nicht an diesem Wagen aus«, rief Pop. »Wenn du in diesen Kotflügel eine Delle machst ...«
Ich bückte mich und guckte unter den Kotflügel.
»Wenn da 'ne Delle drin ist«, meinte Pop, »dann kannst du das ebensogut von außen sehen.«
Ich hatte aber gar nicht nach einer Delle gefahndet. Ich hatte nach einer Idee gefahndet, und bei Gott! ich hatte sie gefunden. Pops alte Karre war nicht so wie die neumodischen Autos, wo die Kotflügel und fast die gesamte Karosserie aus einem Stück sind. Bei Pops Wagen ist jeder Kotflügel ein Teil für sich, und als ich drunter guckte, merkte ich, daß ich die Bolzen leicht erreichen konnte.

»Pop«, sagte ich, »ich muß mir diesen Kotflügel ausleihen.«
»Du redest ja Unsinn, Toby. Wozu willst du dir einen Kotflügel ausleihen, wenn du keinen Wagen hast, der einen Kotflügel braucht.«
»Dieser Kotflügel ist die beste Schaufel zum Brunnengraben, die du je gesehen hast.«
»Nein, meinen Kotflügel nimmst du nicht! Du würdest ihn nur verschrammen und verbeulen.«
»Pop«, sagte ich, »hättest du lieber einen verschrammten Kotflügel und eine hübsche glatte Gurgel, durch die kaltes Wasser hindurchströmt, oder einen hübschen glatten Kotflügel und eine trockene, verschrammte Gurgel?«
Pop fuhr sich mit der Zunge über die Lippen. »Nun ja«, brummte er, »ich fürchte, du mußt es tun. Aber ich kann's nicht mit ansehen.« Und er ging ein Stück die Straße hinunter.
Ich kroch unter das Auto, machte mich über die Bolzen her, schraubte sie ab, stellte mich wieder auf die Beine und zerrte den Kotflügel los. Das gab ein knirschendes Geräusch, und ich sah Pop in der Entfernung zusammenzucken, als hätte er einen Stich bekommen. Ich trug den Kotflügel zu der Stelle, wo ich angefangen hatte zu graben, und es ging glänzend. Jedesmal, wenn ich damit in den Boden stieß, brachte ich eine gewaltige Ladung Sand und Muscheln zutage. Es dauerte nicht mehr als zwanzig Minuten, um ein Loch von zwei Meter Durchmesser und zwei Meter Tiefe zu graben, und da wurde auch schon der Boden naß. Ich stieg raus und sah gemeinsam mit den Zwillingen und dem Babysitter zu. Es war wie Zauberei, das Wasser von unten hochsteigen zu sehen, und es dauerte gar nicht lange, bis das Wasser klar wurde; dann stieg ich wieder ins Loch und nahm einen Schluck. Es war so gut und frisch, wie man's sich nur wünschen konnte. Der Babysitter reichte mir die

leeren Limonadenflaschen vom Vorabend runter. Ich füllte sie und reichte sie wieder hoch, bis alle genug hatten.

Wir trugen eine Ladung gefüllter Flaschen zurück zu Pop. Er leerte sie und kam dann mit, um sich den Brunnen anzusehen. »Das muß dir der Neid lassen, Toby«, sagte er. »Diesmal hattest du wirklich einen klugen Gedanken. Du ... verflucht nochmal, sieh dir mal den Kotflügel an.«

Der Kotflügel lag neben dem Loch, und ich muß schon zugeben, er sah ein bißchen zerknittert aus. »Ich mußte mich durch ein paar Wurzeln hindurchgraben«, erklärte ich. »Und dann stieß ich gegen einige große Steine.«

»Na schön«, sagte Pop heiser. »Wenn ich nicht mehr davon rede, wird's mir vielleicht auch keinen Kummer machen.« Er war wirklich verliebt in dieses Auto.

»Wann essen wir denn jetzt?« fragten die Zwillinge.

Pop sah mich an, und ich sah Pop an. Wir wußten keine Antwort darauf, aber Pop meinte: »Ich nehme an, wir warten, bis ein Auto vorbeikommt.«

Wir füllten wieder unsere Limonadenflaschen, gingen zu unserem Wagen zurück und warteten. Ich war bis dahin nicht wirklich hungrig gewesen, aber nach der körperlichen Anstrengung, und da ich nun nicht mehr durstig war, hätte ich ohne weiteres zwei große Steaks verputzen können, kaum daß sie aufgehört hatten zu muhen. Kurze Zeit später hatten die Zwillinge und der Babysitter eine geflüsterte Unterhaltung, worauf die Zwillinge das Angelzeug hervorholten, das ihnen Pop für die Reise gekauft hatte, mit dem Babysitter zur Brücke gingen und dort anfingen zu fischen. »Glaubst du, daß sie was fangen, Pop?« fragte ich.

»Sie haben in ihrem ganzen Leben noch nichts gefangen«, erwiderte Pop. »Und überdies haben sie keinen Köder. Wenn sie Köder hätten, dann hätte ich ihn schon vor einer Stunde verspeist.«

Ich dachte eine Weile nicht an die Zwillinge, aber als ich schließlich doch zu ihnen rübersah, schien es mir, als ob sie ab und zu ihre Angelruten hochzögen, obwohl sie dabei die Schnur nicht einspulten. Vermutlich spielten sie nur, daß die Fische bissen, aber ich machte mir doch Gedanken. Ich ging also auf die Brücke zu und kam gerade zurecht, als einer von ihnen die Angelrute scharf zurückriß, die Schnur hochnahm und ein bißchen schimpfte, weil nichts am Haken hing. Ich wußte natürlich, daß niemals was am Haken gehangen hatte; er stellte sich also nur böse, machte aber seine Sache recht gut. Ich sagte: »Wenn du einen kleinen Fetzen oder Stoffrest an den Haken hängst und damit durchs Wasser fährst, dann kannst du vielleicht einen Fisch täuschen. Vorausgesetzt, daß es da unten überhaupt etwas gibt, was sich täuschen läßt.«
»Ho«, sagte der Zwilling, »da haben wir was viel Besseres. Holly, kann ich einen neuen Köder haben?«
Holly kam rüber, griff in die Tasche ihrer Jeans und brachte ein kleines schwarzes Ding zum Vorschein, das sie an den Haken hängte, worauf sie diesen wieder über das Brückengeländer warf.
»Was hast du denn da an den Haken gehängt?« fragte ich.
Sie kramte in ihrer Tasche und holte noch etwas raus. Es war eine Krabbe, nicht größer als ihre Daumenspitze, die mit einer erstaunlich großen Schere in der Gegend rumfuchtelte, wie ein Baseballschläger, der den Ball über den Zaun senden will.
»Das sind Fiedlerkrabben«, sagte sie. »Ich habe sie auf der anderen Seite der Brücke in den Mangroven entdeckt. Sie sind guter Köder für manche Fischarten. Die Zwillinge haben schon Bisse gehabt, aber noch keinen an Land gebracht.«
»Du hast doch nie in deinem Leben gefischt«, sagte ich. »Und

soviel ich weiß, hast du auch niemals Brunnen gegraben. Woher weißt du das alles, von den Fiedlerkrabben und dem Graben nach frischem Wasser?«

»Ich lese sehr viel, Toby. Ich lese die ganze Zeit, wenn ich nicht grade für jemand Babysitter spiele.«

»Aha, das erklärt die Sache«, sagte ich. Einen Augenblick hatte ich mich gefragt, ob sie doch klüger war, als man annehmen sollte, aber nun war es doch nichts weiter als Lesen.

Eben da ließ einer der Zwillinge einen lauten Schrei hören und zerrte rückwärts an seiner Angelrute. Aber diesmal brachte er nicht mehr den nackten Haken zum Vorschein. Die Rute war stark gebogen, und er hatte etwas an der Schnur.

Die Zwillinge brüllten beide durcheinander, daß man nicht mehr unterscheiden konnte, wer was sagte. Es klang wie: »Ich hab ihn, ich hab ihn, verlier ihn nicht, du Idiot, wer's 'n Idiot? der zieht dich ja unter die Brücke, wessen Fisch ist denn das? es wird nicht mehr lange deiner sein, geh, fang dir deinen eignen Fisch, halt die Schnur straff, du Idiot, ich krieg ihn schon zu mir rüber, du verlierst ihn ...«

Aber dann wurde die Spannung dem Zwilling, bei dem kein Fisch angebissen hatte, zu viel. Er sprang direkt von der Brücke hinter dem Fisch her. Ich hatte Angst, weil die Bäche bei unserem Haus in Cranberry County alle flach sind, das Wasser hier aber tief war und er nicht schwimmen konnte. Also streifte ich meine Schuhe ab, sprang ihm nach und tauchte unter, wo ich an einem der Pfeiler einen Strudel sah. Der Zwilling hing da unten mit einer Hand am Pfeiler und hielt mit der anderen den Fisch bei den Kiemen. Ich erwischte ihn an den Hosen, holte ihn an die Oberfläche und zog ihn an Land. Er klammerte sich an den Fisch, als könne der auch nicht schwimmen und er müsse ihn

retten. Der andere Zwilling sprang auf und nieder und belegte seinen Bruder mit Schimpfworten.
Nachdem dieser etwas Wasser ausgespien hatte, begann er zu kreischen: »Ich hab ihn gefangen, ich hab ihn gefangen.«
»Ist ja gar nicht wahr, ist ja gar nicht wahr«, gellte der andre, und die beiden hätten sich gegenseitig zu Köder verarbeitet, wenn ich sie nicht beide beim Hosenboden gefaßt, in die Luft gehoben und so getrennt hätte.
Der Babysitter kam keuchend angerannt und rief: »Eddy! Teddy!«
Die Zwillinge hörten auf zu zappeln, hingen schlaff in meinen Händen und fragten: »Ja, Fräulein?«
»Eddy, du solltest dich schämen, solche Worte zu gebrauchen«, sagte sie. »Wenn das noch einmal vorkommt, dann ist's für heute Schluß mit den Fischen.«
»Jawohl«, sagte Eddy. »Tut mir leid.« Dabei stellte sich heraus, daß er derjenige war, der in meiner rechten Hand hing.
»Es war aber dein Fisch, Eddy«, erklärte sie. »Und dir gebührt der Dank dafür, daß du ihn gefangen hast.«
Der andere Zwilling greinte ein bißchen: »Na und ich?« fragte er.
»Du hast ihn geborgen, Teddy«, sagte sie. »Dir gebührt der Dank dafür, daß du ihn geborgen hast.«
Ich hätte niemals gedacht, daß ein Junge, der so in der Luft hing wie er, regelrecht stelzen kann, aber er erweckte unbedingt diesen Eindruck, daß er stelzte. Ich schüttelte ihn und fragte: »Und was sollte das heißen, daß du von der Brükke gesprungen bist? Du kannst doch nicht schwimmen.«
Teddy guckte mich an und sagte: »Wie soll ich wissen, daß ich nicht schwimmen kann, eh ich's probiert habe?«
Ich schüttelte ihn wieder und sagte: »Probier's nicht nochmal, bevor ich dir Stunden gebe.«
Pop sah Teddy an, der in meiner Hand schwebte, und dann

den Fisch, der in seiner schwebte. »Welches ist der Fisch?« fragte Pop und wollte sich ausschütten vor Lachen. Ich mußte zugeben, daß Pop einen guten Witz gemacht hatte, obgleich Teddy ihn nicht sehr komisch fand.

Wir nahmen uns Zeit, den Fisch zu bewundern, denn er sah wirklich sehr hübsch aus. Er war ein dicker mit dunklen Querstreifen und wog etwa vier bis fünf Pfund. Der Babysitter sagte: »Man nennt ihn Schafsbrasse.«

»Sind die gut zu essen?« fragte ich.

»Das ist eine furchtbar dumme Frage«, bemerkte Pop. »Weil ich nämlich auf jeden Fall meinen Anteil davon essen werde und mich deshalb überhaupt nicht drum kümmere, ob er gut zu essen ist oder nicht.«

Der Babysitter sagte: »Sie sind sehr gut zu essen.«

»Wie wollen wir ihn kochen?« fragte Pop.

»Wollen mal sehen«, meinte der Babysitter. »Sollen wir ihn am Stock grillen? Nein, er würde nicht dranbleiben und vielleicht sogar ins Feuer fallen. Und vor allem würde er ganz austrocknen. Wie wär's, wenn wir ihn in Blätter einwickelten und unter die Holzkohle eingrüben? Nein, das könnte Stunden dauern. Ich fürchte, wir müssen eine Pfanne nehmen.«

Pop sagte: »Wir haben aber keine Pfanne.«

»Hm«, machte der Babysitter und ging prüfend ums Auto herum.

Pop sagte: »Hör auf, meinen Wagen anzustarren. Ich habe schon einen Kotflügel eingebüßt.«

»Der Kotflügel wäre zu groß«, erklärte der Babysitter. »Aber die Radkappen haben genau die richtige Größe.«

Sie hätte nichts nennen können, das Pop mehr am Herzen lag. Er konnte sich zwar nicht jedes Jahr einen neuen Wagen kaufen, aber neue Radkappen konnte er sich anschaffen, und er kaufte sich immer die größten, die er überhaupt an

seinem Wagen einbauen konnte. Wenn er auf der Landstraße war, dann sah er immer hochmütig auf die Leute herab, die Radkappen vom letzten Jahr benutzen.
»Ich gebe lieber meine Zähne her als die Radkappe«, erwiderte Pop.
Ich sagte: »Gib lieber nicht deine Zähne her, Pop. Denn du wirst sie todsicher brauchen, wenn du diesen Fisch roh essen willst.«
»Ich könnte erwägen, euch eine Radkappe zu opfern«, meinte Pop, der glaubte, einen Ausweg gefunden zu haben, »aber ihr könnt sie schon deshalb nicht als Pfanne benutzen, weil sie ein Loch hat für das Schlauchventil.«
»Das ist leicht zu beseitigen«, sagte der Babysitter. »Wir nehmen einfach zwei Radkappen und richten es so ein, daß die beiden Löcher nicht übereinander liegen.«
»Verdammt nochmal«, fluchte Pop. »Jetzt habe ich zwei Radkappen drangegeben statt einer.«
»Können wir nicht drei haben?« fragte der Babysitter. »Ich brauche eine dritte als Deckel.«
Pop schluckte ein paarmal. »Wenn man einer Frau erst einmal nachgibt«, sagte er, »dann ist kein Ende abzusehen. Tu, was du willst, aber an dem Fisch werde ich erstikken.«
Ich stemmte die Radkappen los. Die Zwillinge nahmen sie runter zum Wasser, um sie sauber zu scheuern, und der Babysitter fing an, den Fisch auszunehmen. Ich sammelte trockenes Kiefernholz und machte ein Feuer. Danach ließ mich der Babysitter den Kotflügel holen, mit dem ich den Brunnen gegraben hatte, und wir machten auch den blitzsauber. Sie hatte sich einen guten Kniff ausgedacht, wie man vermeiden kann, daß der Fisch anbrennt. Sie legte nämlich den Kotflügel ins Feuer und goß etwas Wasser hinein. Dann klebte sie Heftpflaster über die Löcher in den

Radkappen und tat den Fisch hinein, wobei sie eine der Kappen als Deckel benutzte. Darauf senkte sie sie in den Kotflügel, und zwar so, daß das Wasser bis knapp unter die Stelle reichte, wo sich die beiden Kappen zusammenfügten. Auf diese Weise hatte sie eine Art Kartoffelkocher zustandegebracht. Es dauerte auch nicht lange, bis wir den besten gedämpften Fisch hatten, den ich je über die Lippen gebracht habe. Dann hatte sie sich noch einen listigen Pfiff ausgedacht; es war ihr nämlich eingefallen, daß wir kein Salz hatten. Also hatte sie in den Kotflügel Wasser aus der Bucht getan, das größtenteils verdampfte. Das übrigbleibende Wasser war so salzig, daß wir nur ein wenig auf den Fisch zu spritzen brauchten, um ihn gehörig zu salzen.

Nachdem wir gegessen hatten, kletterte Pop auf den Hintersitz des Wagens, um ein Nickerchen zu machen. Die Zwillinge fingen wieder an zu fischen, während ich und der Babysitter abwuschen.

»Ich habe den Fischkopf aufgehoben«, sagte sie. »Damit können wir vielleicht im flachen Wasser auf Krabbenfang gehen.«

»Du kannst doch ohne Netz keine Krabben fangen«, sagte ich.

»Ich kann aber eins machen«, erwiderte sie. »Die Zwillinge haben ein großes Knäuel Schnur für den Drachen, den Pop ihnen gekauft hat. Ich kann die Schnur zu einem Netz knüpfen und mir einen langen glatten Ast als Stange besorgen. Das einzige, was ich dann noch brauche, ist ein Reifen, den ich an die Stange binde, um das Netz offenzuhalten. Kannst du dir etwas ausdenken, was wir als Reifen benutzen könnten, Toby?«

Pop war an diesem Tag nicht besonders glücklich dran, denn wir entdeckten einen hübschen Chromstreifen an seinem Wagen, der sich unter der Tür hinzog. Er war gut anderthalb Meter lang. Ich schlich mich also zum Wagen, und als ich sah, daß Pop fest schlief, kroch ich runter, bog die Klammern, die den Streifen hielten, hoch, kroch unter dem Wagen hervor und zerrte ihn los. Es knarrte etwas, Pop rekelte sich auf dem Hintersitz und hatte vielleicht einen bösen Traum von zerschrammten Kotflügeln, wachte aber nicht auf. Der Babysitter lobte mich und sagte, das sei großartig.

»Was willst du jetzt tun, Toby?« fragte sie.

»Ich will eventuell auf dem Vordersitz ein Schläfchen halten«, sagte ich.

»Weißt du, wie du viel besser schlafen könntest?«

»Nein«, antwortete ich. »Wo denn?«

»Du hast doch bestimmt als Junge Indianerhütten gebaut.«

»Ja, im Wald hab ich damals ein paar Prachtstücke aufgestellt.«

»Wäre es nicht schön, wenn du eine Hütte für dich und Pop hättest, und eine für die Zwillinge und mich? Du könntest dir Kiefernzweige als Stützbalken zurechtschneiden und sie mit Palmzweigen decken. Und drinnen könntest du Betten aus dünnen Kiefernzweigen bereiten. Dann hätten wir einen Platz, wo wir uns nachts bequem ausstrecken und tagsüber im Schatten sitzen könnten. Die Sonne scheint hier ziemlich kräftig. Nun, wie wär's damit, Toby?«

Das würde sicher Spaß machen, und so war ich dazu bereit. Sie begann, an ihrem Krabbennetz zu arbeiten, und ich holte mir die Pfadfinderaxt. Aber bevor ich in den Wald ging, kam mir ein Gedanke und ich sagte zu ihr: »Als wir Pop seine Radkappen abschwatzten, erinnerst du dich, daß er da sagte, wenn man einer Frau erst einmal nachgibt, dann ist kein Ende abzusehen?«

Sie sah einen Augenblick verlegen aus. »Ja, ich erinnere mich. Warum?«

»Von welcher Frau hat Pop denn da gesprochen?«
»Von welcher Frau? Na, von mir selbstverständlich.«
Ich grinste und wollte lieber nicht weiterreden, denn wenn Pop das wirklich gemeint hatte, dann brauchte er bestimmt eine Brille. Es war natürlich ganz in der Ordnung, daß der Babysitter dachte, Pop hätte sie gemeint, weil alle Kinder nun mal gern Erwachsene spielen.
»Was ist denn daran so komisch?« fragte sie.
»Na ja«, antwortete ich, »ich habe zwar nie ein netteres Kind kennengelernt als dich, Holly, aber ich würde dich wohl noch nicht Frau nennen.«
»Ich bin aber eine!«
»Kein Grund zur Eile«, sagte ich, so freundlich ich konnte. »Warte noch 'n paar Jahre, dann wirst du auch erwachsen sein. Wie alt bist du jetzt – schon fünfzehn?«
»Toby Kwimper, ich bin neunzehn! Ich habe vor zwei Jahren mein Abitur gemacht.«
Sie hätte mich bestimmt nicht angelogen; es sah also aus, als ob ich unrecht hätte. »Ja, dann habe ich vielleicht nicht aufgepaßt.«
»Das kann man wohl sagen! Du kannst mich aber jetzt mal ansehen, um festzustellen, wie sehr du dich geirrt hast. Los, guck her!«
Ich wollte sie bei guter Laune halten, also guckte ich. Nun habe ich sie früher wohl niemals richtig angeguckt, aber dabei auch nicht allzuviel versäumt. Sie trug eine verschossene Jean-Hose und ein weißes Männerhemd, und falls man einen jungen Burschen pfeifen hörte, wenn Holly vorbeiging, dann wußte man genau, daß er seinem Hund pfiff. Sie war etwas spillerig und sah so aus, als müßte sie erst mal tief einatmen, bevor sie einen Schatten warf. An ihrem Gesicht war nichts auszusetzen, und ein anderes Mädchen hätte vielleicht etwas damit anfangen können, aber Holly

dachte anscheinend, ein Gesicht sei nur dazu da, daß man es mit Wasser und Seife sauber scheuert. Sie hatte ihr braunes Haar straff zurückgekämmt und es hinten zu einem Pferdeschwanz zusammengebunden; und an einem Pferd hätte das sicher sehr reizvoll ausgesehen.

»Nun?« fragte sie, wobei sie unter ihrer Sonnenbräune ein wenig errötete.

Ich erzähle nicht gerne Märchen, aber diesmal wollte ich doch eins vom Stapel lassen. »Holly«, sagte ich, »ich muß um Entschuldigung bitten. So wie du dich verändert hast, könntest du einem Mann den Atem rauben.«

Sie sah mich einen Augenblick an und lächelte dann sonderbar. »Ja, das könnte ich bestimmt«, meinte sie. »Besonders, wenn ich ihn in den Magen boxe. Danke schön, Toby. Du hast dich wahrhaftig angestrengt.«

»Warum glaubst du, daß ich mich angestrengt habe?«

»Toby«, erwiderte sie, »ich scheine sonst nicht viel von dem zu haben, was eine Frau ausmacht, aber ich bin mit dem Artikel, den man weibliche Intuition nennt, reichlich versehen.«

Das war mir ein bißchen zu hoch, deshalb sagte ich nur noch: »Das steht dir aber ausgezeichnet, Holly.« Dann ging ich an die Arbeit, um die Indianerhütten zu bauen und die Betten aus Kiefernzweigen zu bereiten.

3

Meine Indianerhütten gerieten gar nicht so schlecht. Ich schnitt mir Zweige mit Astgabeln zurecht und legte Querstangen in die Gabeln. Wir hatten zwar keinen Bindfaden übrig, aber ich fand Palmen, die an der Stelle, wo die Äste anfangen, um ihren Stamm eine Art Rupfen tragen; das ergab einen Bast, mit dem man die Querstangen an die Gabeln binden konnte. Danach brauchte ich nur noch Palmblätter drauflegen, die als Dach dienten. Ich schnitt kleine Kiefernzweige zurecht und steckte sie mit dem spitzen Teil in den Muschelboden, ganz dicht beieinander; das ergab Betten, auf die man in jedem Haushalt stolz sein konnte. Ich weckte Pop, um sie ihm zu zeigen; und er kroch in unsere Hütte, um mir seinerseits zu zeigen, wie unbequem es darin sei. Ich wartete eine Weile darauf, daß er wieder rauskam; danach schien es mir unrecht, ihn aufzuwecken, bloß damit er mir mitteilen konnte, ob es nun bequem war oder nicht. Als ich die Hütten und die Betten zusammenbaute, hatte ich ein paar Kokospalmen entdeckt und schleppte nun einige alte Kokosnüsse heran, die runtergefallen waren. Dann zog ich mir die Schuhe aus und brauste an einem der Stämme hoch, um mir ein Büschel grüner Nüsse abzuschneiden. Holly meinte, sie würden gut zu brauchen sein. Die Schalen schlug ich mit dem Beil entzwei. Darauf kroch ich jedoch in die Hütte, weil ich nicht wollte, daß Pop die Zweige allzu einseitig beanspruchte, und machte auf meiner Hälfte der Kiefernäste ein Schläfchen.

Es war schon spät am Tage, als Pop und ich aufwachten. Holly hatte schon ein mächtig feines Abendessen zurechtgemacht. Die Zwillinge hatten noch zwei Fische gefangen, Holly einen ganzen Schwarm Krabben aufgefischt und sie alle miteinander in Kokosmilch mit gehackter Kokosnuß gekocht. Man konnte sich nichts Besseres wünschen. Holly hatte auch entdeckt, wie wir zu Löffeln und Tellern kommen konnten. Gewisse Palmenarten besitzen Samenschoten, die bis zu dreißig Zentimeter lang werden; wenn die sich öffnen und gut getrocknet sind, ergeben sie hervorragende Schüsseln. Außerdem hatte sie am Strand gesucht und Muschelschalen gefunden, die durchaus als Löffel zu gebrauchen waren, wenn man sie gut säuberte.

So hatten wir denn keine Sorgen in der Welt und waren richtig erschrocken, als Pop auf einmal auffuhr und fragte:

»Sind denn heute keine Autos vorbeigekommen?«

»Wenn ich's mir überlege«, antwortete ich, »dann habe ich keine gesehen.«

»Was sollen wir denn tun?« fragte Pop.

»Ich finde, wir warten einfach so lange, bis hier Autos vorbeikommen.«

»Das tun wir ja schon die ganze Zeit, Toby, und was hat's uns genützt?«

»Es hat uns ein paar hübsche Indianerhütten eingebracht, und Wasser sowie eine sehr gute Mahlzeit. Man könnte sagen, daß es uns unerwartet gut geht.«

»Man kann nicht hier auf dem Fleck sitzen und es dabei in der Welt zu etwas bringen. Hier kann ich mich nicht wieder für Arbeitslosenunterstützung qualifizieren. Und wenn ich noch lange warte, dann wird die Regierung mir das Kindergeld für die Zwillinge entziehen. Vielleicht verliere ich auch die Wohlfahrtsunterstützung. Und was wird aus deiner Versehrtenrente?«

»Ich sehe, worauf du hinaus willst«, sagte ich. »Na schön, du glaubst, daß wir auf der neuen Straße etwa sechzig Kilometer gefahren sind. Wenn du willst, könnte ich dahin zurücktraben, wo wir von der anderen Straße abgebogen sind. Ich könnte das sicher in sechs bis sieben Stunden schaffen. Ich trabe ziemlich schnell.«
»Es würde sehr komisch aussehen, wenn ein Mann mit hundertprozentiger Arbeitsuntauglichkeit einen Sechzig-Kilometer-Lauf unternimmt. Das könnte die Regierung in Wallung bringen.«
»Willst du lieber, daß ich in die andere Richtung laufe?«
»Wir haben keine Ahnung, wie weit man in der anderen Richtung laufen muß. Nein, ich glaube, wir bleiben einfach hier und hoffen, daß wir nicht verhungern müssen.«
»Wir werden schon nicht verhungern, Pop. Wenigstens solange nicht, wie dein Wagen noch was hergibt. Es hat sich nämlich herausgestellt, daß man von einem Auto ganz gut leben kann.«
Pop sah mir hart in die Augen und drehte sich um, um den Wagen zu betrachten. »Was hast du denn jetzt damit angestellt?« fragte er.
»Ja«, erwiderte ich, »da war so'n kleiner Streifen Chrom, der mir sozusagen in der Hand hängen blieb, und den haben wir als Reifen für das Krabbennetz verwendet. Wenn es wirklich hart auf hart geht, dann könnte ich auch noch aus dem Schlauch eine Schleuder anfertigen. Wenn ich den Wagen hochstellte, einen Satz der Blattfedern herausrisse und sie auseinandernähme, dann möchte ich wetten, daß sie großartige Bogen für Pfeil-und-Bogen er...«
»Du solltest dich was schämen, Toby«, sagte Pop. »Wenn man dich ein paar Wochen mit der Zivilisation alleinläßt, bringst du sie glatt wieder zurück zum Steinzeitalter. Du läßt jetzt den Wagen in Frieden.«

Holly mischte sich ein und sagte mit einer träumerischen Stimme: »Ich finde das hier herrlich. Es ist ... es ist genau wie bei den Pionieren.«
»Sei mal friedlich«, riet Pop. »Ich möchte nicht dem Gerücht Nahrung geben, daß wir die Regierung im Stich gelassen haben, um Pioniere zu werden. Wenn das jeder täte, wo bliebe dann die Regierung?«
Damit hatte Pop natürlich recht, deshalb widersprachen ich und Holly ihm nicht. Den Rest des Abends saßen wir nun da, schwatzten miteinander und versicherten uns, daß am nächsten Tag ein Auto vorbeikommen müsse. Dann gingen wir schlafen.
Aus irgendeinem Grunde konnte ich nicht einschlafen. Ich lag eine Weile wach und hörte Pop schnarchen. Es klang wie ein Preßlufthammer, der die Straßendecke aufreißt. Dann kroch ich aus der Hütte. Es war so eine Nacht, in der man sich beengt, schmerzhaft und unruhig fühlt. Leichte Stöße kühler Luft wehten vom Wasser her und vermengten sich mit der warmen Landluft. Die Sterne standen so dicht beieinander, daß man mit einem Besen hätte hinauflangen und sich einen Kübel voll herunterfegen können. Zuerst wollte ich einen zwölf bis fünfzehn Kilometer langen Dauerlauf machen, um mich ein wenig zu lockern, aber dann sah auf einmal das Wasser so einladend aus. Ich zog mir meine Badehose an, sprang von der Brücke ins Wasser und machte mir ein Vergnügen daraus, nur so herumzupaddeln und zu versuchen, ob ich nicht länger als die üblichen zwei bis drei Minuten unter Wasser schwimmen könnte. Aber ich war nicht gut in Form und brachte es nicht mal auf lumpige drei Minuten.
Ich trieb nah der Brücke auf dem Rücken, als jemand dort oben erschien. Es sah aus wie Holly, aber ich sagte nichts, weil sie vielleicht angeln wollte und ich mir vornahm, dann

zu ihrer Angelschnur zu schwimmen und zum Spaß kräftig dran zu reißen. Aber es stellte sich heraus, daß es gar nicht so klug gewesen war, sich still zu verhalten. Es war zwar Holly, aber sie wollte keineswegs angeln, sondern schwimmen. Als sie unterm Geländer durchgeklettert war und im Begriff stand, ins Wasser zu springen, konnte man kaum übersehen, daß sie nichts anhatte. Was ich damit sagen will, ist, daß ich's übersehen wollte, aber leider nicht ganz schaffte. Ich mußte mir zugeben, daß sie ohne die Jeans und das schlotternde weiße Hemd gar nicht so spillerig aussah, aber niemand kann die Dinge im Sternenlicht sehr genau unterscheiden, und ich nahm daher an, daß sie doch spillerig war. »Holly«, rief ich, »mach, daß du wegkommst. Ich bin hier unten im Wasser.«
Sie kreischte auf, und es sah aus, als wolle sie sich hinter ihren Händen verstecken, die aber doch nur eine sehr spärliche Bekleidung darstellten; dann sprang sie ins Wasser. Sie kam nicht weit von mir wieder hoch und keuchte: »Ach, ich schäme mich so, Toby. Du hast doch sicher gesehen, daß ich nichts anhabe.«
»Deswegen habe ich dich ja gerufen«, sagte ich. »Ich dachte, du würdest unterm Geländer wieder zurückklettern.«
»Springen ging schneller.«
»Es ist ja auch ganz egal«, sagte ich. »Du nimmst diese Seite der Brücke, und ich nehme die andere.«
»Ich glaube, das ist gar nicht nötig. Es ist ja schließlich dunkel, und ich bin ziemlich mit Wasser bedeckt.«
»Das wärst du vielleicht«, meinte ich, »wenn du nicht die ganze Zeit so komisch an der Oberfläche schwimmen würdest.«
»Ich bin eben so leicht, daß ich oben treibe, Toby. Aber darf ich dich was fragen?«
Ich wußte nicht, worauf ich mich einließ, und sagte:

»Ja, mach nur.«

Sie sagte etwas atemlos: »Als ... als ich vorm Springen so auf der Brücke stand, habe ich da für dich nicht wie 'ne Frau ausgesehen?«

Nun ja, ich ließ mir das erst mal ein bißchen durch den Kopf gehen, was ich nicht hätte tun sollen. Ich kann nicht sagen, daß ich viel von Frauen wußte. Es gab meistens ein paar Kwimper-Mädchen meines Alters, die sich zu Hause an mich ranmachten, aber da ich nie wußte, ob sie meine Kusinen oder meine Tanten waren, hielt ich sie auf Abstand. Und in Fort Dix hatten die Soldaten meiner Kolonne die sogenannten Pin-up-Bilder von Mädchen. Es war keine Frage, daß diese Pin-ups Frauen waren, und es bedrängte mich gewissermaßen, wenn ich sie ansah; deshalb versuchte ich, nicht mehr hinzusehen.

Nun wollte ich gegen Holly gerecht sein und dachte gründlich nach. Sie hatte recht hübsch ausgesehen, als sie im Sternenlicht auf der Brücke stand, aber wenn ich ehrlich sein wollte, dann mußte ich sagen, daß sie gerade da aufhörte, wo die Pin-ups anfingen.

»Holly«, erklärte ich endlich, »alles, was ich von Frauen weiß, habe ich bei den Pin-ups gesehen, die meine Kameraden in Fort Dix hatten. Es wäre nicht ganz gerecht, dich nach denen zu beurteilen, denn als die Natur diese Pin-ups in ihre Haut gegossen hat, muß jemand vergessen haben, ›halt‹ zu schreien.«

»Ich weiß nicht, ob ich das als ein Kompliment betrachten soll oder nicht. Haben dir denn diese Pin-up-Bilder gefallen, Toby?«

»Ja und nein. Ich muß schon zugeben, daß sie mir peinlich waren.«

»Das ist ein Trost«, meinte sie.

Ich konnte nicht begreifen, was sie damit meinte. Wir

schwammen einige Augenblicke nebeneinander, ohne zu sprechen; die Wellen trieben sie an mich ran, und ich merkte, daß ich nicht an die Pin-ups hätte denken sollen, denn sie bedrängten mich wieder. Wenn ich so ins Gedränge komme, dann helfe ich mir damit, daß ich das Einmaleins aufsage. Ich sagte es also leise vor mich hin. »Zweimal zwei ist vier«, murmelte ich. »Zweimal drei ist sechs. Zweimal vier ist sieben ... nein, das stimmt ja gar nicht, es ist acht. Zweimal fünf ist zehn ...«

»Was nuschelst du denn da?« fragte Holly.

»Ach, da ich nichts andres zu tun habe, übe ich nur schnell ein bißchen das Einmaleins. Wenn ich das nicht ab und zu aufsage, dann vergesse ich, wie es geht. Zweimal sechs ist zwölf. Zweimal acht ist ... nein, ich habe ja zweimal sieben ausgelassen.«

»Toby Kwimper«, sagte sie kichernd, »du schwindelst ja. Du hast einen anderen Grund, weshalb du das Einmaleins aufsagst. Sei mal ehrlich.«

Wenn man will, daß ich ehrlich bin, fällt es mir furchtbar schwer, Märchen zu erzählen. »Ich hätte es lieber, wenn du nicht fragtest«, sagte ich.

»Ich frag dich aber.«

»Na schön, ich sage das Einmaleins auf, wenn mich die Mädchen aufregen. Und wo ich gerade an die Pin-ups gedacht habe, fing ich an, mich aufzuregen.«

Sie kicherte wieder. »Wie weit hast du dabei schon mal gezählt?«

»Das Schlimmste war mal, als ein paar Mädchen zu einem Tanzvergnügen nach Fort Dix kamen, und das eine Mädchen hatte rotes Haar und grüne Augen und sah aus, als würde sie ein großartiges Pin-up abgeben, wenn sie nicht angezogen wäre. Ich glaube, sie hatte Angst, daß sie mit den hohen Absätzen, die sie trug, umkippen würde, deshalb hielt sie sich krampfhaft an mir fest, als wir tanzten, und das regte mich derartig auf, daß ich bis viermal sieben aufsagen mußte.«

»War das nicht schlimm, daß du so weit zählen mußtest?«

»Ach, das war damals nicht so gefährlich«, antwortete ich. »Ich kann das Einmaleins bis fünfmal acht, und das gab mir noch 'ne ganze Menge Spielraum.«

»Gott, Toby«, sagte sie unter erneutem Gekicher. »Du bist komisch.« Sie bespritzte mich mit Wasser.

Wenn sie so spielen wollte, dann konnte ich auch mitmachen, denn ich liebe eine gute Wasserschlacht. Also spritzte ich sie, und sie spritzte mich wieder, und wir legten uns mächtig ins Zeug. Manche Leute glauben, eine Wasserschlacht besteht nur darin, daß man sich gegenseitig mit Wasser bespritzt, aber da gibt es eine regelrechte Wissenschaft. Man muß nämlich seine Hand ganz flach machen und den Daumen unter den Zeigefinger stecken statt daneben. Dadurch wird die Handfläche zu einer Art Mulde; und wenn man so mit der Hand rasch über die Wasseroberfläche fährt, gibt das einen guten, harten Strahl. Hat man den Bogen erst mal raus, dann kann man einem schon damit wehtun. So mußte sich Holly ziemlich bald abwenden und schreien, ich solle aufhören, und ich hatte gewonnen.

»Das fing an wehzutun«, sagte sie schmollend.

»Tut mir leid«, sagte ich, »aber wo ist der Spaß an einer Wasserschlacht, wenn man sich dabei nicht austobt?«

»Du bist ein Biest«, sagte sie. Dann lachte sie, tippte mich auf die Schulter und sagte: »Du bist es!« Sie kicherte wieder und begann fortzuschwimmen.

Ich machte zwei Stöße, holte sie ein und klatschte ihr auf die Schulter. Sie fuhr rum und schwamm mir nach. Ich streckte mich im Wasser und gab mir wirklich Mühe, und ich wette, daß ich eine Heckwelle hatte wie ein Außenbordmotor. Als ich jedenfalls stoppte, muß ich gut dreißig Meter von ihr entfernt gewesen sein.

»Toby«, rief sie, »du schwimmst zu schnell. Ich kann dich nicht einkriegen.«

»Dann habe ich wohl gewonnen!«

»Aber Toby, wie kann Zeck Spaß machen, wenn der eine den anderen nicht einkriegen kann?«

»Na, mir hat's Spaß gemacht«, erwiderte ich. »Tut mir leid, daß du dabei zu kurz gekommen bist...«

»Ich bin vom Nachschwimmen völlig erschöpft, Toby. Oh, ich versinke, Toby, ich...«

Sie gab einen erstickten Laut von sich und ging unter. Ich schnellte im Wasser vorwärts und erreichte sie gerade, als sie das erste Mal hochkam. Als ihr Kopf über dem Wasser erschien, sah sie mich an, und ich glaubte einen Augenblick lang, daß sie wieder in Ordnung sei, aber dann stieß sie ein schwaches ›Oh‹ aus, hob einen Arm über ihren Kopf und fing wieder an, unterzugehen. Ich erwischte ihre Hand und überlegte mir, daß ich sie lieber schnell ans Ufer ziehen wollte als die schwierigen Griffe versuchen, zumal sie keinen Badeanzug trug. Daher legte ich sie, nachdem ich ihre Hand gepackt hatte, einfach über meinen Rücken, paddelte mächtig mit den Beinen und ruderte mit meinem freien Arm. Ich rammte so schnell auf den Strand auf, daß ich noch halbwegs über den Muschelgrund rutschte. Es war gut, daß ich meine Badehose anhatte, sonst wäre mir die nächsten Tage das Sitzen etwas unbehaglich gewesen. Nun hatte Holly natürlich keine Badehose an, und ich fürchte, daß sie ziemlich lebhafte Empfindungen hatte, als ich sie auf ihrem Rücken durch das flaches Wasser zog, denn sie quietschte ein bißchen.

Ich sprang hoch, rannte auf die Brücke, ergriff ihre Kleider und rannte zurück. Als ich von der Brücke runter und auf

den Muschelstreifen kam, drückte ich beide Augen zu und ging zu ihr hin, ohne auch nur zu blinzeln.
Als ich näher kam, sagte sie mit gepreßter Stimme: »Toby Kwimper, du bist ein Biest, aber laß es dir nicht einfallen, mich anzugucken.«
»Ich hab die Augen zu, Holly«, sagte ich. »Sprich bitte weiter, damit ich zu dir hinfinde. Hier habe ich deine Kleider.«
»Hier bin ich«, sagte sie. »Geh nur weiter. Immer geradeaus.«
Ich tat noch ein paar Schritte, stolperte plötzlich über ein Stück Holz und fiel hin. Es gelang mir jedoch, meine Augen geschlossen zu halten, und Holly nahm mir ihre Kleider aus der Hand und sagte: »Ich wünschte, damit wären wir quitt.« Dann rannte sie in ihre Hütte. Ich stand auf, klopfte mich ab und entfernte einige Muschelschalen aus Armen und Beinen. Dann sah ich mich nach dem Holz um, über das ich gefallen war, aber aus irgendeinem Grunde konnte ich es nicht finden.

4

Nicht ein einziges Auto kam den ganzen nächsten Tag auf der Straße vorbei. Oder den übernächsten. Am vierten Tag hatten wir uns regelrecht eingelebt. Zum Beispiel mit dem Fischen. Jeder Mensch weiß, daß man nicht immer, wenn man will, auf Fische rechnen kann; und es gab Zeiten, da Holly und die Zwillinge mehr fingen, als wir gebrauchen konnten, aber auch Zeiten, da sie nichts fingen. Wir hätten vielleicht manchmal hungern müssen, wenn Holly nicht einen großartigen Einfall gehabt hätte. Sie ließ mich Zweige zurechtschneiden und ein Gerüst von anderhalb mal zwei Metern anfertigen, das ich an den Ecken mit dem Rupfenzeug von den Palmblättern zusammenband. Dann nahm sie lange Palmblätter und machte einen Korbboden, Korbseiten und einen Korbdeckel daraus. Wenn wir nun einen überzähligen Fisch fingen, taten wir ihn in den Korb, den wir im flachen Wasser an Stangen verankerten. Und wenn man einen Fisch wollte, ging man einfach zum Korb und nahm ihn sich; das war besser als ein gekaufter Eisschrank, weil der Fisch noch lebendig war.

Wir fabrizierten einen ähnlichen Korb, um darin lebendige Krabben aufzubewahren. Aber wenn man einen Haufen Krabben beisammen läßt, dann verspeisen sie sich gegenseitig, bevor man selber sie verspeisen kann. Deshalb machten wir in dem großen Krabbenkorb kleine Käfige, um sie getrennt zu halten. Auf diese Weise hatten wir auch Weichschalenkrabben, wenn die Zeit kam, daß sie die Schalen wechselten.

Doch es gab noch eine Menge andere Nahrung. Im Umkreis von einem halben Kilometer standen schätzungsweise fünfzig Kokospalmen, und es gibt nichts Fleißigeres als eine Kokospalme im Herstellen von Kokosnüssen. Holly war sehr geschickt mit den Kokosnüssen. Sie raspelte drei oder vier gänzlich auf und tat sie zusammen mit der Milch in unseren Doppeltopf, um sie zu kochen. Dann schöpfte sie die Nußmasse ab, tat sie in ein Tuch und quetschte den ganzen Saft aus, der wieder in den Topf zurückfloß. Darauf ließ sie ihn kühlen. Wenn er kalt war, schöpfte sie wieder ab, was oben schwamm, und wir hatten Kokosbutter. Auf diese Weise konnten wir auch Gerichte braten, statt sie nur zu dünsten oder zu kochen.

Dann machte sie noch was aus Kohlpalmen. Es gibt nichts, was nutzloser und verwahrloster erscheint als eine Kohlpalme, da sie keinen nennenswerten Schatten spendet, aussieht, als ob sie einen Haarschnitt brauchte und sich den Teufel um die Produktion von Früchten, Nüssen, Brennholz oder sonstwas schert. Aber Holly zeigte mir, wie man sich einen jungen Baum aussucht und ihn bis zur weißen Mitte aufschneidet, die man das Herz der Palme nennt. Das schmeckte recht gut, wenn man's in Stücke schnitt und frischen Orangensaft darübergoß. Und was die Orangen betrifft, so schnüffelten Holly und ich auf der Insel hinter der Brücke herum und fanden die Überreste einer Apfelsinenpflanzung, die jemand vor Jahren angelegt hatte. Die meisten Bäume waren verwachsen und im Absterben, aber einige trugen noch kleine, nette Orangen, wenn sie auch reichlich sauer waren. Holly zeigte mir auch ein paar andere Bäume, die sie als Mangobäume und Avocados bezeichnete, mit Früchten, die in wenigen Monaten reif sein würden.

Wie ich schon sagte, lag es nicht daran, daß Holly besonders klug war, sondern sie hatte nur eine Menge gelesen, und wenn ein Mensch nicht allzu gescheit ist, dann ist es für ihn sicher eine große Hilfe, wenn er sich auf Bücher verlassen kann. Das eine Mal, daß ich für uns was zu essen fand, hatte ich das nicht Büchern, sondern scharfem Nachdenken zu verdanken. Je mehr ich mir die Schalen ansah, aus denen die Aufschüttung bestand, desto mehr war ich davon überzeugt, daß hier Muscheln und Austern vorhanden sein mußten. Ich suchte also den Strand rauf und runter, fand zwar keine Austern – die würden sich sowieso nicht im flachen Wasser aufhalten, wo ich suchte –, aber immerhin ein paar hundert Meter strandaufwärts ein ansehnliches Muschelbett.

Im Laufe der Zeit begann sogar Pop sich für den Stand der Dinge zu interessieren. Als ich eines Tages von der Muschelsuche zurückkam, baute er gerade einen kleinen Holzzaun um unsere Hütten. Er bediente sich dafür langer, dünner Stangen, die eine birkenähnliche Rinde aufwiesen, nach Hollys Angaben Cajeput hießen und einen sehr hübschen Zaun bildeten. Pop behauptete, er interessiere sich nicht eigentlich für die Arbeit und wolle nur Zeit totschlagen, aber am nächsten Tag pflanzte er einige kleine Kokospalmen auf unserem Vorplatz, wasserte sie und schnauzte die Zwillinge fürchterlich an, wenn sie die Palmen auch nur streiften. Ich konnte mich nicht erinnern, daß Pop jemals einen Finger gerührt hatte, um unser eigenes Haus etwas zu verschönern.

Sogar die Zwillinge machten sich nützlich. Zu Hause waren sie nie recht brauchbar, weil Pop sagte, wenn man schon Kinder mit staatlich gewährtem Kindergeld aufzieht, dann schiene es nicht richtig, sie mit Arbeiten zu überlasten. Aber hier gab Holly ihnen reichlich zu tun; bloß betrachteten die Zwillinge es nicht als Arbeit, sondern waren nur um so

fröhlicher und zankten sich nicht mehr so viel. Ich brachte ihnen das Schwimmen bei, und Holly die Schularbeiten.
Eines Morgens, vielleicht dem fünften an dieser Stelle, faßte Pop, der sich gerade nach dem Frühstück ausruhte, in Worte, was wir wahrscheinlich alle schon heimlich gedacht hatten.
»Wie wäre es«, sagte er, »wenn hier überhaupt niemals Autos entlangkämen?«
»Wir kämen schon zurecht«, sagte Holly. Es fuhr ihr so schnell heraus, daß man meinen konnte, sie hätte sich diese Antwort schon die ganze Zeit zurechtgelegt und wartete nur darauf, daß jemand die Frage stellte.
»Das meine ich auch«, erklärte ich Pop. »Holly und ich glauben, wenn wir den alten Orangenhain auf der Insel säubern und die Bäume pfropfen, könnten wir damit unseren ganzen Bedarf decken. Dort steht auch ein alter, verfallener Schuppen, und es sieht so aus, als ob die Leute daneben früher einmal einen Gemüsegarten gehabt hätten. Jetzt ist es natürlich ganz überwuchert und ins Kraut geschossen, aber wenn wir dort nachgraben und ein paar Samen finden, dann können wir uns vielleicht wieder einen Garten anlegen.«
»Na schön«, sagte Pop. »Ich wollte mich nur vergewissern, daß ich alles richtig plane, damit wir uns nicht zu sorgen brauchen, wenn keine Autos mehr vorbeikommen. Trotzdem möchte ich aber gern wissen, was eigentlich passiert ist.«
»Ich stelle mir das folgendermaßen vor«, sagte ich. »Das hier ist eine neue Straße, die noch nie benutzt worden ist – deshalb denkt auch niemand dran. Die Leute, die sie gebaut haben, sind fortgegangen und denken auch nicht mehr dran. Nun kann es ja sein, daß wenigstens ein Mann von der Regierung doch noch dran denkt und sie auf einer Stra-

ßenkarte einzeichnen will, damit die Menschen sie benutzen können. Aber vielleicht ist er müde geworden oder hat Feierabend gemacht, bevor er sie auf der Karte eingetragen hat. Dann kommt ein anderer Mann von der Regierung daher und sagt: ›Wo ist denn die Straße, die angeblich gebaut worden ist?‹ Und wieder ein anderer Mann fragt: ›Welche Straße?‹ Und der erste Mann sagt: ›Warum guckst du nicht auf der Karte nach, bevor du mich fragst, welche Straße?‹ Und der zweite Mann sagt: ›Guck doch selber nach, dann wirst du ja sehen, daß wir keine neue Straße auf der Karte haben.‹ Und der erste Mann sagt: ›Tatsächlich hast du recht, denn auf dieser Karte ist todsicher keine neue Straße eingezeichnet.‹ Und danach gibt es niemand mehr, der an die neue Straße denkt, und deshalb wird sie auch niemals für den allgemeinen Gebrauch eröffnet.«
»Das kann natürlich sein«, meinte Pop. »Es könnte aber auch eine andere Erklärung dafür geben. Vielleicht haben sie ein paar von diesen großen Bomben geworfen und alle außer uns ausgelöscht.«
»Pop«, sagte ich, »das ist ein sehr ernster Gedanke. Denn wenn das passiert ist, dann sind du und Holly, die Zwillinge und ich alles, was vom Menschengeschlecht noch übrig ist, und es wäre uns überlassen, es wieder auf die Beine zu stellen.«
»Es wäre, glaube ich, ein Fehler, das Menschengeschlecht wieder auf die Beine zu stellen«, erwiderte Pop. »Das Leben im Sitzen ist viel angenehmer, und man gerät nicht so leicht in Schwierigkeiten.«
Holly meinte träumerisch: »Ich möchte gern wissen, was für eine Welt wir versuchen würden zu schaffen. Würden wir sie viel verändern?«
Das machte uns alle nachdenklich. Es war nicht leicht zu entscheiden, welche Änderungen wir durchführen wollten.

Sollte man zum Beispiel die Zellophanverpackungen abschaffen, weil man sie nur so schwer öffnen kann? Sollte man sich des Hundert-Stundenkilometer-Verkehrs entledigen und der feststehenden Messer und der Musikautomaten, die mit voller Lautstärke spielen? Wollte man lieber eine große Regierung, die einen betreute, oder eine kleine, die man selbst betreuen mußte? Wenn ich darüber nachdachte, fand ich, daß ich nicht klug genug war, um zu entscheiden, was die Menschen haben sollten; ich wollte daher aus eigenem Antrieb nichts ändern.

Nachdem wir eine Weile darüber gesprochen hatten, sagte Holly: »Das ist doch alles nur ein Traum, denn wenn die Bomben gefallen wären, hätten wir bestimmt was gehört. Aber es hat sich nichts gerührt.«

»Nein wirklich?« fragte Pop. »Und das Dröhnen, das ich in diesem Augenblick höre?«

Wir horchten auf, und ich will mich rösten lassen, wenn nicht etwas dröhnte. Aber in wenigen Sekunden wußte ich auch, was es war. »Pop«, sagte ich, »das ist keine explodierende Bombe. Das ist ein Viertonner, der die Straße runterfährt.«

Nach fünf Tagen, an denen wir kein einziges Gefährt auf der Straße gesehen hatten, kam es uns richtig unheimlich vor, als dieser Lastwagen auf uns zurollte. Man hätte denken sollen, daß wir alle schreiend und winkend am Straßenrand gestanden hätten. Statt dessen saßen wir da, als wäre das nicht bloß ein Lastwagen, sondern ein großer Wandel, der in unser Leben eingriff, und auf den wir nicht vorbereitet waren. Wir lauschten auf den Laster, der über die Insel fuhr, vor der Brücke schaltete und über die Bohlen rumpelte. Keiner von uns rührte sich. Der Laster kam von der Brücke runter und wollte schon vorbeifahren, als jemand in der Kabine dem Chauffeur etwas zuschrie, die

Bremsen kreischten und das Gefährt eine kleine Strecke hinter uns zum Stehen kam. An der Kabine war eine Schrift angebracht, die besagte: »Amt für Öffentlichen Ausbau, Staat Columbiana«.

Ein Mann, der neben dem Fahrer saß, sprang raus und kam auf uns zu. Er war ein junger Mann in Khakis, die nicht von der Stange gekauft, sondern eigens für ihn geschneidert waren. Er hatte ein sonnenverbranntes Gesicht, trug Bürstenhaarschnitt und wäre in Fort Dix der Typ gewesen, vor dem man aufsprang und salutierte.

Er blieb stehen, stemmte die Hände in die Hüften und bellte uns an: »Was geht hier vor?«

Pop sagte: »Ich nehme an, Sie sind von der Regierung, und ich sollte meinen, es wird auch langsam Zeit.« Pop war sehr sanft in dieser Angelegenheit, obwohl er sich von der Regierung schändlich vernachlässigt fühlte.

»Ich bin der Direktor für Öffentlichen Ausbau«, erklärte der Mann. »Und ich möchte wissen, was Sie hier zu suchen haben.«

»Uns ist das Benzin ausgegangen«, sagte Pop, »und . . .«

»Machen Sie keine Redensarten. Sie haben hier kampiert, und zwar auf dem Straßenbaugelände.«

Ich war stolz darauf, wie Pop die Ruhe bewahrte, denn er war es nicht gewöhnt, daß ihn die Regierung in dieser Manier behandelte. »Es blieb uns nichts anderes übrig, weil es nun schon fünf Tage her ist, daß uns das Benzin ausging und seitdem kein einziges Auto auf dieser Straße vorbeigekommen ist. Wir haben uns recht gut durchgeschlagen, und zwar ohne das kleinste bißchen Hilfe von der Regierung. Jetzt . . .«

Der Mann sagte: »Wie sind Sie überhaupt auf die Straße gelangt? Wir haben doch eine Schranke über die Straße gelegt, wo sie von der Küstenstraße abzweigt. Wir haben

eben erst die Zugbrücke am anderen Ende fertiggestellt. Diese Straße ist für die Öffentlichkeit noch nicht freigegeben, und dennoch kampieren Sie hier auf dem Straßenbaugelände, als ob es Ihnen gehörte. Wo sind Sie denn her?«
»Wir sind die Kwimpers aus Cranberry County, New Jersey«, erläuterte Pop, wobei er sich bemühte, seine Worte nicht prahlerisch klingen zu lassen. »Vielleicht gibt es noch andere Kwimpers in diesem Land, aber die sind nicht mit uns verwandt. Deshalb sage ich, die Kwimpers aus Cranberry County, New Jersey.«
Das war mal ein unwissender Bursche, denn der Name Kwimper sagte ihm nichts. »Mein Name ist King, H. Arthur King«, erklärte er. »Sie brauchen sich ihn nicht zu merken, aber merken Sie sich, daß ich Bezirksdirektor für den Öffentlichen Ausbau bin. Ich fordere Sie jetzt auf, Ihren ganzen Kram in Ihre Karre zu laden und sich zu entfernen. Hier baut das Amt eine neue Straße durch völlig unberührtes Land, und dann kommen Sie daher und versauen uns die schönste Aussicht. Ihr Leute wißt überhaupt nicht zu würdigen, was die Regierung für euch tut.«
Pop wurde langsam ärgerlich. »Ich weiß, was die Regierung für mich getan hat«, sagte er, »aber Sie wissen vielleicht nicht, was ich für die Regierung getan habe. Ich bin eine der stärksten Stützen, die die Regierung besitzt, und ...«
»Sie sind Steuerzahler und haben Ihre Rechte, wie?« fragte Mr. King. »Mein lieber Mann, Steuerzahler sind wir alle.«
»Nennen Sie mich nicht einen Steuerzahler!« rief Pop. »Das ist eine gemeine Lüge. Ich habe die Regierung in allem unterstützt, was sie unternehmen wollte, Wohlfahrt und Arbeitslosenunterstützung, Kindergeld und Kriegsversehrten ...«
»Hier ist jemand übergeschnappt, aber ich bin's nicht«, meinte Mr. King. »Sie behaupten, daß Ihnen das Benzin ausgegangen ist?«

Pop sagte: »Mein Benzin ist am Ende, und sehr bald auch meine Geduld, und ...«

Dieser Bursche hatte die Angewohnheit, einem das Wort abzuschneiden, bevor man ausgeredet hatte. Er fuhr herum und rief zum Lastwagen hinüber: »He, Joe! Bringen Sie mal unseren Kanister mit Ersatzbenzin und gießen Sie den Leuten hier soviel in den Tank, daß sie bis nach Gulf City kommen.« Dann wandte er sich wieder an Pop und sagte: »Ich weiß nicht, warum ich Ihnen eine Erklärung schuldig sein sollte, aber diese Straße, die unser Amt gebaut hat, ist das größte geplante Straßenverkehrsverbesserungsprojekt, das dieser Staat je unternommen hat. Der Staat besitzt das ganze Gelände in dieser Gegend und hat es schon bis auf den letzten Quadratmeter parzelliert. Die Insel auf der anderen Seite der Brücke wird ein Vogelschutzgebiet. Hier auf dem Festland haben wir einen Wildpark. Wir ...«

»Haben Sie auch einen Platz für Menschen?« fragte Pop.

»Menschen? Natürlich haben wir den. Wir schaffen einen beaufsichtigten Campingplatz auf einer anderen Insel. Auf einer dritten Insel bauen wir eine Musterfarm, um den Leuten zu zeigen, wie man Pflanzen züchtet, und auf einer anderen entsteht eine Mustersiedlung, um zu zeigen, wie man wohnt.«

Pop meinte: »Sie lassen die Menschen aber hoffentlich selbst entscheiden, wie sie sterben wollen, oder nicht?«

»Wir erledigen alles, was nötig ist. Wir – – sagen Sie mal, Sie halten das wohl für einen guten Witz, was? Ich wußte, daß es sich nicht lohnen würde, Ihnen den großen Überblick zu verschaffen.« Er griff in seine Tasche, brachte Notizblock und Bleistift zum Vorschein, kritzelte eine Zeile, riß das Blatt raus und gab es Pop. »Damit kommen Sie über die Zugbrücke nach Gulf City. Es sind noch etwa achtzehn Kilometer. Und lassen Sie sich nicht wieder beim Camping an dieser Straße erwischen. Gouverneur George K. Shaw wird in drei Tagen diese Straße entlangfahren, um sie einzuweihen, und ich will nicht, daß ihm die Aussicht durch Leute, die hier kampieren, versaut wird. Joe, haben Sie ihnen genug Benzin reingetan?«

Der Fahrer schraubte den Deckel auf unserem Benzintank fest und sagte: »Jawohl, Mr. King. Alles in Ordnung.«

»O. K.«, erklärte Mr. King. Und dann zu Pop gewandt: »Und machen Sie sich schleunigst aus dem Staube!« Er marschierte zu dem Lastwagen zurück und stieg ein; der Laster knurrte uns mit seiner Gangschaltung an und rollte davon in Richtung Küstenstraße.

Pop sagte: »Ich muß zugeben, daß ich unsäglich wütend bin. Ich war bereit, der Regierung halbwegs entgegenzukommen und nicht zu viel davon herzumachen, daß sie uns hier ganz ohne Hilfe gelassen hat, aber so wie sich die Dinge entwickelt haben, bin ich fast entschlossen, gegen die Regierung zu sein.«

Ich sagte: »Warum hast du ihm eigentlich nicht ein paar Gesetzesvorschriften aufgesagt, Pop?« Wenn nämlich jemand Pop bei der Wohlfahrt, der Arbeitslosenunterstützung oder dem Kindergeld Schwierigkeiten macht, dann kuriert er ihn meistens dadurch, daß er ihm jede Menge Gesetzesvorschriften runterrasselt, und wenn er keine kennt, dann erfindet er sie auf der Stelle. Pop behauptet, die Regierung habe so viele Vorschriften, daß niemand sie alle kennen kann, und wenn man ein paar extra dazu erfindet, dann merke sie es gar nicht.

Pop meinte: »Man muß es erst im Gefühl haben, bevor man der Regierung Vorschriften entgegenhält. Wie das eine Mal, als ich Fürsorge bekam und die Regierung mich mit der Frage belästigte, warum ich mir dieses Auto hielt. Ich hatte das *Gefühl*, daß mir Fürsorge zustand, und erwiderte deshalb der Regierung, sie hätte wohl die Vorschrift vergessen, die besagt, man dürfe Fürsorgeempfänger rechtens nicht dadurch ärgern, daß man sich in ihre Privatangelegenheiten mischt. Ja, mein Gefühl war so stark, daß es sich herausstellte, sie hatten tatsächlich eine solche Vorschrift. Aber es hätte ebenso gut gewirkt, wenn sie die Vorschrift nicht gehabt hätten, weil es richtig klang. Aber heute fehlte mir ein derartiges Gefühl, und deshalb konnte ich nichts erfinden.«

»Es war nicht fair«, sagte ich. »Er hat dich übertölpelt.«

»Das kannst du ruhig behaupten, Toby. Und laß es dir eine Lehre sein. Laß dich niemals von der Regierung übertölpeln. Du mußt sie übertölpeln. Aber nun sieht es wohl so aus, als müßten wir aufpacken und uns davonmachen.«

Ehrlich gesagt, wir hatten keine rechte Lust zum Packen. Wir schütteten den Fisch und die Krabben aus ihren Reusenkörben, und Pop sammelte seine Radkappen und warf sie in den Gepäckraum des Wagens. Er wollte nicht mal den Kotflügel mitnehmen, den ich als Schaufel und Holly als Untersatz für ihren Doppelkocher gebraucht hatten. Wir fuhren davon und ließen die Hütten und alles andere stehen. Die Zwillinge heulten auf dem Hintersitz. Holly weinte, und Pop räusperte sich so, daß es klang, als ob die Gangschaltung nicht funktionierte. Ich hatte einen Kloß im Hals, als ob ich ein Stück Muschelsand verschluckt hätte. Es war eine ziemlich unglückliche Fahrt, und wir hatten keine Freude an den Landschaftsbildern, die das Verkehrsverbesserungsprojekt uns auf dem Weg nach Gulf City beschert hatte.

Wir übergaben Mr. Kings Zettel dem Wächter auf der Zugbrücke, der uns darauf den Schlagbaum öffnete. Wir fuhren durch nach Gulf City, hielten an der ersten Tankstelle und kauften Benzin. Pop bezahlte es, und der Tankwart fragte uns, ob jemand versucht hätte, unseren Wagen auszuschlachten, als wir gerade nicht in der Nähe waren, weil so viele Teile davon fehlten.

»Nein«, sagte Pop, »die sind mehr oder weniger abgefallen, als wir von Süden her auf der neuen Autostraße fuhren.«

»Was Sie nicht sagen«, rief der Tankwart. »Ist die so holperig? Ich wußte ja, daß das keine anständige Straße wird, gleich das erste Mal, als ich davon gelesen habe. Wenn jemand heutzutage eine Straße auf einem kläglich kleinen, nur fünfzehn Meter breiten Geländestreifen baut, dann kann das keine sehr großartige Straße werden, das ist meine Meinung. Zwei Fahrbahnen und eine Haltespur an jeder Seite, damit sind die fünfzehn Meter verbraucht. Es liegt auch nicht daran, daß sie nicht genug Land kriegen konnten. Von hier bis zum Pfefferland gehört ihnen jeder Quadratmeter. Aber als gesetzlich festgelegten Straßenbaustreifen haben sie sich nur fünfzehn Meter geben lassen. Sie wollen scheint's vermeiden, daß viele Autos die Straße befahren und die Leute an den Brücken anhalten, um zu fischen oder dergleichen. Ich wußte gar nicht, daß die Straße für die Öffentlichkeit schon freigegeben ist.«

Pop sagte: »Sie wird niemals im eigentlichen Sinne für die Öffentlichkeit freigegeben, so wie die Dinge laufen. Nun, vielen Dank. Ist hier ein Lebensmittelladen in der Nähe?«

Der Mann erklärte ihm, wo wir einen finden konnten. Wir fuhren hin und kauften Vorräte ein. Pop hatte wohl einen richtigen Schock bekommen, als ihm das Benzin ausging, denn er kaufte so viel, daß wir uns eine Woche lang verpflegen konnten. Wir verpackten es im Wagen und fuhren von der Bordschwelle ab, als Pop auf einmal eine Kehrtwendung machte.

»Norden ist in der entgegengesetzten Richtung, Pop«, sagte ich.

»Du meinst, ich fahre nach Süden, Toby?«
»Ja, Pop.«
»Na, dann ist ja alles in Ordnung«, meinte Pop, »denn nach Süden will ich gerade fahren.«
»Da kommst du aber nur auf die Zugbrücke zur neuen Straße«, bemerkte ich in der Hoffnung, er werde die Anspielung verstehen.
»Ich hoffe, du hast recht, Toby, denn es würde mich sehr beunruhigen, wenn man in der letzten Stunde die Zugbrücke weggenommen hätte.«
»Pop«, sagte ich, »du sollst nicht denken, daß ich gegen dich bin, aber du kannst der eigensinnigste Mensch im Staate New Jersey sein, und eigensinniger als in New Jersey wird man nicht geboren, es sei denn, daß es Menschen gibt, die sich mit dem Hinterteil eines Maultiers messen können. Was hast du dir jetzt vorgenommen?«
Pop sagte ungerührt: »Ich habe mir vorgenommen, nach unserm Camp zurückzufahren. Die Art, wie die Regierung uns behandelt hat, darf man ihr nicht durchgehen lassen, Toby, weil sie sonst in schlechte Angewohnheiten verfällt.«
Die Zwillinge verstanden, was er sagte, und fingen an zu toben: »Wir fahren zurück! Wir fahren zurück! Hurra! Wir ...«
»Seid ruhig, ihr zwei!« schrie Holly. »Fahren wir wirklich zurück? Ich wäre heilfroh, aber wird man uns nicht verhaften?«
»Das wird man nicht tun«, erklärte Pop. »Denn jetzt habe ich die Sache im Gefühl, und wenn die Regierung uns behelligt, dann werde ich so viele Gesetzesvorschriften herunterrasseln, daß die Regierung ein Jahr braucht, um sie alle nachzuschlagen. Toby, wie breit war der Asphaltstreifen an der Stelle, wo wir unser Camp hatten?«
»Ich weiß nicht, was das damit zu tun hat«, antwortete

ich. »Aber wenn es dich selig macht, dann schätze ich, daß der Asphaltstreifen etwa acht Meter breit war.«
»Und die Bankette auf beiden Seiten?«
»Na, auf der anderen Seite waren etwa zehn Meter breite Bankette und auf unserer etwa elf bis zwölf. Ich stelle mir vor, daß an der Stelle, wo sie die Brücke gebaut haben, ein Kanalgraben ausgebaggert wurde, und da sie die Erde irgendwo lassen mußten, haben sie sie einfach dort aufgeschüttet. Denn fünfzig Meter weiter hinten aufs Festland zu sind die Bankette auf beiden Seiten nicht breiter als drei bis vier Meter.«
Pop sagte: »Vielleicht erinnerst du dich, daß der Mann an der Tankstelle sagte, das Straßenbaugelände sei nur fünfzehn Meter breit? Da haben wir acht Meter für den Asphalt und dreieinhalb Meter Bankette auf beiden Seiten. Toby, wir hatten unser Camp gar nicht auf Staatsboden. Wir hatten es auf Niemandsland. Sie haben bei der Brücke extra Bankette aufgeschüttet, die weit über den Baustreifen hinausreichen und uns ebensogut gehören wie ihnen. Jetzt fahren wir zurück, um der Regierung eine Lektion zu erteilen.«
Wir waren alle richtig stolz auf Pop, und Holly sagte, er erinnere sie an die gepeinigten Bauern von Concord und Lexington. Sie ist wirklich kein furchtbar gescheites Mädchen, denn ich wüßte nicht, wo sie in New Jersey Städte mit Namen Concord und Lexington findet, und ich wüßte noch weniger, warum die Bauern dort gepeinigt sein sollten. Vielleicht meinte sie eher beleidigt als gepeinigt, denn wenn es eins gibt, was Bauern meistens sind, dann ist es beleidigt. Immerhin meinte sie es gut. Wir fuhren zurück zur Zugbrücke, und der Wächter wollte uns eigentlich nicht rüberlassen, aber Pop befahl ihm, noch einmal auf den Zettel zu gucken, den er ihm gegeben hatte, denn darauf stand

›Lassen Sie den Wagen über die Brücke fahren‹, aber nichts davon, daß er nur einmal drüber fahren durfte. Wenn man Pop reden hört, dann werden manche Menschen mit der Zeit etwas schwindlig; so fing auch dieser Mann allmählich mit milchigem Blick an zu nicken und ließ uns durch.
In kürzester Zeit waren wir wieder in unserem Camp. Alles war genau, wie wir es verlassen hatten, und wir hatten das Gefühl, nach Hause zurückgekehrt zu sein, obgleich es ja gar nicht unser Zuhause war. Holly und die Zwillinge machten sich sofort an die Arbeit, um unsere Fisch- und Krabbenvorräte wieder aufzufrischen, und ich ging Brennholz hacken. Ich fühlte mich so glücklich, daß ich mich austoben mußte, darum hackte ich einen ganzen Stapel. Ich hatte angenommen, daß Pop zur Feier des Tages ein hübsches, langes Schläfchen halten würde, aber als ich zum Camp zurückkam, hatte er bereits um unser ganzes Landstück einen Zaun gebaut und ihn vor den Hütten mit einer Tafel versehen, auf der stand:

AUCH EIN VERBESSERUNGSPROJEKT
Die Kwimpers

Es dauerte eine Weile, bis ich verstand, was diese Tafel bedeuten sollte, weil mir aus dem Handgelenk keine Beispiele einfielen, daß die Kwimpers je etwas verbessert hatten, aber Pop erklärte, es solle nicht bedeuten, daß die Kwimpers schon einmal Verbesserungsprojekte unternommen hätten, sondern nur, daß die Regierung ein Verbesserungsprojekt begonnen hätte und wir nun dasselbe täten. Das klärte die Sache auf. Es war eine hübsche Tafel, und ich war stolz darauf, mußte aber auch dran denken, daß die Regierung vielleicht gar nicht entzückt war, wenn jeder Mensch sich einfach nach Gutdünken hinstellte und verbesserte.

5

Jedenfalls führten wir in den nächsten zwei Tagen ein herrliches Leben. Es gab alles mögliche zu essen, nachdem wir uns Vorräte eingekauft hatten, und dadurch gewannen wir Zeit für die Durchführung unseres Verbesserungsprojektes. Mit Kokosnüssen markierten wir Wege auf unserem Grundstück, und ich baute eine große Hütte, in der wir unsere Mahlzeiten einnehmen konnten. Pop wünschte Töpfe, Pfannen und andere Sachen aus der Stadt; ich nahm also den Wagen und fuhr zur Zugbrücke. Diesmal wollte mich der Wächter auf keinen Fall mit dem Auto durchlassen, aber er konnte mich nicht daran hindern, daß ich nach Gulf City und zurück zu Fuß ging. Dabei brachte ich auch eine große amerikanische Flagge mit. Ich verfertigte eine schöne Fahnenstange und zog die Fahne hoch, während Pop, Holly und die Zwillinge strammstanden. Ich hatte mir zwar Sorgen gemacht, als wir uns so einfach das Land aneigneten, aber als wir die Fahne hatten, war alles in Ordnung, denn nun konnte niemand mehr sagen, das sind die Roten, die glauben, sie können einfach daherkommen und sich nehmen, was ihnen Spaß macht.

Am Nachmittag des dritten Tages hörten wir in der Ferne eine Sirene heulen, wie eine Katze, die der anderen mitteilt, was sie ihr antun wird, wenn sie dazu Lust und Laune hat. Bald darauf hörten wir eine Anzahl Autos über die Insel kommen. Wir vermuteten, daß es Gouverneur George K. Shaw sein würde, der die neue Straße eröffnete; drum stellten wir uns alle auf und guckten zu. Zuerst kam ein Wagen der Verkehrspolizei mit heulender Sirene; die Insassen drehten ihre Köpfe und starrten uns an, als sie vorbeifuhren. Dann kam der Wagen vom Amt für Öffentlichen Ausbau, und die starrten auch. Ihm folgte ein langer, glänzender Wagen mit der Staatsstandarte am Kotflügel, und auch Gouverneur George K. Shaw starrte uns an. Nun war unser Verbesserungsprojekt zwar wirklich sehr beachtlich, aber das Starren schien doch ein bißchen übertrieben; deshalb sah ich mich um, ob wir vielleicht die Fahne verkehrt aufgezogen hatten.

Doch daran lag's nicht. Es lag an Pop und den Zwillingen. Die standen stramm und grüßten. Nur grüßten sie nicht auf die übliche Art. Sie standen tadellos in Reih und Glied, hatten aber alle den Daumen im Gesicht und machten der Regierung eine lange Nase. Jetzt wußte ich auch, warum Pop die Zwillinge in letzter Zeit ein paarmal zu Spaziergängen mitgenommen hatte und warum die Zwillinge so albern waren, wenn sie zurückkamen. Pop hatte mit ihnen geprobt. Die ganze Kavalkade von zehn Wagen fuhr vorbei, und alle starrten uns an. Einen Augenblick dachte ich schon, daß man Pop ungeschoren lassen würde. Aber kurz vor der Kurve auf dem Festland lärmten die Hupen und kreischten die Bremsen, und alle hielten. Sie waren ziemlich zügig gefahren und bremsten recht geschickt, so daß nicht mehr als zwei oder drei Kotflügel dabei zerbeult wurden. Dann gab es ein Hin- und Herlaufen zwischen den Wagen, und die Leute zeigten auf uns. Schließlich lösten sich zwei Wagen aus der Kolonne und fuhren zu uns zurück, während die anderen weiterfuhren. Der erste Wagen war ein Polizeiauto, dessen Sirene jaulte wie ein Kater, der zu allem bereit ist. Der andere gehörte zur Abteilung für den Öffentlichen Ausbau. Sie hielten genau vor uns. Ein paar Poli-

zisten sprangen aus dem Wagen und sahen aus, als würden sie sofort schießen, wenn wir eine mißverständliche Bewegung machten, und Mr. King sprang aus dem anderen Wagen und sah aus, als würde er sofort schießen, selbst wenn wir keine solche Bewegung machten.
»Sehr komisch, sehr komisch«, schrie Mr. King. »Aber jetzt wollen wir mal sehen, wer zuletzt lacht. Ich habe Ihnen doch gesagt, Sie sollen hier verduften.«
Pop sagte mit milder Stimme:
»Wir sind verduftet.«
»Sie müssen total verrückt sein. Sie sind doch noch hier, und ein ganzer Geleitzug von höchsten Würdenträgern des Staates hat gesehen, daß Sie noch hier sind.«
»Wir sind nicht noch hier«, erklärte Pop. »Wir sind schon wieder hier. Wir waren 'ne Zeitlang weg und sind zurückgekommen.«
»Das ist ganz belanglos«, sagte Mr. King. »Ich habe Sie gewarnt. Jetzt wird was geschehen. Wachtmeister«, sagte er zu einem der Polizisten, »Sie können die Leute wegen Hausfriedensbruch und einem halben Dutzend anderer Vergehen verhaften, die mir einfallen werden, wenn ich nicht mehr so außer mir bin.«
Der Polizist kam auf uns zu, aber Pop erklärte: »Wenn wir schon von Hausfriedensbruch sprechen, so ist das Land hinter diesem Zaun Privateigentum, und es ist gesetzlich bestimmt, daß die Polizei Privateigentum nicht betreten darf, es sei denn, sie hat einen gültigen Haftbefehl oder verfolgt bestimmte Übeltäter oder hat jemand auf frischer Tat ertappt. Niemand kann uns verfolgen, weil keiner von uns zu entkommen sucht, und es gibt kein Gesetz, das es zum Verbrechen erklärt, wenn man der Regierung eine lange Nase macht.«
Mr. King sagte zu dem Polizisten: »Die Leute sind wahn-

sinnig. Die Bankette sind Staatsboden und stehen unter Kontrolle des Amtes für Öffentlichen Ausbau.«

»Nicht die ganzen Bankette«, sagte Pop. »Sie haben nur einen gesetzlichen Baustreifen von fünfzehn Metern. Rechnen Sie sich's aus. Acht Meter für den asphaltierten Teil und dreieinhalb Meter an beiden Seiten. Unser Zaun fängt erst viereinhalb Meter vom Asphaltrand an, und unser Land reicht von dort bis zum Wasser, was etwas über sechs Meter ausmacht.«

Mr. King spuckte wie eine Rakete kurz vorm Losgehen. »Ich habe noch nie so einen Unsinn gehört«, sagte er. »Selbst wenn diese Bankette dem Amt für Öffentlichen Ausbau nicht unterstellt sein sollten, was ich nicht im mindesten zugebe, so sind sie doch Staatseigentum, und Sie haben sie unbefugt betreten. Wachtmeister ...«

»Als ich mir letzthin das im Jahre achtzehnhundertnullzwo erlassene Staatsgesetz angesehen habe«, belehrte ihn Pop, »stand dort geschrieben, wenn Land nicht als Eigentum vergeben ist, so ist es freies Land, das jeder bis zu einer viertel Meile im Quadrat besiedeln darf. Sie brauchen mir also nur zu beweisen, daß dieses Land schon als Eigentum vergeben worden ist, bevor wir uns hier niedergelassen haben, und wir räumen es sofort.«

Mr. King kriegte allmählich den milchigen Blick, den die Menschen häufig kriegen, wenn sie mit Pop diskutieren. »Wie sollte es als Eigentum vergeben sein?« fragte er. »Dies Land ist gerade erst geschaffen worden! Es – ach, warum soll ich mich mit Ihnen streiten! Wachtmeister, kommen Sie mal her.«

Mr. King, der Wachtmeister und die anderen Polizisten gingen zurück zu ihrem Wagen. Sie nahmen eine Karte raus und studierten sie, dann schritten sie die Breite des Asphaltstreifens ab, gingen zurück zu der Karte und warfen uns sämtliche wütenden Blicke zu, die sie noch auf Vorrat hatten.

Ich machte mich an Pop heran und flüsterte: »Du bist in großer Fahrt, Pop, aber was ist das mit dem Gesetz, das im Jahre achtzehnhundertnullzwo erlassen wurde? Du hast doch keine Ahnung von der Gesetzgebung in diesem Staat!«

»Das macht mir keine Sorgen«, erwiderte Pop. »Ich habe die Sache jetzt im Gefühl, und das ist ein Gesetz, das sie haben sollten, selbst wenn sie's nicht haben. Und es wird ihnen schwerfallen, es nachzuschlagen, denn wenn sie's unter achtzehnhundertnullzwo nicht finden, dann sehen sie unter achtzehnhundertnulldrei nach oder eins und so weiter.«

»Pop«, sagte ich, »du bist der klügste Mann, den ich kenne. Es kostet die Regierung Monate und Monate, bis sie ein Gesetz hochwürgt, und du kannst eins von dir geben, ohne auch nur tief Atem zu holen.«

»Das ist nicht allein mein Verdienst«, sagte Pop. »Früher, im Jahr eins, als die Kwimpers sich in Cranberry County niederließen, gab es niemanden, der Land kaufte. Ich erinnere mich, wie mein Pop mir erzählte, daß die Kwimpers wegen der Eigentumsrechte einen großen Stunk mit der Regierung hatten und daß einer der Senatoren, der wußte, daß die Kwimpers über eine große Stimmzahl verfügten, ein solches Gesetz, wie ich es eben erfunde habe, aus der Mottenkiste hervorholte. Es endete damit, daß die Regierung nachgab und jedermann Eigentumsrechte zugestand. Wenn sie also ein solches Gesetz in Jersey hatten, dann sollten sie's auch hier haben, und wenn sie's noch nicht haben, dann wird's langsam Zeit.«

Mr. King kam endlich mit seiner Karte und seinem Abmessen zu Rande und zu uns herüber; und wenn jemand wirklich den Ehrgeiz hatte, ein Verbesserungsprojekt in Angriff zu nehmen, dann hätte er versuchen sollen, ihm die

Laune zu verbessern. »Aus welchem Jahr soll Ihr Gesetz stammen?« fragte er.

»Achtzehn-null-zwo«, sagte Pop.

»In Ihrem Interesse möchte ich hoffen, daß Sie recht haben«, meinte Mr. King. »Ich glaube zwar nicht einen Augenblick daran, aber ich werde dem nachgehen. In der Zwischenzeit möchte ich Ihnen aber raten, wenn Ihnen Ihr Leben lieb ist, dieses Stück Land sehr sorgfältig zu betreuen.«

»Warum sollte ich wohl mein eigenes Land nicht sorgfältig betreuen?« fragte Pop.

Mr. King stand noch eine Sekunde da, dann drehte er sich auf dem Absatz um und kletterte in den Wagen. Ich glaube, daß er doch ein bißchen böse war, denn er riß den Motor in den ersten Gang und knallte von hinten in das Polizeiauto, bevor sich dies in Bewegung setzte; das Polizeiauto wiederum schaltete aus Versehen in den Rückwärtsgang und fuhr auf ihn drauf, und sie redeten ziemlich lange hin und her, bis sie sich schließlich einigten, wann sie starten und wo sie hinfahren wollten. Dann rollten sie in Richtung Gulf City davon.

Zwei, drei Tage gingen vorüber, ohne daß wir etwas von Mr. King hörten. Wir stellten uns vor, daß er wahrscheinlich beim Nachschlagen alter Gesetze verschütt gegangen war, weil diese Dinger im Laufe der Jahre turmhoch anwachsen. Wenn die Regierung zu viel Geld hat, kann sie's anderen Ländern andrehen, oder sie kann auch überschüssige Butter, Weizen und andere Sachen weggeben, aber ich bezweifle, daß man jemanden findet, der einem alte Gesetze abnimmt, weil nämlich alle anderen auch mehr davon haben, als ihnen lieb ist. Deshalb fuhren Pop und Holly schließlich nach Gulf City, um nachzusehen, was dort passierte.

Sie kamen zurück, und Pop sah so froh aus, als hätte er eine neue Methode entdeckt, der Regierung eine lange Nase zu drehen, was auch der Fall war. »Toby«, sagte er, »ich hab's nur um achtzehn Jahre verfehlt.«

»Was es auch sein mag, das scheint mir ziemlich weit am Ziel vorbei.«

»Ich spreche vom Gesetz, Toby. Sie haben so eins, wie ich sagte, nur aus dem Jahre achtzehnhundertzwanzig statt achtzehnnullzwo. Hab ich dir nicht gesagt, daß ich's im Gefühl hatte?«

»Na ja«, sagte ich. »Es überrascht mich nicht, weil es richtig klang, als du's sagtest. Aber wie hast du's denn rausgekriegt?«

»Ich und Holly sind durchs Bezirksgericht geschlendert und haben's da gehört. Dieser King-Knabe ist dort nicht sehr beliebt, und als er das Gesetz entdeckte, lief er überall rum und fragte die Leute am Gericht, wie er es abschaffen könnte. Weil sie ihn nicht riechen können, haben sie ihn furchtbar auf den Arm genommen, und die Geschichte hat sich rumgesprochen. Das Gesetz besagt, daß man auf unvergebenem Land sechs Monate lang ein Bauwerk unterhalten und darauf leben muß, bevor man seine Eigentumsanwartschaft geltend machen kann. Wenn man dann noch weitere achtzehn Monate darauf lebt, erhält man das Eigentum endgültig zugesprochen. Aber man muß eben auf dem Land leben und die ganze Zeit ein Bauwerk darauf unterhalten. Einer der Leute am Gericht hat mich schwören lassen, daß wir uns auf unvergebenem Land befinden, dort ein Bauwerk errichtet haben und mit unseren sechs Monaten beginnen.«

»Pop«, sagte ich, »ich glaube, du läßt dich von den Ereignissen hinreißen. Du bist aus Jersey, und ich bin aus Jersey, wir haben jetzt Ende April und wollten nach Hause fahren, sobald du der Regierung eine Lektion erteilt hast.«

»Mir braucht niemand zu sagen, daß ich aus Jersey bin, weil ich das nämlich schon weiß«, erwiderte Pop. »Ich möchte nur nicht, daß die Regierung in schlechte Angewohnheiten verfällt. Die Regierung braucht nichts weiter zu tun als zu mir kommen und mir hübsch und höflich mitteilen, daß sie das Land zurückhaben will, und wir brausen in Richtung Heimat ab, bevor du auch nur ›Verbesserungsprojekt‹ sagen kannst.«

»Dann bin ich ganz mit dir einverstanden, Pop«, sagte ich. »Denn wie du schon gesagt hast, hier haben wir nichts verloren, und ich merke, daß mein Rücken täglich besser wird; wenn wir also zu lange hier bleiben, bin ich nicht mehr absolut arbeitsuntauglich.«

Wir nahmen an, Mr. King würde eines Tages antreten und uns sagen, daß es der Regierung leid täte, aber mehrere Tage vergingen, ohne daß er sich blicken ließ. Eines Tages ging ich auf die Brücke, um sie ein bißchen zu säubern. Es war zwar nicht meine Brücke, aber wenn man das Glück hat, eine Brücke vor dem Haus zu haben, dann will man auch, daß sie schmuck aussieht. Es kamen jetzt nämlich jeden Tag ein paar Autos vorbei, die Schmutz auf die Brücke brachten, und so ging ich mit Besen und Schaufel raus, um sie sauberzumachen. Ich war gerade fertig damit und lehnte mich auf die Schaufel, als eine Kolonne von fünf mit Muschelschalen beladenen Lastwagen über die Insel gefahren kam und vor mir anhielt. Alle diese Lastwagen gehörten zum Amt für Öffentlichen Ausbau.

Der Fahrer des ersten Lasters beugte sich raus und sagte: »Morgen«, und ich sagte: »Morgen«, und er sagte: »Wenn Sie die Brücke für unser Amt reinhalten, können Sie uns vielleicht Auskunft geben. Ist das hier Brücke Nummer vier, und das da drüben das Festland?«

»Stimmt genau«, sagte ich. »Hier auf der Brücke ist eine kleine Metallplatte, wo Nummer vier draufsteht, und da drüben ist das Festland.«

»Gut«, sagte er. »Wir haben hier Muscheln, die Mr. King Ihnen schickt. Wahrscheinlich wissen Sie schon davon.«

»Nein«, antwortete ich, »Mr. King hat mir nichts davon gesagt, aber es ist auch schon vier bis fünf Tage her, daß ich ihn gesehen habe. Wie geht's ihm denn dieser Tage?«

»Die Nase hoch in der Luft, wie immer«, sagte der Mann. »Er hat uns aufgetragen, diese Muscheln direkt hinter der Brücke Nummer vier abzuladen, genau vor den Hütten, die ein paar Siedler dort gebaut haben. Sind das da die Hütten?«

»Es sind ja eigentlich Indianerhütten«, erklärte ich. »Aber sicher kennt Mr. King den Unterschied nicht und hält sie für regelrechte Hütten.«

»Haben Sie was dagegen, hier auf den Wagen zu kommen und uns zu führen, daß wir's auch richtig machen?«

Ich sagte, ich hätte nichts dagegen, und stieg ein. Wir fuhren über die Brücke und hielten vor unserem Land. Der Fahrer sah sich's 'ne Weile an und sagte: »Wir stoßen am besten zurück und schütten die Ladung hier ab. Aber das gibt 'ne verfluchte Menge Muscheln vor diesen Hütten.«

»Glauben Sie, daß Mr. King das gemeint hat?« fragte ich ihn. »Es ist ganz offensichtlich, daß dadurch die Hütten von der Straße abgeschnitten würden, und da Mr. King ja nicht weiß, daß es Indinanerhütten sind, die an der Vorderseite offen sind, glaubt er vielleicht, daß ihre Hinterseite die Vorderseite ist.«

»Das ist durchaus möglich«, meinte der Fahrer.

»Sie sehen doch, daß es keinen Zweck hat, noch mehr Muscheln direkt an der Straße aufzuhäufen«, sagte ich. »Aber auf der anderen Seite der Hütten ist ein sehr schmaler Strand, und bei Flut steigt das Wasser fast bis zu den Hütten hinauf; wenn Sie also die Schalen dort abschütteten, würden sie die Flut eindämmen.«

»Wie steht's mit dem Zaun da?« fragte er. »Hätten die

was dagegen, wenn wir ein Stück wegnähmen, damit wir an den Strand runter können und die Ladung auskippen?«

»Ach, Pop hätte sicher nichts dagegen.«

»Sie nennen ihn Pop?«

»Fast alle nennen ihn Pop«, sagte ich. »Sie können ihn ruhig auch Pop nennen, weil er daran gewöhnt ist. He, Pop!« rief ich. »Ein paar Männer wollen Muscheln am Strand abladen und müssen dafür ein Stück vom Zaun abreißen.«

Als ich wegging, um die Brücke zu säubern, hatte Pop die Betten gemacht, und ich vermute, er wollte mal ausprobieren, ob er sie auch gut gemacht hatte. Jetzt wachte er aber auf und kam raus, und ich erzählte ihm, was wir wollten. Er sagte, Muscheln könnten wir bestimmt noch brauchen, und wir rissen ein Stück Zaun ab. Dann fuhren die Lastwagen rückwärts zum Strand und luden dort ab. Während sie dabei waren, kamen Holly und die Zwillinge vom Krabbenfang, und Holly sagte, wenn die Männer noch ein paar Minuten Zeit hätten, würde sie ihnen gern Kaffee kochen. Sie antworteten, das wäre sehr nett von ihr, und einer von ihnen sagte, er hinterließe nicht gern so unordentliche Muschelhaufen am Strand, und ob sie nicht ein bißchen glätten sollten. Wir nahmen uns jeder eine Schaufel, und in fünfzehn bis zwanzig Minuten hatten wir den hübschesten Strand aus Muschelsand, den man sich vorstellen kann. Dann tranken wir alle Kaffee, bevor die Lastwagen davonfuhren.

»Das war eine freundschaftliche Geste von Mr. King, daß er uns die Muscheln geschickt hat«, sagte ich.

»Ich bezweifle, daß er das sehr freundschaftlich gemeint hat«, erklärte Pop.

»Ich könnte mir liebere Freunde vorstellen«, sagte Holly.

Es war nicht nett von Pop und Holly, so über Mr. King zu sprechen, weil's nämlich nicht jeden Tag passiert, daß jemand einem einen ganz neuen Strandstreifen beschert, auch nicht jede Woche, aber ich ließ es dabei bewenden. Ich nahm mir nur vor, Mr. King das nächste Mal, wenn er sich hier zeigte, zu danken und mich mit ihm darüber zu amüsieren, daß die Fahrer der Lastwagen beim Abladen beinahe einen Fehler begangen hätten. Es stellte sich heraus, daß ich nicht lange zu warten brauchte. Knapp zehn Minuten später hielt ein Wagen des Amtes für Öffentlichen Ausbau mit kreischenden Bremsen an, und Mr. King sprang raus.

»Was zum Teufel geht hier vor?« brüllte er, bevor ich noch anfangen konnte, ihm zu danken. »Ich bin auf der Fahrt an den verdammten Lastwagen vorbeigekommen, und die Männer winkten und nickten, als ob alles in bester Ordnung wäre.«

»Aber es ist auch alles in bester Ordnung«, sagte ich, »und die Männer haben ihre Sache sehr gut gemacht.«

»Ach, halten Sie das Maul«, rief er. »Sie wissen ja gar nicht, wovon ich rede.«

»Doch«, erwiderte ich, »ich rede von dem Strand, den Sie uns geschickt haben, und es täte mir leid, wenn Sie ihn uns als Überraschung zugedacht hätten, aber ich war gerade hier, als er kam, und so was Großes wie fünf Lastwagen, die einem einen ganzen Strand mitbringen, kann man ja nur schwer verstecken.«

Mr. King murmelte was von einem dämlichen Menschen, den er irgendwo am Strand getroffen hätte, was aber kaum zu verstehen war, und dann schrie er auf einmal: »Strand! Strand! Nein, das geht nicht, nicht in so kurzer Zeit!« Er sprang über unseren Zaun und rannte runter zum Wasser, wo er Pop fand, der die Muscheln mit einem Pfahlende feststampfte.

»Tag, Mr. King«, sagte Pop. »Tut mir leid, daß Sie sich meinetwegen die Mühe machen mußten, das Gesetz nachzuschlagen. Es war reine Vergeßlichkeit, daß ich Ihnen

achtzehn-null-zwo angab statt achtzehnhundertzwanzig.«
»Sie haben die Muscheln gestohlen!« gellte Mr. King. »Ich weiß zwar nicht, wie Sie vierzig Tonnen Muscheln in fünfzehn Minuten stehlen können, aber Sie geben mir jedes einzelne Stück wieder, oder ich werfe Sie ins Gefängnis.«
Da merkte ich, daß nicht Mr. King sich geirrt hatte, als er den Fahrern sagte, wo sie die Muscheln hinschütten sollten, sondern daß ich mich geirrt hatte; deshalb erzählte ich ihm den ganzen Hergang und sagte, wir würden ihm gern die Muschelschalen wiedergeben, nur daß es nicht möglich wäre, seine von unsern zu unterscheiden.
Während ich redete, stand er da und schnaufte wie eine alte Dampfmaschine, die eben eine Reihe Güterwagen in Bewegung setzen will. Endlich sagte er, als spräche er zu sich und überhaupt nicht zu uns: »Es ist ja nicht so, daß er zu klug für mich ist. Die Sache ist die, daß er zu dumm für mich ist.« Das war etwas komisch ausgedrückt, aber ich wußte, daß er mir etwas Nettes sagen wollte, deshalb antwortete ich: »Machen Sie sich nichts draus, Mr. King, denn wenn Sie sich anstrengen, dann möchte ich wetten, daß Sie auch zu dumm für mich sein können.«
»Ach, halten Sie die Fresse«, sagte er und fuhr in seinem Selbstgespräch fort: »Er ist nicht schlau genug, um diese Geschichte zu erfinden, sie muß also wahr sein. Wenn ich ihn vor den Richter brächte und behauptete, daß er sich fälschlich als Staatsangestellten ausgegeben hätte, um meine Fahrer hinters Licht zu führen, dann hätte er vielleicht einen gerissenen Rechtsanwalt, der ausführen könnte, daß er sich nur auf seine Schaufel gestützt hat, und der verdammte Anwalt würde mich fragen, ob ein Mann, der sich auf seine Schaufel stützt, damit automatisch zum Angestellten meines Amtes gestempelt sei, und würde das nicht vielleicht ein allgemeines Gelächter geben? Man kann ihm

wohl nichts anhaben.« Damit beendete er sein Selbstgespräch und sagte zu Pop und mir: »Sie zwei kommen sich wohl sehr großartig vor?«
Pop meinte: »Ich habe noch nie einen Menschen gesehen, der alles so falsch anpackt wie Sie. Wenn Sie nun so getan hätten, als hätten Sie uns die Muscheln wirklich schenken wollen ...«
»Ich werde Ihnen schon Muscheln schenken«, verhieß Mr. King mit grimmiger Miene. »Morgen früh sind hier zehn Lastwagen, die Muscheln zwischen Ihren Hütten und der Straße auskippen, und ich werde dabei sein, damit alles an seinen rechten Platz kommt. Wir werden ja sehen, wie es Ihnen gefällt, hinter einem Muschelberg zu leben.«
»An Ihrer Stelle würde ich das lieber nicht tun«, sagte Pop. »Es gibt gegen ein derartiges Verhalten allerhand Verordnungen. Ein großer Haufen Muscheln würde für mich und meine Familie gesundheitsgefährdend sein, weil uns der Staub davon ins Auge wehen kann, und weil er uns von Sonne und Luft abschneiden würde. Sie würden die Menschen daran hindern, ihr rechtmäßiges Eigentum zu betreten und zu verlassen. Ich würde Sie wegen Hausfriedensbruch belangen, wenn auch nur eine Muschelscherbe von dem Haufen auf unser Land rutschte. Überdies würden die Haufen die Bankette überfluten und den Verkehr behindern. Und ich müßte Sie wohl außerdem ersuchen, mir Ihre Erlaubnis zum Abladen von Schutt vorzuzeigen.«
Mr. King bibberte nur ein wenig, wie der Deckel eines Topfes kurz vorm Kochen. Dann wandte er sich um und begann, am neuen Strand auf und abzugehen, wobei er wieder Selbstgespräche führte. Er trat hart auf die Muscheln, und wenn wir ihn längere Zeit dabei belassen hätten, dann hätte er die Schalen wirklich gut in den Boden gestampft. Aber er hörte mit dem Stampfen auf und sagte zu Pop und zu mir:

»Ich weiß, wenn ich den kürzeren ziehe. Ihr Kwimpers habt gesiegt. Nichts für ungut!« Er streckte seine Hand aus, schüttelte Pops Hand und darauf meine. Sein Handschlag fühlte sich an, als käme er frisch aus den Muschel- und Austerschalen.

»Ich freue mich, daß wir uns in dieser Sache geeinigt haben«, sagte Pop, »denn ich habe eigentlich noch niemals schlechte Erfahrungen mit der Regierung gemacht.«

»Ja richtig, Sie haben das schon einmal bei unserer ersten Begegnung erwähnt«, sagte Mr. King. »Wie war das noch?«

»Ich habe der Regierung bei fast allem geholfen, was sie unternehmen wollte«, erklärte Pop. »Wohlfahrt und Unterstützungen, Kindergeld und Versehrtenrente.«

»Sie wollen damit doch nicht sagen, daß Sie alle diese Gelder im Augenblick beziehen?«

»Im Augenblick bin ich auf Urlaub, lebe meiner Erholung und beziehe nur Kindergeld für die Zwillinge«, sagte Pop. »Aber ich will die Regierung nicht im Stich lassen. Sowie ich dazu komme, werde ich Wohlfahrtsfürsorge beantragen oder mir Arbeit verschaffen, damit ich mir wieder einen Batzen Arbeitslosenunterstützung sichere.«

»Sie kommen doch aus New Jersey, Mr. Kwimper«, meinte Mr. King. »Ich begreife nicht, wie Sie Kindergeld aus New Jersey beziehen wollen, während Sie sich hier in Columbiana aufhalten.«

Pop sagte: »Wir Kwimpers halten zusammen wie Pech und Schwefel, und ich habe die Dinge so arrangiert, daß mein Vetter Lon den Scheck entgegennimmt, ihn im Laden auszahlen läßt und mir per Postanweisung zuschickt. Niemand kümmert sich bei den Kwimpers besonders darum, wer was unterzeichnet, weil es nicht einfach ist zu lesen, was wir schreiben, außer bei Holly, und sie ist keine echte Kwimper, sondern eine Jones.«

»Und was ist diese vollständige Versehrtenuntauglichkeit, von der Sie sprachen?«

»Das ist mein Sohn Toby hier«, erwiderte Pop. »Er war in Fort Dix beim Heer und hätte sich fast den Rücken ruiniert, als er einen Viertonner aus dem Schlamm gehoben hat.«

Ich sagte: »Es war aber wirklich nur ein kleiner Jeep, Pop.«

»Na, jedenfalls haben ihm die Ärzte im Entschädigungsamt totale Arbeitsunfähigkeit bescheinigt«, sagte Pop.

Mr. King ging um mich rum wie ein Mann um 'nen Baum, den er umhauen will, und sagte: »Ich wünschte, ich wäre halb so arbeitsunfähig. Haben Sie mir nicht gerade gesagt, daß Sie beim Ausbreiten und Glätten der vierzig Tonnen Muschelladung auf dem Strand mitgeholfen haben?«

»Ja, aber dazu habe ich keinen Rücken gebraucht, sondern nur ein bißchen Arm.«

Mr. King sagte zu Pop: »Sie wollen wahrscheinlich das Kindergeld nach hier umschreiben lassen, sobald Sie hier ansässig geworden sind, und außerdem für Wohlfahrt, Unterstützung und was Sie sonst noch haben wollen, einen Antrag stellen. Ich könnte Ihnen da vielleicht mit einem guten Rat zur Seite stehen.«

»Das ist riesig nett von Ihnen«, meinte Pop. »Aber wo unsere Beziehungen jetzt so freundlich sind und ich sicher bin, daß die Regierung nicht in üble Angewohnheiten verfällt, möchte ich Ihnen was erzählen.«

»Lassen Sie lieber mich erzählen«, unterbrach Mr. King, und er sah eher grimmig aus als freundlich. »Mein guter Rat an Sie ist, daß Sie, so schnell Sie nur können, Ihre Sachen packen und nach New Jersey zurückfahren. Wenn ich mit etwas Bescheid weiß, dann sind es die Dienstwege der Behörden, und wenn Sie morgen noch hier sind, dann werde ich den Ämtern in New Jersey mitteilen, daß Sie Ihren Wohnsitz nach Columbiana verlegt haben und für Kindergeld von dort nicht mehr in Betracht kommen. Und wenn Sie meinen, daß Sie irgendeine staatliche Unterstützung von Columbiana erhalten können, dann versuchen Sie's nur, mehr will ich nicht sagen, versuchen Sie's nur.«

»Toby«, sagte Pop, »die Angewohnheiten der Regierung werden immer übler. Glaubst du, es würde deinem Rücken schaden, wenn du diesen Burschen von unserem Grundstück runterbefördertest?«

Ich musterte Mr. King einen Augenblick und schätzte, daß er kaum mehr als anderthalb Zentner wog. Ich sagte: »Wenn ich ihn an den Füßen zu schwingen kriegte, könnte ich ihn wahrscheinlich gut zehn Meter weit ins Wasser schmeißen. Dafür brauchte ich nur meine Beine und könnte meinen Rücken schonen.«

»Wagen Sie's nur, wagen Sie's nur«, rief Mr. King, aber als er das sagte, hatte er schon einen halben Meter zu hoch über unseren Zaun gesetzt und befand sich auf Regierungsboden. »Das wäre nicht nur Körperverletzung, sondern könnte Sie auch die Versehrtenrente kosten, die Sie beziehen.«

Pop sagte: »Laß ihn, Toby. Ich glaube nicht, daß du ihn weiter werfen könntest, als er von selbst gelaufen ist.«

»Und lassen Sie mich noch diese Warnung aussprechen«, sagte Mr. King. »Sie haben hier auf Regierungsboden Bäume gefällt und Kokosnüsse geerntet. Ich kann Sie nicht daran hindern, tote Äste und heruntergefallene Kokosnüsse aufzulesen oder zu fischen, aber wenn Sie auch nur einen lebenden Zweig von einem Baum abschlagen, lasse ich Sie verhaften. Ich werde meine Beamten hier unablässig kontrollieren lassen, daß Sie den Gesetzen nicht weiterhin zuwiderhandeln. Denken Sie daran, daß ich noch nicht halbwegs mit den Maßnahmen begonnen habe, die ich ergreifen werde, wenn Sie hier bleiben wollen.«

»Pop«, sagte ich, »wenn ich meinen Rücken ins Mittel legte, glaube ich, daß ich ihm wirklich Beine machen kann.«
Pop sparte sich die Antwort, weil Mr. King sich selber wirklich Beine machte und in sein Auto stieg. Er ließ den Motor an, und schrie uns zu: »Denken Sie daran, was ich Ihnen gesagt habe«, und brauste davon.
Pop schlurfte etwas in den Muscheln rum und sagte dann: »Toby, ich habe mit dem Burschen zuviel geredet, und das hat uns in den Schlamassel gebracht. Das Komische ist, daß ich gerade bereit war, ihm das Land zurückzugeben, als er so giftig wurde.«
»Niemand hätte wissen können, daß er uns nur reinlegen wollte, Pop. Mach dir also nichts draus.«
»Toby, wenn du auf meiner Seite bist, dann bin ich entschlossen, die Sache auszufechten.«
»Ich bin auf deiner Seite, Pop«, sagte ich. »Aber es sieht so aus, als müßten wir dafür tüchtig schuften.«
»Ich habe nie jemanden erlebt, der die Dinge immer so von der finsteren Seite betrachtet wie du«, sagte Pop. »Aber ich habe mir das nun mal vorgenommen, und darum hat es keinen Zweck, es mir ausreden zu wollen.«

6

Pop hatte wahrscheinlich recht, als er sagte, daß ich die Dinge immer von der finsteren Seite betrachtete, aber wenn man einem Burschen wie diesem Mr. King nachspüren will, dann muß man ihn auf der finsteren Seite suchen. In den nächsten zwei bis drei Wochen war Mr. King dort wirklich sehr aktiv. Wir hatten unsere Post postlagernd nach Gulf City bestellt, und als erstes kriegten wir einen Brief von der Regierung in New Jersey, die uns mitteilte, sie hätte gehört, daß wir in den Staat Columbiana gezogen seien, und deshalb müßte natürlich Columbiana von nun an für das Kindergeld aufkommen. Dann bekam ich einen Brief vom Versehrtenentschädigungsamt, in dem stand, ich solle mich im nächsten staatlichen Krankenhaus einfinden, weil sie nämlich gehört hätten, daß mein Rücken sich sehr gebessert hätte, und sie müßten die Zahlungen einbehalten, bis ich ihnen bewiesen hätte, daß ich noch total arbeitsunfähig sei.

Nun ist es ja nett, wenn man Post erhält, aber noch netter wäre es gewesen, wenn die Regierung uns geschrieben hätte: Hier ist alles in Butter, und wir hoffen von euch das gleiche. Die Briefe machten Pop so wütend, daß er sagte, wir würden hier nie wieder wegziehen, wenn sich die Regierung, nach allem, was er für sie getan hatte, so benehmen wollte. Wir setzten uns also hin und zählten, wieviel Geld wir noch übrig hatten. Pop hatte noch fast die ganzen sechsundsechzig Dollar und fünfzehn Cents, die ich als letzte Versehrtenrente bekommen hatte, und außerdem waren noch zwanzig Dollar vom letzten Kindergeld übrig; das heißt, wir hatten alles in allem etwa achtzig Dollar. Aber das konnte nicht ewig reichen. Wir hatten auch noch so viele Krabben, Muscheln und Fische, wie wir uns nur wünschen konnten, und vielleicht mehr, als wir uns wünschten, nämlich dreimal den Tag, aber ich wagte mich nun nicht mehr auf die Bäume, um Kokosnüsse zu ernten, und fällte keine Kohlpalmen, um Palmenmarksalat zuzubereiten. Ich pflückte auch keine kleinen Apfelsinen mehr von den Bäumen auf der Insel. Das bedeutete, daß wir unsere Lebensmittel in Gulf City kaufen mußten und dazu noch das Benzin, das uns hin- und zurückbrachte.

Dann kam das Kopfzerbrechen mit den Betten hinzu. Ein Bett aus Kiefernzweigen ist eine Zeitlang ganz schön, aber nach einer Weile verliert es seinen lebfrischen Reiz. Die Nadeln fallen ab und kitzeln einen, die Zweige werden trocken, brechen und pieken, und man gewinnt im allgemeinen den Eindruck, daß ein Stapel Brennholz ein besseres Ruhekissen wäre, besonders wenn es nicht brennt. Nach dem, was Mr. King gesagt hatte, durfte ich keine Zweige mehr abschneiden. Wir brauchten Feldbetten, scheuten aber die Ausgabe.

Die Indianerhütten stellten sich jetzt, da sich der Mai dem Ende zuneigte, als nicht ganz ideale Wohnstätte heraus. Selbst mit dem neuen Muschelstrand brachte die Springflut im Mai das Wasser fast an unsere Schwelle, und wenn ein Wind geweht hätte, dann wäre Pop, der einen tiefen Schlaf hat, nachts weggespült und meilenweit ins Meer geschwemmt worden. Dann kriegten wir auch Regen, denn im Staat Columbiana hat man statt vier Jahreszeiten, wie es in jedem vernünftigen Staat üblich ist, nur zwei, eine nasse und eine trockene, und die nasse fing gerade an. Nun

konnten wir zwar das Dach unserer Hütten so bauen, daß der Regen davon abtropfte, aber es gab keine Möglichkeit, die Hütten so zu bauen, daß auch die Mücken davon abtropften, die anfingen, uns eifrig zu besuchen.
Zunächst hatte ich keinen rechten Respekt vor den Mücken Columbianas, weil sie's mit denen von New Jersey einfach nicht aufnehmen können. Wenn man einen Mann mit zehn Mücken von Columbiana in ein Zimmer sperren und sie's miteinander ausfechten lassen würde, dann könnte der Mann die Sache mit ein paar Schlägen für sich entscheiden. Wenn man ihn dagegen mit zehn Mücken von New Jersey in ein Zimmer sperrt und sich fragt, wer wohl zuerst aus dem Zimmer rauskommt, dann ist die Antwort, daß der Mann rauskommt, und zwar sehr bald und sehr mißgestimmt. Aber die Sache ist die, daß man nie einen Mann mit zehn Mücken von Columbiana in ein Zimmer sperrt. Man sperrt ihn gleich mit einigen tausend ein, und der Mann schlägt und klatscht sich um seinen Verstand.
Was wir brauchten, war also nicht eine nach vorn geöffnete Hütte, sondern ein regelrechtes kleines Haus auf Pfählen mit einer durch engmaschigen Draht geschützten Tür und ebensolchen Fenstern. Wenn Mr. King nicht gewesen wäre, hätte ich mehrere von den Kokospalmen runtergeholt und die Stämme als Pfähle verwandt; dann hätte ich mir ein paar Kiefern zurechtgehauen, um damit auf den Pfählen die Stützbalken des Hauses zu errichten. Als Ziegel hätte man die Schuppen benutzen können, die an den Königspalmen wachsen, dort, wo sich die Blätter vom Stamm absetzen, und das Ganze hätte fast nichts gekostet, nur daß wir den Draht hätten kaufen müssen. Aber Mr. King ließ uns durch seine Leute beobachten, und wir wagten nicht, irgend etwas vom Regierungsboden wegzunehmen.
Die Lage sah nicht rosig aus, aber Pop sagte, jede Wolke

hat einen Silberstreifen, und wenn wir unsere Wolken addierten, hatten wir wirklich mehr Silberstreifen, als wir brauchen konnten.

Da nicht viel andres zu tun war, kam ich sehr oft zum Fischen. Bei den meisten Menschen, die fischen gehen, kann der Fisch sie mindestens zwei von drei Malen übertölpeln, aber ich kann jederzeit so gut denken wie ein Fisch, und vielleicht sogar ein kleines bißchen besser. Als ich mich also ernstlich bemühte, das Fischen zu erlernen, hatte ich ganz guten Erfolg. Unsere Brücke war ungefähr dreißig Meter breit und überspannte eine tiefe Rinne zwischen zwei Meeresbuchten, die von allerhand Fischen benutzt wurde. Ich merkte ziemlich bald, wann die verschiedenen Sorten durchkamen, was sie gern fraßen und wie man sie fing.

An diesem Nachmittag lungerte ein Schwarm großer ›Silberkönige‹ am Einfluß der Rinne rum, und ich war auf der Brücke, um ihnen ein bißchen Bewegung zu verschaffen. Diese Fische werden bis zu achtzig, neunzig Pfund schwer, und ich wollte eigentlich keinen so großen fangen, aber das war auch ganz in Ordnung, weil sie selbst nämlich auch nicht vorhatten, mit der dünnen Angelrute und der leichten Schnur, die ich mir von den Zwillingen geborgt hatte, gefangen zu werden. Ich hatte einen Schwimmer, und darunter an anderthalb Meter Schnur einen Stichling. Ich ließ die Silberkönige den Köder nehmen, für ein paar Sätze an die Oberfläche kommen und sich dann wieder ihren eigenen Geschäften zuwenden. Ich versuchte nicht mal, den Haken gut zu placieren, denn wenn man versuchen würde, einen Haken in das Maul eines Silberkönigs zu plazieren, dann ist das beinahe, als wollte man einen Haken in eine Blechdose rammen. Wenn man aber genügend Zug dahintersetzt, kann man auch einen großen Silberkö-

nig am Haken halten, selbst wenn der nicht gut plaziert ist.
Nun, ich hatte also einen Silberkönig dran, der sicher mehr als hundert Pfund wog, als ich ein Auto über die Brücke rollen und dann die Bremsen quietschen hörte. Ich konnte nicht hinsehen, weil der Silberkönig mehr Zeit in der Luft zubrachte als im Wasser, und das war ein hübscher Anblick. Dann hörte ich die Autotür aufgehen, und ein Mann sprang neben mir aus dem Wagen. Es war ein kahlköpfiger Mann in schnittiger Sportkleidung, der sehr aufgeregt war.
»Das ist ja ein Prachtkerl«, sagte er. »Glauben Sie, daß Sie ihn fangen können?«
»Ich glaube, der Haken sitzt nicht fest«, antwortete ich. »Und überhaupt spiele ich nur mit ihm, und er spielt mit mir, und einer von uns wird ziemlich bald die Sache leid werden und sich eine andere Beschäftigung suchen.«
»Ich habe fünfundsechzig Dollar pro Tag für Bootsmiete ausgegeben«, sagte der Mann. »Wenn ich einen großen Silberkönig an die Schnur kriegte, dann hing die Schnur an einer Stange, mit der ich ihn hätte totschlagen können, und der Bootskapitän hatte außerdem noch Angst, ich könnte den Fisch verlieren und ihm damit seine Erfolgsliste versauen; deshalb setzte er das Boot in Bewegung, zerrte den Silberkönig hinter sich her und brachte ihn halb zum Ertrinken. Ich gebe Ihnen zehn Dollar, wenn Sie mich diesen Silberkönig an Ihrer leichten Rute einbringen lassen.«
»Bitte«, sagte ich, »bedienen Sie sich.«
Ich reichte ihm die Rute, und der Mann nahm sie. Er war kein besonders großartiger Angler, aber er hatte den besten Willen. Er schürfte sich die Knöchel an der Rolle auf und verbrannte sich den Daumen an der Spule, als der Silberkönig ausbrach, und verstauchte sich beinahe das linke

Handgelenk – ich habe selten einen Menschen gesehen, der sich so gut amüsierte. Der Fisch war auch durchaus gutwillig, weil er keine langen Spurts unternahm und nie die ganze Schnur abwickelte, sondern sich wie ein Bursche benahm, der sich auf dem Sprungbrett vor den Mädchen produziert. Holly kam zusehen, und ich erklärte ihr, warum ich dem Mann meinen Silberkönig geliehen hatte, und wir bewunderten seinen Wagen, einen Cadillac, in dem man sich einen ganzen Haushalt einrichten konnte. Seinem Nummernschild nach kam er aus Pennsylvanien – und es gibt nette Menschen in Pennsylvanien, was die Leute in New Jersey auch sagen mögen.

Also, er und der Silberkönig trieben's miteinander etwa zwanzig Minuten, und ich würde sagen, daß der Silberkönig den Mann in weiteren zehn Minuten gelandet hätte, wenn es ihm ernst gewesen wäre, aber der Silberkönig setzte ein bißchen zu viel Druck dahinter und bog den Haken gerade.

»Mein Gott, war das herrlich«, sagte der Mann, indem er sein linkes Handgelenk bewunderte, das ganz geschwollen war. Er gab mir die Rute zurück, faßte in seine Tasche und zog einen Zwanzig-Dollarschein raus. »Hier sind die zehn Dollar, und zehn Dollar dazu für neue Haken.«

»Das kann ich nicht annehmen«, sagte ich. »Es hat mir auch Spaß gemacht, und wenn Sie mir für einen neuen Haken zehn Cents geben wollen, dann sind wir quitt.«

Bevor der Mann noch was sagen konnte, schenkte Holly ihm ein überaus reizendes Lächeln und meinte: »Ich würde gern die zwanzig Dollar für ihn annehmen, denn im Augenblick besitzt er, soviel ich weiß, nur genau fünfunddreißig Cents.«

»Du vergißt, daß Pop fast noch vierzig Dollar hat«, erwiderte ich. »Ich habe nicht mehr getan, als daß ich einem

Herrn ein paar Minuten lang meinen Silberkönig geliehen habe, und der ist immer noch so gut wie neu, also ist nichts beschädigt als der Haken, und der kostet zehn Cents.«

Der Mann grinste Holly an und sagte: »Mädel, ich bin auf Ihrer Seite. Hier sind die zwanzig. Kaufen Sie diesem Menschengebirge da ein paar Steaks, um ihn in guter Form zu erhalten, denn wenn ich nächstes Jahr wieder herkomme, dann will ich mir vielleicht noch ein paar Silberkönige von ihm ausleihen.«

Er stieg in sein Auto, winkte und fuhr davon.

Holly sagte: »Ich habe das nicht gern getan, Toby, aber wir brauchen das Geld. Es war natürlich schändlich, es anzunehmen, denn der Mann muß völlig schwachsinnig sein. Kein Mensch bei klarem Verstand würde so viel Geld bezahlen, nur um zu angeln.«

»Da hast du unrecht«, sagte ich. »Aus den Gesprächen in Fort Dix weiß ich, daß manche Leute jede Summe bezahlen, um sich einen Fisch zu angeln.«

»Das beweist nur«, sagte Holly, »daß es in der Welt mehr schwachsinnige Leute gibt, als ich gedacht hatte.«

»Vielleicht hast du recht«, sagte ich.

»Haben wir momentan viele Silberkönige in der Enge, Toby?«

»Es ist ein ziemlich großer Schwarm. Die treiben sich hier womöglich noch zwei bis drei Tage rum und machen uns einen Haufen Vergnügen.«

»Und gibt es wirklich eine Menge Leute, die Geld bezahlen würden, damit ihnen diese Silberkönige die Arme ausreißen?«

»Ich möchte nicht grade sagen, daß sehr viele zwanzig Dollar bezahlen würden, um sich einen Silberkönig für zwanzig Minuten auszuleihen, aber eine stattliche Anzahl würde für Köder und dergleichen bezahlen.«

»Toby«, fragte sie, »darf ich dies Geld behalten?«
»Ja natürlich. Du kannst meinetwegen nach Gulf City fahren und dir davon Kleider kaufen, die, wie ich höre, ab und zu von Mädchen getragen werden, wenn sie die Blue Jeans über haben.«
Sie lächelte mich mit einem Augenzwinkern an, und ich will mich sauer kochen lassen, wenn sie nicht aus irgendeinem Grunde zu heulen anfing. Dann rannte sie zurück zu den Hütten, holte sich den Autoschlüssel von Pop und war innerhalb von fünf Minuten auf dem Weg nach Gulf City.
Ich nehme an, sie konnte nichts Besseres zum Anziehen finden als Blue Jeans, weil sie sich in Gulf City nämlich keine Kleider kaufte. Sie erzählte uns, daß sie zu jedem Angelladen in der Stadt gegangen sei und Haken, Schnüre und ähnliches gekauft habe. In jedem Laden berichtete sie den Leuten, daß wir die größte Ansammlung der größten Silberkönige hätten, die je im Wasser rumgeschwommen seien, und daß die stärksten Männer schluchzend zusammenbrächen, wenn sie unsere Silberkönige erblickten, weil sie wüßten, daß diese Fische zum Landen zu groß seien. Holly behauptete, daß die Verkäufer in den Sportgeschäften die Sache den Angelsportlern weitererzählen würden, und meinte, wir sollten uns darauf vorbereiten, Köder und dergleichen zu verkaufen, wenn sie schon am nächsten Tag kämen.
Ich dachte mir, daß die Ladenverkäufer das nur gesagt hatten, um Holly eine Freude zu machen, und daß sich am nächsten Tag kein Mensch zeigen würde, aber ich hatte nichts dagegen, ihr bei den Vorbereitungen behilflich zu sein, und Pop machte auch mit. Nur die Zwillinge fühlten sich nicht allzu glücklich. Sie sagten, sie wollten nicht, daß jemand komme und ihnen die Fische wegfange, und be-

trugen sich, als ob man sie aufgefordert hätte, sich von ihren besten Freunden zu trennen. In der Tat kannten sie die Seehechte, Schafbrassen und Sumpfbrassen, die sich unter unserer Brücke aufhielten, nun schon ziemlich gut. Die Zwillinge hatten das Schwimmen sehr anständig gelernt; an Tagen, an denen das Wasser klar war, tauchten sie unter die Brücke und beschnupperten sich mit den Fischen, um zu entscheiden, welchen sie zur nächsten Mahlzeit fangen sollten. Ich sagte den Zwillingen, daß niemand ihre Seehechte, Schaf- und Sumpfbrassen wegfangen würde, sondern nur die hochnäsigen Silberkönige, die niemals unter der Brücke rumlungerten, um Bekanntschaften zu schließen. Danach waren auch die Zwillinge zum Helfen bereit. Holly hatte ein Stichlingsnetz mitgebracht, was wir noch nie besessen hatten, und Pop, die Zwillinge und ich machten große Züge am Strand entlang, die uns ganze Scharen von Stichlingen, kleinen Krabben für Köder und selbst Garnelen an grasigen Stellen eintrugen. Holly hatte auch einige Kisten Getränke gekauft, die wir ins Wasser versenkten, um sie kaltzustellen; wenn dann am nächsten Tag niemand zum Angeln kam und uns die Getränke abkaufte, dann würden sie immer noch sehr nützlich sein, wenn wir Durst kriegten.

Der nächste Tag war ein Samstag, und es klingt ganz unglaublich, aber schon vor dem Frühstück kam ein Mann angefahren und wollte Köder kaufen zum Silberkönigangeln. Er hatte noch keine zehn Minuten gefischt, als noch zwei weitere ankamen. Als wir die kaum bedient hatten, hielten schon vier andere Autos am Straßenrand. Um neun Uhr morgens standen tatsächlich dreißig Leute auf dieser Brücke Kopf an Kopf und ließen ihre Stichlinge und Krabben mit der Flut hinaustreiben. Wir heimsten derweil eine Menge Geld ein. Das traurige war nur, daß unsere

Kunden nichts einheimsten. Weit hinten in der Enge sah ich die Silberkönige sich faul auf der Wasseroberfläche wälzen, etwa wie's Pop im Bett tut, wenn er findet, daß es ein zu schöner Morgen ist, um ihn sich mit Arbeit zu verderben. Nicht einer der Silberkönige kam, um am Köder zu knabbern, und die Leute begannen zu sagen, daß an diesem Platz nicht die Fische geködert wurden, sondern nur die Kunden.
Ich nahm einen Eimer voll kleiner Garnelen, die wir am Abend vorher mit unserem Netz gefangen hatten, ging auf die Brücke und sagte: »Wie Sie sehen, sind da draußen eine Menge Silberkönige, aber sie sind noch nicht in der richtigen Stimmung. Bis sie in Stimmung kommen, sollten Sie vielleicht Ihre Schwimmer abnehmen und versuchen, unter der Brücke mit diesen Garnelen zu angeln, wo wir allerhand Seehechte, Schafbrassen und Sumpfbrassen haben. Wir wollen die Garnelen nicht extra berechnen.«
Sie fanden alle, daß das ein guter Vorschlag war, und begannen, ohne Schwimmer auf der Brückenseite zu fischen, wo die Strömung den Köder unter die Brücke trieb. Es dauerte auch nicht lange, bis sie zu tun kriegten. Nur kriegten sie leider keinen Fisch. Ich sah eine Schnur nach unten zucken, aber wenn der Mann sie aus dem Wasser zog, fand er nur den blanken Haken. Vielleicht waren sie keine guten Angler, aber es war unerklärlich, daß keiner von ihnen etwas fing. Ich mußte an den ersten Tag in diesem Camp denken, als bei den Zwillingen Fische anbissen aber keiner am Haken hängen blieb. Als ich so an die Zwillinge dachte, fielen mir auf einmal die Zwillinge ein. Ich rannte von der Brücke runter, zog mir meine Badehose an und schwamm unter die Brücke. Da waren die Zwillinge, diese kleinen Biester, lustig wie die Aale, polkten die Garnelen von den Angelhaken, verfütterten sie an die Fische und sorgten dafür, daß niemand was fing. Ich packte die beiden, schlepp-

te sie an Land, redete ihnen ins Gewissen und brachte sie auf die Brücke. Dann rief ich die Männer zusammen.

»Leute«, sagte ich, »das ist Eddy, und das ist Teddy, oder umgekehrt, weil sie Zwillinge sind, und die haben Ihnen was zu sagen.«

Einer der Zwillinge sagte: »Toby will, daß ich sage, wir sind unter der Brücke gewesen und haben die Köder von den Angeln geklaut.«

»Weil wir nämlich«, sagte der andere, »nicht wollten, daß die Leute unsere Fische unter der Brücke fangen.«

Dann meinte wieder der erste: »Toby will, daß ich sage, es tut uns leid, und das sollte es wohl auch, es tut's nur nicht. Aber er will, daß wir's trotzdem sagen, sonst kriegen wir nachher nichts zu trinken, wenn noch was von den Getränken übrig ist. Ich hoffe, daß ihr nicht die ganzen Getränke wegkauft.«

Der andere sagte: »Wir haben Toby versprochen, daß wir keinen Köder mehr von den Haken klauen. Toby sagte, wenn wir euch die Fische fangen lassen, dann will er später in die Bucht rausschwimmen, andere Fische zusammentreiben und unter unsere Brücke jagen.«

Ich war ganz stolz, daß die Zwillinge ihre Sache so gut machten. Ich hatte gedacht, daß die Männer sich ärgern würden, aber sie benahmen sich, als wäre das ein ganz großer Witz. Ich wollte ihnen das ganze Geld zurückzahlen, das sie für Köder ausgegeben hatten, doch sie nahmen es nicht. Sie gingen zurück auf die Brücke, wo es jetzt lebhaft zuging. Ich habe niemals Seehechte, Sumpf- und Schafbrassen mit solchem Eifer beißen sehen. Vielleicht hatten ihnen die gratis verabreichten Garnelen erst richtig Appetit gemacht. Eine Stunde lang wurde ein Haufen Fische gefangen, und gerade als uns die Garnelen ausgingen, sah ich, daß die Silberkönige auf uns zukamen. Man weiß bei Fischen nie recht Bescheid; vielleicht hatten die Garnelenstücke, die mit der Ebbe raustrieben und die ganze muntere Geschäftigkeit unter der Brücke die Silberkönige neugierig gemacht. Ich ließ die Männer wieder auf Schwimmer, Stichlinge und Krabben umwechseln, und dann begann das große Vergnügen. Wenn man dreißig Männer auf einer dreißig Meter langen Brücke aufreiht und eine Menge Silberkönige bei ihnen anbeißen läßt, dann ist das wie ein Dutzend große Zirkusse, die alle auf einmal Vorstellung halten. Da flogen Silberkönige durch die Luft, die Männer auf der Brücke purzelten übereinander, und die Schnüre verhedderten sich.

Einmal sah es so aus, als würden die Silberkönige gewinnen, weil zwei Männer von der Brücke fielen, und ein Silberkönig auf die Brücke sprang, aber die Männer schwammen an Land, und der Silberkönig zappelte ins Wasser zurück, so daß es unentschieden endete. Ich würde gern sagen, daß eine Menge Silberkönige gefangen wurden, aber ehrlich gesagt wurde keiner gefangen, denn das waren große Silberkönige, und man braucht Platz, um die großen Fische kämpfen zu lassen. Wenn man auf einer Brücke steht, und der Silberkönig sich in den Kopf setzt, zwei bis drei Kilometer davonzuschwimmen, kann man ihm nicht nach wie in einem Boot. Aber diesen Leuten hätte die Sache auch nicht mehr Spaß gemacht, wenn sie tatsächlich einen Silberkönig gefangen hätten. Was kann man denn auch schon mit einem Silberkönig anfangen, außer daß man sich neben ihm photographieren läßt, und dann geht man durchs Leben, während sich andere Leute das Bild ansehen und fragen: Welches ist denn der Fisch? und glauben, sie hätten einen neuen Witz erfunden.

Der Schwarm Silberkönige blieb noch einen Tag, an dem wir nochmals gute Geschäfte machten, und als die Silberkönige endlich davon schwammen, hatten wir mehr Geld, als ich je gesehen hatte. Holly rechnete aus, daß wir 72,60 Dollar mit dem Verkaufen von Ködern verdient hatten, 19,25 Dollar durch den Ausschank von Kaffee, den Verkauf von belegten Brötchen und kalten Getränken, und ich kriegte noch extra 4 Dollar, weil ich einem Mann half, sein Boot vom Anhänger ins Wasser zu heben und wieder zurück. Das machte alles in allem 95,85 Dollar. Und selbst nachdem die Silberkönige uns verlassen hatten, kamen jeden Tag Leute zu uns, um sich im Angeln zu üben und Köder zu kaufen.

Wir saßen eines Abends beim Essen, und Pop und ich besprachen gerade, wie günstig die Dinge für uns aussahen, als Holly sagte: »Wir sollten aufhören, uns was vorzumachen.« Es klang so, wie wenn sie den Zwillingen die Aufgaben abhört, und wenn man diesen Ton vernahm, verstand man auch, warum die Zwillinge ihre Aufgaben immer gut lernten.

Pop sagte: »Ich habe niemandem was vorgemacht, du mußt also Toby meinen.«

»Ich bin gern bereit, mir was leid tun zu lassen«, sagte ich, »aber erst muß man mir sagen, was.«

Holly erklärte: »Wir freuen uns alle darüber, daß wir dies Geld verdient haben, aber können wir uns damit ein Haus bauen? Nein. Wir haben nicht annähernd genug Geld dafür. Außerdem müssen wir auch noch eine Pfahlreihe ins Wasser rammen bis etwa fünfzehn Meter vom Strand.«

»Wozu willst du denn die Pfähle?« fragte Pop.

»Damit wir einen Anlegesteg darauf bauen können«, erwiderte Holly.

»Schön«, sagte Pop, »aber wozu brauchst du den Anlegesteg?«

Holly antwortete: »Damit wir die Ruderboote daran festmachen können.«

»Pop«, sagte ich, »frag bitte nicht weiter, sonst wird sie uns erklären, daß sie die Ruderboote braucht, um die Leute zu unserer Motoryacht hinüberzurudern, mit der wir sie zum Hotel bringen können, das auf einer der Inseln steht.«

»Im Augenblick will ich nichts als Ruderboote«, beharrte Holly.

»Ich will drei oder vier Ruderboote, die wir an Kunden ausleihen können. Na ja, vielleicht hätte ich auch gern ein paar Außenbordmotoren dafür. Aber worauf ich wirklich hinaus will, ist dies: Wenn wir hier bleiben wollen, müssen wir uns einen Gelderwerb schaffen, um die Sache richtig anpacken zu können. Ich bin in ganz Gulf City rumgelaufen und habe mir die Preise für altes Balkenholz und gebrauchte Ruderboote, Außenbordmotoren und dergleichen nennen lassen – alles zusammen kommt es auf etwa zweitausend Dollar.«

Pop sagte: »Mein Vetter Billy hat einmal achthundert Dollar bekommen, als in der Sägemühle ein Stapel Holz über ihm zusammengestürzt ist, aber er hatte keine Erfahrung in der Behandlung von Geld, und es ist ihm in wenigen Jahren durch die Lappen gegangen. Wir können uns also von ihm nichts mehr borgen.

»Ich hätte nichts dagegen, wenn über mir ein Stapel Holz zusammenstürzte«, erklärte ich, »aber ich kenne in dieser Gegend keine Sägemühle, und ich hielte es auch nicht für ehrlich, wenn man einen Holzstapel dazu anstiftete, über einem zusammenzubrechen.«

Holly fragte: »Wie kriegen denn die Geschäftsleute ihr Geld, wenn sie's brauchen? Sie gehen zur Bank und leihen sich welches.«

»Ich bin noch nie in 'ner Bank gewesen«, sagte Pop. »Ich habe kein Vertrauen zu diesen Häusern.«

»Hier kommt es aber mehr drauf an, daß die Bank Vertrauen zu dir hat«, sagte Holly.
»Ich bin auch noch nie in 'ner Bank gewesen«, sagte ich. »Wie sieht's da drinnen aus?«
Holly sagte: »Du warst doch schon mal in einem Selbstbedienungsladen, Toby. Eine Bank ist in Wirklichkeit nichts anderes als ein Selbstbedienungsladen, nur daß sie mit Geld handelt statt mit Lebensmitteln.«
»Ich kann das nicht ganz begreifen«, sagte ich. »Im Selbstbedienungsladen sucht man sich die Lebensmittel zusammen, geht zur Kasse und gibt das Geld dafür. Es wäre doch nicht sinnvoll, wenn man in der Bank Geld zusammensuchen, zur Kasse gehen und dort Lebensmittel hergeben würde?«
»Was man dort gibt«, erläuterte Holly, »ist das Versprechen, daß man der Bank das Geld zurückzahlen wird.«
Pop sagte: »Ich finde, Toby sollte zur Bank gehen, denn ich möchte bei der Regierung nicht den Eindruck erwecken, als ob ich woanders Kunde geworden bin, obgleich ich mich im Moment mit ihr verkracht habe.«
Ich erwiderte: »Ich glaube, es ist nicht so einfach, wie Holly es darstellt.«
»Ich halte es gar nicht für einfach«, meinte Holly, »aber ich sehe keinen anderen Weg, um das Geld zu erhalten, das wir brauchen. Man kann uns für den Versuch nicht totschießen. Willst du's tun?«
Ich erklärte mich also bereit, und wir verabredeten, daß Holly mich am nächsten Tag zur Bank mitnehmen sollte. Den Rest des Abends waren wir sehr vergnügt darüber. Wir wären vielleicht nicht so vergnügt gewesen, wenn wir gewußt hätten, daß Holly sich in einer Sache geirrt hatte. Denn es ist eine Tatsache, daß, wenn man zur Bank geht, um Geld zu bekommen, sie einen *doch* für den Versuch totschießen können.

7

Am nächsten Morgen fuhren Holly und ich nach Gulf City und parkten in der Nähe der Bank. Holly war ziemlich nervös, weil sie niemals in der großen Welt gelebt hat wie ich in Fort Dix, und sie konnte es nicht über sich bringen, mit mir in die Bank zu gehen. Ich ging also rein und sah mich nach dem Mann um, der das Geld hat. Es war ein vornehmes Gebäude mit Marmor, der es mit jedem Marmor in jeglichen Badezimmern aufnehmen konnte. An der einen Seite des Saales saßen drei Männer in kleinen Käfigen mit Eisenstäben, die sie am Entkommen hindern sollten. Ich weiß nicht, warum diese Männer dort eingesperrt waren, aber vielleicht waren sie fürs Publikum zur Schau gestellt, als Warnung, daß man sich bei Gesetzwidrigkeiten nicht erwischen lassen soll. Es schien gerade Besuchszeit zu sein, weil zwei oder drei Leute warteten, um sich mit ihnen zu unterhalten.

Ich stand nur rum und betrachtete mir die Szene, um nachher keine Fehler zu machen. Einmal kam ein Mann in Uniform auf mich zu und fragte, ob er mir behilflich sein könnte, und ich sagte nein, ich sähe mich bloß um. Eine Zeitlang verstand ich gar nicht, wie man mit den Bankleuten ins Gespräch kommen könnte, wenn man Geld leihen wollte, aber dann ging ein Mädchen an mir vorbei und zu einer kleinen Tür, die größtenteils aus Glas bestand, wartete da einen Augenblick, bis die Tür einen schnarrenden Laut von sich gab, und ging dann bis dorthin weiter, wo der größte Teil der Bankleute saß. Da ging ich denn auch zu der Tür und stand davor, aber sie schnarrte nicht für mich, und als ich ihr einen kleinen Stoß gab, ging sie nicht auf.

Der Mann in Uniform kam zurück und fragte wieder, ob er mir behilflich sein könne, und ich sagte nein, ich hätte mich noch nicht ganz entschlossen. Wenn er dageblieben wäre, hätte ich mich entschlossen und ihm gesagt, was ich tun wollte, aber er mußte mit zwei anderen Männern in Uniform, die gerade zur Vordertür reingekommen waren, etwas bereden. Ich wollte nicht an die Tür bummern und die Leute, die drinnen arbeiteten, stören, darum wartete ich auf jemand, der wußte, wie man die Tür zum Schnarren und Aufgehen brachte. Ziemlich bald kam ein hagerer Bursche, der aussah, als sei er im Keller aufgewachsen, musterte mich mißbilligend, schob sich an mir vorbei und ging zu der kleinen Glastür. Als sie ihn anschnarrte und sich öffnete, ging er durch, und ich schlüpfte direkt hinter ihm rein, damit niemand die Tür extra für mich öffnen mußte.

Der Bursche drehte sich rasch um und fragte mit einer Fistelstimme: »Was wollen Sie denn?«

»Ach«, erwiderte ich, »ich möchte ein bißchen Geld holen und muß Sie bitten, mir zu zeigen, wo man das bekommt.«

Das muß ein furchtbar dunkler Keller gewesen sein, in dem er aufgewachsen ist, denn ich meine, er war schrecklich blaß. Er erlitt auch eine Art Anfall, denn er öffnete den Mund und sah aus, als wollte er schreien, aber nichts kam raus. Ich bat ihn, es nochmals zu versuchen, und beugte mich dicht zu ihm hinüber, um zu verstehen, was er sagte. Es stellte sich dann heraus, daß er »Hilfe, Hilfe« flüsterte, und es traf sich günstig, daß ich da war, denn sonst hätte ihn niemand gehört. Es war kein Zweifel, daß er schnell Hilfe brauchte, deshalb holte ich tief Luft und brüllte »Hilfe« für ihn. Man hätte tatsächlich meinen können, daß die Bankleute nicht mal den Verstand besaßen, mit dem sie geboren waren, denn sie fingen an, unter die Pulte zu kriechen und zu schreien, und eine große Glocke begann zu läuten, und der Bursche sah aus, als würde er auf der Stelle abschrammen.

Ich wollte nicht, daß er mir gewissermaßen unter den Händen zusammenklappte, und da er aussah, als würde er fallen, hob ich ihn auf und trug ihn raus, wo man ihm Hilfe leisten konnte. Die Leute merkten allmählich, daß was nicht in Ordnung war, und ein halbdutzend Männer rannte auf uns zu und drängte sich um uns. Der Mann in Uniform, der mich vorher gefragt hatte, ob er mir behilflich sein könne, war mir jetzt gar nicht behilflich, sondern stand nur im Weg und fuchtelte mit einer Pistole in der Luft rum. Das kann ins Auge gehen, wenn so ein reizbarer Mensch in der Gegend ist, deshalb nahm ich in einem Augenblick, als der Uniformierte es nicht erwartete, eine Hand von dem Burschen, den ich trug, und schnappte ihm die Pistole weg, bevor er wußte, was los war. Das hätte ich aber nicht tun sollen, denn nun gerieten die beiden anderen Männer in Uniform, die später reingekommen waren, in heillose Verwirrung und fuchtelten ihrerseits mit Pistolen rum und schrien allen zu, sie sollten zurücktreten, denn sie würden sich mit mir schießen. Alle traten auch zurück, außer dem Burschen, den ich trug, und der wäre am allerliebsten zurückgetreten, nur konnte er nicht.

Eine Weile war völlig unklar, was nun passieren sollte. Es sah so aus, als würden wir den ganzen Morgen da stehen, denn die zwei Männer in Uniform konnten sich mit mir nicht schießen, solange ich den Burschen im Arm hatte, und ich wollte einen kranken Menschen nicht auf den Boden fallen lassen.

Schließlich kam ein älterer Herr mit weißem Haar durch den offenen Kreis, der sich um mich gebildet hatte, auf mich zu und sagte: »Ich glaube, Sie machen hier einen schweren Fehler. Geben Sie mir doch die Pistole, die Sie der Wache abgenommen haben, und lassen Sie diesen Mann laufen. Dann können wir die Angelegenheit weiter besprechen. Erkennen Sie mich nicht? Ich war am letzten Wochenende mit beim Silberkönigfang.«
»Ich glaube, ich erkenne Sie«, sagte ich. »Und ich bin froh, daß Sie hier sind, denn ich habe in meinem Leben noch keine so reizbaren Leute gesehen. Nur sind es die anderen Leute, die den Fehler machen, denn ich habe hier einen kranken Menschen, der Hilfe braucht.«
Der Bursche, den ich trug, öffnete den Mund und erklärte: »Mr. Endicott, es fällt mir schwer, es zu sagen, aber ich glaube, wir alle haben hier Fehler gemacht.«
»Wieso? Dieser Mann hat versucht, die Bank zu berauben, und Sie haben tapfer um Hilfe geschrien«, erwiderte Mr. Endicott. »Ich habe nie geglaubt, daß Sie das in sich hätten, George.«
Der Bursche lächelte schwach und sagte: »Ich dachte auch nicht, daß ich's in mir hätte, Mr. Endicott, und was den Hilfeschrei anlangt, so habe ich den noch immer in mir, weil ich nämlich schreien wollte, aber keinen Laut rauskriegte.«
»Wer hat denn aber dann um Hilfe geschrien?« fragte Mr. Endicott.
»Dieser Mann, der mich hält, hat geschrien«, sagte mein Patient. »Er hörte mich ein kleines Gequieke ausstoßen und muß angenommen haben, daß mir schlecht geworden war, und da hat er das Gebrüll angestimmt, das alle in Schrecken versetzt hat. Ich gebe zu, daß ich zuerst glaubte, er wollte die Bank berauben, aber jetzt, nachdem ich die

letzten zehn Minuten mit ihm so eng verbunden gewesen bin, halte ich's nicht mal für möglich, daß er eine Sparbüchse berauben würde. Und wenn Sie hier ein wenig Ruhe schaffen könnten, dann würde ich sicher imstande sein, ihn zu überzeugen, daß es mir gutgeht und er mich auf die Beine stellen kann.«
Ich merkte allmählich, daß die Lage viel verzwickter war, als ich geahnt hatte, drum stellte ich den Burschen hin und sagte: »Es tut mir leid, daß ich soviel Umstände gemacht habe, und ich würde keine Bank berauben, selbst wenn ich wüßte, wie man's auf ehrliche Weise tut. Hier ist die Pistole, die ich dem Mann da nur weggenommen habe, damit niemand zu Schaden kommt.«
Mr. Endicott nahm die Pistole und rief den Umstehenden zu, daß alles ein großer Irrtum sei, sie sollten sich beruhigen und wieder an die Arbeit gehen. »Ich weiß, es hat ausgesehen, als wollte dieser junge Mann hier die Bank berauben und hätte George als Geisel ergriffen«, rief er, »aber er hat ihn nur aufgehoben, weil er glaubte, George sei krank und brauche Hilfe. Und der Grund, weswegen George krank aussah, war – ach, zum Teufel, das wird mir zu verwickelt. Lassen wir's dabei bewenden, daß alles wieder in Ordnung ist.« Er wandte sich an George und mich und sagte: »Kommen Sie bitte zu mir ins Büro, damit wir die Sache klar kriegen.«
Wir gingen in sein Büro, und es stellte sich heraus, daß Mr. Endicott der Präsident der Bank war und ein netter Mensch, wenn auch kein besonders guter Angler, wie ich mich vom letzten Wochenende erinnerte. Wir besprachen nochmal, was passiert war, und es war wirklich so, daß George geglaubt hatte, ich wolle die Bank berauben, und deshalb den Anfall bekommen hatte.
Mr. Endicott sagte schließlich: »Na, George, ich fürchte, wir

können Sie kaum zum Helden ernennen, was mir durchaus recht ist, denn es wäre ein Schock für mich gewesen, wenn Sie einer wären.«

Ich sagte: »Ich glaube, Sie werden diesem Mann nicht ganz gerecht. Das Schlimmste, was man von ihm sagen kann, ist, daß er nicht sehr klug war, als er dachte, ich wolle die Bank berauben. Aber er versuchte, um Hilfe zu rufen, selbst wenn nichts rauskam. Wenn ich also wirklich versucht hätte, die Bank zu berauben, dann wäre er ein Held gewesen, und vielleicht sogar ein toter Held, was noch tapferer ist.«

»Danke sehr«, sagte George. »Ich weiß das zu schätzen.«

»Was wir jetzt noch erfahren wollen«, sagte Mr. Endicott, »ist der Grund, warum Sie nun eigentlich gekommen sind.«

Ich sagte ihm, wir brauchten Geld, um ein Häuschen auf Pfählen zu bauen, einen Landungssteg zu errichten, ein paar Ruderboote zu kaufen und vielleicht zwei bis drei Außenbordmotoren, und daß das insgesamt etwa zweitausend Dollar kosten würde.

Mr. Endicott sah George mit einem kleinen Grinsen an und sagte: »Da sind Sie genau an die richtige Stelle gekommen, denn George ist unser Darlehensbearbeiter. Das ist aber das erste Mal, daß jemand hierher gekommen ist und so getan hat, als wolle er unseren Darlehensbearbeiter ausleihen und nicht ein Darlehen.«

»Es freut mich aufrichtig, daß Sie der Darlehensbearbeiter sind«, sagte ich zu George, »denn das macht die Dinge leichter, nicht wahr?«

»Da bin ich gar nicht so sicher«, erwiderte Mr. Endicott. »Ich möchte Sie warnen, daß George ein wenig zurückhaltend ist, was bei einem Darlehensbearbeiter sozusagen normal ist. George, ich möchte dabei sein, wenn Sie dieses Problem anpacken. Bitte, übernehmen Sie's von hier an.«

George legte die Fingerspitzen zu einem kleinen Zelt zusammen und blickte hinein, und man konnte meinen, daß in dem kleinen Zelt schlechte Nachrichten steckten, denn er hatte einen unglücklichen Ausdruck im Gesicht. Ich vermute, er war Darlehen von zweitausend Dollar nicht gewohnt und fühlte sich leichter, wenn er fünf oder zehn Dollar hie und da auslieh. »Also, Mr. Kwimper«, sagte er, »beginnen wir mit –«

Ich sagte: »Sie können mich ruhig Toby nennen, und ich nenne Sie George, weil ich zuerst von Ihrem Anblick zwar nicht gerade begeistert war, nun aber glaube, daß Sie ein tapferer Mensch sind, und gern Ihr Freund sein möchte.«

Georges Gesicht kam aus dem tiefen Keller, in dem es aufgewachsen war, heraus und wurde rosa. Er sah Mr. Endicott hilflos an und sagte: »Wir fangen dieses Unternehmen nicht eben sehr geschäftlich an.«

Endicott sagte: »Machen Sie weiter, George, werfen Sie Ihre Prinzipien über Bord und nennen Sie ihn Toby.«

George holte tief Atem und sagte: »Nun gut, Toby, eine Bank braucht Sicherheit für ein Darlehen. Mit anderen Worten, wir müssen sicher sein, daß wir das Geld zurückkriegen.«

»Sie können damit rechnen, daß wir's zurückzahlen, wenn nichts schiefgeht.«

»Hm. Ja. Aber die Sicherheit, die wir meinen, ist mehr als ein bloßes Versprechen. Nehmen Sie zum Beispiel das Land, auf dem Sie wohnen. Das könnte eine annehmbare Sicherheit sein, wenn Ihr Eigentumsrecht begründet ist.«

»Oh, wir haben noch kein Eigentumsrecht«, erwiderte ich. »Das ist Staatsland, und wir haben dort nur gesiedelt und können den Antrag auf Eigentumsrecht erst in sechs Monaten stellen.« George blickte wieder in das kleine Fingerzelt und sah, daß die Nachrichten immer schlimmer wurden. »Wie«, fragte er mit schwacher Stimme, »stehen denn die Chancen, daß Sie das Eigentumsrecht erhalten?«

»Die sind ziemlich schlecht«, sagte ich. »Mr. King, der Direktor des Amtes für Öffentlichen Ausbau ist über uns regelrecht unglücklich, und wenn er ein Mittel finden kann, uns von dem Land zu verjagen, wird er es tun, bevor man das Wort ›Verbesserungsprojekt‹ aussprechen kann.«

Um Georges Stuhl mußte ein kühler Luftzug wehen, denn er begann zu zittern. »Nein wirklich«, sagte er. »Was sonst noch? Mr. Endicott, soll ich weitermachen?«

Mr. Endicott sagte: »George, ich wette, daß kein Darlehensbearbeiter im ganzen Lande jemals durchgemacht hat, was Sie hier erleben. Ziehen Sie sich nicht zu schnell aus der Affäre. Das ist etwas, was Sie Ihren Kindern erzählen können, wenn Sie je den Mut aufbringen zu heiraten.«

George sagte: »Ich fürchte, es hat keinen Zweck, aber versuchen wir's auf einem anderen Gebiet. Haben Sie Aktien und Wertpapiere?«

»George«, antwortete ich, »wenn Sie mir erklären, was das ist, dann will ich in unserer Hütte mal nachsehen.«

»Schön, lassen wir Aktien und Wertpapiere. Wie steht's mit Hypotheken oder Versicherungspolicen, auf die man Geld leihen könnte?»

»Wir sind noch nicht dazu gekommen, diese Sachen zu kaufen.«

»Hm. Wir könnten eine Hypothek auf Ihre bewegliche Habe in Betracht ziehen, eine Sicherungsübereignung Ihres Autos und anderen persönlichen Eigentums, wenn der Wert groß genug ist.«

»Allerdings«, sagte ich. »Pop hält große Stücke auf unser Auto, und ich würde sagen, daß es auf jeden Fall fünfzig Dollar bringen würde. Es steht gleich vor der Tür, wenn Sie's sich mal ansehen wollen.«

»Ich glaube, wir können uns das schenken. Haben Sie oder Ihr Vater irgendwelchen Verdienst, abgesehen von dem, was Sie durch den Verkauf von Ködern und sonstigen Artikeln an der Brücke einnehmen?«

»Pop bezog Kindergeld für die Zwillinge«, sagte ich. »Und ich erhielt Versehrtenrente für totale Arbeitsunfähigkeit vom Entschädigungsamt. Aber Mr. King hat durchgesetzt, daß diese Zahlungen eingestellt wurden.«

»Besteht die Möglichkeit, daß diese Zahlungen wieder aufgenommen werden?«

George machte darüber, daß wir die Unterstützungen nicht mehr bekamen, ein so betrübtes Gesicht, daß ich ihn aufheitern wollte.

»Machen Sie sich darüber keine Gedanken«, sagte ich. »So wie Mr. King funktioniert, kriegen wir nie mehr was gezahlt, außer wenn wir aufbrechen und nach New Jersey zurückgehen. Aber das macht uns nichts aus, wenn ich es auch nett von Ihnen finde, daß sie so traurig darüber sind.«

»Mr. Endicott«, fragte George fast flüsternd, »haben Sie dem noch etwas hinzuzufügen?«

»Nur eins«, sagte Mr. Endicott. »Als ich letztes Wochenende von seiner Brücke aus fischte, wollten die Kwimper-Zwillinge nicht, daß einer die Fische unter der Brücke fing, die sie als ihr Privateigentum betrachteten. Deshalb schwammen die Zwillinge unter die Brücke und stibitzten uns allen den Köder. Toby erwischte sie dabei und brachte sie dazu, daß sie sagten, es tue ihnen leid, und Toby bot uns die Rückzahlung des Geldes an, das wir für Köder ausgegeben hatten. Diese Zwillinge waren die nettesten kleinen Teufelsbraten, die ich je zu Gesicht bekommen habe. Wir haben uns beinahe totgelacht.«

»Mr. Endicott«, sagte George, und man konnte jetzt kaum

noch seine Stimme hören, »ich finde das, was Sie da erzählen, nicht sehr förderlich.«

»Wirklich nicht, George?«

»Mr. Endicott, wenn uns ein Mensch beweisen wollte, daß er keine materielle Sicherheit für ein Darlehen besitzt, dann hätte er keine besseren Gründe vorbringen können als unser Besucher hier.«

»George«, sagte Mr. Endicott, »das ist gesprochen wie ein wahrer Darlehensbearbeiter. Aber vergessen wir mal einen Augenblick das Materielle und besinnen uns auf das Ideelle.«

»Mr. Endicott«, sagte George fast so, als bitte er um Gnade. »Ich habe keine Möglichkeit, das Ideelle in Dollar umzurechnen.«

»George«, sagte Mr. Endicott, »ich wollte nur feststellen, ob Sie wirklich wußten, was Sie taten, als Sie glaubten, Toby sei ein Bankräuber, und um Hilfe schreien wollten. Haben Sie's in sich oder nicht?«

George blickte ihn eine Minute an, und plötzlich preßte er die Kiefer aufeinander, schlug mit der Faust auf den Tisch und sagte: »Toby, diese Bank leiht Ihnen zweitausend Dollar.« Dann fuhr er herum zu Mr. Endicott und stieß heraus: »Und zu unserem Vorzugszinssatz von viereinhalb Prozent. Ob Sie's wollen oder nicht.«

Mr. Endicott grinste und sagte: »George, ich will ja. Es kann natürlich sein, daß ich Sie als Darlehensbearbeiter rausschmeißen und als Bankvizepräsidenten neu einstellen muß, denn ich möchte nicht, daß Sie bei jedem Schnorrer beweisen, wie tapfer Sie sind.«

Ich erklärte: »Ich bin Ihnen mächtig dankbar, Mr. Endicott, aber ich will niemandem was vormachen. Wenn wir das Geld nicht zurückzahlen, dann können Sie nichts von uns holen als Pops Auto, und Sie könnten Schwierigkeiten haben, es vom ersten in den zweiten Gang zu schalten, weil man genau die Kerbe kennen muß, in die es reinschnappt.«

»Das macht nichts, Toby«, sagte Mr. Endicott. »Wir geben Ihnen ein sogenanntes Charakterdarlehen. Wir tun das hin und wieder, wenn vielleicht auch nicht häufig genug, für unser Seelenheil.«

So kam alles zu einem guten Ende, und Holly und Pop konnten sich nicht darüber beruhigen, wie geschickt ich die Verhandlungen geführt hatte. Wenn man von einer Bank Geld leihen will, muß man entweder einen wirklich guten Charakter haben oder einen wirklich schlechten, und ich schätze, die meisten Leute sind da übel dran, weil sie irgendwo in die Mitte fallen.

8

In den nächsten Wochen waren wir beschäftigt wie ein Hund, der drei Katzen zum Jagen hat. Wir kriegten Holz von einem Mann, der in Gulf City ein altes Hotel abriß und uns an einen anderen Mann empfahl, der Eigentümer einer Kiefernwaldung war und nichts dagegen hatte, wenn man ihm den Wald ein wenig lichtete, vorausgesetzt, daß man sein Handwerk verstand und ihm zwanzig Cents pro Quadratfuß bezahlte. Er hatte hohe Kiefern, die ich als Pfähle benutzen wollte. Ich schlug zwei davon und begann, sie in Längen von je sechs Metern auf Pops Auto zu laden, aber dieses Auto war im Begriff, sich unter meiner Hand hinzulegen und den Geist aufzugeben. Deshalb konnte ich immer nur je einen dieser großen Pfähle transportieren. Das kostete zuviel Zeit und endete damit, daß ich nur vier große Pfähle nach Hause brachte und sonst nur Kleinzeug.

Wir bauten auf den Pfählen ein fünf mal sieben Meter großes Haus, das vielleicht keine Mustersiedlung war wie die, von der Mr. King gesprochen hatte, aber wir konnten in unserem wohnen, und in seiner Siedlung konnte niemand wohnen, weil die Regierung sie nämlich noch gar nicht gebaut hatte. Wir stückelten vorn noch eine Veranda an, wo wir essen konnten, und hinten eine Rückveranda als Küche mit hölzernen Läden, die man runterlassen konnte, um den Regen abzuhalten, aber die frische Luft reinzulassen. Wir rammten die Pfähle in den Grund, indem wir uns einen

alten Motor kauften, diesen an eine Pumpe anschlossen, uns durch den oberen Muschelboden hindurchgruben und danach die Pfähle mit einem Wasserstrahl in den Boden trieben. Die Pfähle für unser Haus waren ein bißchen dünn geraten, weil nämlich Pop meine vier großen Pfähle, die ich zuerst gefällt hatte, stibitzt hatte; und wenn eine Bö kam, fühlte man, wie das Haus schwankte, aber nicht mehr als ein Boot und viel weniger sprunghaft. Wenn ich jedoch Zeit hatte, wollte ich nochmal vier große Pfähle holen, sie neben den kleineren versenken und in das Haus einbauen; dann würde ihm wohl auch das Schwanken vergehen.
Mit den vier großen Pfählen, die ich zuerst gebracht hatte, war die Sache so. Eins der schönsten Dinge beim Reisen, sagte Pop, seien die Aborte in den Tankstellen, bei denen man anhielt. Zu Hause hatte keiner der Kwimpers einen Abort, wie man sie in den Tankstellen findet, sondern ein oder zwei Löcher hinten im Wald, und wenn die Mücken aktiv waren, hatte man kaum Zeit zur nötigen Sammlung. Deshalb wollte Pop den feinsten Abort, den man sich ausmalen kann, und nahm dazu die vier großen Pfähle, denn er sagte, das erste, was man in einem Abort haben wolle, ist das Gefühl der Solidität, gegen die man sich stemmen kann, wenn man will.
Es geschieht nicht oft, daß Pop sich so sehr für etwas begeistert, daß er darüber Schweiß vergießt, deshalb ließen wir ihm freie Hand, und er ging wissenschaftlich zu Werke. Er besuchte die Tankstellen in Gulf City und besichtigte ihre Einrichtungen. Pop ist geschickt mit Werkzeugen, wenn sie ihn nicht daran erinnern, daß er schon lange kein Schläfchen mehr gehalten hat. Er baute den Abort ganz allein und gestaltete ihn zu einer Räumlichkeit, die man seinen Freunden vorführen möchte. Pop wollte sich

nur mit dem Besten begnügen und hatte aus zweiter Hand vier Becken gekauft, die aber nicht ihren eigenen Tank haben, sondern spülen, wenn man von der Brille aufsteht. Er beschaffte sich einen großen Wasserbehälter aus Zypressenholz, den jemand in Gulf City benutzt hatte, um Regenwasser aufzufangen, ehe es dort die städtischen Wasserwerke gab, stellte ihn neben den Abort und verband ihn mit den vier Becken; dann schloß er ihn an den alten Motor an, so daß wir den Behälter mit Salzwasser vollpumpen konnten, wenn wir es brauchten. Pop kaufte sogar ein Erdrohr und grub einen Abfluß quer durch den Strand und noch etwas ins Wasser hinaus.

Dieser Abort hatte nur eine Eigenart, die man ungewöhnlich nennen könnte. Pop war kein sehr guter Klempner und brachte die verschiedenen Rohre des Wassertanks ein bißchen durcheinander. Ich will damit nicht sagen, daß sie nicht hervorragend funktionieren. Wenn man von einem der Sitze aufstand, dann spülten sämtliche vier Becken gleichzeitig, und das heißt, daß eine Menge Wasser in der Gegend herumspritzte, und wenn jemand nicht zur gleichen Zeit aufsprang wie der erste, dann kam er eher hoch, als er erwartete. Das ging noch, wenn zwei Personen an den entgegengesetzten Ecken des Aborts Platz genommen hatten, denn der eine konnte dann sagen »Fertig« und der andere »Los«, und dann sprangen sie beide in die Höhe. Aber das ging nicht, wenn Leute auf verschiedenen Seiten des Aborts saßen und durch eine Wand getrennt waren; und ab und zu wurde einer derartig überrumpelt, daß er beinahe durchs Dach schoß.

Aber das war wirklich nichts, um sich darüber den Kopf zu zerbrechen, und trug höchstens dazu bei, das Örtchen ein wenig zu beleben. Als die Männer, die regelmäßig zum Angeln kamen, diese Sache entdeckten, machten sie sich einen Riesenspaß mit den Leuten, die zum erstenmal bei uns erschienen. Sie gab auch den Zwillingen Gelegenheit, ihre überschüssige Energie abzureagieren. Es war nicht ratsam, da hineinzugehen, sich hinzusetzen und ein wenig nachzudenken, wenn die Zwillinge einen gesehen hatten, denn diese kleinen Lausebengels schlichen sich zur anderen Seite rein und scheuchten einen auf wie ein Hund die Rebhühner.

Wir bauten uns auch den Landungssteg, kauften vier alte Ruderboote, überholten sie gründlich und beschafften uns zudem Außenbordmotoren. Wir hatten keinen derartigen Kundenandrang mehr wie zur Zeit der Silberkönige, aber es kamen immer Leute vorbei, die Köder wollten oder ein Ruderboot leihen oder Kaffee und Sandwiches. Wir fingen an, ganz regelmäßig etwa dreißig Dollar die Woche zu verdienen. Dabei war es noch Sommer, und wir konnten uns auf einen viel größeren Betrieb gefaßt machen, wenn im Spätherbst die Touristen erschienen.

Etwas sehr Nettes passierte gegen Ende Juni. Ein Mann mittleren Alters mit Namen Jenkins aus Illinois kam mit seiner Frau vorbei, hielt an und fragte, ob er seinen Wagen mit Anhänger für die Nacht von der Straße runternehmen und auf unser Land stellen dürfe, und wir sagten selbstverständlich ja. Danach gab ein Wort das andere, und die Jenkins' fragten uns, ob wir etwas dagegen hätten, wenn sie dablieben, und das war uns natürlich nur recht. Wir boten ihnen etwas Land neben dem unseren an, aber ihnen gefiel die andere Seite der Straße neben der Brücke besser, obgleich sie dort nur etwa fünf Meter Bankette hatten, die dem Staat nicht gehörten. Wir halfen ihnen, eine Plattform für den Anhänger bauen. Sie hatten etwas Geld, weil sie ihren Laden in Illinois verkauft hatten, und suchten einen Platz an dem sie sich niederlassen wollten. Sie verfertigten Schmuck aus den verschiedensten Muschelschalen und waren sehr geschickt darin; damit eröffneten sie einen kleinen Geschäftsbetrieb direkt gegenüber von uns.

In den ersten Julitagen hatten wir einen Besucher, den wir ebenso gut hätten missen können. Es war ruhig an jenem Nachmittag, ich hatte gerade gebadet und saß auf dem Brückengeländer neben unserem Häuschen, um mich zu trocknen. Zwei Autos kamen von Gulf City und fuhren etwas weiter entfernt direkt vor unserem Haus auf die Seite. Das eine, dem Mr. King entstieg, gehörte zum Amt für Öffentlichen Aufbau. Das andere war ein zweifarbiger Personenwagen, dem ein Fräulein entstieg. Beim ersten Hinsehen hätte ich gesagt, daß es ein nicht besonders hübsch aussehendes Fräulein war, das die Mittelstufe einer Volksschule unterrichtete und den Schuldirektor niemals in die Versuchung brachte, nach Schulschluß noch wichtige Probleme mit ihr zu bereden. Sie trug einen dunklen Rock und eine weiße Bluse, die hochgeschlossen war. Sie hatte ihr gelbes Haar straff nach hinten gekämmt und in einer Flechte hochgerollt, als wolle sie es daran hindern, sich übermütig zu kräuseln oder sich gar vom Wind zausen zu lassen. Wenn sie es locker gelassen hätte, dann hätte es vielleicht gar nicht so übel ausgesehen, denn gelbes Haar nimmt immer Leben an, wenn man Licht hineinläßt. Sie trug eine Brille mit mehr Schildpatt im Rahmen, als selbst eine Schildkröte auf ihrem Rücken trägt.

Man konnte zum zweitenmal hinsehen und immer noch sagen, daß sie sehr durchschnittlich aussah. Man schenkte ihr einen dritten und vierten Blick und blieb bei dieser Meinung. Aber dann begann man sich zu wundern, warum man diesem durchschnittlichen Fräulein so viele Blicke schenkte. Vielleicht war es die Art, wie sie sich bewegte. Man versteht wohl, was ich meine, wenn man eine Katze beobachtet, die den ganzen Tag plump daliegt und schläft und dann bei Nacht plötzlich aufsteht, sich streckt und in die Dunkelheit schlüpft – das ist auch nicht mehr dieselbe Katze, die tagsüber rumgelegen hat.

Mr. King und das Mädchen waren jetzt so nahe, daß ich hören konnte, was sie miteinander sprachen, und es war auch nicht häßlich von mir, daß ich zuhörte, denn Mr. King wußte, daß ich auf dem Geländer saß, und machte sich nichts draus. Er sagte: »Sehen Sie sich nur diesen Schandfleck an, Alicia. Das ist der Beginn einer Elendssiedlung in Reinkultur.«

»Die sehen aus, als hätten sie sich für immer hier niedergelassen, nicht wahr?« fragte das Fräulein. Sie hatte eine leise Stimme mit einem Schnurren, das Katzen haben, wenn sie einem um die Knöchel streichen und nicht wissen, ob sie sich daran reiben oder ihre Krallen schärfen sollen. »Die haben hier Geld hineingesteckt. Sie haben mir doch gesagt, daß sie keins hätten.«

»Die verdammte Bank hat ihnen Geld geliehen. Es ist erstaunlich, wie oft die Banken gegen die Regierung arbeiten. Die Bank begünstigt ein eiterndes Geschwür mitten im Körper des herrlichsten Verbesserungsprojektes, das wir je unternommen haben. Ich will Ihnen nicht verschweigen, daß wir sogar auf entsprechende Gelder von der Bundesregierung gerechnet hatten. Aber die will nun mit einem Projekt, das so in die Binsen gegangen ist, nichts mehr zu tun haben.«

»Na schön, Arthur«, sagte sie, »Sie erwarten wahrscheinlich, daß ich Ihnen irgendwie behilflich bin.«

»Sie sind doch die Leiterin der Kreiswohlfahrtspflege. Sie müssen demnach ein Dutzend Möglichkeiten kennen, um dieser Entwicklung hier ein Ende zu machen.«

»Ja, aber oberflächlich betrachtet sieht das hier gar nicht so schmutzig aus.«

»Ach, ich dachte, daß Ihre Leute etwas unter die Oberfläche blicken. Wo kriegen diese Menschen ihr Trinkwasser her? Aus einem Loch in der Erde, wenn Sie's wissen wollen. Wie steht's mit Kanalisation und sanitären Einrichtungen? Sie lassen's einfach ins Meer fließen.«

»Soviel ich weiß, benutzen wir in Gulf City auch immer noch den Golf.«

»Ja, aber wir sind dabei, ein Sammelbecken für die Siedlung und eine Kläranlage zu bauen, und von derartigen Dingen ist hier nichts zu sehen.«

»Allerdings nicht«, erklärte sie. »Ich schätze, das würde Sie auch nur etwa eine Million Dollar kosten.«

»Es fällt mir schwer, es auszusprechen, Alicia, aber das ist keineswegs die Zusammenarbeit, die das Amt für Öffentlichen Ausbau vom Wohlfahrtsamt erwartet. Sehen Sie sich doch nur die zwei kleinen Bengels an, die da fast nackt rumlaufen.«

»Süß, nicht?«

»Was hat das damit zu tun, ob sie süß sind? Ich wette, daß sie auch nicht zur Schule gehen.«

»Da haben Sie vermutlich recht, Arthur. Denn schließlich ist ja Sommer.«

»Sie wollen mich nur aufziehen, Alicia. Sie wissen ganz genau, daß Sie hier so manches beanstanden könnten. Sie brauchten nur eine positive statt einer negativen Haltung einzunehmen.«

»Sie wollen mich immer zur Eile zwingen«, erwiderte sie. »Ich möchte lieber die Dinge auf meine Art anpacken. Zunächst einmal will ich ein paar von diesen Leuten kennenlernen.«

Mr. King deutete mit dem Daumen über seine Schulter.

»Einer von ihnen sitzt da hinter uns auf dem Brückengeländer und hört jedes Wort, das wir hier sprechen.«
»Das war nicht sehr diplomatisch von Ihnen, Arthur.«
»Zum Teufel mit der Diplomatie. Sein Intelligenzquotient kann nicht mehr als siebzig betragen, und es sollte mich wundern, wenn er mehr als jedes zweite Wort verstanden hätte.«
Das Fräulein drehte sich um, betrachtete mich von Kopf bis Fuß und sagte: »Sein Intelligenzquotient ist vielleicht nur siebzig, aber sein Körper stempelt ihn unzweifelhaft zum Genie.«
»Ich gebe zu, daß er ein Riesenvieh ist. Wollen Sie ihn kennenlernen?«
»Ja sicher.«
Mr. King brachte sie zu mir und sagte: »Kwimper, das ist Miss Alicia Claypoole. Sie ist die Leiterin der Kreiswohlfahrtspflege, und wenn sie hier nach dem Rechten sieht, wird sie finden, daß sie von nun an für andere Dinge keine Zeit mehr hat.«
Miss Claypoole sagte:
»Guten Tag. Habe ich Arthur recht verstanden, und heißen Sie wirklich Kwimper?«
»Ja«, antwortete ich, »Toby Kwimper.«
»Der Name kommt mir irgendwie bekannt vor«, sagte sie.
»Was in aller Welt«, unterbrach Mr. King, »kann Ihnen am Namen einer Köhlerfamilie aus den Hinterwäldern Süd-Jerseys bekannt vorkommen?«
»Haben Sie Jersey gesagt?« fragte Miss Claypoole, die langsam in Wallung geriet. »Haben Sie von den Wäldern Süd-Jerseys gesprochen?«
»Das stimmt doch, Kwimper, nicht wahr?« fragte Mr. King.
»Ja.«
»Das kann ja nicht sein«, sagte sie fast atemlos. »Das wä-

re zuviel verlangt. Sagen Sie mir bitte aufrichtig: sind Sie wirklich einer der Kwimpers aus Cranberry County?«
Ich rutschte vom Geländer runter, zierte mich ein bißchen, sagte dann aber: »Ja, junges Fräulein, ich möchte damit zwar nicht prahlen, aber das sind wir.«
Mr. King fragte: »Was in aller Welt soll der Unsinn?«
»Ach, Arthur«, sagte sie, indem sie ihn beim Arm ergriff. »Sie wissen ja gar nicht, was Sie für mich getan haben. Sie haben mich zu einer Enklave der Kwimpers von Cranberry County gebracht! Ich kann Ihnen nicht genug danken.«
»So«, sagte Mr. King, »ich hatte gedacht, daß hier bloß die Kwimpers verrückt sind, aber ich sehe, sie haben Gesellschaft bekommen.«
»Aber Arthur«, rief sie, »Sie sind nur Planwirtschaftsmann, sonst würden Sie darüber Bescheid wissen. Das ist die Erfüllung der heißesten Gebete eines Sozialwissenschaftlers. Haben Sie niemals von der Familie Jukes gehört? Oder von den Kalikaks? Familien, die sich an einem Ort niedergelassen, nur unter sich geheiratet haben, nichts mit der Außenwelt zu tun haben wollten und die dankbarsten Studienobjekte für Chromosomen und Vererbungsfragen bieten? Mein Gott, die sind berühmt! Aber die Kwimpers von Cranberry County sind absolut legendär! Verglichen mit denen, sind die Jukes und Kalikaks Globetrotter. Die Kwimpers haben noch niemals Cranberry County verlassen. Sie haben sich noch niemals studieren lassen. Welch eine Gelegenheit! Hier finde ich das vollkommene Thema für eine Doktorarbeit sozusagen gebrauchsfertig vor.«
»Nur nicht so hastig, nicht so hastig«, sagte Mr. King mit nervöser Miene. »Sie können doch so eine Sache nicht über Nacht erledigen.«
»Nein, gewiß nicht. Dazu brauche ich wahrscheinlich Mo-

nate mit Tiefeninterviews, Rorschach-Tests, Farbklecksen und Szondi-Bildern. Dann muß ich Assoziationstests vornehmen – Sie wissen schon: Beendigung von Sätzen und Wortassoziationen.«

»Wie können Sie das alles anstellen, wenn die Kwimpers in New Jersey sitzen und Sie hier?«

»Das ginge natürlich nicht. Ich darf sie also nicht fortgehen lassen.«

Wenn man je einen Menschen gesehen hat, der feststellt, daß er auf einem Ameisenhaufen sitzt, dann kann man sich auch vorstellen, wie Mr. King aussah. »Alicia«, sagte er, »das dürfen Sie mir nicht antun.«

»Seien Sie doch vernünftig, Arthur. Sie können mir nicht eine Karte zeigen, auf der ein verborgener Schatz eingezeichnet ist, und dann von mir verlangen, daß ich damit Feuer mache.«

»Sie werden damit nicht durchkommen. Auf irgendeine Weise werde ich diese Bande schon los.«

»Ach, Arthur, seien Sie doch nicht so heftig! Vielleicht finde ich eine Lösung, die uns beide glücklich macht. Aber bis dahin nehmen Sie die Dinge mit Ruhe hin. Denn wenn Sie diese großartigen Leute schikanieren, dann gebe ich ihnen jede Art von Staatshilfe, über die ich verfügen kann. Ich dulde es einfach nicht, daß man sie davonjagt. Denken Sie doch an unseren Prestigegewinn, wenn unser Staat die erste definitive Studie über die Kwimpers von Cranberry County vorlegen kann.«

»Meinetwegen«, sagte Mr. King. »Sie haben mich in der Klemme. Ich hoffe nur, daß Sie bloß halb so viel Ärger mit ihnen haben wie ich. Dann werden Sie schließlich auch nochmal denken, daß sie selbst in New Jersey nicht weit genug weg sind. Na, lassen Sie mich wissen, wenn Sie um Hilfe schreien wollen.« Er stieg in seinen Wagen, wendete und verbog nur einen Kotflügel an einem Brückenpfosten, als er davonfuhr.

Miss Claypoole zuckte die Achseln und sagte: »Er ist so furchtbar heftig wie all diese Leute von der Planwirtschaft. Die wollen auch nicht einen einzigen Augenblick auf ihre herrliche neue Welt warten. Nun, Toby – darf ich Sie Toby nennen? – ich hoffe, wir werden gute Freunde werden.«

»Ja, ich auch«, sagte ich, »ich bin immer froh, wenn ich mit allen Leuten gut Freund sein kann, selbst mit Mr. King, wenn er mich lassen würde.«

»Wissen Sie, was Mr. King gemeint hat, als er sagte, daß Sie vermutlich einen Intelligenzquotienten von siebzig haben?«

»Er meinte vermutlich, daß ich nicht sehr hell bin.«

»Ich hoffe, Sie fühlen sich nicht verletzt, Toby.«

»Na«, sagte ich, »vielleicht bin ich nicht hell auf Mr. Kings Art, aber ich bin hell auf meine Art, und eine Sache, in der ich hell bin, ist, daß ich mich nicht so leicht verletzt fühle.«

»Eines Tages möchte ich gern einen Intelligenztest mit Ihnen machen. Hat man schon einmal einen mit Ihnen gemacht?«

»Oh, eine ganze Menge. Aber ich möchte Sie warnen, die Leute, die diese Tests mit mir machen, sehen hinterher immer ganz verwirrt aus. Einer sagte geradeheraus, der Test beweise, daß entweder ich ein Idiot wäre oder er, und er war nicht ganz sicher, was nun stimmte, und er würde sich glücklicher fühlen, wenn er keinen Test mit mir gemacht hätte.«

»Wie überaus faszinierend! Können wir uns nicht irgendwo hinsetzen und plaudern, Toby? Ich glaube nicht, daß ich auf dem Geländer hocken kann wie Sie. Wir könnten uns in mein Auto setzen, wenn Sie nichts dagegen haben.« Ich sagte ihr, daß ich wirklich nicht richtig angezogen sei, um in einem Auto rumzusitzen, mit nur einer Badehose an, aber sie sagte, das schadete nichts, und wir stiegen ein. Als wir drinnen waren, sagte sie: »Es ist heiß«, was ich schon wußte, knöpfte oben ihre Bluse auf und nahm ihre Schildpattbrille ab; danach hätte man nicht mehr gedacht, daß sie nur ein durchschnittlich aussehendes Fräulein ist.

»Toby«, sagte sie, »eine Bemerkung von Ihnen hat mich besonders interessiert. Sie haben das Wort Idiot gebraucht. Haben Sie sonst schon einmal gehört, daß Außenstehende dieses Wort auf Sie oder andere Kwimpers angewendet haben?«

»Wollen Sie damit sagen, ob wir Kwimpers wissen, daß uns manche Leute für verrückt halten? Ja, es gibt Leute, die uns verrückt nennen, aber im allgemeinen nicht, wenn ein Kwimper zuhört, weil nämlich manche Kwimpers noch heftiger sind als Mr. King. Aber mich hat das nie gestört, außer einmal, als ein Mann in einer gegnerischen Fußballmannschaft mir dauernd ›Verrückter Kwimper‹ zurief. Zuerst war das kein übler Scherz, aber er zahlte sich nicht aus. Deshalb machte ich ein Spiel durch ihn durch, und er sagte nicht mehr viel, als sie ihn vom Feld wegschleppten. Ich glaube eher, daß wir Kwimpers nicht verrückt sind, sondern nur anders.«

»Sie haben also Fußball gespielt. Ich wette, Sie waren wundervoll. Was haben Sie denn in der Mannschaft gespielt?«

»Meistens Bälle zugespielt oder aufgefangen.«

»Ja, aber was haben Sie vorwiegend getan?«

»Meistens beides zugleich.«

»Toby, ich habe immer angenommen, daß ich etwas vom Fußball verstehe, aber das verstehe ich nicht. Wie konnten Sie zu gleicher Zeit zuspielen und auffangen?«

»Ich muß ein bißchen zurückgreifen, um das zu erklären«, sagte ich. »Pop gab mir einen Fußball, als ich ein kleiner Junge war, und ich spielte für mein Leben gern Fußball, nur war keiner da, mit dem ich spielen konnte. Deshalb suchte ich mir eine Stelle im Wald, wo die Bäume nicht so dicht standen, warf den Ball in die Luft und rannte, um ihn wieder aufzufangen. Das tat ich, wann ich nur konnte, und in sechs bis sieben Jahren war ich so weit, daß ich den Ball ziemlich hoch und ziemlich weit werfen, dann rennen und ihn wieder auffangen konnte.«

»Sagten Sie nicht, daß da Bäume waren, wo Sie den Ball warfen?«

»Ja. Aber wenn der Ball von einem Baum abprallte, habe ich ihn meistens nicht gut gefangen.«

»Aber wie konnten Sie zwischen den Bäumen durchrennen und den Ball im Auge behalten, ohne gegen einen Baum zu rennen?«

»Da brauchte man nur zu wissen, wo der Ball runterkommen würde, so daß man auf die Bäume und nicht den Ball aufpassen konnte. Als ich dann in einer Mannschaft spielte, wußte ich, wo der Ball hinflog, sie aber nicht, und das Durchlaufen zwischen den Männern war genau wie das Vermeiden der Bäume, nur weicher, wenn man doch mal gegen einen anrempelte. Diese Würfe brachten uns eine Menge Punkte, und es gab keine höhere Schule in unserem Teil des Staates, die viel mit uns anfangen konnte.«

»Welche höhere Schule haben Sie besucht, Toby?«

»Oh, das war keine höhere Schule, in der ich spielte. Das war eine Volksschule. Aber wir konnten keine Volksschule finden, die gegen uns antreten wollte, und es war auch nicht leicht, eine höhere Schule zu finden, denn die wollten sich nicht gern von einer Volksschule vertrimmen lassen.«

»Sie müssen ganz großartig gewesen sein. Schade, daß Sie nicht aufs College gegangen sind.«

»Doch, ich bin aufs College gegangen«, sagte ich und versuchte, nicht zuviel davon herzumachen. »Ich war in Princeton.«

»Sie... waren... in... Princeton?«

»Jawohl.«

»Sie sind wirklich dort gewesen und haben Kollegs besucht?«

»Jawohl.«

»Toby«, sagte sie, »jetzt weiß ich auch, warum die Leute, die mit Ihnen Intelligenztests machten, immer Selbstgespräche gehalten haben. Erzählen Sie mir von Princeton.«

»Ich hatte mir schon immer gewünscht, dorthin zu gehen und für die sogenannten ›Tiger‹ Fußball zu spielen. Eines Tages im Oktober, als ich neunzehn Jahre alt war, wanderte ich also von zu Hause nach Princeton, fand die Tiger beim Training und kam mit einem Mann namens Charlie ins Gespräch, der sie trainierte. Wir kamen glänzend miteinander aus, und ich sagte ihm, daß ich schon immer für die Tiger spielen wollte. Er mußte lachen und fragte, ob mir nicht mein Leben lieb wäre, und ich antwortete, so schwer sieht das gar nicht aus. So gab ein Wort das andere, sie liehen mir die Ausrüstung und ließen mich probieren. Es waren furchtbar nette Kerle, und Charlie sagte ihnen, sie sollten mich nicht zu Brei schlagen, und danach war es nicht allzu schwierig, den Ball zu werfen, ihm nachzurennen und ihn für einen Torlauf wieder aufzufangen. Man kann schon sagen, daß sie sich daraufhin ins Zeug legten, aber ich warf mir noch fünf weitere Bälle, lief ein paarmal um die Flanke und machte noch einige Punkte. Um diese Zeit spielten die Burschen wirklich hart, aber ich war eben nicht da, wo sie zupackten.«

»Und was geschah dann, Toby?«

»Ja, als wir mit Spielen aufhörten, nahm Charlie mich zu einigen Professoren mit, mit denen ich reden sollte. Ich verbrachte die Nacht bei einem von ihnen, der etwas lehrte, was man Psychologie nennt. Der nahm mich am nächsten Tag in zwei seiner Vorlesungen mit und prahlte mit mir vor den Studenten. Am selben Nachmittag hatten dieser Professor und alle Fußballtrainer eine große Sitzung mit mir, die damit endete, daß sie alle von Herzen wünschten, daß ich in Princeton blieb und Fußball spielte. Aber sie hatten eine Regel, daß man erst eine höhere Schule besucht haben mußte, und das hatte ich nicht, also konnte ich nicht in Princeton bleiben. Sie sahen alle richtig traurig aus deswegen. Einer von ihnen sagte, natürlich würde Yale mich wahrscheinlich nehmen, ein anderer rief aus: ›O Gott, sagen Sie das nicht, denn die tun's vielleicht wirklich, und wo stehen wir dann?‹ Aber ich sagte, wenn ich nicht nach Princeton gehen könnte, wollte ich nirgendwohin gehen.«

Miss Claypoole rief: »Das wird das spannendste Erlebnis meines Lebens. Ich bin so froh, daß Sie offen reden, denn ich will mit Ihnen über ihre Träume, Freunde, Eltern und Verwandten sprechen und ...«

»Nein, Fräulein«, unterbrach ich sie, »ich habe nichts dagegen, über mich zu sprechen, aber was das übrige anlangt, so müssen Sie mit Pop sprechen, und Sie werden finden, daß er mit Außenstehenden nicht gern über die Kwimpers spricht.«

»Oh, ich bin sicher, daß ich gut mit ihm auskommen werde. Sprechen wir also nur über Sie. Haben Sie immer noch die Fußballmuskeln, Toby? Biegen Sie Ihren Arm, und lassen Sie mich sehen.« Ich machte Muskeln für sie, und sie legte die Hand auf meinen Arm, zählte sie und fand, daß alle da waren.

»Wundervoll«, sagte sie. »Einfach wundervoll! Toby, hat Ihnen schon einmal jemand gesagt, daß Sie ein sehr gut aussehender junger Mann sind?«
»Nein, Fräulein. Außer wenn Sie Mädchen mitzählen wollen.«
»Ja, das würde ich wohl. Es ist mir aufgefallen, daß Sie und diese beiden kleinen Jungen, die ich rumlaufen sah – Zwillinge, nicht wahr? – sich sehr ähnlich sehen. Sie haben alle blaue Augen und blaßblondes Haar. Trifft das auf alle Kwimpers zu?«
»Ja, Fräulein. Nur daß Pop sein Haar schon verloren hat.«
»Sie haben sogar kleine seidige goldene Haare auf Ihren sonnverbrannten Beinen, nicht wahr?« Sie langte runter und strich mit den Fingerspitzen an meinem Bein entlang. Ich fuhr hoch, weil sie eine schrecklich kitzlige Stelle berührt hatte. Sie lachte ein bißchen und sagte: »Das war, weil ich einen sehr empfindlichen Nerv berührt habe, der an der Innenseite Ihres Beines entlangläuft, und zwar hier.«
Sie streckte die Fingerspitze aus, um's mir zu zeigen, hielt aber plötzlich inne, und ich bemerkte, daß auf einmal kein Sonnenlicht mehr durch das Wagenfenster fiel, weil da nämlich jemand stand. Ich blickte auf und sah Holly. Meistens ist Holly eine sehr angenehme Gesellschaft, aber jetzt sah es aus, als wären ihr sämtliche Felle weggeschwommen; vielleicht hatten die Zwillinge ihre Aufgaben nicht gut gemacht.
»Wenn Sie Tobys Bein fertiggekitzelt haben«, sagte Holly, »möchte ich ihn gern für eine Arbeit ausborgen.«
»Wer ist denn das?« fragte Miss Claypoole, wobei ihre Hand zurückzuckte, als hätte sie einen heißen Ofen berührt.
Ich sagte: »Das ist Holly, unser Babysitter.«
»Sie sieht mir nicht wie eine Kwimper aus.«

»Nein, Fräulein. Holly ist eine Jones, aber wir lassen Sie's nicht merken. Holly, das ist Miss Claypoole, die Leiterin der Kreiswohlfahrtspflege.«
»Wie praktisch«, sagte Holly. »Denn es ist mir klar, daß jemand hier eine Anleitung für seine Wohlfahrt braucht.«
»Holly ist richtig gebildet und hat sogar die höhere Schule durchgemacht«, berichtete ich Miss Claypoole. »Und ich wette, sie hätte auch nach Princeton gehen können wie ich, nur daß die keine Mädchen nehmen.«
Holly sagte: »Wir haben kein Trinkwasser mehr, Toby. Könntest du ein paar Eimer vom Brunnen holen?«
»Ich habe die Wassertonne doch erst gestern abend gefüllt, Holly.«
»Die Zwillinge haben da rumgespielt und sie umgeworfen.«
»Schön«, sagte ich, »ich gehe, aber die Zwillinge sind ja auf einmal mächtig stark, daß sie eine mit Süßwasser gefüllte Tonne umwerfen können, die über zweihundert Pfund wiegt.«
Miss Claypoole meinte: »Vielleicht hat ihnen einer geholfen, Toby. Ich mache Ihnen einen Vorschlag. Sie stellen mich Ihrem Vater vor, und ich unterhalte mich mit ihm, während Sie Ihre Arbeit erledigen.«
Ich führte sie zu unserem Haus und stellte sie Pop vor, dann ging ich zur Trinkwassertonne. Es sah wirklich so aus, als ob die Zwillinge sie umgeworfen hatten, denn sie lag auf der Seite. Aber die Zwillinge brauchten gar nicht so stark zu sein, denn ich sah, daß ein großer Holzklotz als Achse benutzt worden war und ein Balken als Hebebaum, um unter die Tonne zu gelangen und sie umzuwerfen; und selbst kleine Kinder können eine schwere Tonne umwerfen, wenn der Hebebaum lang genug ist.
Meistens mußte ich etwa zehn Gänge zum Brunnen machen, um die Tonne zu füllen, weil wir nur zwei Eimer

hatten, die ich gebrauchen konnte. Die Tonne mußte aber ein Leck haben. Eine Zeitlang wollte der Wasserspiegel überhaupt nicht steigen. Vielleicht war durch den Fall und das Trockenwerden das Holz an einigen Stellen rissig geworden. Ich brauchte länger als eine Stunde, bis sie gefüllt und das Holz wieder so aufgequollen war, daß es nicht mehr leckte. Darum hatte Miss Claypoole keine Zeit mehr, sich noch mal mit mir zu unterhalten.

Ich glaube nicht, daß bei ihrem Gespräch mit Pop sehr viel rauskam, denn nach dem wenigen, was ich hörte, tat Pop nichts weiter, als sich mit dem Abort zu brüsten, den er gebaut hatte. Miss Claypoole sagte mir auf Wiedersehen, und wir würden später noch eine Menge netter Gespräche führen, und bevor sie ging, wollte sie den wundervollen Abort ausprobieren. Pop und ich saßen auf der Veranda, nachdem sie im Abort verschwunden war, hörten das Grollen, das der Wassertank von sich gibt, wenn man von der Brille aufspringt, doch plötzlich vernahmen wir ein Kreischen, und Miss Claypoole kam von dort rausgeschossen. Sie war richtig verstimmt, denn sie stieg gleich in ihr Auto und fuhr davon.

»Pop«, sagte ich, »die Zwillinge müssen endlich aufhören, den Leuten diesen Streich zu spielen.«

»Ich finde, du hast recht, Toby«, sagte Pop. »Nur diesmal waren's nicht die Zwillinge, denn du kannst sie drüben auf der Straße sehen, wo sie den Jenkins' helfen, Muscheln für ihren Schmuck zu sortieren.«

»Also schön«, sagte ich, »da niemand sonst da ist, der diesen Streich spielen konnte, nehme ich an, daß heute ein Tag ist, an dem das Wasser sich selbständig macht und zum Beispiel aus der Tonne läuft oder Klosetts aufzieht; vielleicht ist es wie bei der Anziehungskraft des Mondes, wenn wir Springflut bekommen.«

Holly kam ums Haus gegangen und setzte sich zu uns. Sie sah viel heiterer aus als vorher, wo ich geglaubt hatte, die Zwillinge hätten vielleicht ihre Lektion nicht gut gelernt. Also schloß ich daraus, daß sie eine ihrer Lektionen ganz gut an den Mann gebracht hatte.

9

An diesem Abend hatten wir keine Kunden, daher war ich allein auf der Brücke mit einer Bambusrute und einem Bleigewicht, malte Achten ins Wasser und wartete darauf, ob ein großer alter Seehecht nicht vielleicht versuchen wollte, die Drillingshaken geradezubiegen. Als ich da nun saß, hörte ich Schritte und war, als ich aufsah, regelrecht erschrocken, weil ein Mädchen auf mich zukam, und soviel ich wußte, waren keine Mädchen in der Nähe. Es hatte ein weißes Kleid an, das im Mondlicht sehr hübsch aussah. Als es aber näherkam, war es doch kein richtiges Mädchen, sondern Holly. »Hör mal«, sagte ich, »in diesem Kleid hätte ich dich fast nicht erkannt.«

»Ich hab's mir vor ein paar Tagen gekauft und wollte es mal ausprobieren. Gefällt es dir, Toby?«

»Es sieht gut aus«, sagte ich. »Aber das könnte natürlich auch nur der Mond sein, der ein trügerisches Licht hat und einen leicht täuschen kann. Ich sehe, daß du auch eine Schleife im Haar hast. Das ist sehr praktisch, wenn man sich die Haare aus den Augen halten will.«

»Hättest du es lieber, wenn mein Haar blond wäre?«

»Ja, ich glaube, daß ich nun mal für blondes Haar eingenommen bin. Aber ein Mensch muß sich mit dem Haar begnügen, mit dem er geboren ist, daher hat es keinen Zweck, sich blondes Haar zu wünschen.«

»Ach, Toby, was du nicht alles weißt. Deine Miss Claypoole hat kein natürliches blondes Haar. Sie färbt es.«

»Ich würde das beinahe für Betrug halten. Woran hast du gemerkt, daß sie's färbt?«

»Weil niemand auf natürliche Weise zugleich dunkle Augenbrauen und blondes Haar hat.«

»Dann kann man vielleicht doch nicht sagen, daß es Betrug ist, denn sie würde sich auch die Augenbrauen färben, wenn sie nicht wollte, daß man's merkt.«

»Magst du sie gern, Toby?«

»Soso.«

»Ich fand es schändlich, daß sie dein Bein so gekitzelt hat.«

»Es hat gar nicht so sehr gekitzelt. Ich bin auch nur einmal hochgezuckt.«

»Darauf kommt's nicht an. Es kommt nur darauf an, daß eins zum andern führen kann.«

»Wie zum Beispiel, Holly?«

»Hat denn dein Vater nie mit dir über... über Sex gesprochen?«

»Doch, einmal in der Schule hatte mich ein Mädchen gewissermaßen in die Ecke gedrängt und kicherte aus irgendeinem Grunde dauernd über mich, aber dann kam ein Lehrer und stellte mir Fragen, die ich nicht beantworten konnte, und er sagte, ich solle nach Hause gehn und mit Pop über die Vögel und die Bienen sprechen, und wie man von ihnen was über Männer und Frauen lernen kann.«

»Hast du das getan, Toby?«

»Ja, ich habe getan, was er sagte. Pop und ich haben uns zuerst hingesetzt und über die Bienen gesprochen. Es gibt einen Haufen Bienen in Cranberry County, und Pop und ich wußten genau mit ihnen Bescheid. Da gibt's die Königin, die mit einem Schwarm Drohnen davonfliegt und die Drohnen so verbraucht, daß sie sterben wie die Fliegen oder vielmehr wie die Bienen, aber das sagt nichts über

Männer und Frauen, denn was die Frauen anlangt, die wollen keine Drohnen, die sich verbrauchen, sondern einen Mann, der bei ihnen bleibt, um zu arbeiten.«

»Es wäre vielleicht besser gewesen, ihr hättet über die Vögel gesprochen, Toby.«

»Das haben wir dann auch getan, und du mußt zugeben, daß die Vogelweibchen klüger sind als die Bienenkönigin, weil sie ihre Männchen fest bei der Stange halten beim Nestbauen und beim Suchen von Würmern und Insekten und dergleichen, aber Pop sagte, ich sollte mir daran kein Beispiel nehmen, weil ein Mann das den Weibern nicht durchgehen lassen darf. Als wir dann genug geredet hatten, fragte ich Pop geradezu, was ich von Sex wissen sollte; und er wand sich ein bißchen und sagte schließlich, ich solle nur gut auf mich aufpassen, ja, gut auf mich aufpassen, weiter nichts. Das war nicht sehr praktisch, denn wenn einen ein Mädchen in eine Ecke gedrängt hat und kichert, dann ist es nicht leicht, auf sich aufzupassen, weil man genug zu tun hat, auf sie aufzupassen.«

»Mein Gott«, sagte Holly, »das ist viel schlimmer, als ich dachte ... Toby, was die Mädchen anlangt, bist du so gut wie schutzlos. Ich wette, du hast noch nicht einmal ein Mädchen geküßt.«

»Als ich noch ein Kind war, habe ich ein paar auf die Bakke geschmatzt.«

»Du hast noch nie ein Mädchen auf die Lippen geküßt?«

»Nee«, sagte ich, »das kommt mir auch nicht sehr hygienisch vor, außer, wenn sich beide erst die Zähne putzen, und ich hatte nie eine Zahnbürste bei mir, wenn das Thema angeschnitten wurde.«

»Toby Kwimper, eine Frau wird dich eines Tages um den Finger wickeln. Und leider wird das wahrscheinlich eine Frau sein, die sich nicht das geringste aus dir macht.«

»Gut«, sagte ich, »ich will versuchen, mich davor zu graulen, aber im Augenblick klingt's eher interessant.«
»Das macht's eben so gefährlich. Da sich niemand anders deiner annehmen wird, ist es anscheinend meine Aufgabe, dir Stunden zu geben. Ich finde, du solltest endlich lernen, wie es ist, wenn man ein Mädchen auf die Lippen küßt.«
»Ich werde wohl entdecken, daß es nicht hygienisch ist.«
»Aber du weißt es doch noch nicht. Drum kannst du's doch wenigstens mal probieren.«
»Na, meinetwegen«, sagte ich. »Aber ich weiß immer noch nicht, wo wir ein Mädchen herkriegen.«
»Wie wär's denn mit mir?« fragte sie mit so leiser Stimme, daß man gewissermaßen zweimal hinhören mußte.
Ich sah sie mir sorgfältig an. Sie hatte ein paar von diesen hohen Absätzen an den Schuhen, und es war das erste Mal, daß ich sie damit gesehen habe. Dadurch war sie immerhin so groß, daß ich nicht in die Hocke gehen mußte, um an sie ranzukommen. Und wenn sie auch nicht das war, was man im Ernst ein Mädchen nennen könnte, brachte doch der Mond mit Licht und Schatten einige Tricks zustande; und hätte ich nicht gewußt, daß es bloß Holly war, so hätte ich mich vielleicht täuschen lassen. Die Schleife tat auch mehr für ihr Haar, als es nur aus ihren Augen raushalten, wie ich zuerst gedacht hatte, und es hatte die tiefe, schimmernde Farbe angenommen, die man in Cranberry County in Waldseen findet.
»Ich probier's mal und tue mein Bestes, dich für ein Mädchen anzusehen«, versprach ich. »Wie fangen wir's nun an?«
Sie schniefte ein- oder zweimal und sagte: »Ich bin nicht sicher, daß ich's verantworten kann.«
»Allerdings«, sagte ich, »wenn dein Schniefen bedeuten soll, daß du 'nen Schnupfen kriegst, dann kannst du's

nicht verantworten, denn dann kriegen wir beide den Schnupfen, weil's nämlich nicht hygienisch ist.«

»Ich kriege keinen Schnupfen!« sagte sie. Sie stampfte dabei heftig mit dem Fuß auf und sagte ›Au!‹, weil sie nicht gewohnt war, einen Schuh mit hohem Absatz aufzustampfen, und den Brückenboden schneller erreichte, als sie geplant hatte.

»Gut«, sagte ich. »Es freut mich, daß du keinen Schnupfen kriegst, weil nämlich ein Sommerschnupfen einen Menschen furchtbar mitnimmt. Wenn es aber kein Schnupfen ist, dann muß es doch noch was anderes sein, was du nicht verantworten kannst.«

»Ich bin nur ein bißchen schüchtern, Toby.«

»Ich bin auch nicht gerade wild darauf«, sagte ich. »Wenn du mir aber nicht sagst, wie wir anfangen, dann werden wir nicht weit kommen.«

»Du fängst damit an, daß du mir die Arme um die Taille legst.«

»Das kann ich kaum tun, weil ich nämlich eine Bambusgerte in der Hand halte und auf einen Seehecht laure, und die schnellste Art, einen Seehecht einzubüßen, ist, wenn man seine Rute nicht festhält.«

»Dann kannst du ja die Rute in der einen Hand halten und nur den andern Arm um meine Taille legen.«

»Na schön«, sagte ich und tat es auch, und es war fast ein neues Gefühl, den Arm um Hollys Taille zu legen. »Du bist wirklich sehr schlank um die Mitte«, sagte ich, »und man möchte kaum glauben, daß du überhaupt gewachsen bist. Also so weit sind wir gekommen, nicht? Was kommt als Nächstes?«

»Nun ziehst du mich an dich ran.«

Ich gab ihr einen kleinen Ruck, und sie kam ganz leicht zu mir ran und schmiegte sich an mich. Dann legte sie ihre

Arme um meinen Hals – und die Hölle brach los. Es war vielleicht nicht so, wie Holly es sich dachte, denn was geschah, war das Folgende: ich mußte meiner Rute genau das richtige Spiel gegeben haben, denn ein großer alter Seehecht schluckte den Köder und riß mir fast die Rute aus der Hand. Wenn einem ein Mädchen an der einen Seite hängt und ein Seehecht an der andern, dann hat man seine Hände voll und ist in Gefahr, das eine oder andere zu verlieren, denn selbst, wenn das Mädchen nicht versuchen sollte, davonzukommen, so versucht's auf jeden Fall der Hecht. Es war also eine richtig schwere Arbeit, von Holly loszukommen, aber ich schaffte es schließlich doch und ging meinem Hecht zu Leibe. Eine Bambusgerte hat keine Rolle mit Schnur, deshalb kann man den Fisch nicht auslaufen lassen. Man muß ihn darum mit dem Kopf über Wasser halten und sich totzappeln lassen. Das tat ich auch und zog nach einigen Minuten einen schönen achtpfündigen Seehecht zur Brücke hoch.

»Holly«, sagte ich, »du hast mir Glück gebracht.«

»Ich glaube, es wäre besser, ich hätte eine Keule mitgebracht.«

»Oh, ich brauche keine Keule, ich poltere ihn nur mal mit dem Kopf gegen das Brückengeländer.«

Ich machte ihn vom Haken los und achtete darauf, daß ich nicht mit seinen scharfen Kiemenstacheln ins Gehege kam, dann hob ich ihn am Schwanz und knallte ihn auf die Brücke, um ihn zu beruhigen. Ich hatte einen Eimer bei mir, den ich immer brauche, um die Brücke sauber zu halten; den ließ ich an einem Seil ins Wasser, brachte ihn voll wieder hoch, wusch die Brücke und reinigte mir die Hände. Holly sagte: »Es ist sehr aufmerksam von dir, daß du dir die Hände wäschst, Toby.«

»Na ja«, sagte ich, »man wird nicht viele Hechte fangen,

wenn man Hände hat, die schlüpfrig vom Fisch sind und an der Angelrute ausrutschen.« Ich warf wieder die Angel aus und fing an, sie zu wippen.

»Aber, Toby, nachdem du nun einen Fisch gefangen hast, könntest du dir nicht Zeit nehmen für unseren Unterricht?«

»Die Hechte fangen vielleicht gerade erst an, gut zu beißen.«

»Jedenfalls hättest du vielleicht wieder den einen Arm frei wie vorher.«

»Möglicherweise hast du recht«, sagte ich, »denn das hat mir vielleicht beim letztenmal Glück gebracht.«

Ich legte wieder den Arm um ihre Taille, zog sie dicht an mich, und ich will tot umfallen, wenn das mit dem Glückbringen nicht stimmte. Ich hatte einen wirklich guten Biß, der die Rute bog wie einen Flitzebogen, aber Holly verfilzte sich irgendwie mit der Rute, so daß der Fisch sich losschütteln konnte. Ich versuchte es noch einmal mit Holly und dem Hecht. Ich holte Holly dicht an mich ran, aber nichts passierte mit dem Hecht, weswegen Holly mich ans Küssen erinnerte. Ihr Gesicht war ganz nah, und ihre Lippen ein wenig geöffnet, und wenn man die Sache genau betrachtete, dann sahen sie doch ziemlich hygienisch aus; drum begann ich sie zu küssen. Zehn oder fünfzehn Sekunden vergingen, und ich konnte begreifen, daß ein Mann daran Geschmack gewinnt, wenn er ein bißchen übt. Es ist erstaunlich, wie anders sich ein Mädchen anfühlt, wenn es angeschmiegt ist, als wenn es nur rumsteht, denn ich hätte behauptet, daß Holly nur ein halberwachsenes Kind war und nicht mehr als Haut und Knochen; aber wenn ich nicht gewußt hätte, daß es Holly war, dann hätte ich gemeint, es ist ein Mädchen, das richtig schön gewachsen ist und auch an den richtigen Stellen.

Das einzige, was das Küssen schwierig macht, ist, daß es

einen bloßstellt, wenn man nicht im Training ist. Man hätte meinen können, daß eine Riesentonne in meiner Brust runterfiel, und ich hätte nicht mehr außer Atem geraten können, wenn ich drei bis vier Minuten lang unter Wasser geschwommen wäre. Als dann ein gewaltiger Seehecht anbiß, war ich nicht mehr genügend in Form, auch ihn noch auf mich zu nehmen. Ich wußte gar nicht, warum ein großer alter Hecht sich gerade in dem Moment einmischen wollte, und versuchte, ihn loszuwerden.

Holly legte die Hände gegen meine Brust, stieß sich weg und sagte: »Du fängst ja schon wieder einen von diesen verdammten Hechten.«

»Nein«, sagte ich, »ich versuche nur, diesen hier loszuwerden.«

»Ich glaube dir nicht«, sagte sie, wobei sie sich von mir losriß und zurückwich. »Gute Nacht, Toby. Viel Spaß mit deinem Fisch.«

»Aber, Holly, was wird aus dem Unterricht, den du mir geben wolltest?«

»Ich habe entdeckt, daß dir die Mädchen nicht so gefährlich sind, wie ich dachte. Wenigstens nicht, wenn Fische in der Nähe sind.«

Sie ging weg, und ich stand einen Augenblick da und sah ihr nach. Dann erinnerte ich mich an den großen alten Hecht. Ich ruckte mit der Angel, aber um diese Zeit hatte der Hecht natürlich schon einen besseren Zeitvertreib gefunden, als an meinem Haken zu kauen. Er hätte ohne weiteres fünfzehn Pfund gebracht, und ich wünschte, er hätte sich 'ne Zeit ausgesucht, zu der ich mich mehr für ihn interessierte.

10

Im ganzen Juli kriegten wir 'ne Menge von Miss Claypoole zu sehen. Sie kam zwei- oder dreimal die Woche zu uns raus, um mit Pop oder mir zu reden, und sie muß dabei ein paar Hefte mit Notizen über die Kwimpers angefüllt haben. Dann und wann versuchte sie auch, etwas aus den Zwillingen rauszukriegen, aber ich glaube nicht, daß sie damit viel Erfolg hatte. Wenn man nicht weiß, wie man die kleinen Bengels anfassen soll, dann machen sie einem allerhand Flausen vor.

Eines Tages brachte sie zum Beispiel eine Schachtel Schokolade und wollte hören, was einer der Zwillinge in der vorhergehenden Nacht geträumt hatte. Sie überredete ihn, sich auf der Veranda zu ihr zu setzen, gab ihm ein Stück Schokolade und sagte:

»Du bist doch Eddy, nicht wahr? Nun, Eddy, es gibt eine Möglichkeit festzustellen, was im Innern eines Menschen vor sich geht, indem man nämlich seine Träume untersucht. Hast du vergangene Nacht geträumt?«

»Ich weiß nicht«, sagte Eddy. »Ich hab' ja geschlafen.«

»Das ist jammerschade«, meinte Miss Claypoole. »Denn ich habe noch mehr Schokolade für einen kleinen Jungen, der vergangene Nacht geträumt hat, aber es sieht so aus, als könnte ich keinen finden, oder doch?«

»Ich weiß jetzt«, sagte Eddy. »Ich hatte einen gewaltig großen Traum.«

Ich saß auf der Veranda, hörte zu und sah, wie mir Eddy

einen Blick zuwarf. Daher wußte ich, daß der kleine Teufel schwindelte, um noch mehr Schokolade zu kriegen. Ich wollte ihn nicht vor Miss Claypoole bloßstellen, indem ich ihn wegen seiner Schwindelei zur Rede stellte, aber ich hatte vor, mit ihm darüber zu sprechen, wenn sie weg war. »Nein, wie schön«, sagte Miss Claypoole. »Hier ist ein Stück Schokolade. Wovon hast du denn geträumt, Eddy?«

»Hab's vergessen.«

»Es ist oft schwer, sich an Träume zu erinnern, Eddy. Aber denk mal ein bißchen nach und sieh zu, ob du nicht einen Anfang findest.«

Der kleine Bursche sah sich in der ganzen Gegend um, und jeder außer Miss Claypoole hätte gemerkt, daß er nach etwas suchte, wovon er schnell hätte träumen können. Eine Angelrute stand in der einen Ecke der Veranda, und als Eddys Augen darauf fielen, fingen sie an zu leuchten.

»Es war ein Traum, bei dem ich auf der Brücke angelte«, sagte er. »Ich angelte, und etwas furchtbar Großes schluckte meinen Köder und riß an der Rute, und dieses Große kam gleich rauf in die Luft... und...«

Miss Claypoole machte sich Notizen. »Ja, Eddy, und weiter.«

Eddy verfiel in ein zappliges Gekicher, in das Kinder manchmal verfallen, wenn sie aufgeregt sind und sich königlich amüsieren. Ich wußte, daß er richtig rausplatzen wollte mit seinem Gelächter, aber er fürchtete, daß er dann keine Schokolade mehr kriegen würde, deshalb sprang er im nächsten Augenblick auf und lief einmal ums Haus, um etwas Dampf abzublasen.

Gleich darauf kam er wieder angerannt und schrie: »Es war ein Tiger, und er ging auf mich los mit gelben Augen, und ich nahm mein Schwert raus und...«

»Wo kam der Tiger denn her, Eddy?« fragte Miss Claypoole. »War das das Große, was du geangelt hattest?«
»Kann ich ein bißchen Schokolade haben?« fragte er.
»Ja, Eddy, hier ist ein Stück.«
»Es war nämlich gar nicht Angeln, sondern eine Jagd im Urwald«, sagte Eddy. Er stopfte die Schokolade in den Mund und rannte wieder weg. Diesmal kam er von der anderen Seite des Hauses zurück, riß die Tür auf und brüllte: »Und als ich's auf die Brücke brachte, war's der größte Seehecht, der je gefangen worden ist.«
»Aber der Tiger, Eddy.«
Er streckte die Hand aus, nahm sich ein Stück Schokolade und verschwand wieder.
Miss Claypoole sagte zu mir: »Ich muß ihn auf seine Weise gewähren lassen. Aber das ist ein hochinteressanter Traum, Toby. Der Junge ist fast ein Musterbeispiel für eine gespaltene Persönlichkeit. Er führt in seinem Geist zwei verschiedene Existenzen.«
Ich dachte ein paar Sekunden nach, beobachtete den Bengel, wie er angerannt kam, ihr noch etwas von dem Tiger erzählte, und ging dann nach draußen, um mich ganz still um das Haus zu drücken. Es war, wie ich dachte. Die beiden kleinen Rangen machten sich einen Heidenspaß. Einer kam gerannt und erzählte ihr, was er gerade für einen Traum erfunden hatte, nahm sich ein Stück Schokolade, rannte hinters Haus mit einem Anfall von Kichern, während der andere davonraste, ihr seinerseits ein Stück von seinem erfundenen Traum erzählte und auch seine Schokolade holte. Und wie die Angelrute auf der Veranda den einen aufs Angeln gebracht hatte, so hatte der andere gerade in einem Bilderbuch geblättert, das Holly ihm gebracht hatte, und dort als Titelbild einen Tiger gesehen. Es war also in Wirklichkeit gar keine gespaltene Persönlichkeit,

wie Miss Claypoole gesagt hatte, sondern nur eine gespaltene Schokoladenschachtel.

Da kam Miss Claypoole mit Pop besser zurecht, denn der log zum Spaß nur, wenn er mußte, und auf manche Fragen von ihr log er nicht, sondern gab einfach keine Antwort. Sie fragte immer, wer unter den Kwimpers wen geheiratet habe, und wie sie miteinander auskämen, und ob sie untereinander Frauen austauschten, aber Pop klatschte nicht über derartige Dinge, selbst wenn Miss Claypoole versicherte, sie wolle es nicht für sich wissen, sondern für die Wissenschaft. Pop erzählte ihr jedoch eine Menge andere Sachen, und einige davon waren richtig interessant.

Sie sprachen einmal davon, wie die Kwimpers im Jahre Eins nach Cranberry County kamen und sich so ganz für sich hielten, daß sie eine eigene komische Sprachweise pflegten, die völlig anders war als die anderer Leute.

»Man konnte meinen Opa und meine Oma kaum verstehen, wenn sie sich unterhielten«, sagte Pop. »Das heißt, außer wenn man direkt in ihrer Nähe aufwuchs. Machte man zum Beispiel bei Opa Besuch, dann sagte er so was wie: ›Mag Er das Abendbrot mit uns brechen‹, statt einfach zu fragen, ob man sich hinsetzen und mitessen wollte.«

»Wie wunderbar«, rief Miss Claypoole. »Reinste Renaissance! Wie hätte Ihr Großvater wohl Ihre Großmutter gefragt, ob sie ihn heiraten wollte?«

»Nun«, sagte Pop, indem er sich zu erinnern suchte, wie sie wohl gesprochen hatten, »er hat sie vielleicht gefragt: ›Wollt Ihr mich ehelichen?‹ und ich schätze, Großmutter hat geantwortet: ›Meiner Treu, des hab ich gar groß Verlangen.‹«

Miss Claypoole schrieb das in ihrem Buch nieder und sagte: »Wenn Sie bei ihnen Besuch machten, und sie wollten Sie nach Hause schicken, wie hätte sie das ausgedrückt?«

»Lassen Sie mich nachdenken«, sagte Pop. »Sie hätten's wohl so ausgedrückt: ›Mit Vergunst, Knabe, verharre Er nicht fürder bei uns.‹«
Ich saß dabei und hörte mir das alles an, denn ich hatte davon nie etwas gewußt. Jetzt sprechen die Kwimpers natürlich nicht mehr so komisch, denn seitdem die öffentlichen Schulen nach Jersey gekommen sind, sprechen wir so gut wie die anderen.
Meistens verbrachte Miss Claypoole aber ihre Zeit bei uns, indem sie mir Fragen stellte und mich testete, und ich konnte nicht umhin, mich stolz und glücklich zu fühlen, daß die Wissenschaft alles wissen wollte, was ich gedacht und getan hatte. Ich wußte schon, daß ich mir die Dinge immer ziemlich gründlich überlegte, aber bevor Miss Claypoole kam, hatte ich nicht gewußt, daß alles, was ich tat, wissenschaftlich war. Das einzige, was meine Gespräche mit Miss Claypoole schwierig machte, war, daß immer was passierte, was sie unterbrach. Einmal war es die Wassertonne, die leckte, so daß sie wieder gefüllt werden mußte. Oder eins der Ruderboote trieb ab, oder plötzlich hatten wir keinen Köder mehr, oder Holly verlor die Zwillinge aus den Augen und bat mich, sie zu suchen, oder etwas, was sie kochte, fing plötzlich Feuer, und ich mußte es ausmachen. Man hätte fast meinen können, daß Miss Claypoole uns Unglück brachte, aber jeder Mensch mit Vernunft weiß, daß derartige Dinge nur vom Zufall abhängen.
An dem einen Nachmittag wollte Miss Claypoole einen unsäglich wichtigen Test machen, den sie nicht unterbrochen haben wollte, und fragte mich, ob's mir paßte, wenn wir in ihrem Auto zu einem stillen Plätzchen führen. Ich sagte: großartig, und stieg in ihren Wagen ein. Mir war so, als hörte ich einen Schrei von Holly unten am Landungssteg, als wir abfuhren, und ein Geräusch, als sei etwas in

die Luft geflogen, aber Miss Claypoole sagte: »Es war nichts« und fuhr weiter. Es stellte sich später heraus, daß ich recht hatte, aber Miss Claypoole auch. Holly hatte einen Außenbordmotor in einer Tonne mit Süßwasser angelassen, um das Salz aus den Zufuhrrohren auszuwaschen, und dabei hatte er Fehlzündung gegeben und angefangen zu rauchen; darum hatte sie nach mir gerufen. Aber als ich nicht mehr da war, tauchte Holly den Motor einfach in die Tonne und kühlte ihn ab, und das beweist, daß die Menschen allein mit den Dingen fertig werden, wenn sie müssen. Also hatte Miss Claypoole recht, daß es nichts war.

Wir fuhren halbwegs nach Gulf City, wo Miss Claypoole in einen Seitenweg einbog, der uns zu einem kleinen Strand führte. Niemand war dort, der unsere Unterhaltung unterbrechen konnte. Sie brachte eine Decke aus ihrem Wagen und ein paar Kissen und machte ein Plätzchen zurecht, wo wir uns hinsetzen konnten. Außerdem hatte sie eins von diesen kleinen Kofferradios, die Musik spielen; es war ein warmer Nachmittag und überhaupt sehr hübsch, so am Strand zu sitzen.

Sie holte Bleistift und Notizbuch heraus und sagte: »Ich habe belegte Brote und Milch mit, falls wir eine Weile hier bleiben und Hunger kriegen, aber erst wollen wir die Arbeit erledigen, nicht wahr?«

»Ja aber«, sagte ich, »für mich ist das keine richtige Arbeit, sondern mehr ein Spaß, denn es ist ja nicht so, daß ich schwer arbeite, um die Wissenschaft zu studieren, sondern daß ich faulenze, während die Wissenschaft mich studiert.«

»Ich habe auch meinen Spaß daran, Toby«, sagte sie. »Nur manche Dinge machen eben mehr Spaß als andere, und ich möchte diesen himmlischen Tag nicht nur mit Reden vergeuden. Lassen Sie mich aber zunächst etwas über den Test sagen.«

»Ich hoffe, das ist nicht einer von diesen Tintenkleckstests, wo ich alles mögliche in den Tintenklecksen sehen soll, aber nichts sehe als Tintenkleckse.«

»Ja, die Rorschach-Tests waren nicht sehr ergiebig. Aber dies ist anders. Es ist ein Wort-Assoziations-Test. Ich sage ein Wort, und Sie müssen sofort das erste Wort sagen, das Ihnen in den Sinn kommt.«

»Das klingt nicht sehr wissenschaftlich. Ich würde lieber ein bißchen nachdenken, bevor ich mit meinem Wort rauskomme.«

»Aber die rasche Antwort ist der springende Punkt bei diesem Test, Toby. Dies ist ein Test, um Ihre Motivationen zu erforschen. Jeder Mensch hat drei Motivationsschichten. Eine heißt die äußere Bewußtseinsschicht. Wir kennen unsere Motivationen in dieser Schicht und haben keine Hemmungen, sie anderen Leuten mitzuteilen.«

Ich legte mir eins der Kissen so zurecht, daß ich mich drauf stützen konnte, und sagte: »Soweit kann ich Ihnen ganz gut folgen. Es ist, wie wenn ich Sie fragte, warum Sie das Kissen mitgebracht haben, und Sie antworteten, damit wir was Bequemes haben, worauf wir uns stützen können.«

Sie zeigte ein seltsames kleines Lächeln und sagte: »Das stimmt, Toby. Die zweite Schicht der Motivationen ist nun die innere Bewußtseinsschicht. Wir alle kennen unsere Motivationen auch aus dieser Schicht, aber aus irgendeinem Grunde sprechen wir nicht gern darüber.«

»Das wäre, wenn Sie dies Kissen für einen anderen Zweck gebracht hätten, als daß wir uns drauf stützen.«

Miss Claypoole bekam einen kleinen Hustenanfall, bei dem ihr Gesicht ziemlich rot wurde. »Ich weiß nicht, wovon Sie reden«, sagte sie, als sie wieder zu Atem kam.

»Na ja«, sagte ich, »es könnte doch sein, daß Sie sich faul fühlen und eigentlich gar nicht arbeiten wollen und deshalb im geheimen den Gedanken hatten, daß das Kissen sehr praktisch sein würde, wenn Sie ein Schläfchen halten wollten. Aber Sie wollten natürlich nicht zugeben, daß Sie sich faul fühlten, und haben deswegen niemand erzählt, warum Sie das Kissen mitgebracht haben.«

Sie lachte und sagte: »Ach Toby, Sie sind so herzerfrischend. Lassen Sie mich nun noch von der dritten Motivationsschicht erzählen. Wir nennen sie die Schicht des unerkannten Unbewußtseins. Sie verleitet uns zum Tun, aber wir wissen nichts davon.«

»So ein Mensch weiß ja nicht, was er will. Das gibt's bei mir nie, daß ich nicht weiß, was ich will.«

»Das wird sich zeigen«, sagte sie mit leiser Stimme. »Das wird sich zeigen. Na, jedenfalls bewirkt der Wort-Assoziations-Test, daß die Menschen unausgesprochene Verhaltensweisen offenbaren, die aus der zweiten oder dritten Motivationsschicht stammen und die sie mit Worten nicht preisgeben wollten oder könnten. Denken Sie also dran, ich sage Ihnen ein Wort, und Sie müssen sofort das erste Wort aussprechen, das Ihnen in den Sinn kommt. Wenn ich zum Beispiel das Wort ›essen‹ sagte, was würden Sie erwidern?«

»Ich würde wahrscheinlich ›Speise‹ sagen. Aber das klingt nicht so, als würde Ihnen das besonders helfen.«

»Vielleicht nicht. Aber nehmen wir mal an, ich sage ›essen‹, und Sie sagten ›Liebe‹. Natürlich könnte ich aus nur einem Wortpaar noch keine Schlüsse ziehen. Aber wenn andere Paare sie bestätigen, könnte ich daraus schließen, daß die Paarung von Essen und Liebe beweist, daß Sie sehr starke sexuelle Repressionen haben, und daß das Essen Ihre Methode ist, die geschlechtlichen Triebe zu sublimieren.«

»Ich kann Ihnen dabei nicht so gut folgen; wenn Sie also ›essen‹ sagen, dann sage ich ›Speise‹.«

»Aber nur, wenn's das erste Wort ist, das Ihnen in den Sinn kommt. Schön, sind Sie bereit?«

»Ja, Fräulein«, sagte ich. »Sagen Sie nur ruhig ›essen‹, und ich sage ›Speise‹.«

»Nein, nein, nein. Mit ›essen‹ sind wir fertig.«

»Schade, ich hatte's gerade so schön geübt.«

»Hier ist Ihr erstes Wort, Toby. ›Schmerz‹.«

»Au«, sagte ich.

»Ich bin nicht sicher, ob wir das als ein Wort rechnen können, aber wir müssen's dabei bewenden lassen... Ja, richtig besehen beweist es eine einfache, unkomplizierte Reaktion. Es ist also in Ordnung. Das nächste Wort ist ›King (König)‹.«

Natürlich dachte ich sofort an Mr. King, deshalb sagte ich »Mister.«

»Welch seltsame Kombination! King und Mister. Vielleicht haßten Ihre Vorfahren, als sie England verließen, das Königtum und fühlten, daß sie den Königen in nichts nachstanden. Auf diese Weise vollzogen sie die Gleichung King und Mister. Das wäre dann auf Sie als Familientradition überkommen. Das nächste Wort ist ›Schule‹.«

»Fußball.«

»Wieder eine hübsche, einfache Reaktion. Das nächste Wort ist ›Freund‹.«

»Kann nicht.«

»Haben Sie gesagt ›kann nicht‹, Toby?«

»Ja, Fräulein, und zwar aus folgendem Grund...«

»Nein, Toby, Sie dürfen's nicht erzählen. Sie würden mir nur den Grund der äußeren Bewußtseinsschicht mitteilen. Es ist meine Aufgabe, die Motivation der inneren Bewußtseinsschicht oder der Schicht des unerkannten Unbewußtseins festzustellen. Also bitte versuchen Sie nicht, irgend etwas zu erklären.«

»Ja, Fräulein«, sagte ich, war aber nicht sicher, ob sie feststellen konnte, daß ich ›kann nicht‹ nur gesagt hatte, weil mir das Lied »Freund kann ich nicht sein« immer so gut gefallen hatte.
Sie sagte: »Das nächste Wort ist ›Regierung‹.«
»Pop.«
»O ja, selbstverständlich. Sie betrachten die Regierung als den Ernährer, das Haupt der Familie, den Vater oder ›Pop‹.«
Ich wollte ihr sagen, daß ich meinen eigenen Pop meinte, und sagte: »Was ich eigentlich dachte...«
»Toby!«
»Ja, Fräulein. Verzeihen Sie. Ich will's nicht wieder tun.«
»Das nächste Wort ist ›Leben‹.«
Das kleine Radio hatte gerade einen Mann, der sagte: ›Es geht vielleicht um Ihr eigenes Leben‹; als Miss Claypoole daher ›Leben‹ sagte, gab ich gleich zurück »Tod.«
Sie musterte mich eine Weile und sagte dann sehr schnell, als wolle sie mich überrumpeln: »Woran denken Sie zuerst, wenn ich ›Tod‹ sage?«
Ich brauchte nur die Worte umzudrehen. »Leben«, sagte ich. »Das habe ich richtig gemacht, wie?«
»Es handelt sich nicht darum, ob Sie's richtig oder falsch machen. Aber das ist hochinteressant, wie Sie Leben und Tod, Tod und Leben miteinander verkoppeln. Sie haben wirkliche Tiefen in sich, Toby. Sie haben das Konzept, das die Chinesen Jang und Jin nennen – die Paarung von Gut und Böse, Licht und Finsternis, Leben und Tod. Faszinierend. Nun nehmen wir das Wort ›Mädchen‹.«
»Plage.«
»Pfui, schämen Sie sich, Toby. Ich hoffe, Sie halten nicht alle Mädchen für eine Plage.«
Sie hatte mir ja befohlen, daß ich ihr nichts erklären sollte,

deshalb sagte ich ihr auch nicht, daß ich die Mädchen nicht als Plage ansah. Die Plage kam nur daher, weil ich, wenn ich den Mädchen zu nahe kam, geplagt wurde und das Einmaleins aufsagen mußte.

»Ich sag's lieber nicht, weil Sie mir verboten haben zu erklären«, sagte ich.

»Das ist recht. Nun wollen wir mal sehen, was Sie mit dem folgenden Wort anfangen. ›Küssen‹.«

»Fisch.«

»Wie seltsam. Sie fischen nach einem Kuß. Ich nehme an, es ist dasselbe, wie wenn man sagt, er hat sich einen Kuß gefischt.«

Das war's eigentlich nicht, denn woran ich dachte, war der Kuß, den ich Holly gegeben hatte, während ich den großen Fisch an der Angel hatte, aber wie Miss Claypoole sagte, war ich selbst wohl nicht so tief in meinem Hirn drin wie sie.

»Toby, hier ist das nächste Wort: ›Vögel‹.«

»Bienen.«

»Aha. So wie Sie leben, ist die ganze Natur eins. Versuchen Sie dieses Wort: ›Hilfe‹.«

»Hilfe«, sagte ich.

»Nein, Toby, Sie dürfen mein Wort nicht wiederholen, sondern Sie müssen mir das erste Wort sagen, das ihnen einfällt, wenn ich ›Hilfe‹ sage.«

Es war mir jedoch eingefallen, daß ein Mensch, der um Hilfe ruft, im allgemeinen ›Hilfe, Hilfe‹ ruft, weil ihn dann nämlich mehr Leute hören.

»Ich kann nur sagen, daß das erste Wort, das mir einfiel, als Sie ›Hilfe‹ sagten, ›Hilfe‹ war!«

»Meinetwegen, Toby. Hier ist das nächste Wort: ›Kampf‹.«

»Team«, sagte ich in Gedanken an unsere Sportwettkämpfe.

»Stehlen«, sagte sie.
»Heim«, erwiderte ich, wie man sich nämlich beim Baseball heimstiehlt.
»Ehrlich«, sagte Miss Claypoole.
»Versuch«, sagte ich, weil ich nämlich versuche, ehrlich zu sein, selbst wenn ich hier und da ein bißchen strauchle.
»Das nächste Wort ist ›falsch‹.«
»Gemacht«, erwiderte ich, weil ich unzählige Male etwas falsch gemacht habe und es auch weiß.
»Sparsam«, sagte sie.
In den Pfadfinderregeln kommt gleich nach sparsam das Wort tapfer – zuverlässig, treu, hilfreich, freundlich, höflich, gütig, gehorsam, fröhlich, sparsam, *tapfer,* sauber und respektvoll. Also sagte ich »tapfer«.
»Kinderräuber.«
»Die Zwillinge«, sagte ich, weil ich dachte, wie oft diese beiden miteinander Räuber spielten.
»Du lieber Gott«, rief sie, »ich fürchte, in dieser Antwort liegt das, was wir Wunschdenken nennen, Toby. Sie mögen die Zwillinge nicht besonders gut leiden und denken manchmal, es wäre direkt eine Erlösung, wenn sie geraubt würden.«
»Nun«, erwiderte ich, »es tut mir weh, das zu hören. Ich mag die kleinen Bengels schon jetzt recht gut leiden, aber ich will versuchen, ob ich sie nicht noch besser leiden kann.«
»Ich fürchte, Sie können Ihre tief eingebetteten Empfindungen nicht kontrollieren, Toby. Nun, hier ist das letzte Wort auf meiner Liste. ›Sex‹.«
»Einmal eins ist eins«, sagte ich. »Einmal zwei ist zwei. Einmal ...«
»Was für eine hochinteressante Betrachtungsweise! Einfach und primitiv, aber wirklich sehr schön. Sie haben's vielleicht noch nicht gemerkt, aber was Sie hier ausdrücken,

ist Ihr Bewußtsein, daß, wenn nur eine Person oder ein Vertreter einer Gattung da ist, Sex eine sterile Angelegenheit ist, die nicht mehr hervorbringen kann als die ursprüngliche Nummer, nämlich eins, mit der wir als Menschen angefangen haben. Aber sobald zwei da sind, wird Sex produktiv.«

»Ja, Fräulein«, sagte ich. »Und das ist etwas, wovor sich der Mensch in acht nehmen muß.«

»Ach, Toby, verderben Sie doch nicht den poetischen Gehalt. Jetzt geben Sie mir eine Antwort aus der äußeren Bewußtseinsschicht. Ihre Einmal-eins-ist-eins-Antwort kam tief aus Ihrer unerkannten Unbewußtseinsschicht. Das ist also das Ende meiner Liste, und ich habe niemals so merkwürdige Wortpaarungen erlebt. Haben Sie was dagegen, wenn ich sie noch mal durchlese und mir Notizen mache, während mir alles noch frisch in der Erinnerung ist?«

»Lassen Sie sich nicht stören«, erwiderte ich. »Und vielleicht wären Sie dann auch so freundlich mir zu sagen, ob ich gut abgeschnitten habe oder nicht.«

Sie arbeitete an den Worten, und ich habe niemals jemanden schwerer arbeiten sehen. Sie machte Notizen und strich sie aus, kaute an ihrem Bleistift und versuchte, die Worte auf verschiedene Weise zusammenzusetzen wie Leute, die an einem Puzzlespiel fummeln. Endlich sagte sie: »Ich glaube, ich hab's, obgleich es erst eine vorläufige Diagnose ist und ich die Sache noch einmal mit mehr Ruhe überprüfen muß.«

»Gut«, sagte ich. »Ich hoffe, ich habe bestanden.«

»Bestehen oder nicht bestehen, ist hier nicht die Frage. Was ich habe, ist eine Art Profil Ihrer Motivationen.«

»Ich hoffe, Sie sagen's mir, damit ich auch weiß, wie ich bin.«

»Einige davon machen Sie vielleicht unglücklich, Toby.«

»Vielleicht, wenn ich's weiß, mach ich's das nächste Mal besser.«

»Na schön«, sagte sie. »Also in mancher Beziehung haben Sie sehr einfache und gradlinige Motivationen. Das Wort ›essen‹ bedeutet für Sie bloß ›Speise‹. ›Schule‹ ist ›Fußballspiel‹. Ihre Reaktion zu ›Schmerz‹ ist der Ausruf ›au‹.«

»Das habe ich scheint's ganz gut gemacht.«

»Was die Außenwelt anbetrifft, so haben Sie die Eigenheit der Kwimpers, die um sich her hohe Schranken errichten. Zum Wort ›Freund‹ erwidern Sie mit ›kann nicht‹. Sie können nicht einen Fremden die Schranken übersteigen und mit Ihnen Freundschaft schließen lassen. Dagegen wird die Regierung in die Familienenklave eingelassen als eine Art Vaterbild, denn als ich ›Regierung‹ sagte, antworteten Sie ›Pop‹. Dann begegnet man solchen Familieneigenschaften wie einer Feindschaft gegen das Königtum, die bis in die Revolution oder noch früher zurückreicht. Sie setzen den König mit dem demokratischen Wort Mister gleich. Wenn sich ein Disput mit der Außenwelt erhebt, kämpft die Familie als ein Team oder als Sippe gegen die Eindringlinge.«

»Donnerwetter«, sagte ich, »wenn Sie's mir nicht erzählt hätten, dann hätte ich von diesen Dingen nichts gewußt, und es ist wirklich toll, wie Sie diese Sachen ausfindig machen.«

»Jetzt«, sagte sie, wobei sie mich ansah und meine Hand tätschelte, »haben wir auch betrübliche Seiten an Ihnen, Toby. Ich hoffe, Sie werden drüber wegkommen. Die meisten sind das Ergebnis von Erbanlagen, und man kann nicht erwarten, daß Sie das noch ändern. Als ich zum Beispiel ›stehlen‹ sagte, erwiderten Sie ›heim‹, und ich fürchte, das bedeutet, daß einige der Kwimpers nicht ganz ehrlich sind. Aber sie wollen wenigstens anders sein, denn als ich ›ehrlich‹ sagte, erwiderten Sie ›Versuch‹ und zeigten damit, daß Sie den Wunsch haben, sich zu bessern. Ihr Vorsatz ist jedoch nicht sehr stark, denn Ihre Reaktion auf das Wort ›falsch‹ ist ›getan‹. Etwas war falsch, aber da es getan ist, wollen Sie's aus Ihren Gedanken verbannen und vergessen. Sie wollen die Zwillinge aus dem Wege räumen, aber Ihr Begehren, sie loszuwerden, ist durch Schuldgefühle gehemmt, und daher wünschen Sie sich, daß jemand sie rauben möge, so daß Sie sich nicht schuldig zu fühlen brauchen. Tief in Ihrem Innern sind Sie sehr selbstsüchtig. Wenn jemand um Hilfe ruft, dann fällt Ihnen nichts anderes ein, als den Ruf zu wiederholen und die Verantwortung für die Rettung jemand anderem aufzuhalsen. Ich hatte eine gewisse Schwierigkeit mit dem Paar ›sparsam-tapfer‹, bis mir klar wurde, daß das mit dem Paar ›Hilfe-Hilfe‹ Hand in Hand ging. Sie können tapfer sein, aber nicht bis zur Tollkühnheit. Sie sind zurückhaltend und sparsam mit Ihrer Tapferkeit.«

»Sie haben diese Sache mit ›sparsam-tapfer‹ wirklich richtig erkannt, obgleich ich nicht weiß, wie Sie's gemacht haben«, sagte ich. »Aber ich nehm's mir nicht zu sehr zu Herzen, weil ich glaube, daß eine Menge Menschen mit ihrer Tapferkeit sparsam sind. Nur bei einigen der anderen Sachen habe ich kein gutes Gefühl und will mir in Zukunft mehr Mühe geben.«

»Armer Toby«, sagte sie, und tätschelte mich wieder. »Es ist bestimmt nicht Ihre Schuld. Aber jetzt haben wir auch angenehmere Themen. Sie sind sehr schüchtern mit Mädchen und versuchen, das zu tarnen, indem Sie sie als Plage betrachten. Dabei gefallen Ihnen in Wirklichkeit die Mädchen sehr gut, und Sie hätten nichts dagegen, von ihnen einen Kuß zu fischen, wenn sich die Gelegenheit bietet.«

»In dieser Weise hatte ich gar nicht dran gedacht, aber die Küsse, die mit Fischen verknüpft sind, haben's in sich.«

»Und schließlich«, fuhr sie fort, »haben wir diese wunderbare und überwältigend poetische Tiefe, die ich in Ihnen entdeckt habe. Die Einheitsidee der Natur, ausgedrückt in der Paarung der Vögel und Bienen. Die Jang und Jin Betrachtung, die wir in ›Leben-Tod‹ und ›Tod-Leben‹ finden. Und dann die einfache, aber in sich vollkommene Geschlechtsphilosophie, verkörpert in dem Gedanken ›einmal-eins-ist-eins‹. Ich bin tatsächlich sehr zufrieden mit Ihnen, Toby.«

»Miss Claypoole«, sagte ich, »das ist sehr nett von Ihnen, denn manche Menschen wollen mit einem Burschen, der so geworden ist wie ich, überhaupt nichts zu tun haben.«

»Nennen Sie mich doch Alicia.«

»Ja, Fräulein. Ich werd's mir einüben und sehen, ob es mir leicht von der Zunge geht.«

»Sind Sie müde nach dem langen Test, Toby? Strecken Sie sich doch auf der Decke aus, legen Sie den Kopf auf dies Kissen, und entspannen Sie sich.«

Ich sagte, daß ich eigentlich gar nicht müde wäre, aber sie bestand darauf, deshalb streckte ich mich aus, und sie sich neben mir, und strich mit der Hand über meine Stirn, um mich zu trösten. Es war recht angenehm, und ich war schon im Begriff einzunicken, als sie sagte, ich solle doch nicht ganz so müde sein und wach bleiben, was ich auch tat. Dann erklärte sie, sie wollte sich auch ein bißchen entspannen, und öffnete ihr Haar. Es war sehr hübsches Haar, wenn es nicht nach hinten in einen Knoten gezerrt war, und fiel ganz hell über ihre Schultern.

Sie nahm auch ihre schwere Schildpattbrille ab, beugte sich über mich und fragte: »Gefalle ich Ihnen so, Toby?« »Ja, Fräulein«, erwiderte ich. »Nur würde ich Sie jetzt nicht für die Leiterin der Kreiswohlfahrtspflege halten, sondern eher für so eine Nahaufnahme im Kino, wenn das Mädchen ganz verschwommen und weich auf einen zugeschwebt kommt.«

»Sie dürfen mir mit der Hand durchs Haar streichen, wenn Sie mögen.«

Ich streckte die Hand aus und strich ihr durchs Haar, das wirklich recht hübsch und seidig war, aber irgendwie verhedderten sich meine Finger darin. Als ich nun anfing, mit meinen Fingern nach unten zu kämmen, wurde auch ihr Kopf nach unten gezogen, und auf einmal waren wir beide in einer Art seidiger Höhle, die ihr Haar um unsere Gesichter bildete. Und da doch mein Kopf auf dem Kissen lag, gab es keinen Platz, zu dem ich mich hätte flüchten können, wenn ich gewollt hätte, und bevor wir wußten, was geschah, wird man wohl zugeben müssen, daß wir uns küßten. Es ist gut, daß ich meinen Atem unter Wasser drei bis vier Minuten anhalten kann, denn das erwies sich als praktisch.

Nach einer Weile machte sie meine Hand aus ihrem Haar los, hob den Kopf ein wenig und sagte: »Vielleicht hätte ich nicht fragen sollen, was Ihnen einfiel, wenn ich ›Kuß‹ sagte. Denn es scheint mir so, als hätten Sie einen Kuß von mir gefischt, Toby.«

»Ja«, sagte ich, »es tut mir leid, und Sie wollen von jetzt an sicher keine Tests mehr mit mir machen.«

»Haben Sie's gern, wenn ich mit Ihnen Tests mache, Toby?«

»Meistens ja. Aber im Augenblick machen Sie mit mir einen Test, von dem Sie noch nichts wissen, weil nämlich der oberste Knopf von Ihrem Hemd aufgegangen ist, und ich mich ganz umsonst bemühe, Ihnen ins Gesicht zu sehen.«

»O weh. Und ich habe drunter auch nicht sehr viel an.«

»Ja, Fräulein. Ich wünschte, ich könnte sagen, daß mich das überrascht.«

»Ach, Toby, Sie sind süß«, sagte sie, kicherte, beugte sich über mich und rieb ihre Nase ein wenig an meiner. »Ich knöpfe mich wieder zu«, sagte sie, »und wenn ich das tue, beuge ich mein Gesicht, damit Sie nicht unartig sind und abermals zusehen. So, jetzt bin ich beinahe fertig und... O Jammer! Meine Finger sind vom Schreiben so steif, daß ich den Knopf nicht zukriege. Glauben Sie, daß Sie mich zuknöpfen können?«

Ich hatte nie Gelegenheit, Mädchen zuzuknöpfen, und das entschuldigt vielleicht, warum ich mich nicht sehr geschickt anstellte, als ich's nun probierte. Es fing schon damit an, daß ich den falschen Knopf erwischte. »Miss Claypoole«, sagte ich, »es macht mir wirklich Kummer, aber ich glaube, statt Ihren obersten Knopf zuzumachen, habe ich den nächsten aufgeknöpft.«

»Nicht Miss Claypoole, Alicia.«

»Alicia«, sagte ich, »entweder haben Sie nicht gehört, was ich gesagt habe, oder aber Sie sind nicht so aufgebracht, wie Sie eigentlich sollten.«

Sie beugte sich immer noch über mich, so daß wir beide in dem Seidenzelt ihres Haares lagen. »Ich habe kein Recht, aufgebracht zu sein, solange ich weiß, daß Ihre Absichten gut sind«, sagte sie. »Sie müssen sich nur mehr anstrengen.« Sie sagte diese Worte dicht vor meinem Mund.

Ich versuchte es also nochmal, aber das war so ungefähr der kümmerlichste Versuch, den ich je unternommen habe. Ich gab genau acht auf meine Finger, die den Knopf suchten, und ich will mich sauer kochen lassen, wenn sie sich nicht benahmen, als hätten sie einen eigenen Willen und wären nicht gewillt, sich von mir rumkommandieren zu lassen. Sie tauchten wie nach einem fallengelassenen Fußball, grapschten einen Knopf, der völlig in Ordnung war, und zerrten ihn mit Windeseile aus dem Knopfloch. Es war eine verwirrende Sache, wie wenn auf einem Rangierbahnhof jeder verschiedene Signale gibt.

»Alicia«, sagte ich, »die Situation verschlimmert sich, und man könnte fast sagen, daß meine Finger die Sache in die eigene Hand genommen hätten. Ein weiterer Knopf ist dahingegangen.«

»Mein Gott«, sagte sie, »was machen wir da bloß?«

Da gab's nur eins, und zwar, meine Hände von dort zurückzuholen, denn sie machten dort schon Entdeckungen, um die ich sie nicht gebeten hatte, wie zum Beispiel die Tatsache, daß Miss Claypoole oder Alicia, wie sie von mir genannt sein wollte, nach pin-up-Maßen gebaut war. Aber ich wußte nicht, wo ich meine Hände hintun sollte. Wenn ich sie hinter meinem Kopf verschränkte, dann würden sie kein Unheil mehr anrichten, dafür aber vielleicht Alicias Hände, weil es sich nämlich anfühlte, als zählte sie meine Rippen, um zu sehen, ob noch alle da sind, und wenn sie eine davon vermißte, wollte ich nicht, daß sie danach zu suchen begann. Was ich also tat, war womöglich falsch, aber das einzige, was ich mir im Moment ausdenken konnte. Ich zog ihre Arme an ihre Seiten herunter, und es schmerzt mich zugeben zu müssen, daß wir schließlich ausgestreckt lagen und sie in meinen Armen.

»Ach, Toby«, flüsterte sie, »du bist zwar primitiv, aber so herrlich primitiv. Ist es nicht himmlisch, so hier zu zweit zu liegen, und nicht einmal eins ist eins?«

Sie hätte mir keinen größeren Gefallen tun können, als mich auf das Einmaleins zu bringen, weil ich nämlich so bedrängt war, daß ich von selber nicht drauf gekommen wäre. Ich lag also still, hielt sie so, daß sie sich nicht bewegen konnte, und fing damit an. Bis zu viermal fünf ging es wie geschmiert, und nach ein paar mehr wäre ich ganz ruhig gewesen, aber sie zappelte ein bißchen in meinen Armen, und ich vergaß vollständig, was nach viermal fünf ist zwanzig dran ist. Ich begann, den Boden unter den Füßen zu verlieren.

»Toby«, fragte sie, »bist du verhext, oder was ist los?«

»Sechs!« rief ich, »die ist dran. Viermal sechs ist vierundzwanzig!«

Ich war froh, das gefunden zu haben, daß ich keine Mühe hatte, mich loszumachen, aufzuspringen und ins Wasser zu rennen. Während ich da rumpaddelte, rief Alicia mir zu, sie würde auch reinkommen, wenn es mir nichts ausmachte, daß sie keinen Badeanzug anhatte, aber ich rief zurück, daß sich in meiner Nähe ein paar Haie aufhielten, und ich wäre nicht sicher, daß sie ihnen so leicht wegschwimmen könnte wie ich. Sie kam also schließlich doch nicht ins Wasser, und als ich endlich an Land ging, war sie wieder ganz angezogen, benahm sich ziemlich kühl, und wir fuhren nach Hause zurück, ohne daß noch etwas passierte.

II

Den ganzen Monat August kam Miss Claypoole zwei- bis dreimal wöchentlich zu Besuch, aber sie hatte nicht viel davon. Die Zwillinge hatten keine Traumeinfälle mehr, die sie ihr servieren konnten. Pop erzählte keinen Klatsch von den Kwimpers. Und ich selbst wollte mit ihr nicht mehr spazierengehen, um Tests mit mir machen zu lassen.
»Die Sache ist so«, sagte Miss Claypoole, als wir eines Tages auf der Veranda saßen, »daß bezüglich meiner Forschungsarbeiten das Milieu hier feindlich ist.«
»Wenn die Zwillinge Ihnen frech gekommen sind«, meinte ich, »dann werde ich mich mit ihnen unterhalten, und zwar mit der Hand auf ihrem Hosenboden.«
»O nein, Toby. Man darf Kinder nicht schlagen. Das kann bei ihnen Verdrängungen verursachen. Und überhaupt habe ich von den Zwillingen gar nicht gesprochen. Der ganze Geist hier atmet Verweigerung gegen alles und jedes, was die Regierung vertritt.«
»Ja, aber Pop hat doch jahrelang der Regierung aus der Patsche geholfen, bis sie sich auf einmal gegen ihn gewandt hat.«
»Ach, das war ja eigentlich nur Arthur King. Ich gebe zu, daß er die Sache falsch angefaßt hat. Diese Leute von der Planwirtschaft möchten immer alle kommandieren. Wir von der öffentlichen Wohlfahrt dagegen wissen, daß wir uns Vertrauen und Hilfsbereitschaft erst gewinnen müssen. Ich habe da einen sehr interessanten Vorschlag, den

ich Ihrem Vater machen will. Glauben Sie, daß Sie ihn finden können?«

Ich hatte vor kurzer Zeit etwas hämmern gehört und ging zur Seitenwand der Hütte, wo ich Pop entdeckte, der gerade einen Bretterpfad zum Abort zimmerte, damit wir von der Hütte keine Stufen hinunter und keine mehr hinauf klettern mußten. Ich sagte Pop, daß Miss Claypoole ihn sprechen wolle.

Pop meinte: »Es wird ihr nichts nützen, wenn sie wieder wissen will, ob viele Kwimper-Mädchen schon vor der Hochzeit Kinder haben, weil ich das für eine Privatangelegenheit zwischen dem Mädchen und dem Burschen halte, mit dem sie noch nicht verheiratet ist.«

Ich sagte ihm: »Diesmal ist's was anderes«, worauf er die Arbeit liegenließ und auf die Veranda kam.

Miss Claypoole empfing Pop mit dem Lächeln, das immer so aussieht, als wollte sie sich gerade die Zähne putzen, und sagte: »Mr. Kwimper, was würden Sie sagen, wenn Sie wieder Ihr Kindergeld kriegten, und zwar für die Zwillinge?«

»Sie wissen ja«, erwiderte Pop, »ich und die Regierung haben uns überworfen, und da ist es nicht so sehr die Frage, ob ich möchte oder nicht. Wenn die Regierung kommt und sagt, es tut ihr leid, und ob ich und sie uns nicht wieder vertragen können, dann will ich nicht hochnäsig sein und sagen, sie soll keins schicken. Aber ich will der Regierung nicht versprechen, daß ich ihr helfe, indem ich das Kindergeld annehme.«

»Ich verstehe das«, entgegnete Miss Claypoole. »Sie haben Ihren Stolz, und ich kann's Ihnen nicht verdenken. Aber wenn Sie nun zusätzlich zum Kindergeld auch noch allgemeine Unterstützung erhalten würden, was man gemeinhin Wohlfahrt nennt, und zwar für sich selbst, was dann?«

»Ich könnte dann beginnen, wieder freundliche Gefühle für die Regierung zu hegen.«
»Und zur Krönung des Ganzen«, fuhr Miss Claypoole fort, »stellen Sie sich vor, daß Vorkehrungen getroffen werden, damit Toby seine Versehrtenrente wieder bekommt.«
Pop sagte: »Hat nicht viel Zweck, sich das alles vorzustellen, was?«
»Unter gewissen Voraussetzungen«, meinte Miss Claypoole, »kann ich das alles in die Wege leiten.«
Pop guckte sie an, als hätte sie ihm zwei Fünf-Dollarscheine für einen Pfifferling geboten, und sagte: »Da wäre ich doch aber gespannt, warum.«
»Mr. Kwimper, ich bin die Leiterin der Kreiswohlfahrtspflege. Es bekümmert mich, wenn eine so großartige Familie wie die Ihre von der Hand in den Mund leben muß und sich dabei die Seele aus dem Leib arbeitet.«
Pop sagte: »Vor vier Monaten hätte mich das ebenfalls bekümmert, aber unterdessen hat sich's doch gezeigt, daß es mehr Spaß macht, als man denken sollte, und dazu noch ganz gutes Geld einbringt. Wieviel haben wir vorige Woche verdient, Toby?«
»An die vierzig Dollar, Pop. Und wir haben mehr als hundert auf der Bank, und auch schon die ganze Zeit an dem Darlehen abgestottert, das uns die Bank gegeben hat.«
»Aber nehmen Sie nun mal an, ein Wirbelsturm kommt und bläst Sie weg. Oder nehmen Sie an, fast alle Fische krepieren an einer Seuche. Oder nehmen Sie an, Sie haben eine langandauernde Krankheit. Hunderte von schlimmen Dingen könnten passieren.«
Pop sagte: »Natürlich. Es könnten aber auch Hunderte von netten Dingen passieren.«
»Sie geben wenigstens zu, daß es ein Risiko ist«, sagte Miss Claypoole. »Ich will Ihnen aber eine sichere Chance bieten.

Kindergeld, Wohlfahrtsunterstützung und die erneute Zahlung von Tobys Versehrtenrente.«

»Ich weiß schon, daß wir das alles kriegen können, wenn wir nach New Jersey zurückgehen«, sagte Pop.

»Sie brauchen nicht zurückzugehen, Mr. Kwimper. Der Staat Columbiana ist in der Lage, Ihnen alles zu bieten, was New Jersey bietet. Die Tatsache, daß Sie noch nicht lange genug hier sind, um als Ansässiger zu gelten, ist rein technischer Natur. Ich kann Ihnen da eine Ausnahme erwirken. Und die Bereinigung der Versehrtenangelegenheit erfordert nur, daß Toby vor der nächsten Amtsstelle erscheint und ich gleichzeitig Arthur King zurückpfeife.«

Pop erklärte: »Den können Sie allerhöchstens mit einer Jagdflinte zurückpfeifen.«

»Da ist nur eine winzige Bedingung«, meinte Miss Claypoole. »Wenn ich das alles in die Wege leite, dann müssen Sie allesamt nach Gulf City ziehen.«

»Warum denn das?« fragte Pop.

»Weil ich, solange Sie hier leben, nichts für Sie tun kann. Das Land gehört nicht zum Kreis. Die Lage ist tatsächlich so verworren, daß man nicht mal genau weiß, ob es überhaupt zum Staat gehört. Und als Leiterin der Kreiswohlfahrtspflege kann ich nur Leuten helfen, die gesetzmäßige Einwohner des Kreises sind.«

»Pop«, sagte ich, »wenn sonst niemand dieses Land haben will, könnten wir's vielleicht von New Jersey übernehmen lassen.«

»Das könnte schiefgehen«, erwiderte Pop. »Wir würden in New Jersey mächtig weit von der Regierung leben, und wenn ich schon mit der Regierung arbeite, dann möchte ich meine Angelegenheiten lieber Auge in Auge regeln.«

Miss Claypoole sagte: »Das Beste habe ich Ihnen noch

gar nicht erzählt. Das Wohlfahrtsamt unterhält in Gulf City eine Mustersiedlung, ein bildschönes Plätzchen mit Namen ›Sonnentau‹. Wir haben dort demnächst eine Vakanz, wo ich Sie unterbringen könnte. Ihre Wohlfahrtsunterstützung würde für die Miete reichen.«

Pop sah mich an und sagte: »Was hältst du davon, Toby?«

Ich musterte Pop ein bißchen, aber es gibt Zeiten, wenn er ganz den Tiefen spielt und man nicht sagen kann, was er denkt. Ich wollte nicht damit rausplatzen und sagen, daß mir das Leben an der Brücke gefiel, weil vielleicht Pop mehr auf eine richtiggehende Siedlung versessen war, die vermutlich viel schöner zu bewohnen ist als eine alte Bretterbude.

»Pop«, sagte ich, »es wird bei mir eine ganze Weile dauern, bis ich weiß, was ich denke, also sag du mir lieber, was du davon hältst.«

»Ich hab' dich zuerst gefragt, Toby.«

»Ich passe und frage dich, Pop.«

Miss Claypoole sagte: »Ihre Wohnung hat drei hübsche Schlafzimmer, ein Wohnzimmer, eine Eßküche und eine reizende kleine Veranda. Gas, Licht und Wasser sind selbstverständlich in der Miete einbegriffen. Wir suchen uns unsere Leute sehr sorgfältig aus, und ich weiß, daß Ihnen die Nachbarn gefallen werden.«

Pop sagte zu mir: »Wenn du sprichst wie ein Mann und sagst, was du denkst, dann sage ich auch, was ich denke.«

»Ich finde aber, du müßtest zuerst sprechen, Pop.«

Miss Claypoole erklärte: »Ganz in der Nähe ist eine gute Schule, und das wäre genau das Richtige für die Zwillinge. Die müssen ja doch im Herbst zur Schule gehen, und Sie sollten deshalb deren Wohl auch etwas in Betracht ziehen.«

»Toby«, fragte Pop, »wenn ich sagte, daß mir die Sache gefällt, was würdest du sagen?«

»Ich würde sagen, sie gefällt mir auch, Pop.«
»Großartig«, meinte Miss Claypoole, »dann sind wir ja alle einig.«
»Einen kleinen Moment«, sagte Pop. »Toby, wenn ich nun sagte, daß mir die Sache mißfällt, was würdest du dann sagen?«
»Ich würde sagen, sie mißfällt mir auch, Pop.«
»Ich habe nie so einen Maulesel von Menschen gesehen. Jetzt weiß ich überhaupt nicht, was du denkst.«
»Das kommt daher, daß du mit deinen ewigen ›wenns‹ rumhantierst«, sagte ich. »Ich kenne deine Schliche, Pop, und habe nicht die Absicht, was zu sagen, bevor ich nicht weiß, was du denkst. Wenn ich zuerst spreche und sage, was ich will, machst du vielleicht mit, obwohl du eigentlich gar nicht willst.«
»Das ist genau dasselbe, wovor auch ich Angst habe«, meinte Pop. »Wie sollen ich und du uns aus dieser Klemme rauswinden, Toby?«
Miss Claypoole fragte: »Warum nehmt ihr nicht beide das Auto und folgt mir nach Gulf City? Ich zeige euch die Siedlung ›Sonnentau‹ und führ' euch bei einem netten Ehepaar ein, das dort lebt und das ihr dann ausfragen könnt. Wenn ihr einmal gesehen habt, wie schön es ist, wird euch die Entscheidung nicht mehr schwerfallen.«
»Das ist eine gute Idee«, sagte Pop. »Aber ich möchte lieber, daß Toby das Auto nimmt und hinfährt, weil er mehr mit großen Städten und ihren Einrichtungen Bescheid weiß.«
»Du willst wieder alles mir aufhalsen«, sagte ich. »Ich weiß nicht, ob du bösartig bist oder nur zu faul.«
»Wenn ein Mann nicht einmal mehr seinem Sohn zumuten darf, einen Auftrag zu erledigen, dann weiß ich wirklich nicht, wozu er überhaupt einen Sohn hat.«

»Schön, ich fahre«, sagte ich. »Wenn ich dir aber erzählt habe, wie's aussieht, dann mußt du doch zuerst sagen, was du tun willst.«

Also nahm ich Pops Wagen und fuhr hinter Miss Claypoole her nach Gulf City. ›Sonnentau‹ war eine wirklich hübsche Anlage, die einen ganzen Block einnahm. Es gab da ein halbes Dutzend einstöckige Gebäude aus Zement, und jedes Gebäude bestand aus etwa zehn Wohnungen, in denen die Leute lebten. Zu jeder Wohnung gehörten eine eigene kleine Veranda und ein Weg, der zur Straße führte. Das Ganze war erst ein paar Jahre alt, und daher waren die zwei Kokospalmen an der Straße noch ein bißchen mickrig, aber die beiden Eibischbüsche neben der Veranda einer jeden Wohnung machten sich gut. Hinter jeder Wohnung war ein Abstellraum für den Wagen und ein schirmartiges Gestell zum Wäscheaufhängen.

Miss Claypoole sagte: »Ich kann Sie nicht in die Ihnen zugedachte Wohnung führen, weil sie noch bewohnt ist, und die Familie sich gar nicht hilfsbereit gezeigt hat. Die regen sich furchtbar auf über das sogenannte Eindringen in die Privatsphäre. Aber ich werde Sie bei einem netten Ehepaar, Mr. und Mrs. Brown, einführen und Sie dort absetzen. Die werden Ihnen gern ihre Wohnung zeigen und alles erklären, was Sie wissen wollen. Dort sind sie schon, sie sitzen direkt vor ihrem Haus.«

Sie stellte mich Mr. und Mrs. Brown vor, ging dann weg und ließ mich mit ihnen allein. Mr. Brown war ein schmächtiges Männlein, das die Gewohnheit hatte, einen verstohlen von der Seite zu betrachten wie ein Jagdhund, der sozusagen um die Ecke schielt, um zu wissen, ob er im Zimmer erwünscht ist. Er hatte auf der Veranda gesessen und Zeitung gelesen. Mrs. Brown war eine freundliche Frau und rund wie ein Napfkuchen. Sie hatte gestrickt. Mr.

Brown brachte einen Stuhl für mich, und Mrs. Brown ein Glas Milch und Plätzchen.

»Sie wollen also hier wohnen?« fragte Mrs. Brown. »Dann sollten wir Ihnen wohl alles schildern. Dieser junge Mann und seine Familie haben doch großes Glück, daß sie hier eine Wohnung kriegen, nicht wahr, Will?«

»Sicher haben sie Glück«, sagte Mr. Brown. »Die Warteliste ist so lang wie mein Arm.«

Ich fragte: »Sind Sie schon lange hier?«

»Zwei Jahre«, erwiderte Mr. Brown. »Wir sind vor vier Jahren von Minneapolis nach Süden gezogen. Ich habe als Tischler in Minneapolis ganz gut verdient, aber ich ging auf die fünfundsechzig zu, und im Winter wurde es mir nachgerade dort zu kalt. Hier kann man wirklich leben. Ellie, ist es nicht Zeit für eine meiner Pillen?«

Mrs. Brown sah auf die Uhr. »So ziemlich, Will.«

»Hatte ich das letzte Mal eine grüne oder gelbe, Ellie?«

»'ne grüne. Jetzt ist 'ne rote dran.«

Mr. Brown holte eine Flasche mit verschieden gefärbten Pillen aus seiner Tasche, schüttete ein paar in seine Hand, nahm eine rote und schluckte sie mit etwas Wasser runter. »Wenn man in meine Jahre kommt, muß man auf die Gesundheit achten«, sagte er.

»Vielleicht sollte Pop auch mehr auf seine Gesundheit achten«, meinte ich. »Aber in Jersey war er so damit beschäftigt, nicht zu arbeiten, daß er keine Zeit hatte, an die Gesundheit zu denken, und hier muß er so viel arbeiten, daß er wieder keine Zeit hat.«

»Was für Arbeit tut er denn da?« fragte Mrs. Brown.

»Na ja«, antwortete ich, »wir haben an einer neuen Brücke, einige Kilometer von hier, etwas Land besiedelt, und Pop ist dabei, uns dort ein Heim aufzubauen. Man kann ihn kaum noch dazu überreden, Hammer und Säge wegzulegen.«

Mr. Brown sagte: »Als wir herkamen, wollte ich zunächst in den Häusern als Tischler arbeiten, um in Übung zu bleiben und etwas Geld nebenher zu verdienen, aber es ist für einen Nordstaatler hierzulande nicht einfach, Aufträge zu bekommen. Und als ich's nochmal überlegte, war mir sowieso klar, daß mein Gesundheitszustand es nicht zuließ.«

»Aber, Will«, sagte Mrs. Brown. »Du bist doch noch in Übung. Zeig doch dem jungen Mann mal die hübschen Sachen, die du gemacht hast.«

»Vielleicht würde er das als Belästigung empfinden, Ellie.«

»Ich würde sie schrecklich gern sehen«, sagte ich.

Mr. Brown sprang auf. »Bleiben Sie nur ruhig sitzen«, sagte er, »ich bringe sie raus.«

Er ging ins Haus, während Mrs. Brown sagte:

»Es ist großartig für ihn, daß er seine Tischlerei hat. Und er freut sich schrecklich, wenn er Gelegenheit hat, anderen Leuten zu zeigen, was er macht. Der Mensch muß etwas zu tun haben, nicht wahr? Wie ich mit meiner Strikkerei.«

»Das ist mächtig hübsch, was Sie da stricken«, sagte ich. »Was soll's denn werden?«

»Ein Sweater.«

»Ja, so ein Sweater ist hier im Winter ab und zu sicher sehr praktisch.«

»Ach, ich will ihn gar nicht tragen. Ich habe schon zwei. Es ist nur ein Mittel, um meinen Händen was zu tun zu geben. Wenn ich ihn fertig habe, trenne ich ihn wieder auf und fange was Neues an. Die Wolle ist so teuer, daß man sie gut nutzen muß. Vielleicht mache ich auch wieder einen Vorleger. Nur daß wir keine Bodenfläche mehr für Vorleger haben, und ich hasse es, so einen aufzutrennen, wenn ich das Muster richtig getroffen habe.«

»Ich finde, Sie können die Sachen verkaufen.«
»Ich weiß wirklich nicht, an wen. Es gibt noch fünf andere Frauen in der Sonnentausiedlung, die ebenfalls Vorleger herstellen, deshalb kann man sie in dieser Gegend nicht einmal als Geschenk loswerden.«
Eben jetzt kam Mr. Brown mit einem Armvoll Sachen raus und baute sie zur Besichtigung nebeneinander auf. Er hatte die hübschesten Vogelhäuschen, die man sich denken kann, und so gut gemacht, daß man nicht mal die Fugen sehen konnte. Dann brachte er noch eine Anzahl hölzerner Tafeln für den Vorgarten, auf denen sein Name auf verschiedene Art eingeschnitzt war, wie z. B. Mr. und Mrs. William Brown, oder Will und Ellie Brown, oder Die Browns. Er hatte für jede Tafel anderes Holz benutzt und es poliert, bis es glänzte. Man hätte diese Tafeln sicher ohne weiteres im Juwelierladen verkaufen können.
»Die sind wunderhübsch«, sagte ich. »Welche Tafel wollen Sie denn im Garten aufstellen?«
»Oh, wir können keine davon benutzen«, sagte Mr. Brown. »Wir haben Vorschriften hier in ›Sonnentau‹, zur Pflege der schönen Anlage. Wir gestatten keine Tafeln im Vorgarten mit unserem Namen. Wenn wir das zuließen, würden die Leute gleich mit Schundtafeln ankommen wie ›Ein Tritt frei‹ oder ›Mutters Nähkästchen‹, und das würde ziemlich übel aussehen.«
Ich sagte: »So ein Vogelhäuschen sieht sicher nett aus, wenn die Vögel ein- und ausfliegen.«
»Ja«, meinte Mr. Brown, »nur findet man wohl keine Vögel, die innerhalb einer Wohnung nach einem Vogelhaus fahnden.«
»Nein, ich meinte natürlich, wenn Sie sie draußen aufhängen.«
»Oh, wir können sie nicht draußen aufhängen«, sagte Mr.

Brown. »Wenn wir das täten, würden die Leute in der nächsten Wohnung eine Fernsehantenne verlangen, und die Leute auf der anderen Seite einen Fahnenmast, und Sie können sich vorstellen, wie das überhandnehmen würde. Es ist aber auch ganz hübsch, wenn man die Vogelhäuser auf dem Kaminsims hat. Nur habe ich leider keinen Platz mehr dafür. Wie wäre es mit einem Vogelhaus für Ihr Grundstück?«

Mrs. Brown sagte: »Will, du vergißt ja, daß der junge Mann mit seiner Familie hierherziehen will.«

»Das hatte ich wirklich vergessen«, erwiderte Mr. Brown. »Wie sieht's denn da aus, wo Sie jetzt leben?«

Ich erzählte ihm von der Hütte, von Pops Aborthäuschen, und daß wir keine Elektrizität, kein Gas und auch kein Wasser hätten, außer wenn wir es selbst herbeischleppten oder -pumpten. »Sie würden sagen, es ist nicht viel mehr als im Freien kampieren«, sagte ich.

»Denke nur«, sagte Mrs. Brown, »kein häuslicher Komfort. Hier haben Sie's so viel besser. Sagten Sie nicht, das Mädchen, das bei Ihnen wohnt und auf die Zwillinge aufpaßt, verkauft belegte Brote an die Angler?«

»Ja. Sie steht sich dabei sogar recht gut. Diese Angler können einen stattlichen Appetit entwickeln.«

»Ich mache ausgezeichnete Nußtörtchen«, sagte Mrs. Brown. »Nur haben die meisten Leute hier nicht genügend gute Zähne, um sie zu essen. Bei einer guten Nußtorte muß man tüchtig kauen. Ich will Ihnen ein paar Stücke einwikkeln zum Mitnehmen. Ich mache auch gute Zitronenschnitten; die sind zwar leicht zu essen, aber alle unsere Nachbarn haben sie schon über, drum habe ich sie sozusagen aufgegeben.«

Mr. Brown fragte: »Sagten Sie nicht eben, daß Ihr Pop einen Zaun um Ihr Land gezogen hat?«

»Ach, Sie würden sicher nicht viel davon halten«, erwiderte ich. »Der ist bloß aus dünnen Bäumchen, die man Cajeputs nennt, zusammengestoppelt.«

»Ich habe immer gern Zäune gebaut«, sagte Mr. Brown. »Aber nachdem wir uns hier in der Siedlung niedergelassen hatten und keine Zäune mehr bauen konnten, begann ich einzusehen, daß Zäune eigentlich irgendwie selbstsüchtig sind. Ich meine damit, ein Zaun ist doch da, um Leute fernzuhalten. Hier in ›Sonnentau‹ ist jedermanns Rasen offen und nachbarlich.«

Mrs. Brown sagte: »Und man braucht auch wegen dem Garten nicht nach dem Nachbarn zu schielen. In Minneapolis hatte ich ein hübsches Gärtchen, aber wenn hier Gärten erlaubt wären, dann hätten manche sehr schöne und andere weniger schöne, und die Siedlung würde schlampig aussehen. Und wenn man keinen Garten hat, bekommt man natürlich auch keine Rückenschmerzen vom Bücken. So hat nun jeder zwei Kokospalmen und zwei Eibischsträucher, und der ganze Komplex sieht sehr ordentlich aus. Finden Sie nicht?«

»Ja, sehr ordentlich«, antwortete ich. »Pop hat eine Menge kleiner Kokospalmen, die wie Kraut und Rüben hochsprießen und ihm ziemlichen Ärger machen.«

»Und bestimmt auch Rückenschmerzen«, sagte Mrs. Brown. »Übrigens, Will, ich glaube, ich muß ein Brett unter meine Matratze legen, denn ich habe in letzter Zeit einen richtigen Schmerz im Rücken.«

»Ich werd's schon machen«, meinte Mr. Brown. »Was haben Sie da von Leuten erzählt, die sich mit einem Wohnwagen Ihnen gegenüber niedergelassen haben? Sie hießen Jenkins, nicht wahr?«

»Ich habe Ihnen doch auch erzählt, daß sie Muschelschmuck anfertigen und verkaufen«, sagte ich. »Leider haben sie bisher nicht viel verkauft, aber wenn die Reisesaison beginnt, dann glauben sie, wird's besser gehen.«

»Daß die ein solches Risiko auf sich nehmen!« rief Mrs. Brown. »Sie haben doch sicher nicht viel Geld und könnten alles verlieren, was sie in diesen Muschelschmuck reingesteckt haben, stimmt's?«

»Ja«, erwiderte ich, »und wie Miss Claypoole gesagt hat, kann man nie wissen, ob nicht ein Wirbelsturm oder 'ne Flutwelle oder 'ne lange Krankheit kommt und uns auslöscht.«

»Und gesetzt den Fall, diese Jenkinses verdienten etwas Geld mit dem Muschelschmuck«, sagte Mr. Brown. »Ja, wenn sie über zwölfhundert im Jahr verdienten, würden sie die Arbeitslosenunterstützung verlieren, d. h., wenn sie überhaupt welche kriegen. Das würde sich kaum lohnen. Aber, junger Mann, Sie möchten gewiß auch das Innere unserer Wohnung besichtigen.«

Ich ging mit ihnen ins Haus, und sie zeigten mir alles sehr gründlich. Es sah sehr ordentlich aus, weil sie nämlich keine Nägel in die Wand schlagen durften, um allen möglichen Krempel daran aufzuhängen. Mr. Brown öffnete einen Schrank und ließ mich alle seine Werkzeuge sehen. Er hatte ein paar richtig schöne elektrische Werkzeuge, brauchte aber eine Werkstatt, um sie benutzen zu können, und dafür hatte er keinen Platz. Denn er durfte auch nach hinten raus keine Werkstatt bauen, weil die Siedlung ›Sonnentau‹ von allen Seiten hübsch aussehen mußte.

»Und überhaupt«, sagte Mr. Brown, »ich weiß gar nicht, wozu ein Mensch hier eine Werkstatt haben soll, denn man würde doch nur eine Menge Sachen zurechtzimmern, für die niemand Platz hat. Und überdies würde die Werkstatt einem auch nicht genügend Zeit für die gesellschaftlichen Veranstaltungen lassen, die wir geboten kriegen.«

»Die gesellschaftlichen Veranstaltungen werden Ihnen sehr gefallen«, meinte Mrs. Brown. »Wir haben die Shuffleboard-Liga, die zweimal die Woche tagt, und großartige Kurse für Musik, Malerei und Theaterkunde. Dann haben wir einmal die Woche den Tanzabend der Seniorenbürger mit Polkas, Rundtänzen und dergleichen. Hat man heutzutage nicht herrliche Bezeichnungen? Seniorenbürger. Dabei stellt man doch mehr dar, als wenn man einfach alte Leute genannt wird. Ich liebe diese Tanzabende, selbst wenn ich wegen meines Rückens nicht mittanzen kann. Oh, ich darf aber nicht vergessen, Ihnen die Nußtörtchen mitzugeben.«
Sie begann, die Nußtörtchen einzuwickeln, und Mr. Brown stellte mir noch einige Fragen über unsere Wohnhütte und das Fischereigeschäft und schüttelte den Kopf über das harte Leben, das wir führten. »Sagten Sie nicht, daß Sie auch Mücken haben?« fragte er.
»Wir haben so ziemlich alle Mücken, die man sich wünschen kann«, entgegnete ich. »Trotz Drahtnetzschutz. Diese Biester setzen sich einem in die Kleider und reiten sozusagen huckepack ins Haus.«
»Wir kriegen hier fast keine Mücken zu sehen«, sagte Mr. Brown. »Hier fährt nämlich mehrmals in der Woche ein Sprühwagen durch.«
Mrs. Brown kam mit einem großen Paket und sagte: »Ich habe Ihnen drei Nußtörtchen eingepackt und ein halbes Dutzend Gläser mit Kürbismarmelade und Guavagelee. Ich mache für mein Leben gern Marmelade und Gelee, aber das gilt ebenso für die meisten anderen Frauen in ›Sonnentau‹, und ich weiß wirklich nicht, wie ich die ganzen Gläser, die ich habe, loswerden soll. Leeren Sie mir nur alle diese Gläser, bevor Sie hier einziehen, denn hier warten schon wieder neue auf Sie.«

»Das ist furchtbar nett von Ihnen«, sagte ich. »Und falls wir einziehen, würden wir uns freuen, wieder welche zu kriegen.«
»Sagten Sie eben, falls Sie einziehen?« fragte Mrs. Brown erstaunt. »Ich dachte, das wäre alles abgemacht und man hätte Ihnen schon eine Wohnung angeboten!«
»Ja, das schon«, sagte ich. »Aber es liegt bei Pop, ob wir sie beziehen oder nicht, und ich werde ihm auf keinen Fall davon abraten.«
»Ich sollte eher meinen, Sie würden ihm zuraten, wenn er nicht genug Grips hat, von selbst zu kommen«, sagte Mrs. Brown. »Sie sehen doch wohl alle vorhandenen Vorzüge.«
»Ja, ich habe sie alle gesehen«, erwiderte ich. »Ich bin jedoch an Vorzüge nicht so sehr gewöhnt und würde ebenso gern dort bleiben, wo wir sind. Aber ich werde Pop von den Vorzügen erzählen und dann tun, was er will. Wenn er die Vorzüge will, werde ich versuchen, sie auch zu wollen.«
»Na, da hört doch alles auf«, rief Mrs. Brown.
Aber Mr. Brown beschwichtigte sie: »Ellie, du darfst nicht vergessen, er ist noch ziemlich jung. Junge Leute machen sich nicht viel aus Entbehrungen. Sagen Sie nur Ihrem Pop, dies ist die schönste Siedlung, die man sich wünschen kann. Ist es schon Zeit für meine nächste Pille, Ellie?«
»Noch nicht ganz, Will. Fünfzehn Minuten bis zur nächsten. Also, auf Wiedersehen, junger Mann, und ich hoffe, Sie nehmen Vernunft an.«
Nachdem ich die Siedlung ›Sonnentau‹ verlassen hatte, fuhr ich nach Hause und parkte unterwegs am Straßenrand, um zu überlegen, was ich Pop erzählen sollte. Wenn ich ihm von all den guten Dingen in ›Sonnentau‹ berichtete, dann war zu befürchten, daß es für ihn kein Halten mehr gab. Denn mit dem Kindergeld, der allgemeinen Wohlfahrt

und meiner Versehrtenrente konnte sich Pop in ›Sonnentau‹ auf den Rücken legen und den ganzen Tag verdösen. Er war die letzten paar Monate so beschäftigt gewesen, daß er nicht ein einziges Schläfchen gehalten hatte, und mußte daher viel nachholen. Zuerst dachte ich, ich sollte vielleicht ein paar Sachen auslassen, wenn ich mit Pop sprach, wie z. B. den Sprühwagen, der rumfuhr, um die Mücken auszurotten. Wenn es etwas gab, was Pop das Leben der Brücke verleidete, dann waren's die Mücken. Sie setzten ihm zwar nicht mehr zu als die Jersey-Mücken, aber er war einfach dagegen, wenn sich andere Mücken ebenso gut dünkten wie die von Jersey.

Es wurde langsam spät und Abendbrotzeit, deshalb nahm ich eines von den Nußtörtchen und aß es. Es war so ungefähr das beste Törtchen, das ich je gegessen hatte. Wenn Pop in eins der zwei anderen Törtchen biß und hörte, daß er in ›Sonnentau‹ so viele kriegen konnte, wie er wollte, dann wäre dies ein weiterer Grund für ihn, hinzuziehen. Ich war nach einem Törtchen nicht randvoll satt und überlegte mir, ob ich die beiden andern Gründe für den Umzug nicht auch noch aufessen sollte. Aber ich sagte mir schließlich, das wäre nicht recht. Also fuhr ich nach Hause, übergab Törtchen, Marmelade und Gelee und erzählte Pop und Holly die Geschichte der Siedlung ›Sonnentau‹, ohne selbst den Sprühwagen auszulassen.

Die ganze Zeit, die ich erzählte, saß Pop da und spielte mit der Hand im Gesicht, als sei es Plastelin. Dadurch war es schwierig, seine Gedanken zu lesen. Sobald man glaubte, er sähe aus, als wolle er spornstreichs nach ›Sonnentau‹ ziehen, knetete er sein Gesicht anders rum, so daß es aussah, als wäre Sonnentau nur ein schlechter Geruch in seiner Nase. Dann verzerrte er in der nächsten Minute sein Gesicht wieder zu einem breiten, fröhlichen Grinsen. Was

Holly dachte, war nicht schwer zu sagen. Sie saß auf ihrem Stuhl, als wäre er voller Splitter, und gab ab und zu ein paar bullernde Laute von sich wie ein Topf, der überkocht. Als ich mit Erzählen fertig war, sagte Holly ganz schnell: »Ich stimme für nein.«

Pop sagte: »Ich glaube, ich und Toby wußten das schon, ehe du was gesagt hast. Nun müssen wir noch eine Stimme von Toby haben und eine von mir.«

Holly sagte mit einem kleinen Schluchzen: »Ich mache natürlich, was ihr beide wollt.«

»Ich glaube, das wußten wir auch schon«, meinte Pop. »Nun, Toby, wie stimmst du?«

»Ich habe mir die Mühe gemacht, die Siedlung ›Sonnentau‹ zu besichtigen«, sagte ich. »Das Mindeste, was du nun tun kannst, ist, als Erster zu stimmen, Pop.«

»Ja, aber das Mindeste, was ich tun kann, will ich nicht tun.«

»Pop, damit sind wir genau da, wo wir bereits am Nachmittag waren.«

Holly meinte: »Wißt ihr was? Wir machen eine geheime Abstimmung. Wir schreiben jeder seine Stimme auf ein Blatt Papier und werfen es in ein Gefäß. Dann holen wir die Zwillinge, um die Stimmen vorzulesen, und keiner weiß, wie die andern gestimmt haben.«

»Ich wußte noch gar nicht, daß die Zwillinge lesen können«, sagte Pop.

»Sie können ein bißchen lesen«, erwiderte Holly. »Ich hab's ihnen beigebracht. Und sie können auf jeden Fall ein einfaches Wort in Druckbuchstaben auf einem Stimmzettel lesen. Ich hole sie, und ihr macht derweil Stimmzettel.«

Als sie die Zwillinge angeschleppt hatte, sagte Holly: »Ich hab' mir 'ne gute Methode ausgedacht. Die Frage, über die wir abstimmen, lautet: ›Sollen wir in die Siedlung

Sonnentau ziehen?‹ Wenn wir unsere Antwort geschrieben haben, falten wir die Stimmzettel und tun sie in das Gefäß. Teddy nimmt dann einen Zettel raus und liest ihn vor. Darauf nimmt Eddy den zweiten Zettel und liest den vor. Wenn beide Zettel für dasselbe stimmen, ist die Sache entschieden, und wir lesen den dritten Zettel gar nicht erst vor. Denn wenn auf dem dritten Zettel nicht das gleiche steht wie auf den beiden ersten, wäre das für das Ergebnis egal, aber es würde uns alle unglücklich machen, wenn wir wüßten, daß wir nicht einer Meinung sind.«

Das klang Pop und mir einigermaßen vernünftig. Wir drei rissen Zettel aus einem Notizblock und holten uns Bleistifte. Holly schraubte die Petroleumlampe hoch, damit wir besser sehen konnten. Pop fing an, einen Druckbuchstaben zu malen, sah auf und merkte, daß ich ihm zuguckte; denn wenn er zwei Buchstaben schrieb, war es ein ›Ja‹, vier Buchstaben dagegen waren ein ›Nein‹. Als Pop mich zugucken sah, nahm er seinen Zettel in eine Ecke der Hütte und drehte mir den Rücken zu; ich begab mich in die entgegengesetzte Ecke, damit er nicht zu mir rüberspähen konnte. So schrieben wir drei unsere Entscheidung nieder, falteten unsere Zettel und warfen sie in das große Glasgefäß.

Die Zwillinge hüpften herum wie explodierende Knallfrösche, und als alle fertig waren, ließ Holly den Teddy reingreifen, einen Zettel rausholen, ihn öffnen und vorlesen. Er steckte seine Hand richtig rein, konnte sie aber erst rausziehen, als Holly ihn überredet hatte, nicht die Faust über dem Zettel zu schließen. Seine Hand kam ganz leicht raus, als er nur Daumen und Zeigefinger gebrauchte.

Er entfaltete den Zettel, sagte die Buchstaben für sich auf und stieß einen gewaltigen Schrei aus. »Es sagt nein«, jauchzte er. »Es sagt nein, nein, nein, nein –«

»Es sagt doch nur einmal nein«, meinte Holly und nahm ihm den Zettel. »Du bist dran, Eddy. Jetzt nimmst du einen Zettel.«

Eddy nahm den zweiten Zettel und tat viel wichtiger als Teddy; er brauchte zum Lesen der Buchstaben viel länger als Teddy, der darüber ein bißchen wütend wurde und sagte: »Er kann nicht mal'n einfaches Wort lesen.«

»Doch kann ich«, erwiderte Eddy, »es sagt N-E-I-N, Nein – da hast du's.«

Holly erklärte:

»Dann ist es also entschieden, daß wir bleiben. Gott bin ich froh!«

»Was bei mir so lange dauerte«, erläuterte Eddy, »war das Buchstabieren der anderen Worte.«

Holly quietschte und griff nach Eddys Zettel und dem Zettel im Glas, aber Pop und ich waren schneller als sie; ich erwischte den Zettel von Eddy, und Pop den im Glas.

»So«, sagte ich nach einem Blick auf den Zettel. »Ich dachte, das wäre mein Zettel, aber es ist Pops. Und er sagt gar nicht nein, sondern ›Ich stimme wie Toby‹. Das ist ein übler Streich, den du mir da gespielt hast, Pop.«

»Ach, sieh mal an«, entgegnete Pop, der meinen Zettel aus dem Gefäß geholt hatte und betrachtete. »Was du da geschrieben hast, sieht aus wie ›Ich stimme wie Pop‹. Ich habe noch nie einen Jungen gesehen, der so unfähig war, seinen Willen kundzutun.«

»Ich habe meinen Willen kundgetan«, sagte ich. »Und als Eddy vom Buchstabieren der anderen Worte sprach, dachte ich bestimmt, er hätte meinen Zettel und könnte daraus kein ›NEIN‹ ablesen.«

»Und ich dachte, er hätte meinen Zettel«, sagte Pop, »und könnte auch aus meinem kein ›NEIN‹ ablesen. Nun, Holly, du mußt den Zwillingen heute abend eine Extra-Lesestunde gegeben haben, um sicher zu sein, daß sie nur ›nein‹ lesen konnten.«

Ich sagte: »Sie hat sich ja auch den Trick mit den zwei vorzulesenden Stimmzetteln ausgedacht, damit ich denken soll, mein Zettel liegt noch im Glas, und du denken sollst, deiner liegt noch drin, Pop. Ich glaube, wir hätten den Schwindel nicht gemerkt, wenn Eddy nicht vom Buchstabieren der anderen Wörter gesprochen hätte.«

Holly fing an zu flennen, und Teddy trat Eddy gegen das Schienbein und sagte: »Du Nachtwächter, du sabbelst zu viel.«

Eddy erwiderte: »Ohne deine Pflaume, daß ich nicht mal'n einfaches Wörtchen lesen kann, hätte ich nichts gesagt, außer ›NEIN‹. Es ist also deine Schuld.« Und Eddy holte aus und schlug Teddy auf die Nase.

Wir entwirrten und trennten sie nach einer Weile, kühlten sie ab und packten sie ins Bett. Dann bearbeiteten wir Holly, die immer noch flennte und jammerte, sie sei ein schlechtes Mädchen und schäme sich so, aber es mache ihr nichts, wenn wir nur an der Brücke blieben.

»Holly«, sagte Pop, »ich und Toby sind dir nicht böse. Es war ein guter Plan und hätte bei jedem geklappt, der nicht so schlau ist wie ich und Toby. Und jetzt wünschte ich beinahe, er hätte geklappt und die Sache entschieden.«

»Ich wünschte das beinahe auch«, sagte ich. »Es tut also Pop und mir leid, daß wir zu schlau für dich sind.«

Holly strich sich mit der Hand über die Augen und sagte mit erstickter Stimme: »Warum gebt ihr nicht beide zu, daß ihr hier bleiben wollt? Ich weiß es nämlich genau. Wenn ich das nicht gewußt hätte, hätte ich den Schwindel erst gar nicht versucht.«

»Pop ist das Familienoberhaupt und hat zu sagen, was wir tun sollen«, sagte ich.

Pop aber sagte: »Ich bin ein alter Mann, der noch höchstens 30 bis 40 Jahre zu leben hat, so wie wir Kwimpers heutzutage wegsterben; was wir tun, ist also mehr Tobys Sache als meine, und darum sollte er sich äußern.«

Wir kamen auf diese Weise nicht weiter und setzten uns alle hin, um auszuklamüsern, was hier zu tun war. Während wir da saßen, klopfte es an die Tür, und wer war draußen? Mr. und Mrs. Will Brown von der Siedlung ›Sonnentau‹. Ich brachte sie rein und machte sie mit Pop und Holly bekannt.

Mr. Brown sagte: »Ellie und ich wollten mal hier rausfahren, um zu sehen, ob wir Ihnen noch etwas von unserer Siedlung erzählen können. Hat Ihnen dieser junge Mann die ganzen Vorzüge auch richtig ausgemalt?«

»Wie er's erzählt hat, klang's recht schön«, antwortete Pop. »Und er hat Sie auch als sehr nette Nachbarn geschildert. Die Nußtörtchen sind die besten, die ich je gegessen habe.«

»Ich hab' ihnen sogar vom Sprühwagen und den nicht vorhandenen Mücken erzählt«, sagte ich und war froh, daß ich damit und mit den Törtchen nicht geschummelt hatte.

Holly meinte: »Aber wir haben uns noch nicht ganz entschieden, was wir tun.«

Mr. Brown sah Mrs. Brown an, die ihm zunickte, und sagte dann:

»Leute, tut's nicht. Bleibt hier, wo ihr seid.«

»Das ist aber eine Überraschung«, sagte Pop. »Warum denn das?«

»Ich weiß nicht, ob ich's richtig erklären kann«, erwiderte Mr. Brown. »Ich kann nur sagen, wenn Sie einmal in einem eigenen Häuschen gelebt haben, kann Ihnen das Leben in einer sogenannten Wohnung nicht mehr gefallen. Nehmen wir als Beispiel: Sie wollten hier einen Zaun haben, und Sie haben einen gebaut. Wir wollten auch 'nen Zaun haben, durften aber nicht.«

»Ja, ich verstehe«, meinte Pop. »Ich habe das auch durchgemacht. Die Regierung macht einem Vorschriften, statt daß man der Regierung Vorschriften macht. Es kommt nichts Gutes dabei heraus, wenn man der Regierung die Zügel schießen und ihr die Oberhand läßt.«

»Stimmt genau«, sagte Mrs. Brown.

»Toby hat uns davon nichts erzählt«, erklärte Pop. »Vielleicht hat er's nicht gesehen oder aber damit hinterm Berg gehalten, weil er da leben will.«

»Oh, nein, er hat's gar nicht so schön gefunden«, sagte Mr. Brown. »Ich erinnere mich ganz deutlich an seine Worte, als er ging. Er sagte, er sehe wohl ein, daß es viele Vorzüge habe, aber er sei an Vorzüge nicht sehr gewöhnt und würde lieber da bleiben, wo er ist. Aber er würde Ihnen von den Vorzügen erzählen und dann tun, was Sie wollen.«

Pop sah mich an, verzog sein Gesicht zu einem Grinsen und sagte: »Wir hätten uns 'ne Menge Zeit gespart, wenn du frei von der Leber gesprochen hättest, Toby. Und zwar aus dem Grunde, weil ich auch lieber hier bleibe.«

Holly rief: »Na, Gott sei Dank! Ich dachte schon, ich kriege euch nie dazu, daß ihr's zugebt.«

Ich sagte: »Wie furchtbar nett von Ihnen, extra herzukommen und aufzupassen, daß wir keinen Fehler machen.«

»Das einzige, was ich an ›Sonnentau‹ vermissen würde, ist, daß ich Sie beide nicht als Nachbarn habe«, meinte Pop.

Mr. Brown räusperte sich, sah Mrs. Brown an, die ihm zunickte, und sagte: »Wenn Sie das ehrlich meinen, dann brauchen Sie uns nicht zu vermissen. Ist hier noch ein Stückchen Land, auf dem wir siedeln können?«

Na, wir ließen einige Jauchzer und Freudenjodler los und redeten so laut, daß die Zwillinge aus dem Bett sprangen und rumliefen wie Feuersirenen mit Beinen. Es dauerte lange, bis wir sie wieder gebändigt hatten. Dann sprachen wir mit Browns, um ganz sicher zu sein, daß sie über die Mücken Bescheid wußten und über das Fehlen des städtischen Wassers, des Gases, der Elektrizität, über die schwere Arbeit und den Zank mit dem Amt für Öffentlichen Ausbau und all die Dinge, die ins Auge gehen konnten. Aber die Browns hatten das alles überlegt und machten sich nicht die geringste Sorge. Mr. Brown meinte, er habe noch eine Reihe guter Jahre als Tischler vor sich, und Mrs. Brown erklärte, sie werde einen kleinen Stand aufmachen, um die Sachen, die ihr Mann anfertige, zu verkaufen, und ihre eigenen Vorleger und Torten, Marmeladen und Gelees dazu. Dann holten wir die Jenkins von der anderen Straßenseite und amüsierten uns köstlich. Wir einigten uns darauf, daß die Browns neben den Jenkins bauen sollten, und wir wollten alle Vogelhäuser haben und unsere Namen auf Schildern vor unseren Häusern.

Es war ziemlich spät, als Mrs. Brown plötzlich hochfuhr und sagte: »Will, deine letzte Pille ist schon über 'ne Stunde fällig. Es ist 'ne grüne.»

»Danke, Ellie«, sagte Mr. Brown. Er fischte das Pillenfläschchen aus der Hosentasche, ging auf die Veranda, öffnete die Drahtnetztür und tat mit dem Fläschchen einen wahrhaft guten Wurf. »Da«, sagte er, »ich wette, die ist über mein ganzes Grundstück auf der anderen Straßenseite geflogen.«

»Aber Will«, jammerte Mrs. Brown, »du hast doch Bursitis und hättest dir mit dem Werfen die ganze Schulter ruinieren können.«

Mr. Brown sah etwas ängstlich aus und pendelte seinen Arm zur Probe hin und her. »Was soll ich dir sagen?« grinste er dann. »Dadurch, daß ich die Pillen wegschmiß, habe ich mir die Schulter gelockert. So haben mir die Pillen doch schließlich noch geholfen.«

So kam es also, daß wir bei der Brücke wohnen blieben und noch dazu ein paar nette neue Nachbarn bekamen. Man kann wohl sagen, daß alles prima gegangen war, außer wenn man Miss Claypoole darüber hörte. Als sie vernahm, daß wir ihren Plan durchkreuzt hatten, wurde sie wirklich böse und sagte, es würde uns noch leidtun. Und nach ihrem Gesicht zu urteilen, konnte man meinen, daß es kein Zufall sein würde, wenn's uns am Ende wirklich noch leidtäte.

12

Anfang September bekamen wir noch ein paar Nachbarn. Sie waren nicht so nett wie die Jenkins oder die Browns, und wie sich die Dinge entwickelten, wären wir ohne sie ebensogut drangewesen. Aber meistens hat man nicht viel dazu zu sagen, ob man jemand als Nachbarn will oder nicht will, und wir kriegten die neuen etwa so, wie man Zahnweh kriegt.

Am Tage, an dem sie ankamen, war es gerade gegen Sonnenuntergang. Wir hatten einen Schwarm Seehechte an der Brücke und eine ziemliche Menge Angler. Pop, Holly und ich hatten alle Hände voll zu tun, ihnen Köder zu verkaufen und Sandwiches und Getränke zu reichen. Ein Kombiwagen kam auf der Straße von Gulf City daher, der den größten und blitzendsten Wohnwagen als Anhänger hatte, den man sich denken kann. Unsere Brücke ist ein bißchen eng, und der Anhänger nahm so viel Platz weg, daß wir uns gegen das Geländer quetschen mußten, um ihn vorbeizulassen. Auto und Anhänger stoppten ein Stück hinter unserem Zaun. Zwei Burschen stiegen aus dem Kombiwagen, besichtigten das Gelände und stießen dann den Wohnwagen auf die Schalenaufschüttung zurück, so daß er parallel zur Straße und etwa fünf Meter davon entfernt stand. Dann machten sie das Auto los und parkten es rechtwinklig zu dem Wohnwagen.

Gerade um diese Zeit kriegten die Hechte 'nen Rappel und hielten uns ein paar Stunden in Atem. Es war zehn Uhr, als die Angler sich verabschiedeten und wir unsere neuen Nachbarn etwas näher in Augenschein nehmen konnten. Inzwischen hatten sich noch vier Autos neben dem ersten aufgestellt, das elektrische Licht brannte im Wohnwagen, und man konnte das Gemurmel von Stimmen hören.

»Pop«, sagte ich, »vielleicht sollten wir ihnen einen Besuch machen.«

»Wozu?« fragte Pop. »Vielleicht sind's Ausländer.«

»Was nennst du einen Ausländer?«

»Ein Ausländer ist jemand, die ich nicht kenne und nicht kennen will.«

»Pop, wenn du sie nicht kennst, wie kannst du dann wissen, daß du sie nicht kennen willst?«

»Ich brauche mein Köpfchen, Toby, und das könnte dir auch nichts schaden. Diese Leute ziehen neben uns ein, ohne auch nur anzuklopfen, also sind sie keine Nachbarn von mir, und wenn sie keine Nachbarn sind, sind's höchstwahrscheinlich Ausländer.«

Pop ist immer so mit neuen Leuten, bis er sie kennenlernt, darum fragte ich Holly, ob sie mit mir einen Besuch machen wolle.

»Nein, lieber nicht«, sagte sie. »Ich muß die Sachen für die Zwillinge fertigmachen, damit sie zur Schule gehen können.«

»Ich dachte, die Schule fängt erst übermorgen an.«

»Sie sind aber noch nie zur Schule gegangen, deshalb muß ich noch eine Menge fertigmachen.«

»Ich glaube, du willst die neuen Nachbarn auch nicht besuchen.«

»Ehrlich gesagt, ich habe das gleiche Gefühl wie Pop. Wir kennen sie nicht, und all diese Autos und Lichter sind etwas störend. Aber geh du nur, wenn du willst.«

Ich fragte Holly, ob sie was dagegen hätte, wenn ich Kaffee mitnähme, falls die Nachbarn welchen wollten. Sie sagte, sie hätte nichts dagegen, also machte ich einen Kessel heiß, füllte einen Karton mit Tassen und Löffeln, einem Büchsenöffner, Büchsenmilch und Zucker und machte mich auf den Weg zum Anhänger.

Als ich noch einige Schritte entfernt war, sprangen zwei Kerle aus dem Wohnwagen und packten mich bei den Armen. Einer von ihnen sagte: »Wohin soll's denn gehen, Bubi?«

Der andere sagte: »Raus mit der Sprache, Bubi.«

Ich hatte den Kaffeetopf in der einen und den Karton in der anderen Hand. »Vorsicht, Leute«, sagte ich, »ich verschütte sonst was.«

»Was zum Teufel hast du da?« fragte der eine, wobei er nach dem Kaffeekessel langte.

»Ja, zeig mal her«, sagte der andere, und griff in den Karton.

Es war dunkel, und die beiden Kerle wußten nicht, was sie taten, und ich hatte keine Zeit, dem einen zu sagen, daß der Kessel gerade vom Feuer kam, und dem anderen, daß der Büchsenöffner mit der Spitze nach oben in einer der Tassen steckte. Aber sie entdeckten es von selber. Der eine, der sich die Hand verbrannte, stieß ein Geheul aus, der andere, der sich in die Hand stach, stieß auch ein Geheul aus, und beide sprangen zurück.

»Er hat mich erwischt«, brüllte der Mann mit der verbrannten Hand.

»Gib acht auf sein Messer«, brüllte der Mann mit dem Stich.

»Leute«, sagte ich, »wenn ihr mir nur ein bißchen Zeit gelassen hättet...«

Die Tür des Wohnwagens wurde aufgeschoben. Ein dritter Mann kam rausgeglitten wie 'ne Katze und fragte: »Was gibt's? Was ist hier los?«

»Wir haben einen Mann erwischt, der muß mir Säure auf die Hand gegossen haben«, rief der eine. »Es brennt wie Feuer!«

»Vorsicht, Blackie!« schrie der andere. »Er hat mir mit einem Messer die Hand aufgeschlitzt!«

In dem aus dem Wohnwagen kommenden Lichtschein konnte ich sehen, wie sich der Mann duckte und etwas aus der Innentasche seines Anzugs holte. »Rühren Sie sich nicht«, befahl er mir mit leiser Stimme. »Los, einer von euch beiden. Haltet ihm 'ne Taschenlampe ins Gesicht, und laßt sehn, was es gibt.«

Der Bursche links von mir richtete den Schein seiner Taschenlampe auf mich, und ich sagte: »Kinder, wenn ihr alle einmal tief Atem holen wolltet und bis zehn zählen, dann kämen wir besser miteinander aus. Ich möchte hier keinen beleidigen, aber ihr springt zu, ehe ihr überhaupt wißt, ob es was gibt, das das Springen lohnt.«

Der Mann, den sie Blackie nannten, sagte: »Wenn er Säure spritzen und ein Messer ziehen kann, während er diesen ganzen Kram in den Händen trägt, dann ist es vielleicht besser, ich schmeiße euch zwei Armleuchter raus und stelle ihn an. Gebt mir das Licht, damit ich was sehen kann.« Er nahm die Taschenlampe, kam her zu mir und sah sich an, was ich in den Armen hatte.

»Ja, Al«, sagte er, »deine Säure ist nichts als ein Topf mit heißem Kaffee, und ich vermute, du hast dir was auf die Hand geschüttet. Und Carmine, das einzige Instrument, das er gegen dich gezogen haben kann, ist ein Büchsenöffner.«

Die beiden Kerle traten an mich ran und überzeugten sich selbst. Einer von ihnen sagte: »Warum hast du uns denn nicht gleich gesagt, was du da trägst, Bubi?«

»Ein Witzbold«, sagte der andere. »Aber wart nur, bis wir dich in Behandlung nehmen.«
»Liebe Freunde«, sagte ich. »Ich bin von nebenan und habe nur versucht, gute Nachbarschaft zu halten. Ihr habt mir nie die Chance gegeben, etwas zu sagen. Es tut mir aufrichtig leid, daß ihr euch verletzt habt.«
Al sagte: »Dieser Knabe ist nicht nur ein Bubi, sondern dazu noch feige. Hör doch, wie er winselt.«
»Ach, reg dich ab«, sagte Blackie. »Dieser Mann will nichts andres als Freundschaft schließen. Wie heißen Sie denn, guter Freund?«
»Toby Kwimper«, antwortete ich. »Pop und Holly und ich und die Zwillinge leben in dem Häuschen auf der andern Seite vom Zaun.«
»'n Abend Toby«, sagte er. »Ich bin Blackie Zotta. Ich würde Ihnen gern die Hand geben, aber da hätte ich vielleicht nicht mehr Glück als Al und Carmine. Al, du und Carmine, schert euch wieder in den Kombiwagen und laßt diesen Burschen hier in Frieden. Kommen Sie rein, und machen Sie die Bekanntschaft vom Boß.«
Ich folgte ihm in den Wohnwagen und bemerkte, daß er ein gutaussehender Mann war, der nur fünf bis sieben Zentimeter kleiner war als ich, aber nicht mehr als etwa hundertsechzig Pfund wog. Sein Haar sah aus, als behandelte er es mit schwarzer Schuhwichse; außerdem hatte er ein fadendünnes Schnurrbärtchen und eine Menge weißer Zähne, die er sozusagen im Freien trug. Aber etwas, das er nicht im Freien trug, war eine Schwellung unter der Anzugjacke, wo er vermutlich seinen Revolver hatte.
»Nette Einrichtung, was, Toby?« fragte er. »Lichtmaschine für die Elektrizität und was sonst noch dazugehört. Sehen Sie sich's an.«
Wir waren von außen in eine kleine Küche getreten, die

vorwiegend aus rostfreiem Stahl bestand; rechts davon befand sich ein Schlafzimmer mit zwei Betten. Links war eine Tür, hinter der ich Männerstimmen hörte. Erst forderte jemand einen Mann namens Little Joe auf, loszuschießen. Dann vernahm man nur Gemurmel, und jemand befahl einem Burschen, sich von Schlangenaugen fernzuhalten, denen man meiner Ansicht nach sowieso nicht gern zu nahe kommt.

Ich sagte: »Das ist wirklich hübsch, und Sie können gewiß gut darin leben, aber ich habe lieber ein Haus, das auf einem Fleck stehenbleibt und sich nicht im ganzen Land rumtreibt.«

»Man kann sich an alles gewöhnen«, meinte Blackie. »Ich will zugeben, daß ich ein Hotel mit hübscher Bedienung vorziehe, aber für den Notfall bin ich lieber in diesem Fluchthaus als im Zuchthaus. Das ist gut, was? Lieber in diesem Fluchthaus als im Zuchthaus.«

»Ja, das ist prima«, bestätigte ich. »Was soll es heißen?«

»Das – ach, Schwamm drüber. Ich hab' vergessen, daß ich hier auf dem platten Lande bin. Lassen Sie mich lieber den Boß holen, um Sie miteinander bekanntzumachen.«

Er klopfte an die Tür, die sich etwa einen Zollbreit öffnete. Ein Auge blickte uns an. »Jaa?« sagte der Boß.

»Wollt ihr da drin Kaffee?« fragte Blackie. »Rotkäppchen ist soeben eingetroffen mit einem Freßkörbchen.«

»Was zum Teufel quatschst du da?« erwiderte der Mann. »Ich kenne keine verkappten Roten. Wer ist der Clown da bei dir?«

»Das ist unser Hausnachbar. Er hat Kaffee mitgebracht, um uns eine Freude zu machen.«

Die Tür öffnete sich ganz, und ein kleiner, dicker Mann kam zum Vorschein. Er hatte kurze Hosen und ein Sporthemd an und war außer auf seiner Glatze derartig mit schwarzen Haaren bedeckt, daß man ihn für eine Roßhaarmatratze halten konnte, die an den Nähten geplatzt ist. »Hallo«, sagte er. »Ich bin Nick Poulos. Sie sind von dem Holzstapel da neben uns, wie? Sagen Sie, stimmt das, was man uns in Gulf City gesagt hat, daß dies hier eine Art Niemandsland ist? Ich meine, daß es niemandem gehört und keine Polente hier rumschnüffelt?«

Hinten im anderen Zimmer standen ein paar Männer um etwas rum, das aussah wie ein kleines Billard ohne Löcher. Einer von ihnen rief: »He, Nick, beeil dich, nimm die Knobel und wirf deinen Punkt, wir haben schließlich nicht die ganze Nacht Zeit.«

»Schnauze«, sagte Nick. »Wir haben die ganze Nacht Zeit.« Dann zu mir gewandt: »Na, wie steht's mit Polente?«

Ich erklärte: »Im vergangenen Frühjahr ist einmal die Verkehrspolizei hier gewesen, aber das war, bevor sie entdeckten, daß dieses Land nicht dem Staat gehört. Miss Claypoole, die Leiterin der Kreiswohlfahrtspflege, sagt, daß jetzt alles durcheinander ist und das Land nicht mal dem Kreis gehört.«

»Nick!« rief ein Mann aus dem Nebenzimmer.

»Ach, leck mich«, sagte Nick. »Blackie, quetsch ihn aus. Und verpaß ihm ein paar Scheine. Ich muß zum Spiel zurück.«

Er ging wieder rein und schloß die Tür.

»Er hat keinen Kaffee genommen«, sagte ich.

»Die wollen keinen Kaffee«, erläuterte Blackie. »Die sind beim Scotch. Aber wir beide trinken 'ne Tasse, was? Ich mache mir nichts aus den scharfen Sachen, wenn ich meine Augen offen halten muß. Ja, Toby, da haben Sie eben einen tollen Hecht kennengelernt. Den kleinen Nick Poulos. Nur reden Sie ihn lieber nicht mit Klein-Nick an.«

»Ich nenne ihn lieber Mr. Poulos.«

»Niemand nennt ihn so. Sagen Sie nur Nick zu ihm. Alle kennen ihn als Klein-Nick, aber er mag das nicht. Er hätte es lieber, wenn man ihn Groß-Nick nennen würde. Aber das kann man nicht einfach so verlangen, das muß man sich erst verdienen. Vielleicht schafft er's nochmal. Los, schenken Sie uns Kaffee ein, und erzählen Sie mir, wie dieser Laden hier läuft.«

Wir setzten uns also ganz nachbarlich zusammen, tranken Kaffee, und ich erzählte ihm, wie es gekommen war, daß wir uns hier bei der Brücke niederließen, und wie sich die Regierung gegen uns gewandt hatte. Als ich fertig war, sagte Blackie leise:

»Welch eine Goldgrube, Toby, Sie wissen gar nicht, was Sie hier haben. Ich und Nick und die Bande möchten vielleicht eine Zeitlang hier Aufenthalt nehmen. Sie hätten wohl nichts dagegen, wenn wir uns Ihrer etwas annähmen, wie?«

»Sicher nicht«, sagte ich, »Pop und Holly und die Jenkins und die Browns würden sich auch sehr freuen, wenn sie sich Ihrer annehmen könnten, denn dazu sind Nachbarn ja da.«

»Gewiß, wir arbeiten Hand in Hand. Sehen Sie, Toby, die Regierung hat sich gewissermaßen auch gegen uns gewandt. Ich will damit sagen, sie sind uns heiß auf der Spur. Wir hatten ein hübsches kleines Unternehmen an der Ostküste, aber der Boden wurde uns zu heiß unter den Füßen, weil die Krimis eine Routinerazzia veranstalteten. Nun ist Klein-Nick aber nicht gewillt, für eine Razzia stillzuhalten, selbst wenn sie nur zu Routinezwecken veranstaltet wird. Wir hatten ein paar schwere Kunden, die zum Spiel zu uns kamen, deshalb sind wir hergekommen, um etwas Ruhe und Frieden zu finden. Wir wollten ein Kasino in Gulf City aufmachen, aber die Jungen hier sind die großen Verhältnisse nicht gewöhnt und haben die Polente nicht genügend geschmiert, jedenfalls nicht für große Dinger, und so rieten sie uns, zu dieser Brücke zu ziehen, wo keiner uns stört. Was für 'ne Masche habt ihr denn hier, Toby? Bolita vielleicht?«

»Habe ich nie von gehört.«

»Es ist das kubanische Zahlenlotto.«

»Ich weiß mit Zahlen nicht gut Bescheid«, sagte ich. »Nur bis fünfmal acht.«

»Habt ihr 'ne Mondscheindestille?«

»Nein, da sind wir eigentlich meistens im Bett.«

»Ich meine, was treibt ihr für Kies. Wovon lebt ihr hier in der Gegend?«

»Meistens verkaufen wir Köder und verleihen Boote an Leute, die angeln wollen.«

»Toby, es sieht aus, als hätte Ihnen niemand Bescheid gestoßen. Ich meine, Sie reden nicht Tachles. Schön, das ist vielleicht die Front, die wir brauchen, um hier ein paar nette Spielchen aufzuziehen.«

»Ich liebe ein gutes Spiel über alles. Was spielt ihr Leute denn? Fußball?«

»Klein-Nick nimmt vielleicht auch mal Wetten für ein großes Fußballspiel an, wenn's ihm in die Augen sticht. Aber meistens ist's Roulette oder Poker oder Einundzwanzig oder Knobeln. Wenn man Abwechslung will, bin ich immer für Knobeln, so wie's hierzulande gespielt wird.«

»Das ist aber ein merkwürdiges Spiel«, sagte ich. »Die Jungen meiner Einheit in Fort Dix haben immer eine Decke ausgebreitet und nächtelang geknobelt. Dabei hat es immer einen Mann namens Klein-Joe in dem Spiel gegeben, aber man konnte ihn nie zu Gesicht kriegen. Als ich herkam und die Männer im Nebenzimmer mit Klein-Joe sprechen hörte, hätte ich gleich wissen sollen, daß sie beim Knobeln waren.«

Blackie sah mich etwas seltsam an und sagte: »Klein-Joe ist eine Zahl beim Würfelspiel. Vier. Sie haben wohl in Fort Dix niemals mitgespielt. Stimmt's?«
»Oh, nein. Diese Jungen betrieben ja ein Glücksspiel, und ich war nicht sicher, ob so etwas richtig ist.«
»So so. Sagen Sie, Toby, als Sie fragten, ob wir Fußball spielen, was meinten Sie damit?«
»Ich habe ganz gut in der Schule gespielt«, sagte ich. »Ich warf, rannte mit dem Ball und brachte den Gegner zu Boden, wenn der den Ball hatte.«
»Aha. Na, das wird bestimmt interessant, wenn wir hier unsren Betrieb aufmachen. Um uns Ihrer anzunehmen, brauchen wir wahrscheinlich nur hin und wieder mal 'ne Schokoladenschachtel mitzubringen. Danke für den Besuch, Toby, und Dank auch für den Kaffee. Ich seh' Sie morgen im Laufe des Tages.«
Ich sagte, ich würde ihn wohl auch sehen, verließ den Wohnwagen und ging an dem Kombiwagen vorbei. Al und Carmine saßen auf dem Vordersitz. Ich blieb stehen, um mich zu versichern, daß wir gute Freunde seien. »Hallo, Leute«, sagte ich, »Blackie und ich haben den Kaffee nicht ganz ausgetrunken. Es ist für euch noch welcher übrig, wenn ihr Lust habt.«
Al sagte zu Carmine: »Macht der Witze?«
Carmine meinte: »Ich glaube nicht, daß er den Nerv hat.«
»Er ist nicht mehr so brühheiß, wie er war«, erklärte ich, »aber manche mögen ihn auch warm.«
Al sagte: »Ich hätte nicht gedacht, daß selbst ein Bubi so dumm sein könnte, aber vielleicht habe ich noch nicht genügend mit Bubis zu tun gehabt.«
Carmine sagte zu mir: »Warum machst du nicht Beine, solange deine Glückssträhne noch anhält?«
»Komisch, daß Sie das gleich bemerkt haben«, erwiderte

ich, »denn ich habe immer Glück gehabt, und alles hat sich für mich immer zum Guten gewendet.«

Al sagte zu Carmine: »Wie lange kannst du das mitanhören?«

Carmine entgegnete: »Solange Blackie sagt, wir sollen ihn laufen lassen. Aber vielleicht sollten wir ihm mal zeigen, wieviel Glück er tatsächlich hat.« Er nahm etwas aus seiner Tasche, steckte es an seine rechte Hand und langte über Al hinweg: »Hast du das schon mal gesehen, Bubi?« fragte er mich. Ich sah mir das knotige Eisending an, das er an seiner rechten Hand trug und sagte: »Das ist der größte Haufen Ringe, der mir je begegnet ist.«

»Man nennt das Schlagring«, erklärte Carmine.

Al fischte auch was aus seiner Tasche, hielt es mir hin und sagte: »Und das ist dein Glück bei mir. Das nennt man Totschläger.«

»Eines Tages«, meinte ich, »könntet ihr mir vielleicht mal zeigen, wozu die da sind.«

Carmine sagte: »Sowie Blackie das Signal gibt.«

Al sagte: »Da, probier mal den Totschläger, ob er dir gefällt.«

Ich stellte den Kaffeetopf und den Karton auf die Erde und nahm den Totschläger, den er mir hinhielt. Er hatte einen Ledergriff und war nur etwa zwanzig Zentimeter lang, aber viel schwerer, als ich gedacht hatte. Ich schwang ihn ein bißchen. Das Ende war elastisch statt steif, wie ich erwartet hatte, und es tut mir leid, sagen zu müssen, daß Als Finger gerade dort auf der Wagentür lagen, wo ich den Totschläger schwang. Er schwippte runter und schlug ihm auf die Finger, worauf Al in ein noch lauteres Geheul ausbrach als vorher, wie er den Kaffeetopf angefaßt hatte.

Er riß mir den Totschläger mit der anderen Hand weg

und kreischte: »Jetzt reicht's mir aber! Es ist mir schnurz, ob Blackie –« Dann hielt er inne, drehte sich zu Carmine um, der ein lautes Gelächter ausstieß, und schrie: »Du findest das wohl komisch?«
»Ja, ich finde das komisch«, erwiderte Al. »Erst der heiße Kaffee und dann der Totschläger. Hahahahaha!«
Al schnickte den Totschläger nur mal kurz nach Carmines Kopf, der aufbrüllte und Al mit der Hand schlug, die den Schlagring trug. Im nächsten Augenblick waren sie im Auto miteinander verfilzt und zeigten mir, wozu man Schlagring und Totschläger gebraucht; und das sind anscheinend Gegenstände, denen man am besten aus dem Wege geht. Blackie kam aus dem Wohnwagen gerannt und trennte sie schließlich, was nicht mehr sehr schwierig war, weil sie um diese Zeit beide schon ein bißchen angeschlagen waren. Ich erzählte ihm, was passiert war, und fragte, ob ich ihm beim Verbinden behilflich sein solle. »Türmen Sie lieber«, sagte er. »Türmen Sie. Noch ein bißchen Hilfe von Ihnen, und ich habe meine beiden Muskeljungen eingebüßt.«
Ich tat, was er sagte, denn ich sah ein, daß jemand, der sich Muskeljungen hält, nicht erfreut sein kann, wenn Leute des Wegs kommen und sie strapazieren.
In der nächsten Woche sahen wir nicht viel von unsern neuen Nachbarn. Am Tage waren wir vollauf beschäftigt mit dem Köder- und Bootsgeschäft, sowie mit unserer Hilfe für die Browns, die noch an ihrem Häuschen bauten; außerdem waren Blackie und Klein-Nick meistens am Tage in ihrem Wohnwagen und schliefen. Nachts waren sie dagegen auf, aber dann hatten sie immer Besuch, und ich wollte nicht wieder rübergehen und Al und Carmine zur Last fallen.
Nach etwa einer Woche jedoch stand Blackie einmal ziem-

lich früh auf, um uns zu besuchen. Nachdem ich ihn Pop und Holly vorgestellt hatte, sagte er: »Klein-Nick und ich haben diesen Platz hier ausprobiert und gefunden, daß er so gut ist, wie man sich nur wünschen kann. Wir haben vor, hier zu bleiben. Ich nehme an, Sie haben nichts dagegen.«

»Es ist freies Land«, sagte Pop mürrisch.

»Ja, das ist mir klar«, sagte Blackie. »Nick und ich haben einen Anwalt dahinter gehetzt. Aber in gewisser Weise habt ihr Leute hier Erstlingsrechte, obgleich niemand wissen kann, ob sie vor Gericht stichhaltig wären. Wir wollen uns nur vergewissern, daß ihr nichts dagegen habt.«

Pop sagte: »Ihr Männer seid hierhergekommen ohne Gruß und Wort, und ich habe nichts gesagt. Und jetzt sage ich immer noch nichts. Ihr könnt tun, was ihr wollt.«

»Schön«, sagte Blackie. »Wir werden versuchen, Ihnen nicht ins Gehege zu kommen. Nun habe ich hier ein kleines Schriftstück, daß Sie nichts dagegen haben, wenn wir neben Ihnen einziehen. Alles, was Sie dabei tun müssen ist, Ihren Namen schreiben, und das bringt Ihnen hundert Piepen ein.«

Pop sagte: »Ihr Leute könnt bleiben oder nicht, wie es euch paßt, aber ich habe nicht vor, das Schriftstück zu unterzeichnen.«

»Auch gut«, sagte Blackie. »Dann lassen wir's einfach liegen. Was wir tun wollen, ist nebenan ein Häuschen aufbauen. Der Wohnwagen wird zu eng. Also wundern Sie sich nicht, wenn morgen ein paar Arbeiter hier erscheinen.«

Nach Blackies Ankündigung hätte es uns nicht gewundert, wenn am nächsten Tag ein paar Arbeiter erschienen wären. Aber es waren nicht nur ein paar. Erst kamen Lastwagen mit Ladungen von Bauholz und Pfählen. Dann

ein Bulldozer. Dann eine große Maschine, die ein Loch in den Muschelsand grub, einen Pfahl hochhob und ihn in das Loch rammte. Dann eine Rotte Zimmerleute, die das Skelett eines Hauses auf den Pfählen aufführte. Dann erschien ein Bagger in der Meeresenge, der einen Kanal zu Klein-Nicks und Blackies Haus aushob. Dann kam ein Kahn mit einem Rammklotz, der Pfähle für einen Landungssteg einsetzte. Drei bis vier Tage später kannte man den Platz fast nicht wieder.
Pop murrte oft über die ganze Geschichte. Am meisten ärgerte er sich über den Zaun. Er hatte sich doch den kleinen Zaun aus Cajeputzweigen an der Vorderfront und an den Seiten unseres Grundstücks gebaut, aber schon am ersten Tag muß der Mann, der den Bulldozer steuerte, sich im Gelände geirrt haben, denn er walzte den Zaun zwischen unserem und ihrem Grundstück nieder. Blakkie kam zu uns rüber und sagte, es tue ihm furchtbar leid, aber wir sollten uns keine Sorgen machen, denn er würde sich darum kümmern, daß wir einen weit besseren Zaun bekämen. In gewisser Weise hielt er auch sein Wort. Nur war es kein Cajeputzaun, sondern einer von diesen schweren Drahtzäunen, die man zwischen Fabriken errichtet. Er verlief zwischen uns und ihnen, dann an ihrer Vorderfront entlang und an der anderen Seite bis zum Wasser. So war's denn schließlich doch mehr ihr Zaun als unsrer. Und wenn man sich die Sache genauer betrachtete, konnte man feststellen, daß sie vermittels ihres Zaunes drei Meter näher an uns rangerückt waren. Ich fing einmal an, Blackie zu sagen, daß sie mit ihrem Zaun auf unser Land übergegriffen hätten, aber das machte ihn nur traurig, weil er glaubte, uns gefiele der neue Zaun nicht, und deshalb bestand ich nicht weiter darauf.
Den Tag, an dem ich mit ihm sprach, waren keine Arbei-

ter auf seinem Gelände, weil einer der Septemberstürme von Gulf zu uns rüberkam. Als wir also genug über den Zaun geredet hatten und ich ihn darüber beruhigt hatte, daß er uns ganz gut gefiel, nahm er mich in den Wohnwagen mit und zeigte mir die Pläne für sein neues Haus. Es sollte einstöckig werden mit einem Büro, Küche, Schlafzimmer, einer Bar und einem großen Raum zum Spielen.

»In dieser Jahreszeit stecken wir nicht viel Geld in das Unternehmen«, sagte Blackie. »Wollen erst mal sehen, wie sich's anläßt. Wenn wir mit den Wintergästen gut zurechtkommen, bauen wir nächstes Jahr vielleicht einen wirklich großen Betrieb mit einem Restaurant und einem Nachtlokal auf Pfählen über dem Wasser, sowie einem Hafen für Segelyachten.«

»Die Spiele, die Sie hier veranstalten«, fragte ich, »haben Sie da auch vor, Wetten abzuschließen und dergleichen?«

»Selbstverständlich. Die Leute wollen für ihr Moos auch ein bißchen Nervenkitzel haben.«

»Aber Blackie, das ist Glücksspiel, und da gibt es Gesetze gegen.«

»Keine Angst. Das ist doch kein Staatsland hier?«

»Das nicht, aber...«

»Wenn es nicht Staatsland ist, dann gelten auch nicht die Staatsgesetze. Und Sie geben doch selbst zu, daß es auch kein Kreisland ist, oder nicht?«

»Das schon, aber...«

»Dann gelten also auch die Kreisverordnungen hier nicht. Daher ist ein bißchen freundschaftliches Glücksspiel durchaus gestattet.«

»Man muß Ihnen lassen, daß Sie sich das klug ausgedacht haben«, sagte ich. »Ich nehme also an, daß Glücksspiel hier in Ordnung ist, und will nichts mehr darüber sagen.«

»Ich dachte mir, daß Sie sich unserm Standpunkt anschließen werden.«

»Da ist aber noch eins, Blackie. Gegen Ende Oktober haben wir auf unserm Land sechs Monate lang ein Gebäude stehen und können unsre Anwartschaft auf das Eigentum geltend machen. Möglicherweise wird dadurch dieses Land zu Kreisland, und damit gelten hier dann auch die Kreisverordnungen.«

Blackie fuhr hoch und fragte: »Wie war das nochmal?«

»Als wir herkamen«, erklärte ich, »wollte uns die Regierung von hier vertreiben, aber Pop erfand ein Gesetz, das es ihnen verbot, weil es kein Staatsland war und wir es besiedelt hatten. Es stellte sich raus, daß Pop recht hatte, obgleich er das Gesetz mit achtzehn-null-zwo angab statt mit achtzehn-zwanzig. Das Gesetz besagt, daß man einen Bau auf unvergebenem Land unterhalten und darauf sechs Monate leben muß, bevor man sein Eigentumsrecht anmelden kann. Wenn man dann noch achtzehn Monate darauf wohnen bleibt, wird man Eigentümer. Das wichtige ist, daß man die ganze Zeit auf dem Land leben und darauf ein Gebäude unterhalten muß. Im vorigen April, gegen Ende des Monats, hat Pop bei Gericht einen Antrag gestellt, in dem steht, daß wir auf diesem unvergebenen Land wohnen, darauf einen Bau stehen haben und mit unseren sechs Monaten anfangen. Gegen Ende des nächsten Monats wird Pop dann die Anwartschaft anmelden.«

»Verflucht«, sagte Blackie. »Das muß Klein-Nick zu hören kriegen.« Er ging ins Schlafzimmer des Wohnwagens, weckte Klein-Nick, der sich anzog und rauskam, und ließ mich die ganze Geschichte noch einmal erzählen.

»Rückt die Sache in ein neues Licht, nicht wahr, Nick?«

»Das hier ist die großartigste Masche, die je erfunden

worden ist«, sagte Klein-Nick, »und da laß' ich mir von niemand in die Suppe spucken. Gehn wir rüber und sprechen mit dem Alten von diesem jungen Mann.«
Blackie fragte: »Hast du was Handfestes vor?«
»Wir erledigen es in Güte, wenn wir können.«
Draußen regnete es noch nicht, aber der Wind blies schon ziemlich heftig, und Pop war über die Straße bei den Browns, um sich zu überzeugen, daß ihr Haus auch dem Regen widerstehen konnte. Er wollte eigentlich nicht von dort weg, aber Klein-Nick und Blackie bearbeiteten ihn, er solle doch zu einem Gespräch in unser Haus kommen, und Pop gab schließlich nach.
Nachdem wir uns in unserem Haus hingesetzt hatten, sagte Klein-Nick zu Pop: »Ihr Sohn hier sagt, daß Sie Ende des nächsten Monats einen Antrag auf dieses Land stellen wollen.«
»Ja, stimmt«, sagte Pop.
»Sie machen da einen großen Fehler«, erklärte Klein-Nick. »Das würde das Land unter die Kontrolle der Kreisverwaltung bringen. Dann haben wir hier Polizei, und wer weiß was sonst noch.«
»Ich habe nichts gegen die Polizei«, sagte Pop.
»Ich habe auch nichts gegen sie«, behauptete Klein-Nick. »Einige meiner besten Freunde sind bei der Polizei. Aber zuweilen will die Polizei nicht gut Freund sein und mischt sich in fremde Angelegenheiten. Wir wollen also nicht in ein Wespennest stechen. Stellen Sie Ihren Antrag lieber nicht.«
»Es ist sehr nett von Ihnen, mich zu warnen«, sagte Pop. »Aber ich werde den Antrag auf alle Fälle stellen. Die Erklärung, die ich beschworen und bei Gericht hinterlegt habe, besagt, daß dies hier Tobys Land sein wird, und ich ihm ein Stück Land gebe, das er sein Eigen nennen kann.

Er kann es aber kaum sein Eigen nennen, wenn er keine richtige Anwartschaft darauf besitzt.«

Klein-Nick griff in seine Tasche, brachte einen großen Packen Geld zum Vorschein und fing an, Scheine zu zählen.

»Ich will die Sache so gütlich regeln wie möglich«, sagte er. »Hier sind zweitausend Dollar. Blackie und ich wollen Ihnen Ihr Grundstück abkaufen.«

Pop erwiderte: »Wir haben schon einmal zweitausend Dollar in dieses Land gesteckt, die Toby sich von der Bank geliehen hat, unsere eigene Arbeit nicht gerechnet.«

Klein-Nick zählte noch mehr Scheine auf. »Ich mache es, fünftausend«, sagte er.

Blackie sagte: »Hier sind fünftausend Dollar. Das ist ein guter Preis.«

»Mir gefällt's hier«, sagte Pop. »Ich habe nicht die Absicht zu verkaufen.«

Blackie sagte: »Ich denke, Sie sagten, Sie wollten das Land für Toby beanspruchen. Vielleicht sollten wir auch mal seine Meinung hören.«

»Oh, ich stehe zu Pop.«

»Ich könnte mich dazu herbeilassen«, erklärte Klein-Nick, »dies Land für fünftausend zu kaufen und Ihnen gleich wieder zu, sagen wir, zehn Dollar im Monat zu verpachten. Auf diese Weise bleiben Sie hier wohnen und kriegen doch Ihr Geld.«

»Aber dann wäre es nicht mehr unser«, sagte Pop. »Ich lasse mich nicht umstimmen, darum hat es keinen Zweck, weiter darüber zu sprechen. Ich muß zurückgehen und den Browns helfen.«

Pop ging wieder über die Straße, während Klein-Nick sein Geld an sich nahm und es anstarrte, als hätte es ihn im Stich gelassen.

»Bitte«, sagte er, »ich hab's redlich versucht.«
Blackie sagte: »Ich hab' dich damals gleich gewarnt, die Sache mit dem Zaun wird ihn auf die Palme bringen. Was machen wir nun?«
Klein-Nick stand auf und stampfte in unserem Häuschen auf und ab, als wolle er den Boden ausprobieren; zugleich musterte er die Wände. »Das ist nicht sehr solide gebaut«, meinte er, »es schwankt auf den Pfählen. Vielleicht wäre es gescheit von euch, wenn ihr diesen Kasten verkaufen würdet, solange ihr könnt. Wenn es nämlich umfiele, dann könntet ihr den Anspruch auf das Land Ende des nächsten Monats nicht mehr geltend machen, weil nämlich euer Gebäude nicht die ganzen sechs Monate gestanden hätte.«
»Ach, das hat bis jetzt ganz gut gestanden«, sagte ich. »Und außerdem haben wir's durch einen Bretterweg mit dem Abort verbunden, und der steht felsenfest und auf größeren Pfählen, als wir unter dem Haus haben.«
»Ich mache mir trotzdem Sorgen«, sagte Klein-Nick. »Sehen wir doch draußen mal nach.«
Wir gingen raus, wo Klein-Nick überall unter unserm Haus und Abort rumtrampelte, mit dem Fuß gegen die Pfähle trat und die Fußbodenbretter untersuchte. Er schüttelte immer noch den Kopf. »Sehen Sie sich das mal an«, sagte er und deutete aufs Wasser und zum Himmel. »Das ist ein ziemlicher Sturm, der da aufkommt. Wenn Sie jetzt Ihr Land verkauften, brauchten Sie sich keine Sorge zu machen, daß es eventuell vom Sturm umgeblasen wird.«
»Es ist wirklich sehr freundlich von Ihnen, daß Sie sich wegen uns den Kopf zerbrechen«, sagte ich. »Aber das wird nur ein regelrechter Golfsturm und kein sogenannter Wirbelsturm, und unser Haus wird's schon aushalten.«

Klein-Nick sagte zu Blackie: »Ich hab's nochmal redlich versucht, oder nicht?«
»Aber leider ist der Wink auf der Gegenseite nicht angekommen«, meinte Blackie.
Ich sagte: »Ihr wart sehr freundlich, daß ihr euch um uns so viel Gedanken gemacht habt; da möchte ich mich auch gern dankbar erweisen. Es ist nicht unser Haus, das wahrscheinlich durch diesen Sturm bedroht ist, sondern euer Kahn mit dem Rammklotz für den Landungssteg. Wenn sich dieser Kahn im Sturm losreißt, könnte er leicht sinken und würde dadurch die Arbeit an eurem Steg aufhalten. Oder er könnte an Land geschleudert werden und die Pfähle umstoßen, die er schon eingerammt hat.«
Klein-Nick zuckte die Achseln: »Man braucht ein großes Motorboot, um das Ding zu schleppen, und die Leute, denen der Kahn gehört, sind mit dem Motorboot nach Gulf City zurückgefahren. Wir können ihn nicht fortbewegen.«
»Ihr könnt ihn dicht an Land holen, falls die Wellen da draußen zu hoch gehen«, sagte ich. »Oder wenn sich der Wind dreht und das Wasser vom Strand wegdrückt, so daß es zu flach wird und der Kahn auf Grund schlägt, könntet ihr ihn wieder rauslassen.«
»Ich weiß nicht, wie zum Teufel jemand diesen Kahn hin- und herschleppen sollte«, erklärte Klein-Nick.
»Die haben doch eine Winde auf dem Kahn und einen kleinen leicht zu bedienenden Benzinmotor, der die Winde treibt«, sagte ich. »Ich habe sie dabei beobachtet. Die machen's folgendermaßen: sie binden ein Tau an einen der kleinen Pfähle, die sie für den Landungssteg eingerammt haben, und winden damit den Kahn zum Strand, bis sie nahe genug sind, um weitere Pfähle einzurammen. Dann haben sie aber noch zwei große Pfähle da draußen, wo der Kahn jetzt vor Anker liegt, und sie tüdern ein

dickes Tau an diese äußeren Pfähle und winden den Kahn zurück, wenn sie hier fertig sind.«

Blackie sagte: »Das fängt an, mich zu interessieren.«

»Das einzige ist«, sagte ich, »die Pfähle vom Landungssteg sehen ein bißchen zu schmächtig aus, um das Aufwinden auszuhalten, wenn Sturm und hoher Wellengang sind. Ihr solltet also ein dickes Seil um die großen Pfähle eures Hauses schlingen, die eine ganze Menge Belastung aushalten können.«

Daraufhin sah Klein-Nick Blackie an, und Blackie sah ihn an. »Herz, was willst du mehr?« sagte Klein-Nick.

»Ich würd's nicht glauben, wenn ich's nicht mit meinen eigenen Ohren gehört hätte«, sagte Blackie.

»Vielen Dank auch«, sagte Klein-Nick zu mir. »Wenn der Sturm heute nacht viel stärker wird, dann tun wir das vielleicht. Könnten wir uns dann eins von euren Ruderbooten leihen, damit wir im Notfall zum Kahn gelangen können?«

»Ja selbstverständlich«, erwiderte ich. »Ich geb's Ihnen sogar umsonst.«

»Und Sie wollen Ihr Grundstück nicht verkaufen?«

»Ich glaube nicht.«

»Ich hab' wirklich alles versucht, um nett zu sein«, sagte Klein-Nick zu Blackie. »Gehen wir zurück und sehen zu, ob Al und Carmine einen Benzinmotor und eine Winde bedienen können.«

In dieser Nacht fing der Wind wirklich an zu blasen. Als wir die Zwillinge zu Bett gebracht hatten, gingen Pop, Holly und ich rüber zu den Browns, um ihnen Gesellschaft zu leisten und uns zu vergewissern, daß ihr Haus dem Wetter standhielt. Gegen elf Uhr blies der Südwestwind etwa fünfzig Kilometer die Stunde, und ich ging runter zu unserem Landungssteg, um zu sehen, ob die

Boote genug Wasser hatten. Sie waren alle fest und sicher außer einem, das nicht da war, aber als ich zur Enge hinausblickte, sah ich Licht auf dem Kahn und schloß daraus, daß die Leute nebenan das Ruderboot ausgeliehen hatten, um zum Kahn zu gelangen. Als ich vom Steg fortging, stolperte ich in der Dunkelheit über etwas. Es war ein schweres Tau, etwa sieben Zentimeter im Durchmesser. Ich nahm es in die Hand, zog daran und merkte, daß es nicht lose rumlag. Ein Ende führte ins Wasser in die Richtung, wo der Kahn vor Anker lag. Das andere ging den Strand hoch zu unserem Haus.

Ich folgte ihm und entdeckte, daß es an einem der Pfähle unseres Hauses, und zwar hoch oben, festgemacht war, sich dann um einen unserer Bodenbalken wand und zu dem Pfahl auf der anderen Seite führte. Dort war es mit einem anderen dicken Tau verknotet, das um die Pfähle unseres Aborts und einen der Bodenbalken geschlungen war, bis es über den Strand wieder ins Wasser führte.

Auf die Weise wußte ich natürlich, daß die Leute von nebenan die dicken Taue benutzen wollten, um den Kahn dichter an Land zu bringen, falls das nötig werden sollte. Das war ungefähr das, was ich Klein-Nick und Blackie geraten hatte, nur daß ich gesagt hatte, sie sollten ihre eigenen Pfähle benutzen. Es war ja nichts dagegen einzuwenden, daß sie unsere Pfähle benutzten, bloß gab es da eine Kleinigkeit, die sie wahrscheinlich nicht bedacht hatten, weil sie sich mit Booten nicht gut auskannten. Wenn sie den Kahn geradenwegs zu ihrem Haus einholten, stand der Bug des Kahns genau senkrecht zu den Wellen. Wenn sie ihn aber zu unserem Haus einholten, dann wurde der Kahn seitlich weggedrückt, und wenn die Wellen groß genug wären, mußte er viel Wasser übernehmen und vollschlagen.

Ich wußte nicht, wann sie anfangen wollten, zu winden, und verlor deshalb keine Zeit. Ich löste den Knoten der beiden schweren Taue, holte sie von unseren Balken und Pfählen runter und schleppte sie zum Strand. Dann zog ich sie um das Ende des neuen Zaunes, der zwischen ihrem und unserem Land verlief. Es war keine leichte Arbeit, diese beiden schweren Taue mitzuzerren, es war so, als lotse man zwei Elefanten an ihrem Rüssel hinter sich her. Aber schließlich erreichte ich es, daß die Taue geradenwegs vom Kahn zu Klein-Nicks und Blackies Haus liefen, und verknotete sie da sehr fest an einigen von ihren Balken und Pfählen.

Danach war ich ziemlich außer Puste und setzte mich erst mal hin, um wieder Luft zu kriegen, bevor ich den Leuten auf dem Kahn erzählte, was ich getan hatte. Während ich da saß, hörte ich den kleinen Benzinmotor auf dem Kahn lostuckern. Ich versuchte, den Leuten auf dem Kahn zuzurufen, daß die Taue jetzt anders vertüdert seien, aber sie waren vielleicht dreißig Meter oder mehr draußen auf dem Wasser und konnten mich bei dem Geräusch des Motors und gegen den Wind, der von ihnen zu mir blies, nicht hören. In dem Augenblick begannen sich auch schon die Taue zu straffen, da die Seilwinde sie aufrollte. Ich mußte irgend jemanden in Kenntnis setzen, daß die Taue neu befestigt waren, denn wenn sie richtig straff saßen, befanden sie sich dicht über dem Erdboden und konnten einen verletzen, der in der Dunkelheit dagegen lief.

Das neue Gebäude war noch nicht annähernd bezugsfertig, sondern bestand nur aus Balkenskelett und Fußboden; deshalb wohnten Klein-Nick und Blackie noch im Wohnwagen. Ich ging also dahin, um zu berichten. Blackie kam an die Tür, als ich klopfte, und ich berichtete ihm.

Blackie sah regelrecht verdutzt aus. Er fuhr herum und

schrie: »Nick! Nick! Der Clown von nebenan hat die Taue von seinem Haus zu unserem umgelegt.«
Klein-Nick kam angewatschelt, nur mit Hose und Unterhemd bekleidet, was eigentlich kaum genug war, um einen Mann beim Südweststurm an der Golfküste warmzuhalten, aber das viele Haar an seinem Körper war fast so gut wie ein schwarzer Sweater unter dem Unterhemd.
»Nein, wirklich?« fragte Klein-Nick. »Wenn sich die Dinge so entwickeln, müssen wir vielleicht doch ein bißchen klarere Verhältnisse schaffen.«
Blackie faßte in seine Jacke und sagte: »Ja, Toby, diesmal sind Sie etwas zu klug gewesen.«
Ich wurde ein wenig rot, weil er so was Nettes von mir sagte, und erwiderte:
»Ja, ich glaube auch, daß ich klug gehandelt habe. Ich wußte, wenn sie den Kahn zu unserem Haus einholten, würde er sich seitwärts drehen und bei dem Seegang vielleicht vollschlagen. Es braucht einen geraden Zug in Richtung auf Ihr Haus, damit der Kahn genau mit den Wellen läuft.
Blackie kratzte sich ein paar Sekunden, weil ihn etwas unter der Jacke juckte. »Nick«, sagte er, »wir haben die falsche Witterung.«
»Ja, sieht so aus«, sagte Klein-Nick. »Ruf doch schnell mal zu Al und Carmine rüber. Die können den Motor jetzt jeden Augenblick anwerfen.«
Ich sagte: »Die haben ihn schon angelassen. Ich habe versucht, ihnen zuzurufen, aber der Motor hat so viel Krach gemacht, und zudem wehte der Wind in der falschen Richtung.«
»Verdammt!« brüllte Blackie. »Schnell, Nick!«
Er und Nick kamen so schnell rausgeschossen, daß sie mich fast umgerannt hätten, liefen um den Anhänger und runter

zu den Pfählen ihres Hauses. Als ich dort anlangte, mühten sie sich mit den Knoten, die die beiden Taue miteinander verbanden.
Ich beruhigte sie und sagte: »Ihr braucht keine Sorge zu haben, daß die Knoten aufgehen, denn ich habe sie ganz fest angezogen.«
»Himmeldonnerwetter«, schrie Blackie, »wir versuchen gerade, diese Knoten wieder aufzumachen.«
»Wozu denn, Blackie? Diese Taue sind doch nun gespannt, und wenn sie sich lockern, könnt ihr den Kahn nie mehr einholen.«
»Uns ist gerade was eingefallen«, schrie Blackie. »Wir haben vergessen, Al und Carmine einzuschärfen, daß sie erst die Taue losmachen, die den Kahn mit den zwei großen Pfählen auf der anderen Seite verbinden. Der Kahn kanr sich nicht bewegen, und sie straffen nun alle Taue zur gleichen Zeit. Sehen Sie zu, ob Sie nicht diese verfluchten Knoten aufkriegen!«
Ich machte mich also an die Arbeit, denn wenn die Spannung immer größer wurde, mußte früher oder später eins der Taue reißen, und diese starken Taue kosten viel Geld. Ich probierte und probierte, aber ohne Erfolg. Die Knoten waren gleich zu Beginn zu gut geschürzt, und jetzt mit der Spannung waren sie hart wie Felsbrocken. Die Taue begannen vor sich hin zu singen, da der Wind auf ihnen spielte wie auf einem dreißig Meter langen Banjo.
»Hol ein Messer«, kreischte Nick. »Hol 'ne Axt oder sonstwas! Wir haben keine Zeit mehr zu verlieren!«
»Ich hab' was Besseres«, rief Blackie.
Er griff in seine Jacke, zog einen Revolver, zielte auf eins der Taue und drückte ab. Ich weiß nicht, ob er überhaupt traf, denn es ist 'ne ziemliche Leistung, ein sieben Zentimeter dickes Tau zu treffen, das im Sturm vibriert, aber

selbst wenn er traf, machte es keinen sichtbaren Eindruck auf das Tau.
»Du bist ein lahmer Schütze«, höhnte Klein-Nick.
»Das ist dies lausige Kaliber zweiunddreißig«, gab Blackie zurück. »Ich hab' mit jedem Schuß getroffen.«
»Halt's Maul und hol die Maschinenpistole«, schrie Klein-Nick. »Wir haben nur noch Sekunden. Wir ...«
»Weg!« schrie Blackie. »Jetzt kommt die Bescherung!«
Erst da merkte ich, worüber sie sich so aufregten. Über unseren Köpfen erhob sich ein Jaulen, als hätte jemand einigen hundert Katzen auf den Schwanz getreten. Das waren die Nägel, die aus den Balken des Hauses gezogen wurden. Dann hörte man ein anhaltendes lautes Krachen, worauf sich das Haus bäumte und von den Pfählen sprang. Wenn wir nicht alle rechtzeitig davongestürzt wären, hätten wir uns die Bretter gegenseitig aus dem Hirnkasten ziehen können.
Draußen in der Bucht mußten Al und Carmine gemerkt haben, daß etwas schief gegangen war, als die Taue plötzlich nachgaben, denn das Knattern des Windenmotors hörte auf. Wir drei an Land standen eine Weile da, und man hörte keinen Laut als das Pfeifen des Windes.
»Leute«, sagte ich, »das ist allein meine Schuld.«
Blackie sah seinen Revolver an und sagte: »Ich wünschte, ich hätte nicht alle meine Bohnen verschossen.«
»Laß sein«, sagte Klein-Nick.
»Ich habe nichts weiter gewollt«, erklärte Blackie, »als mir selbst 'ne Kugel durch den Kopf schießen.«
Ich sagte: »Mein Fehler war, daß ich die Taue hoch oben an die Pfähle gebunden habe und außerdem noch um eure Balken. Das hat der Winde 'ne Menge Hebelkraft gegeben. Hätte ich die Taue am Boden befestigt, wie es sich gehörte, dann wäre die Hebelkraft lange nicht so groß ge-

wesen, und die Taue wären statt dessen zerrissen. Ich habe einfach nicht nachgedacht, sondern nur nachgemacht, wie ihr die Taue um unsere Pfähle und Balken befestigt habt, ohne mir zu überlegen, ob das richtig oder falsch war.«

»Es ist nicht Ihre Schuld«, sagte Blackie. »Das Ganze liegt daran, daß Al und Carmine nicht die Taue an den zwei großen Pfählen hinter dem Kahn gelockert haben. Ich und Klein-Nick werden die beiden eine ganze Woche lang ohne Nachtisch zu Bett schicken.«

Klein-Nick fragte: »Was soll das eigentlich heißen, daß du mich hier als Klein-Nick bezeichnest? Ich verbitte mir das.«

Blackie sagte: »Es war nur eine der Gedankenschwächen, die du und ich in letzter Zeit zu entwickeln scheinen. Was nun, probieren wir noch mal?«

»Nicht dasselbe«, sagte Nick. »Nicht für mein Geld. Das ist ein Blatt, das nicht sticht, verstehst du? Ich habe vor Jahren gelernt, nie auf ein Blatt zu wetten, das nicht sticht. Schlucke den Verlust, und warte auf die nächste Runde.«

Er wandte sich an mich und sagte: »Verraten Sie übrigens niemand, wie das hier passiert ist.«

»Na meinetwegen«, sagte ich. »Aber ich will meinen Teil der Schuld gern auf mich nehmen.«

»Wir sorgen uns um Al und Carmine«, sagte Blackie. »Die beiden sind furchtbar empfindlich. Wenn sich diese Sache rumspricht, können sie niemand mehr ins Auge sehen.«

Ich versprach ihnen also, daß ich weder meiner Familie noch sonst jemand was erzählen würde, und wir schieden als Freunde, was ich sehr nett fand von ihnen, wo ich mich doch so dumm angestellt hatte.

13

Am nächsten Tag war der Sturm vorbei, und ein Haufen Arbeiter wimmelte bei Klein-Nick und Blackie rum, um die Trümmer aufzuräumen, neue Pfähle einzurammen und mit Hilfe von Flaschenzügen und einem Kran das Hausgestell wieder aufzusetzen. In einigen Tagen war das Ganze wieder am alten Platz, und eine Woche später war das Gebäude fertig zum Gebrauch. Es sah nicht eben sehr schön aus, aber das störte die Leute nicht, die es von Gulf City und sogar von der Ostküste anlockte. Ich hatte schon in Fort Dix beobachtet: wenn die Menschen vom Spielfieber ergriffen sind, scheuen sie keine Mühe, um ihren Viertel- oder sogar Halbdollar für eine Wette zu riskieren.

Am Abend, an dem Klein-Nick und Blackie ihr Kasino eröffneten, kam Blackie zur Brücke, wo ich grade angelte, und fragte, ob ich nicht mal reinkommen wolle, um zu lernen, wie man knobelt. Aber ich sagte, ich hätte zu viel zu tun, vielleicht ein andres Mal. Ich erzählte Pop und Holly davon, und Holly sagte: »Daß du da nie reingehst und spielst, Toby!«

Pop sagte: »Ich traue denen durchaus zu, daß sie versuchen, unser Grundstück von dir im Spiel zu gewinnen. Gib ihnen nicht die Gelegenheit dazu.«

Pop und Holly meinten es gut, aber sie brauchten nicht so zu tun, als wäre ich ein Baby. Als daher ein paar Abende danach Blackie an der Stelle vorbeikam, wo ich angelte, und fragte, warum ich nicht mal ihren Betrieb besuchte und mich dort umsähe, sagte ich, ich hätte schon Lust, nur wäre ich nicht sehr schön angezogen. Blackie behauptete, niemand zöge sich da sehr schön an, ich solle mir nur eine saubere Hose und ein Hemd anziehen. Ich schlich mich also in unser Häuschen und zog mir saubere Sachen an, ohne daß Pop und Holly was davon ahnten. Dann ging ich mit Blackie rüber zu seinem Haus. Davor parkten mindestens zwanzig Wagen. Sie standen so dicht, daß man sich durchquetschen mußte, um zur Tür zu gelangen, und Blakkie bemerkte, sie brauchten wirklich mehr Platz zum Parken, hätten aber kein Land dafür.

Gleich hinter der Tür war eine Bar, wo man sich dumm und dämlich trinken konnte, wenn man sich nicht damit zufrieden gab, daß man sowieso schon dämlich genug war. Neben der Bar standen vier Apparate, die man, wie Blackie sagte, ›einarmige Banditen‹ nannte. Man steckte einen Vierteldollar in eins von diesen Dingern, drückte auf einen Hebel, und der Apparat drehte ein paar Scheiben und sagte einem, warum man den Vierteldollar nicht zurückbekommt. Zwei Männer steckten gerade Geld rein und drückten die Hebel. Ich wette, sie hätten einen ausgelacht, wenn man ihnen in einer Fabrik eine Stelle angeboten hätte, wo man für achtzig Dollar die Stunde nur Hebel drückt, aber hier leisteten sie dieselbe Arbeit und zahlten noch dem Apparat dafür, daß sie es tun durften. Hin und wieder neckte einer der Apparate die Männer, indem er ihnen ein paar von ihren Münzen zurückgab, aber das war nicht mehr als 'ne Anleihe, und die Männer zahlten sie schnell wieder ein.

Blackie fragte mich, ob ich diese Apparate ausprobieren wolle, aber ich sagte, ich würde ebenso gern ein paar Stunden lang die Anlasserschnur von den Außenbordmotoren ziehen, wenn ich das zum Training brauchte. Blackie erklärte, ich hätte recht, und diese einarmigen Banditen seien auch sowieso nur für Tölpel da. Neben der Bar war ein großer Raum, wo das eigentliche Spielen vor sich ging. An der Tür saß ein Mann in einer kleinen Zelle mit einem Haufen weißer, roter und blauer Chips vor sich. Blackie sagte, wenn ich spielen wolle, solle ich mir hier Chips holen, denn bei den richtigen Glücksspielen benutze man Chips statt Geld.

»Das freut mich zu hören«, sagte ich, »denn wenn man Chips benutzt und kein Geld, ist es eigentlich auch gar kein Glücksspiel, und ich habe schon oft um Streichhölzer gespielt.«

Blackie lachte und sagte: »Man muß aber trotzdem die Chips erst kaufen.«

Na, dagegen war nichts einzuwenden, denn wenn man in einen Laden geht, kriegt man die Chips auch nicht geschenkt, sondern zahlt ein oder zwei Dollar für eine volle Schachtel. Man bekommt hundert Chips in einer Schachtel; das macht wirklich nicht sehr viel für einen Chip, und man kann das kaum Glücksspiel nennen.

»Wenn's nur darauf ankommt, Chips zu kaufen, spiele ich vielleicht«, sagte ich, »aber ich habe kein Geld mitgebracht.«

»Wir geben Ihnen gern Kredit«, sagte Blackie. »Sie können einen Schuldschein unterschreiben. Wie viele Chips wollen Sie? Die weißen gelten eins, die roten fünf und die blauen zwanzig.«

»Ich möchte mich nicht zuviel mit Zählen abgeben«, erwiderte ich. »Darum nehme ich blaue. Ich würde sagen, etwa fünfzig.«

»Das ist ein Wort«, rief Blackie. Er wandte sich an den Mann in der Zelle und sagte: »Fünfzig blaue Chips für diesen Herrn hier, und schreib gleich einen Schuldschein aus.«

Der Mann gab mir fünfzig blaue, und ich unterschrieb den Schein. Das bedeutete, daß ich etwa fünfzig Cent bis einen Dollar verlieren würde, wenn ich alle meine Chips einbüßte, denn im Laden verlangen sie für blaue Chips nicht mehr als für weiße oder rote. Vierzig bis fünfzig Leute waren in diesem Raum und spielten. Blackie führte mich rum und zeigte mir die verschiedenen Spiele. Eins hieß Roulette, ein anderes Einundzwanzig, und dann gab es da auch Knobeln. Roulette und Einundzwanzig konnte ich nicht begreifen. Dagegen gefiel mir das Knobeln sehr gut, denn ich hatte meinen Kameraden in Fort Dix oft dabei zugesehen und verstand schon etwas davon. Blackie erklärte es mir, und ich begriff schnell.

Beim Würfeln oder Knobeln hat man zwei Würfel mit Zahlen von eins bis sechs. Wenn man dran ist, wettet man ein paar Chips, läßt die Würfel rollen; zeigen sie dann zwei oder drei oder zwölf, sagt man verfluchte Sch... und hat seine Wette verloren, behält aber die Würfel. Dann legt man mehr Chips hin und würfelt wieder. Diesmal kommt eine sieben oder elf, und man tut, als wäre das gar nichts und man könnte das jedesmal wiederholen. Man gewinnt die Wette, behält die Würfel und fängt wieder von vorne an. Dann wirft man vielleicht eine fünf und muß so was sagen wie ›hallo Phoebe‹ und versucht, noch eine fünf zu würfeln, will jetzt aber keine sieben haben, denn wenn man eine sieben vor einer fünf kriegt, dann hat man sowohl die Wette als auch die Würfel verloren. Wenn man in Fort Dix ist, erzählt man den anderen Jungen, die verdammten Würfel wollen nicht, aber bei Klein-Nick und Blackie ist man diskreter und murmelt seine Sprüche nur in den Bart. Es ist praktisch, ein Mädchen zu sein, wenn man verliert, denn dann wendet man sich an den Mann, mit dem man da ist und sagt: Ach, jetzt habe ich

gar keine Chips mehr, und ich fürchte, ich muß dich um welche bitten.
In Fort Dix wetten die Soldaten gegeneinander, aber bei Klein-Nick und Blackie wettet man nur gegen das sogenannte ›Haus‹. Dann gab es noch etwas andres, was nicht so war wie auf der Wolldecke in Fort Dix, und zwar eine Stelle mit vielen Linien, Worten und Nummern, wo man seine Wetten notierte. Man konnte wetten ›ohne sechsen‹ oder ›kommen‹ oder ›nicht kommen‹, wenn man wußte, was das alles bedeutete, was bei mir nicht der Fall war. Es lief aber nur darauf hinaus, daß man jede Zahl wetten konnte, die auf den Würfeln erscheint. Wenn man glaubte, daß der Mann, der die Würfel hatte, nicht beim ersten Wurf eine sieben oder elf würfelte, sondern eine zwei oder drei oder zwölf, dann konnte man darauf wetten und brauchte nicht verfluchte Sch... zu sagen, wenn er's tat, sondern gewann das Siebenfache des Einsatzes. Da man das Siebenfache bekam, schien es eine sehr gute Methode, viele Chips zu gewinnen, aber ich wettete ein paarmal je einen blauen Chip auf zwei-drei-zwölf und mußte in meinen Bart verfluchte Sch... murmeln.
Blackie stand neben mir auf der einen Seite, und einige hübsche Mädchen standen auf der anderen Seite, von denen sich eine nach mir umdrehte und sagte: »Du bist ja ein toller Draufgänger, Bubi. Wo kommst du denn her?«
Blackie beugte sich zu ihr rüber und erklärte: »Er ist ein Freund von mir. Man könnte sagen, er ist der Köder- und Kahn-König in dieser Gegend.«
Das Mädchen flatterte mit den Wimpern, als ob sie damit Wind machen wollte, und versuchte mit mir zu sprechen. Aber wenn ich mit ihr gesprochen hätte, dann hätte sie schließlich doch nur gesagt: ›Ach, ich habe keine Chips mehr‹, und ich hätte ihr welche geben müssen, aber ich

fand, ich hätte mehr Spaß, wenn ich meine Chips selbst verlor, als wenn sie sie verlor. So spielte ich eine halbe Stunde und machte meine Sache nicht übel, denn nach einer Stunde oder so hatte ich immer noch fast die Hälfte der Chips, mit denen ich angefangen hatte.

Gerade um diese Zeit mußte ich mal auf die Toilette, und Blackie zeigte mir, wo sie war. Sie war nicht halb so gut wie der Abort, den Pop für uns gebaut hatte, außer daß Klein-Nick und Blackie richtige Klempner beschäftigt hatten und daher die einzelnen Becken nur einzeln spülten. Während ich mir die Hände wusch, kam ein anderer Mann rein, und ich hatte bemerkt, daß er einer der Leute war, die das Würfelspiel beaufsichtigten. Er hatte ein dünnes Gesicht, das man durch ein Schlüsselloch schieben könnte, ohne viel davon abzuschürfen.

»Hallo, Kumpel«, sagte er. »Wie schaut's aus?«

»Ganz gut, danke«, sagte ich.

»Hat mir gar nicht so ausgesehen«, bemerkte er. »Schien mir, als ob Sie ein Paket dagelassen hätten.«

»Nein, ich habe mit fünfzig blauen angefangen und habe immer noch etwa fünfundzwanzig übrig, und es hat mir viel Spaß gemacht.«

»Bei zwanzig Eiern für jeden dieser blauen Chips, ergibt das immerhin fünfhundert Eier. Macht Ihnen das nichts aus?«

Ich wußte, daß er keine richtigen Eier meinte und glaubte daher, daß es eine Bezeichnung für die weißen Chips sein mußte, die ja die Farbe von Eiern haben, und fünfundzwanzig blaue waren demnach natürlich fünfhundert weiße Chips oder Eier, wenn man sie so nennen wollte. »Na ja«, sagte ich, »ich gebe zu, daß ich lieber gewinnen würde als verlieren.«

Der Mann sah sich nach allen Seiten um und versicherte

sich, daß die Tür fest geschlossen war. Dann zog er mich in eine Ecke und flüsterte: »Ich möchte Ihnen etwas zeigen. Haben Sie schon mal so'n Paar Babies gesehen wie diese hier?« Er holte ein Paar Würfel aus seiner Tasche und rollte sie auf dem Boden. Sie prallten gegen die Wand und zeigten eine sieben. »Nicht übel, was?«

»Ich habe da draußen verschiedene Male sieben geworfen«, sagte ich. »Aber die kamen immer, wenn ich meinen Point machen wollte, und drum habe ich verloren.«

Der Mann ließ die Würfel wieder rollen, und sie zeigten sieben.

»Versuchen Sie mal selber«, sagte er, indem er nach der Tür schielte.

Ich rollte also die Würfel fünfmal, und sie kamen jedes Mal mit sieben raus. »Sieh einer an«, rief ich. »Ich beginne zu lernen, wie man diese Würfel zähmt.«

»Machen Sie Witze?« fragte der Mann. »Diese Würfel sind falsch. Sie kommen immer mit einer sieben raus; nur ab und zu rutschen sie auf dem grünen Filz und zeigen zwei, drei oder zwölf. Bei diesen Zahlen verlieren Sie aber nur Ihre Wette und nicht die Würfel und können's deshalb beim nächsten Wurf wieder gutmachen.«

»Es wäre ja sehr praktisch, wenn man sie hätte, aber ich glaube, es wäre nicht ehrlich.«

»Machen Sie Witze? Was ist denn ehrlich in einer Spielhölle? Jedesmal, wenn Sie ehrlich spielen, werden Sie von den Prozenten erschlagen. Hören Sie zu, Kumpel. Sie gefallen mir, und ich drehe mit Ihnen ein tolles Ding. Ich hab's mich was kosten lassen, bis ich diese Würfel vom Haus geklaut und präpariert hatte. Klein-Nick gebraucht nur Würfel einer bestimmten Farbe, deshalb kann man von außen keine Würfel einschleusen. Das ist das einzige Paar, das ins Spiel gebracht und nicht gleich erkannt werden kann, und ich bin der Mann, der sie ins Spiel bringt. Ich gehe hier als erster raus, verstanden? Dann kommen Sie und machen weiter beim Spiel. Wenn Sie mit Würfeln dran sind, dann gebe ich Ihnen diese Würfel. Wetten Sie getrost auf die sieben, dann werden Sie scheffeln. Es kann allerdings auch vorkommen, daß diese Würfel mit zwei, drei oder zwölf rauskommen, wenn sie auf dem grünen Filz ins Rutschen geraten, aber Sie brauchen Ihren Einsatz dann nur bei der nächsten Wette verdoppeln. Das wird ein Geschäft! Ich treffe Sie dann hinterher draußen, und wir teilen den Raub. O. K.?«

»Ich glaube, das wäre nicht fair gegen Klein-Nick und Blackie.«

»Machen Sie Witze? Machen wir 'n Geschäft oder nicht? Ich kann mir 'nen andern Kumpan suchen, der gern mitmachen würde. Sie müssen schon zugeben, es ist ein Dreh, der nicht zu schlagen ist.«

»Na ja«, sagte ich, »es ist ein sehr liebenswürdiges Angebot, und ich bin Ihnen dafür auch sehr verbunden, und...«

»Da kommt jemand«, flüsterte der Mann. »O. K. Wir sind uns einig. Bis nachher.«

Er schlüpfte aus der Toilette, bevor ich noch ein Wort rausbrachte, daher konnte ich ihm auch nicht sagen, daß wir uns keineswegs einig waren. Ich kam aus der Toilette, stand rum, beobachtete die Würfler und überlegte, was ich tun sollte. Wenn ich ging und Klein-Nick und Blackie warnte, geriet der Mann in die Klemme, und das wollte ich nicht. Wenn ich überhaupt nichts tat, würde er das Warten leid werden, sich einen andern holen, mit dem er den Dreh ausführte, und Klein-Nick und Blackie würden eine Menge Chips verlieren. Die einzige Möglichkeit war, ihm diese falschen Würfel abzunehmen, so daß niemand sie mehr benutzen konnte. Nun gibt es eine Möglichkeit, Würfel aus dem Spiel zu ziehen, die einer der Leute am Abend schon mal vorgemacht hatte. Er hatte nämlich dreimal hintereinander einen Stapel Chips verloren und war darüber so wütend geworden, daß er die Würfel auf den Boden warf und drauf rumtrampelte. Die Würfel wurden dadurch beschädigt und mußten aus dem Spiel genommen werden. Das mußte ich auch tun. Es ging allerdings nicht, wenn ich die Würfel nahm und auf sieben setzte, weil ich dann nur gewinnen würde und die Leute es für komisch halten würden, wenn ich darüber wütend wurde und auf den Würfeln rumstampfte. Ich zerbrach mir wirklich den Kopf darüber, bis mir die Lösung einfiel.

Ich ging zum Spiel zurück und wettete gelegentlich, bis ich ans Würfeln kam. Mein Kumpan, der der Bankhalter im Spiel war, harkte sich die Würfel ein, die ein anderer gerade verloren hatte, nahm sie auf und wechselte sie anscheinend, während sie in seiner Hand waren. Dann gab er mir mit einem kleinen Nicken die gezinkten Würfel. Jetzt brauchte ich nur noch dreimal verlieren, um auf den Würfeln rumtrampeln zu können. Ich nahm zwei blaue Chips und legte sie auf die Felder 2-3-12.

Mein vermeintlicher Spießgeselle langte mit seiner Harke nach den Chips, sagte: »Sie haben sich geirrt, Kumpel« und schob sie dahin, wo die Wettafel ›Linie‹ sagte – das bedeutet die normale Wette beim Würfeln.

»Nein«, sagte ich, »ich wette auf zwei-drei-zwölf.«

»Normale Wette, wenn Sie die Würfel haben«, erklärte mein Kumpan.

Ein paar Plätze von mir entfernt sagte ein Mann: »Lassen Sie ihn doch zwei-drei-zwölf wetten, wenn er will. Es gibt doch kein Gesetz dagegen.«

Der Bankhalter wollte einen Augenblick lang die Chips nicht wieder zurückschieben, aber ein paar andere Leute sagten ihm, er solle die Chips liegen lassen, wo ich sie hinlegte, und weitermachen mit dem Spiel. Schließlich bedachte mich der Bankhalter mit einem schiefen Blick und schob die Chips zurück auf zwei-drei-zwölf. Ich schüttelte die Würfel in meiner Hand, warf sie auf den Tisch und griff nach zwei weiteren blauen Chips, um sie für den nächsten Wurf auf zwei-drei-zwölf zu legen.

Aber gerade in dem Moment stießen die Leute an dem Tisch ein Geschrei aus, ich blickte auf die Würfel und will nicht ehrlich heißen, wenn sie mich nicht mit zwei Augen anstarrten. Eine Minute wußte ich nicht, was hier schiefgegangen war. Aber dann erinnerte ich mich, daß die gezinkten Würfel manchmal auf dem grünen Filz ins Rutschen kommen und eine zwei, drei oder zwölf zeigen. Das hatten sie getan. Der Bankhalter sah mich lange an, bevor er die Würfel zu sich harkte. Wahrscheinlich überlegte er, ob er nicht wieder den richtigen Würfel nehmen sollte. Ich beobachtete ihn scharf, um sicher zu sein, daß nichts dergleichen geschah. Aber er dachte sich wohl, daß ich nicht gleich anfangen wollte, große Summen mit der Sieben zu verdienen, und hätte daher versucht, meine erste Wette zu verlieren und nur durch einen Zufall gewonnen. Er harkte also die Würfel wieder zurück und gab sie mir. Der Kassierer neben ihm, der die Chips in Verwahrung hatte, zählte vierzehn blaue ab und legte sie neben die zwei, die ich gewettet hatte. Ich hatte ganz vergessen, daß die zwei-drei-zwölf-Wetten das Siebenfache einbringen, wenn man gewinnt.

»Wetten und würfeln«, sagte der Bankhalter, wobei er den Kopf in einer Weise bewegte, die besagte, daß ich endlich die blauen Chips von zwei-drei-zwölf runternehmen sollte. Hätte ich das aber getan, dann hätte ich den nächsten Wurf mit einer Sieben gewonnen, und ich wollte mit

diesen falschen Würfeln nicht gewinnen. »Liegenlassen«, sagte ich.
Der Bankhalter wollte mich offensichtlich fragen, ob ich verrückt geworden wäre, aber alle um den Tisch sagten ihm, er solle mich in Frieden lassen, weil ich eine Glückssträhne hätte. Ich warf also wieder meine Würfel, die am Ende des Tisches abprallten. Der Bankhalter schrie gleich: »Die Würfel brennen«, und griff nach ihnen, bevor sie noch ausgerollt waren, aber er mußte an einem großen Mann vorbeigreifen, der ihn beim Handgelenk packte und brummte: »Brennen nicht die Bohne. Lies sie und weine, mein armer Freund.«
Nun, der Bankhalter las sie und war wirklich nahe dran zu weinen, und auch ich war nicht gerade überglücklich. Die Würfel zeigten Güterwagen, das ist zwölf. Der Kassierer begann, einen gewaltigen Haufen blaue Chips abzuzählen.
»Neue Würfel«, rief der Bankhalter und langte wieder nach den Würfeln.
Derselbe große Mann, der beim ersten Mal sein Handgelenk gepackt hatte, packte es jetzt wieder. »Immer mit der Ruhe«, sagte er. »Laß den Mann, der die Dinger rollt, darüber entscheiden. Wer bist du eigentlich, daß du ein Paar heiße Würfel abwürgen willst?«
»Nick«, gellte der Bankhalter. »Blackie!«
Klein-Nick und Blackie kamen zum Tisch, und einige Minuten lang tobte eine mächtige Diskussion, ob man die Würfel aus dem Spiel ziehen sollte. Aber die anderen Leute um den Tisch sagten, es sei nicht fair, ein Paar Würfel zu töten, mit denen ich heiß geworden war. Sie sagten, ich hätte ein Recht auf drei Würfe mit jedem Würfelpaar, solange die Würfel nicht vom Tisch runterrollten oder sich den Blicken entzögen. Einige Leute meinten, wenn Klein-

Nick und Blackie sich nicht einen schlechten Namen machen und eine Menge Kundschaft verlieren wollten, sollten sie die Würfel für einen dritten Wurf im Spiel lassen. Ich bestand auch darauf, diese Würfel zu rollen. Der nächste Wurf mußte eine Sieben werden, und meine Wette lag immer noch auf zwei-drei-zwölf. Ich brauchte nur zu verlieren, dann war alles in schönster Ordnung, und ich konnte auf den Würfeln rumtrampeln.
Schließlich wischte sich Klein-Nick mit einem Taschentuch das Gesicht und sagte: »Meinetwegen. Machen Sie Ihre Wette und würfeln Sie.«
Ich sagte: »Ich wette zwei-drei-zwölf, und ich lasse alle meine Chips darauf liegen.«
Das brachte eine neue Diskussion in Gang. Klein-Nick behauptete, eine solche Wette überschreite das Limit des Hauses. Aber die Leute am Tisch entgegneten, die Hausregel bestimme, daß jede Wette dreimal laufen könne, ohne daß einer, der gewonnen habe, einen Teil davon abziehen müsse. Klein-Nick wischte sich sein Gesicht noch ein bißchen mehr, was aber nichts nützte, weil um diese Zeit sein Taschentuch schon so naß war wie sein Gesicht, und sagte: »Zum Teufel damit«, und ich solle seinetwegen würfeln. Ich würfelte also und wartete darauf, daß die falschen Würfel mit einer Sieben rauskommen würden.
Es folgte ein ohrenbetäubendes Gebrüll, denn die Würfel zeigten drei. Es hatte keinen Zweck, so zu tun, als hätte ich nicht gewonnen.
Klein-Nick sagte: »Das waren drei Würfe. Diese Würfel sind tot.« Er schnappte sie vom Tisch.
Der Kassierer fragte ihn: »Was sollen wir jetzt tun, Nick?«
»Was wir tun sollen?« sagte Nick. »Wir zahlen, was denn sonst?«
»Er hat schon hundertachtundzwanzig Chips, und ich muß

ihm noch weitere achthundertsechsundneunzig auszahlen«, sagte der Kassierer. »So viele habe ich gar nicht.«
»Hol sie dir von den anderen Spielen zusammen«, befahl Klein-Nick. »Das Haus steht für sie ein.« Er wartete, bis der Kassierer die Runde gemacht und genügend blaue Chips eingesammelt hatte; dann zählte er sie auf, tat sie in einen großen Beutel und überreichte sie mir. »O. K.«, sagte Klein-Nick. »Niemand kann sagen, daß dieses Haus nicht für seine Wetten geradesteht.« Und er drehte sich um und ging.
Blackie gab mir einen Stoß und sagte: »Sie sind immer noch dran. Was wollen Sie tun?«
»Ich glaube, ich habe vorläufig genug getan«, sagte ich. »Ich geb' die Würfel weiter und ruh' mich eine Weile aus.«
Blackie zuckte die Achseln und ging weg. Der Bankhalter sah nicht ganz wohl aus und verließ das Spiel, das ein anderer Mann für ihn übernahm. Ich stand rum, sah bei anderen Spielen zu und überlegte, was ich jetzt tun sollte. Ich konnte mich für die Wetten nicht mehr begeistern. Ich hatte schon fast alle blauen Chips gewonnen, die sie hatten, und wenn ich weiter wettete, gewann ich vielleicht noch mehr. Es war nicht leicht zu entscheiden, was ich unternehmen sollte, denn zwei oder drei Mädchen flatterten mir mit den Augenwimpern zu und drängten sich um mich; und wenn man sich im Kopf das Einmaleins aufsagen muß, kann man nicht gut an andere Dinge denken.
Blackie kam zurück und flüsterte mir zu: »Klein-Nick will Sie in seinem Büro sprechen.«
Ich und Blackie gingen zum Büro. Klein-Nick thronte hinter einem Schreibtisch, und Al und Carmine saßen auf Stühlen zu beiden Seiten der Tür. Der Mann, der Bankhalter gewesen war, stand neben dem Schreibtisch, sah aber aus, als gäbe es Plätze, wo er viel lieber sein würde, falls er

darauf rechnen konnte, daß er nicht in einer Holzkiste dahin gelangte.
Klein-Nick lächelte mich an und sagte: »Setzen Sie sich, und lassen Sie uns die Sache besprechen.«
Ich merkte gleich, daß der Bankhalter in einer schwierigen Lage war. Ich hatte geholfen, ihn dahin zu bringen, also war es meine Aufgabe, ihn wieder rauszuholen, wenn ich konnte. Ich setzte mich und legte den Beutel mit den tausendvierundzwanzig blauen Chips auf meinen Schoß. Ich wollte so tun, als wüßte ich nicht, wozu wir alle hier waren und fragte: »Was wollen wir denn besprechen?«
»Dies«, sagte Klein-Nick, fischte ein Paar Würfel aus seiner Tasche und rollte sie auf dem Schreibtisch. Sie zeigten Schlangenaugen, weswegen ich annahm, daß es die Würfel waren, die ich geworfen hatte. »Ei, sieh doch einer an«, sagte ich und tat so, als sei ich überrascht, »Schlangenaugen.«
»Ja«, sagte Klein-Nick. »Wer hätte das gedacht?« Er rollte sie noch ein paarmal, und sie kamen immer mit zwei oder drei oder zwölf raus. »Nun«, sagte er zu dem Bankhalter gewandt, »gib mir mal das andere Paar.«
Der Bankhalter brachte ein anderes Paar zum Vorschein und gab es Klein-Nick. »Möchten Sie probieren?« fragte mich Klein-Nick. »Dieses Paar wirft immer sieben. Sie sind falsch. Beide Paare sind falsch. Aber eins ist so präpariert, daß es immer sieben zeigt, und das andere Paar so, daß es den Werfer mit zwei, drei oder zwölf verlieren läßt.«
Das war in der Tat verwunderlich, denn der Bankhalter hatte mir gesagt, er hätte nur ein Paar falsche Würfel, die immer sieben würfen, außer wenn sie auf dem grünen Filz ins Rutschen kämen und dann zwei, drei oder zwölf zeigten. Ich wußte nicht, wie ich mir das erklären sollte. »Die-

se zwei Würfelpaare könnten euch in Verlegenheit bringen«, sagte ich, »wenn ich ihr wäre, würde ich sie schleunigst beseitigen, da ihr ja gesehen habt, was passieren kann.«

Klein-Nick rollte seine Augen zum Himmel, als wäre er in der Kirche und wollte beten. Er tat einen Seufzer und sagte: »Wir wollen von der Leber weg reden, wenn's beliebt. Es hat sich gezeigt, daß Sie wirklich ein ganz ausgekochter Halunke sind, denn nur ein solcher schlägt einen Falschspieler in seinem eigenen Spiel. Wir wollen reinen Tisch mit Ihnen machen. Pete«, sagte er zum Bankhalter, »erzählt ihm die ganze Geschichte der Wahrheit gemäß, und laß dabei nichts aus.«

Der Bankhalter trat vor. »Herrgott«, sagte er, »das Ganze tut mir scheußlich leid. Ich hoffe, ich kann mich mit euch allen vertragen. Dies ist meine erste Nacht hier, die ich für Nick arbeite. Bis jetzt habe ich an der Ostküste in einer Würfelbar gearbeitet. Diese Burschen an der Ostküste spielen hart, versteht ihr? Ich hatte den Befehl, jede Nacht einen Burschen auszusuchen, ihn beiseite zu nehmen, ihm dabei die falschen Würfel zu zeigen, die immer sieben werfen, und ihn zu einem kleinen Handel zu überreden. Er sollte denken, ich brachte die falschen Würfel ins Spiel, damit er einen großen Zug machen und ihn mit mir teilen konnte.«

Klein-Nick sagte: »Und heute abend hat Pete ausgerechnet Sie erwischt und das gleiche Angebot gemacht.«

»Im Augenblick«, erklärte ich, »möchte ich lieber noch nichts sagen.«

»Sicher, spielen Sie nur Jungfrau!« sagte Klein-Nick. »Weiter, Pete!«

Pete erzählte: »Was der Mann natürlich nicht weiß, wenn ich den Handel vorschlage, ist, daß ich ihn für dumm verkaufe. Denn wenn er das Spiel übernimmt, gebe ich nicht die Würfel aus, die immer sieben werfen. Ich schmuggle das andere Paar ein, mit dem er auf einen Wurf die Wette verliert. Und um ihn besonders gut zu schmieren, erzähle ich ihm, daß die falschen Würfel ab und zu auf dem grünen Filz ins Rutschen kommen und zwei, drei oder zwölf zeigen. Dadurch wird er beim ersten- und oft sogar beim zweitenmal, wenn er die Wette verliert, nicht gleich argwöhnisch. Er verdoppelt daher jedesmal seine Wette und verliert einen ganzen Batzen.«

Ich sagte: »Das ist nicht schön gehandelt.«

»Machen Sie keine Sprüche«, sagte Klein-Nick. »Dabei wird nur einem Heini, der versucht zu betrügen, das Fell über die Ohren gezogen. Aber die Geschichte ist noch nicht zu Ende. Weiter, Pete.«

»Die Sache ist die«, sagte Pete, »als ich hierherkam, war ich an diese Masche so gewöhnt, daß ich glaubte, sie gehört auch hier zu meiner Arbeit. Deshalb habe ich Nick und Blackie gar nicht erst gefragt, ob ich sie anwenden soll. Ich wünschte, ich hätte es getan. Denn jetzt erfahre ich, daß Nick und Blackie nur ein sauberes Spiel zulassen und diese Machenschaften verabscheuen.«

Klein-Nick sagte: »Du hast das alles ganz aus eigenem Antrieb gemacht, und Blackie und ich hatten nichts damit zu tun. Stimmt's?«

»Stimmt«, sagte Pete. »Und ich kann nur sagen, gebt mir noch eine Chance, und ihr werdet mit mir keinen Ärger mehr haben. Ich habe eine Frau und fünf Kinder, versteht ihr? Ich bin auf die Stellung angewiesen. Und es ist ein richtiger Vorzug, wenn man mal für ein sauberes Spiel arbeiten darf.«

Klein-Nick sagte: »O. K. Pete, das genügt. Wir sagen dir später Bescheid wegen der Stellung. Es kommt ganz darauf an, was Toby hier entscheidet.«

»Danke, Nick«, sagte Pete. »Sie sind ein As.« Er schickte sich an, aus dem Zimmer zu gehen, blieb dann stehen und sagte: »Seien Sie auch ein As, Kumpel. Sie haben's in der Hand, daß man mir Bewährung gibt. Vergessen Sie nicht, daß ich eine Frau und vier Kinder habe.« Er ging aus dem Zimmer.

Nachdem er gegangen war, sagte ich: »Hat er nicht eben erst behauptet, er hätte fünf Kinder, und beim zweitenmal hatte er nur vier?«

Blackie räusperte sich: »Eins ist vor wenigen Wochen gestorben. Armer Pete, er vergißt es hin und wieder und glaubt, er hätte noch fünf, wo's doch nur vier sind.«

»Das ist ja schrecklich traurig«, sagte ich, »und ich hoffe, ihr laßt ihn nochmal durchschlüpfen.«

Klein-Nick erklärte: »Das hängt von Ihnen ab. Sie haben die ganze Geschichte gehört. Sie glauben jetzt hoffentlich, daß ich und Blackie nichts damit zu tun hatten.«

»Oh, daran hätte ich nie gedacht«, sagte ich. »Ich wußte die ganze Zeit, daß dieser Bursche es auf eigene Rechnung tat. Ich habe ihm auch nie gesagt, daß wir uns einig seien. Das einzige, was ich versuchte, war, ihm die falschen Würfel abzuknöpfen, weil er nämlich gesagt hatte, es sei das einzige falsche Paar, und wenn ich nicht mitmachte, würde er einen anderen finden. Und hätte er das getan, dann hätten Sie und Blackie 'nen Haufen Chips verloren. Ich glaubte, daß die Würfel dreimal hintereinander mit sieben rauskommen und ich jedesmal verlieren würde, wenn ich zwei-drei-zwölf wettete. Dann konnte ich mich wütend stellen, auf den Würfeln rumtrampeln und sie damit loswerden. Als ich anfing zu gewinnen, meinte ich immer noch, daß ich beim nächsten Wurf verlieren würde. Ich hatte ja keine Ahnung, daß er ein anderes Paar falscher Würfel für mich ins Spiel gebracht hatte.«

Eine Weile sagte niemand ein Wort, aber schließlich erklärte Blackie: »Ich habe immer sagen hören, daß man einen ehrlichen Mann in einem gezinkten Spiel nicht rupfen kann. Aber ich hab's mir nie zu Herzen gehen lassen, denn wer erwartet schon, daß er einem ehrlichen Mann über den Weg läuft?«

»Du hast die Klappe zu weit offen«, wies Klein-Nick ihn zurecht. »Ich wußte von Anfang an, daß Toby ein ehrlicher Mensch ist. Und da er ehrlich ist, wird er sich uns gegenüber auch anständig verhalten. Stimmt das nicht, Toby?«

»Ich möchte immer anständig sein«, sagte ich.

»Nun gut«, meinte Klein-Nick. »Da ich und Blackie nichts mit diesem Bauernfängertrick zu tun hatten, wäre es doch nicht anständig, wenn Sie hier mit einem derartigen Paket fortgingen, wie?«

»Das weiß ich nicht«, erwiderte ich.

»Es ist eine schlimme Sache, das nicht zu wissen«, sagte Klein-Nick. »Hatten Sie etwa geplant, diese ganzen Chips einzulösen und damit fortzugehen? Das würde das Haus ruinieren.«

»Ich will's mir überlegen«, sagte ich.

»Tun Sie das«, ermunterte mich Klein-Nick. »Ich und Blackie und Sie, wir wollen's uns alle drei überlegen. Übrigens, Blackie, es ist nicht notwendig, daß Al und Carmine hier im Zimmer bleiben. Gib ihnen doch im Freien zu tun, wie z. B. aufpassen oder so.«

»Glänzende Idee«, sagte Blackie. Er stand auf, ging mit Al und Carmine aus dem Zimmer, kam innerhalb einer Minute ohne sie wieder zurück und sagte: »Erledigt, Nick. Sie warten.«

»Großartig«, meinte Klein-Nick. »Nun, Toby, was macht's Überlegen?«

Ich sagte: »Einerseits würde ich euch gern alle Chips zurückgeben, weil es nicht eure Schuld war.«

Blackie meinte: »Das wäre eine gute Stelle, mit dem Überlegen Schluß zu machen.«

Ich sagte: »Blackie, ich kann nichts dafür, daß ich immer so viel überlege, und ich kann auch nicht immer damit Schluß machen, wenn es jemand anderm paßt. Das ist wohl wie ein Laster, von dem man nicht loskommt. Ich habe also noch ein bißchen dazu überlegt. Und mit folgendem Ergebnis: Wie wär's gewesen, wenn ich den Burschen beim Wort genommen, sieben gewettet und dann eins von den Paketen verloren hätte, von denen ihr immer redet?«

Klein-Nick sagte: »Wenn Sie ein Paket verloren hätten, dann hätten Sie es bei einem Betrug verloren. Es wäre also Ihre Schuld gewesen.«

»Nun ja«, sagte ich. »Wäre es denn aber anständig gewesen, daß Sie ein Paket dadurch gewonnen hätten, daß ich beim Betrug betrogen wurde?«

Klein-Nick wandte sich an Blackie und sagte: »Warum, zum Teufel, sagst du nicht was? Er hat mich an den Seilen.«

»Bleiben wir bei der simplen Tour«, sagte Blackie. Und zu mir gewandt: »Toby, wenn Sie ein Paket verloren hätten, dann hätten Nick und ich es nicht ertragen, daß Sie geschädigt wurden, wie die Dinge auch immer lagen. Wir hätten Sie also gebeten, das Ganze als ungeschehen zu betrachten, weil wir doch alle Freunde sind.«

»Das ist wirklich nett von euch«, sagte ich, »und ich glaube, ich weiß jetzt auch, was ich tue. In diesem Beutel habe ich tausendvierundzwanzig blaue Chips. Und in meiner Tasche habe ich nochmals zweiundzwanzig blaue Chips. Zunächst einmal schulde ich euch fünfzig blaue Chips, stimmt's?«

Blackie sagte: »Wir sind alle Freunde. Vergessen Sie die fünfzig, die Sie uns schulden.«

»Nein, ich möchte klare Verhältnisse schaffen«, sagte ich. Ich nahm die zweiundzwanzig blauen Chips aus meiner Tasche, zählte achtundzwanzig aus meinem Beutel dazu und gab sie Klein-Nick. Ich lüpfte den Beutel und sagte: »Hier sind 'ne Menge Eier drin, Blackie.«

»Wem erzählen Sie das? Verdammt nahe an zwanzigtausend.«

»Ich will nicht die ganzen Eier aus dem Spiel nehmen«, sagte ich, »drum tue ich das folgende.«

Ich stand auf und ging zur Tür. Klein-Nick kam mir mit einem Sprung zuvor, aber Blackie packte ihn und sagte: »Du bist wohl verrückt. Nicht hier drinnen.«

»Verdammt nochmal«, sagte Klein-Nick, »ich versuche doch nur, höflich zu sein und ihm die Tür zu öffnen.«

»Verzeihung«, sagte Blackie. »Ich bin leider mit meinen Nerven am Ende.«

Sie öffneten mir beide die Tür, und ich ging hinaus, gefolgt von den beiden. Ich ging in den Saal, wo die Spiele gemacht wurden, und rief mit lauter Stimme: »Bitte alle mal einen Moment zuhören.«

Erst drehten sich nur einige wenige um, aber als sie mich sahen und sich erinnerten, daß ich die ganzen Chips gewonnen hatte, stießen sie die anderen Spieler an, und nach kurzer Zeit hörten alle Leute in dem Saal zu.

»Leute«, begann ich, »wie ihr wißt, habe ich heute abend einen Haufen Eier gewonnen. Und wenn ich's genau bedenke, war's nicht recht, diese vielen Eier aus dem Spiel zu nehmen. Nun ist hier ein Tisch, den im Augenblick niemand benutzt, und da ich will, daß ihr alle euren Spaß habt, schütte ich diese Chips hier auf den Tisch und bitte, sich nach Herzenslust zu bedienen. Viel Vergnügen.«

Ich schüttelte sämtliche blauen Chips auf den Tisch und drehte mich rum, um festzustellen, wie Klein-Nick und Blackie meine Idee einer anständigen Lösung gefiel. Ich glaube, sie waren überwältigt davon, wie gut ich das ausgedacht hatte, denn einen Augenblick standen sie da wie angewurzelt und starrten mich an. Dann machte Blackie einen Satz zum Tisch, und Klein-Nick machte ebenfalls einen Satz zum Tisch. Aber sie waren nicht schnell genug. Eine regelrechte Menschenwoge brach über den Tisch herein, und ich habe in meinem Leben kein solches Quietschen und Schreien gehört. Chips flogen im ganzen Raum umher, Menschen machten Hechtsprünge, und man hätte sich erschrecken können, wenn die Menschen nicht gelacht und sich königlich amüsiert hätten, außer Klein-Nick und Blackie. Sie klaubten die Chips auf, wie ein Schwarm hungriger Hühner Körner aufpickt, und rannten dann mit neuem Tatendurst zu den Spielen zurück.
Klein-Nick und Blackie gingen daraus hervor wie aus einem Nebel. Klein-Nick sagte zu Blackie: »Ich habe höchstens dreißig erwischt. Und du?«
»Ich hatte beide Hände voll«, sagte Blackie, »aber ein Weibsbild hat mir auf die Hand getreten, und da hatte ich nur noch eine Handvoll Chips und eine Handvoll Stökkelabsatz.«
»Jedenfalls«, sagte Klein-Nick mit einem Blick zurück in den Spielsaal, »haben wir heute Galanacht.«
»Bestimmt«, sagte Blackie. »Galanacht – auf unsre Kosten.«
Er sah mich an und sagte mit matter Stimme: »Toby, das war eine gewaltige Idee von Ihnen. Falls ich den Drang verspüre, Selbstmord zu begehen, werde ich Sie wieder um eine Idee bitten.«
»Nett, daß Sie mir das sagen«, antwortete ich. »Und ich

bin wirklich froh, daß ich imstande war, euch eine Galanacht zu ermöglichen.«

Klein-Nick sagte: »Wenn Sie mal wieder Lust haben, dann sagen Sie's mir nur. Ich kenne einen Mann, der ein Kasino an der Ostküste betreibt und den ich nicht leiden kann. Ich schicke Sie dann mal rüber.«

Er ging langsam in sein Büro und schloß die Tür hinter sich.

»Ich hoffe, er ist nicht böse«, sagte ich.

»Aber nein«, erklärte Blackie. »Er will bloß sterben, ist jedoch zu müde dazu. Darf ich Sie zu Ihrem Haus begleiten, Toby?«

»Es ist ja gleich nebenan, ich find schon hin.«

»Ich brauche ein bißchen frische Luft. Und außerdem möchte ich nicht, daß Sie jemand begegnen, der glauben könnte, daß Sie zwanzigtausend Eier bei sich tragen.«

Wir gingen raus. Dann kam mir ein Gedanke, und ich sagte: »Aber, Blackie, warum sollte denn einer denken, daß ich zwanzigtausend Eier bei mir trage, wenn es ebenso einfach wäre, sie gegen zehn oder zwanzig Dollar, oder was sie immer kosten, einzuwechseln?«

Blackie stand still, als wäre er gegen 'ne Mauer gelaufen.

»Bitte noch einmal«, sagte er.

»Also, Blackie, soweit ich das verstehe, ist ein Ei nichts weiter als ein weißer Chip, weil der zumindest in der Farbe einer Eierschale ähnlich sieht. Jeder Mensch weiß, daß man eine Schachtel Chips im Laden für ungefähr einen Dollar kaufen kann; man kriegt hundert Chips in einer Schachtel, und ich vermute, ihr verkauft sie für denselben Preis, vielleicht mit ein bißchen Aufschlag als Gewinn. Die Chips, die ich hatte, sahen nach sehr viel aus, waren aber kaum mehr als zehn oder zwanzig Dollar wert. Wenn ich sie also eingelöst hätte, wie ich zuerst vorhatte, außer daß ich von euch kein Geld nehmen wollte, hätte ich sie natürlich für Geld eingewechselt und nicht für zwanzigtausend weiße Chips oder Eier, wenn ihr's so nennen wollt. Warum sollte denn jemand denken, daß ich zwanzigtausend Eier mit mir rumtrage?«

Blackie schnaufte, als hätte er einen bösen Schnupfen, und sagte: »Nun habe ich nur noch eine Erklärung – auf dieser Welt gibt es eine große Zahl Idioten, und es sieht so aus, als wäre ich einer von ihnen. Wir hätten also diese Chips für zwanzig Dollar von Ihnen zurückkaufen können?«

»Ja doch, nur wäre es euch gegenüber nicht anständig gewesen. Blackie, Sie sehen nicht sehr wohl aus.«

»Ich leide augenblicklich unter Gedankenandrang zum Kopf. Ich will Sie schnell nach Hause bringen, solange ich noch die Kraft dazu habe.«

Er stieß einen Pfiff aus, worauf Al und Carmine etwas vor uns hinter einem Wagen auftauchten.

»Abgeblasen?« fragte Al.

»Abgeblasen«, sagte Blackie.

»'n Abend, ihr beiden«, sagte ich. »Was treibt ihr denn hier?«

»Sie passen auf, daß niemand die Radkappen stiehlt«, sagte Blackie. »Man kann heutzutage niemandem trauen. Man kann nicht mal einem Heini trauen, daß er versucht, einen zu betrügen. Gute Nacht, Toby. Ich glaube, es ist besser, wenn Sie nicht mehr bei uns spielen.«

»Da gebe ich Ihnen recht«, sagte ich. »Jetzt, wo ich's versucht habe, sehe ich ein, daß man dabei zuviel Geld verlieren kann.«

14

Ich muß in der Nacht, wo ich Würfel spielte, wohl was falsch gemacht haben, weil nämlich ich und Blackie seitdem nie wieder sehr enge Freunde waren. Oh, wir ulkten uns gegenseitig an, wenn wir uns begegneten, aber es schien, als ob Blackie mich von sich fernhielt und nicht mehr gut Freund sein wollte. Damit will ich sagen, wenn ich und er Freunde gewesen wären, dann hätte Blackie sich über die häßlichen Zwischenfälle, die sich bei uns ereigneten, mehr Sorgen gemacht.

Diese Zwischenfälle begannen in der Nacht, nachdem ich Würfel gespielt hatte. Ich ging runter, um auf unserem Landungssteg nach dem Rechten zu sehen, und fand, daß alle unsere Ruderboote verschwunden waren. Sie waren gut befestigt gewesen, und ich wußte, daß sie sich nicht von allein losgemacht hatten. Es war günstig, daß ich gerade zu dieser Zeit runterging, denn irgend jemand mußte es erst kurz zuvor getan haben, und die Ebbe hatte noch keine Zeit gehabt, sie weit hinauszuschwemmen. Ich sah in der Enge etwas Dunkles, riß mir Hemd und Hosen runter und schwamm auf das zu, was eins unserer Boote war. Die Ruder waren noch drin, und ich brauchte nichts weiter tun als mit der Ebbe rauszurudern. So kriegte ich schließlich alle Boote wieder.

Ich konnte aber nun nicht jede Nacht auf dem Landungssteg sitzen und sehen, daß sich das nicht wiederholte, deshalb vertäute ich die Boote jeden Abend weit draußen im

Wasser und schwamm von dort an Land. Das beendete den Bootzwischenfall. Aber es stellte sich heraus, daß wir dafür andere Zwischenfälle einhandelten. In der nächsten Nacht, als wir alle schliefen, ging jemand auf unseren Landungssteg und öffnete die Reusenkörbe mit lebendigem Köder, die mit unseren Krabben, Garnelen und Stichlingen neben dem Steg schwammen. Er stülpte die Körbe um, und der ganze Köder war weg. Also vertäute ich die Köderkörbe jede Nacht bei den Ruderbooten, und das beendete den Köderzwischenfall.
Aber schon in der nächsten Nacht fuhr ein Auto an unserm Haus vorbei, und jemand schleuderte einen Topf mit grüner Farbe durchs Fenster. Der Topf zerbrach und verspritzte die Farbe über den ganzen Raum. Das war aber nicht so schlimm, weil wir versucht hatten, uns über eine Farbe zu einigen, um das Innere unseres Häuschens zu streichen, und dies Grün war hübsch und kühl und sah recht nett aus. Wir entschlossen uns also, unser Häuschen grün anzustreichen, wenn wir dazu kämen. Aber in der nächsten Nacht kam jemand in einem Auto vorbei, warf einen Stein durch unser Fenster und feuerte einen Schuß hinterher. Die grüne Farbe hatte sich als ganz vorteilhaft erwiesen, aber mit einem Stein und einer gebrauchten Kugel kann man nicht viel anfangen. Um den Stein war ein Papier gewickelt, und auf dem Papier standen in Druckbuchstaben die mit Bleistift geschriebenen Worte: »Wenn ihr klug seid, zieht ihr aus, bevor sie euch raustragen.«
Ich konnte erkennen, daß der Mann, der diese Worte geschrieben hatte, uns nicht freundlich gesinnt war, konnte mir aber nichts ausdenken, um diese Zwischenfälle zu verhindern, denn schließlich konnte ich ja unser Haus nicht nachts auch noch ins Wasser schleppen und dort zusammen mit den Ruderbooten und Köderkörben vertäuen. Pop und

Holly meinten, Klein-Nick und Blackie hätten was damit zu tun; also ging ich hin und sprach mit Blackie über die Sache.

»Toby«, sagte er, »es schmerzt mich, daß Sie glauben, wir könnten derartige Streiche verüben.«

»Na ja«, sagte ich, »wenn ihr es nicht seid, wer ist es sonst?«

»In etwa drei Wochen wollt ihr doch eure Anwartschaft auf Eigentum geltend machen, nicht wahr?«

»Ja, das stimmt, Blackie. Und Sie und Klein-Nick waren dagegen und haben versucht, uns den Platz abzukaufen. Darum sah es so aus, als ob vielleicht Sie und Klein-Nick uns von unserm Grundstück vertreiben wollen, bevor die Frist abgelaufen ist.«

»Vielleicht sollten Sie sich lieber auf andere Leute besinnen, die nicht wollen, daß Sie Ihren Anspruch geltend machen.«

»Was für andere Leute, Blackie?«

»Wenn ich mich recht entsinne, ist die Regierung euch doch feindlich. Vielleicht versucht das Amt für Öffentlichen Ausbau, einen Steingarten in eurem Haus anzulegen. Oder das Amt für Öffentliche Wohlfahrtspflege findet, daß ihr da drin bessere Luftzufuhr braucht, und drillt euch ein Loch mit einer Pistolenkugel Kaliber fünfundvierzig.«

»Das ist eine äußerst interessante Idee von Ihnen, Blackie. Und es ist auch überaus gescheit von Ihnen zu ahnen, daß es Kaliber fünfundvierzig war, denn genau das war's. Aber ich weiß immer noch nicht, was wir dagegen tun sollen.«

»Sie können immer noch an Klein-Nick und mich verkaufen.«

»Aber dann würden Sie vielleicht mit den Steinen und Kugeln bedacht werden.«

»Alles für einen Freund, Toby.«

»Schön«, sagte ich, »ich glaube zwar nicht, daß wir verkaufen wollen, aber ich bin froh zu hören, daß Sie und ich noch Freunde sind, und es ist nett von Ihnen, daß Sie so gern helfen wollen.«

Ich erzählte Pop und Holly davon, aber sie waren noch nicht befriedigt. Sie sagten, wenn man sich's recht überlege, hätte Blackie nicht viel geholfen, sondern die Dinge gelassen, wie sie waren. Und die Zwischenfälle hielten an. In der einen Nacht war's ein Auto, das den größten Teil von Pops Zaun vor unserm Haus niederriß, in der nächsten war's jemand, der eine Stinkbombe in unsern Abort warf, in der folgenden war's ein toter Fisch in unsrer Trinkwassertonne oder eine Kugel, die in unsern Salzwassertank geschossen wurde.

Nun war es möglich, wie Blackie sagte, daß diese Anschläge von der Regierung ausgeführt wurden, aber es ereigneten sich andere Dinge, an denen Klein-Nick und Blackie die Schuld trugen. Einige etwas rauhe Gesellen kamen rausgefahren, um an den Glücksspielen teilzunehmen. Sie ließen sich an Klein-Nicks Bar vollaufen und juchzten und randalierten die ganze Nacht durch. Fast jede Nacht gab's 'ne Keilerei, und einmal habe ich gesehen, wie Al und Carmine einen Mann verprügelten, der irgendwelche Einwände machte. Ein andermal warf ein Mann, der zu viel getrunken hatte, den Stand um, den die Jenkinses für ihren Muschelschmuck errichtet hatten. Den Browns wurden leere Whiskyflaschen durchs Fenster geschmissen. Kunden, die aus der Stadt zum Angeln gekommen waren, beklagten sich über die Art, wie diese Spieler mit ihren Autos über die Brücke rasten und sie beinahe anfuhren.

Ich ging zu Blackie und besprach das mit ihm. Diesmal tat er nicht mal so, als wolle er helfen.

»Ein bißchen Übermut müssen Sie in Kauf nehmen«, sagte er. »Wenn's Ihnen zu laut wird, sind wir immer noch bereit, Ihnen Ihr Haus abzukaufen. Aber wir halten das Angebot nicht mehr lange aufrecht.«

Danach sah ich ein, daß wir etwas tun mußten, und fuhr nach Gulf City. Dort erzählte ich dem Sheriff, was bei uns los war, und bat ihn, für etwas Ruhe zu sorgen.

»Nun ja«, sagte er mit einem kleinen Gähnen, das er aber sehr wohlerzogen mit der Hand bedeckte. »Ich würde ja gern helfen, aber ihr Leute da draußen seid nicht auf kreiseigenem Land. Darum kann ich gar nichts tun. Ihr könnt auch die Verkehrspolizei fragen, aber die darf natürlich nur auf der Straße einschreiten, und außerdem ist sie euch nicht sehr grün, weil ihr auf dem Land gesiedelt habt, das der Staat vergessen hat, für sich zu beanspruchen. Es sieht so aus, als hättet ihr da ein kleines Rechtsproblem, das nur euch betrifft.«

Ich fragte: »Und was tun Leute, wenn sie ein derartiges Rechtsproblem haben und auf die Gesetzeshüter nicht zählen können?«

Er gähnte wieder diskret und sagte: »Ich denke, ihr wählt euch euren eigenen Gesetzeshüter. Das wäre zwar nicht legal, aber soweit ich erkennen kann, ist da draußen sowieso nichts legal. Ja, und sehen Sie zu, daß Sie ein paar Stellvertreter für Ihren Gesetzeshüter haben. Denn nach dem, was mir die Leute an der Ostküste über Klein-Nick und Blackie erzählen, wird der Verschleiß an Gesetzeshütern ziemlich groß sein.«

Nun, das war zwar auch nicht eben sehr hilfreich, aber der Sheriff brachte mich doch auf eine Idee. Ich kam zurück, besprach mich mit Pop und Holly, mit den Browns und den Jenkinses, und wir beriefen eine Bürgerversammlung für den Nachmittag ein. Wir wollten die Sache gerecht behandeln, deshalb besuchte ich Klein-Nick und Blackie und sagte ihnen, daß wir eine Versammlung hätten, um uns einen Gesetzeshüter zu wählen, und sie erhielten hiermit eine Einladung, auch zu kommen und abzustimmen, wenn sie wollten.

Klein-Nick sagte: »Ihr Clowns seid alle übergeschnappt.«

Blackie sagte: »Wir könnten hier einen tollen Betrieb haben, wenn ihr Leute nur mitmachen wolltet. Ihr wißt gar nicht, wann's euch gut geht.«

»Wir brauchen hier ein bißchen Gesetzesgewalt«, erklärte ich.

Blackie grunzte: »Ein bißchen Gesetzesgewalt! Es gibt niemals ›ein bißchen Gesetzesgewalt‹. Das ist wie ein Mensch, der der Flasche abgeschworen hat und sagt, er wolle nur ein kleines Gläschen haben. Wenn man mit einem Gesetz anfängt, dann findet man kein Ende.«

»Diese Chance müssen wir auf uns nehmen, Blackie.«

Klein-Nick sagte zu Blackie: »Wir sind zu gutmütig gewesen. Ich habe dir schon vor einer Woche gesagt, wir sollten endlich Ernst machen.«

»Einen Augenblick«, sagte Blackie. »Ich hab 'ne Idee. Ich glaube, wir sollten bei dieser Versammlung mitmachen.«

Klein-Nick sagte: »Deine anderen Ideen haben auch nichts getaugt.«

»Deine etwa?« fragte Blackie. »Wessen Idee war's denn, die uns zwanzigtausend Eier gekostet hat? Wessen Idee hat uns denn Unsummen gekostet, um dieses Haus wieder auf seine Pfähle zu montieren?«

»Na schön«, sagte Klein-Nick. »Wir riskieren's mit deiner Idee. Zählen Sie auf uns bei der Versammlung, Toby.«

Wir hatten die Versammlung für drei Uhr nachmittags auf unserer Veranda angesetzt. Als es soweit war, hatten sich Klein-Nick und Blackie noch nicht blicken lassen, aber wir fingen trotzdem an. Holly wußte, wie man eine solche Versammlung aufzieht, weil sie schon in der Schule welche mitgemacht hatte, deshalb wählten wir sie zum Vorsitzenden – das ist nämlich ein Mensch, der an einem Tisch sitzt und darauf rumhämmert, wenn die Leute zuviel reden, was sie bei einer Versammlung immer tun. Holly fragte, ob wir noch Punkte von der alten Tagesordnung zu erledigen hätten, und als ich von unseren Zwischenfällen erzählte, sagte sie, das kommt auf die neue Tagesordnung, weil wir eine alte nicht hätten, denn wir hätten ja noch nie vorher Versammlungen abgehalten. Man sollte meinen, die alte Tagesordnung wäre das, was schon passiert ist, aber das ist nicht genug. Sie wird erst alt, wenn man's in einer Versammlung durchgesprochen hat, und ich nehme an, es ist das Reden, das die Tagesordnung abnutzt und alt werden läßt. Wir kamen schließlich zur neuen Tagesordnung, und ich brachte die Kugeln zum Vorschein, die ich aus unserm Haus rausgepolkt hatte, und den Stein, den uns jemand ins Haus geworfen hatte, und begann, über die Zwischenfälle zu berichten.

Ich hatte kaum angefangen, als Mr. Brown sagte: »Seht euch das mal an!«

Wir schauten uns um und sahen acht Männer von nebenan rüberkommen. Es waren Klein-Nick und Blackie, Al und Carmine und vier von den Männern, die die Spiele leiteten. Sie drängten sich auf unsre Veranda, und es war nett von ihnen, soviel Interesse am Gesetz zu beweisen, wo sie doch gar nicht so viel drauf gaben und sich nicht drum zu kümmern brauchten. Wir sagten ihnen, was wir bisher getan hatten, und ich zeigte ihnen den Stein, über den ich grade sprach.

Blackie sagte: »Wir haben alle 'ne Menge Arbeit vor uns, stimmen wir also ab.«

Holly sagte: »Als Vorsitzende erkläre ich, daß Ihr Verhalten ordnungswidrig ist.«

Blackie entgegnete: »Ich weiß auch einigermaßen Bescheid in der Abhaltung von Versammlungen. Ich beantrage zu erklären, daß der Vorsitzende ordnungswidrig ist. Alle dafür sagen ›ja‹.«

All die Burschen, die grade gekommen waren, schrien ›ja‹.

»Gegenprobe?« fragte Blackie.

Die Jenkins, Browns, Pop und ich schrien ›nein‹, aber wir konnten nicht so viel Krach machen wie die acht. Wenn man sich's recht überlegt, hatten sie acht Schreie gegen unsere sechs, Hollys nicht mitgerechnet.

»Antrag angenommen«, sagte Blackie. »Ich beantrage, daß wir einen neuen Vorsitzenden wählen, und zwar Carmine. Wer ist dafür?«

Es folgte ein neues Geschrei, das unseres übertönte. Carmine schob sich zum Tisch, drückte Holly beiseite und setzte sich. »Nur immer langsam, Carmine«, sagte ich. »Das kommt mir nicht richtig vor, und ...«

»Sie sprechen hier geschäftswidrig«, sagte Carmine, wobei er mir einen Stoß gab. »Weitere Anträge?«

»Ja«, sagte Blackie. »Ich beantrage, daß wir Nick zum Bürgermeister unserer Gemeinde wählen.«

Alle diese Kerle schrien wieder ›ja‹, und Nick verbeugte sich, lächelte und sagte, er würde versuchen, ein guter Bürgermeister zu sein. Dann beantragte Al, daß Blackie zum Polizeipräsidenten ernannt würde, und brachte auch das durch, und von da ab liefen die Dinge etwas zu schnell, als daß ich ihnen hätte folgen können. Niemand von uns wußte wirklich, was vor sich ging, die Jenkins' und Browns sahen verängstigt aus und drückten sich zur Tür, Pop maulte vor sich hin, und Holly weinte. Ich konnte allein nicht so viel Krach machen, um die Kerle bei den Abstimmungen zu übertönen. Sie beschlossen unter anderem eine Steuer von zweihundert Dollar für jeden Grundstücksbesitzer und sagten, sie müsse innerhalb von zwei Tagen bezahlt werden, oder man würde ihm die Möbel wegnehmen. Sie nahmen ein anderes Gesetz für einen Gemeindeparkplatz an, wodurch uns fast unser ganzes unbebautes Land entzogen wurde. Dabei lachten die Kerle sich halbtot, machten einen Heidenlärm, und wenn Holly nicht gewesen wäre, wäre es uns schlimm ergangen.

Sie machte sich an mich ran, schluckte ihre Tränen runter und sagte: »Toby, alles, was sie hier tun, ist ordnungswidrig.«

»So«, sagte ich, »das freut mich zu hören, weil ich mir nämlich schon Sorgen machte. Wenn du mir jetzt noch sagen willst, warum es ordnungswidrig ist, werde ich sie auffordern, alle diese Gesetze zurückzunehmen.«

»Es ist ordnungswidrig, weil nur zwei von ihnen das Stimmrecht haben«, sagte Holly. »Al, Carmine und diese anderen vier Männer wohnen nicht hier. Nur Klein-Nick und Blackie wohnen hier und haben Stimmrecht. Wir müßten also imstande sein, sie sieben zu zwei zu überstimmen.«

»Ich bin herzlich froh, daß du das vorgebracht hast«, sagte ich, »denn jetzt werde ich die Sache zurechtbiegen.«

Holly fragte: »Wie kann man eine solche Versammlung zur Ordnung rufen?«

»Ich habe doch gesehen, daß du auf den Tisch geklopft hast, um sie zur Ordnung zu rufen. Ich will das gern für dich tun, wenn du's für richtig hältst.«

»Oh, es ist richtig, Toby, aber ich glaube nicht, daß sie darauf hören werden.«

»Ich will's immerhin versuchen«, sagte ich.

Die ganze Zeit hatte ich noch den Stein in der Hand, den man uns ins Fenster geschmissen hatte. Er war so groß wie meine beiden Fäuste und muß etwa fünf Pfund gewogen haben. Ich haute mit dem Stein auf den Tisch und brüllte »Ordnung! Ordnung!«

Ich bin nicht sicher, ob die Kerle Ruhe gegeben und zugehört hätten, weil sie immer noch mehr Lärm machten, als ich machen konnte, aber leider paßte ich nicht auf, wo ich den Stein hinhaute, und er traf genau den kleinen Finger von Carmines linker Hand. Carmine stimmte ein Geheul an, alle verstummten und starrten ihn an, wie er auf und ab hopste und sich den Finger lutschte.

»Männer«, sagte ich, »wie wär's mit etwas mehr Ruhe? Es tut mir aufrichtig leid, daß ich eben Carmines Finger zermanscht habe, aber wenn er nicht hier am Tisch gewesen wäre, wo er nicht hingehört, wär's nicht passiert. Ich muß euch sagen, daß nichts, was ihr hier getan habt, ordnungsgemäß ist, weil nur Bürger, die in dieser Gemeinde leben, abstimmen können. Ihr Männer, außer Nick und Blackie, wohnt in Gulf City und kommt nur zur Arbeit hierher. Nick und Blackie sind als einzige stimmberechtigt. Ich beantrage also, daß wir Holly wieder den Vorsitz geben und alles vergessen, was ihr bisher getan habt. Wer ist dafür?«

Ein großer Tumult von ›jas‹ und ›neins‹ erhob sich. Ich sagte: »Die ›Jas‹ haben mit sieben zu zwei gewonnen. Jetzt wollen wir also ...«

»Toby«, kreischte Holly, »paß auf!«

Als ich die Abstimmung machte, hatte Carmine seinen Schlagring aus der Tasche geholt und über seine rechte Hand gestreift, die nicht zermanscht war. Als ich durch Hollys Schrei gewarnt herumfuhr, sah ich, wie Carmine zum Punch ansetzte. Beim Fußball hatten die Jungen oft zum Punch gegen mich angesetzt, wenn sie glaubten, daß der Schiedsrichter nicht hinsah, oder sie hatten versucht, mir den Vorderarm zu lähmen. Es ist kein Vergnügen, solche Schläge zu kriegen, und ich hatte gelernt, mich zu dukken und ganz gut zu verteidigen. Aber jetzt hatte ich keine Zeit mehr, Carmines Punch abzuducken. Das einzige, was ich tun konnte, war, meine Hand hochzureißen, um den Schlag zu blockieren. Ich muß nun zu meinem Bedauern zugeben, daß die Hand, die ich hochbrachte, diejenige war, in der ich den Stein hielt, und Carmines Schlagring knallte auf den Stein. Ich schätze, daß er den Anprall seinen Arm rauf über die Schulter und bis runter in die Fersen gefühlt hat. Man konnte meinen, daß er das Menschenmögliche an Geheul schon geliefert hatte, als ich ihm den Finger zerquetschte, aber das war nur ein kleines Probegewimmer gewesen, verglichen mit dem Lärm, den er jetzt vollführte. Ich hatte keine Zeit, dem Geheul zuzuhören und mir zu überlegen, wie weit es wohl hallte, denn Al drang mit seinem Totschläger auf mich ein. Ich wollte ihm aus dem Wege gehen und dabei kein überflüssiges Gewicht tragen, deshalb ließ ich den Stein fallen, und leider fiel der gerade auf Als nur mit einem Turnschuh bekleideten rechten Fuß und verstauchte ihm die Zehen. Al schrie und fing an, auf einem Bein auf und ab zu hüpfen. Ich wollte nicht, daß er sich mit seinem Totschläger unglücklich machte, und da ich außerdem etwas brauchte, um damit auf den Tisch zu hauen, langte ich rüber, nahm ihm den Totschläger ab und schlug auf den Tisch. Es stellte sich heraus, daß ein Totschläger das gegebene Werkzeug ist, wenn man Ordnung herstellen will. Im Raum wurde es plötzlich mäuschenstill, abgesehen von Als und Carmines Stöhnen. Ich brachte es nicht übers Herz, das für ordnungswidrig zu erklären, weil das einzig Ordnungswidrige in Wirklichkeit ihre Finger und Zehen waren.

»Leute«, sagte ich, »ich schlage vor, wir fangen noch einmal da an, wo wir waren, bevor diese Versammlung aus dem Leim ging. Holly, du übernimmst wieder den Vorsitz.«

Holly flüsterte mit Pop, und Pop sagte: »Ich beantrage, daß wir Toby zum Wachtmeister ernennen, der hier für Ordnung sorgt.«
Mr. Jenkins sagte, er würde diesen Antrag unterstützen. Holly ließ abstimmen, und ich wurde gewählt. Ich fühlte mich sehr stolz, weil ich's in Fort Dix niemals weiter gebracht hatte als zum einfachen Schützen, und hier war ich nun schon Wachtmeister geworden. Wo Klein-Nick, Blakkie und die vier anderen Männer standen, wurde eifrig geredet, und Holly bat mich, sie entweder zur Ordnung zu bringen oder aus dem Raum zu weisen. Ich drängte mich zu ihnen hin. Da ich keinen Tisch hatte, auf den ich klopfen konnte, haute ich mit dem Totschläger auf den Boden, und die Männer brachten ihre Füße sehr hurtig in Sicherheit.
Klein-Nick wich zurück und sagte zu Blackie: »Laß nur diesen Gorilla nicht mit dem Totschläger auf mich losgehen.«
»Ich habe ihn genau studiert«, erwiderte Blackie. »Er tut dir nichts zuleide, wenn du ihn nicht mit einer hastigen Bewegung nervös machst.«
»Und wir interessieren uns nur noch dafür, daß uns kein Leid geschieht, was?« fragte Klein-Nick. »So tief sind wir also schon gesunken.«
Blackie sagte: »Es ist schlimm genug, wenn man mit dem Totschläger von jemand verplättet wird, der einen verplätten will, aber es ist weit schlimmer, wenn man von jemand verplättet wird, der einen nicht verplätten will. Denn derjenige, der's nicht will, schlägt unter Umständen viel härter zu, als er gebraucht hätte. Ich habe mir diesen Burschen da genau angesehen. Er hat niemals die Absicht, zuzuschlagen, deshalb tut's so weh, wenn er's tut.«
»Du sollst doch so schnell mit dem Schießeisen sein«, sagte Klein-Nick. »Wovor fürchtest du dich eigentlich?«

»Ich fürchte mich vor dem Tageslicht und einer Menge Zeugen«, sagte Blackie.

»Leute«, rief ich, »ich muß euch bitten, Ordnung zu halten und nicht zu sprechen, wenn euch der Vorsitzende nicht das Wort erteilt hat.«

»O. K., Toby«, sagte Blackie. »Machen Sie nur weiter mit Ihrer Versammlung. Es wäre für uns eine interessante Abwechslung, mal zu beobachten, wie Gesetze gemacht, statt wie sie abgewürgt werden.«

Wir setzten also unsere Versammlung fort. Mr. Brown beantragte, daß wir Gesetze für unsere Gemeinde erlassen sollten. Mr. Jenkins meinte, nach dem, was er in dieser Versammlung gesehen hätte, würde er lieber Ordnung in unserer Gemeinde sehen, da wir immer sehr schnell Ordnung gekriegt hätten, wenn ich auf den Tisch schlug. Sie diskutierten eine Weile und einigten sich, daß sie beides haben wollten, Recht und Ordnung. Aber dann wurde viel darüber geredet, was für Gesetze wir denn machen sollten, und trotz der unzähligen Gesetze, von denen wir uns welche aussuchen konnten, kamen wir nicht von der Stelle.

Schließlich sagte ich: »Es gibt so viele Gesetze, daß wir einen ganzen Monat damit verbringen könnten, sie der Reihe nach zu erlassen. Warum begnügen wir uns dann nicht mit einem einzigen? Ich beantrage, daß es in dieser Gemeinde rechtswidrig sein soll, Handlungen zu begehen, deren man sich schämen muß.«

Blackie lachte und sagte: »Und wer will darüber entscheiden, wofür ich mich schämen muß?«

»Das ist doch klar«, sagte ich. »Das sollen Sie selber entscheiden. Wenn Sie's aber nicht können, bin ich sicher, daß wir übrigen Ihnen dabei helfen werden.«

»Was für ein Gesetz!« spottete Blackie. »Es sagt nicht, was verboten ist, und ebensowenig, was die Strafe ist.«

Mrs. Brown erklärte: »Ich finde, es ist ein herrliches Gesetz. Ich habe mir sagen lassen, daß viele Schwierigkeiten dadurch entstehen, daß man alles in Gesetze packt, was man sich nur ausdenken kann. Denn dann finden andere Leute etwas, was man dabei vergessen hat, gehen hin und tun's. Entschuldigen Sie den Vergleich, aber ich finde, das Gesetz ist wie ein dreifach elastischer Frauengürtel, der sich allen Formen anpaßt.«

»Das finde ich auch«, sagte Mrs. Jenkins. »Ich bin für Tobys Gesetz.«

Holly ließ abstimmen, und mein Gesetz wurde angenommen. Ich war sehr stolz darauf, denn es passiert nicht jedem, daß sein erstes Gesetz gleich angenommen wird. Dann beantragte Mrs. Brown, mich zum Gesetzeshüter zu wählen, und das ging auch durch. Danach schlossen wir die Versammlung, und die Nachbarn kamen zu mir, um mir die Hand zu schütteln. Auch Blackie kam zu mir und zog aus der Tasche einen Sheriffstern, den er mir ans Hemd heftete.

»So, Toby«, sagte er, »jetzt besitzen Sie auch einen Stern wie ein richtiger lebendiger Sheriff, und ich will nur hoffen, daß Sie's auch bleiben. Lebendig, meine ich.«

»Herzlichen Dank«, erwiderte ich. »Ich will hoffen, daß Sie das nicht einem Sheriff abgenommen haben, als er gerade nicht hinsah.«

»Der Sheriff von Palm County hat ihn mir gegeben«, erklärte Blackie. »Sie würden sich wundern, wie viele Polizisten glänzend mit mir auskommen. Nun möchte ich, daß auch Sie diesem Ziel nachleben. Der Ton liegt auf leben.«

Klein-Nick kam rüber und sagte: »Ich glaube, du machst hier einen großen Fehler, Blackie.«

»Kann man nicht mal seinen kleinen Spaß haben?« fragte

Blackie. Klein-Nick sagte: »Ich bin nicht ganz sicher, auf wen der Spaß zielt.«

Blackie antwortete: »Ich bin's aber. Ich werde ein paar Kumpane von der Ostküste anrufen und sie rüberholen, für den Fall, daß wir hier Ärger kriegen. Ich möchte sicher sein, daß sie Toby erkennen, wenn sie ihn sehen.«

»Einverstanden«, sagte Klein-Nick. »Endlich redest du vernünftig.« Er wandte sich mir zu und sagte: »Polieren Sie den Stern gut, Toby. Es wäre mir schmerzlich, wenn Blackies Kumpane Sie verfehlten.«

»Ja«, sagte ich, »den kleinen Gefallen will ich Ihnen gern tun.«

Ich hätte es wahrscheinlich sowieso getan, aber da ich's nun Klein-Nick ausdrücklich versprochen hatte, polierte ich den Stern etwa eine geschlagene Stunde. Er trug die Inschrift: ›Ehrensheriff von Palm County‹, was drüben an der Ostküste liegt. Eine Zeitlang machte ich mir Gedanken, ob ein Stern von Palm County in unserem Teil des Staates auch Gültigkeit hätte, aber dann erinnerte ich mich, daß der Sheriff in Gulf City gesagt hatte, wir lebten auf Niemandsland. Wenn wir wollten, konnten wir das wohl ebensogut Palm County nennen.

Am Abend nach dem Essen, als die Sonne unterging und es schon etwas kühler wurde, machte ich einen kleinen Dauerlauf die Straße entlang in Richtung aufs Festland. Blackie sah mich vorbeilaufen und verulkte mich, daß ich die Gemeinde noch schneller verließ, als er's sich gedacht hätte. Ich sagte ihm, ich hätte schon immer gern einen kleinen Dauerlauf von sechs oder sieben Kilometern gemacht, und jetzt, wo ich Sheriff war und mich in guter Form halten mußte, wollte ich jeden Abend so einen Dauerlauf machen.

Als ich zurückkam, besuchte ich reihum erst die Jenkins

und dann die Browns, um zu sehen, ob sie alle das Recht und die Ordnung hatten, die sie brauchten. Sie sagten, es sei alles bestens, aber ob ich nicht dafür sorgen wollte, daß der Lärm bei Klein-Nick und Blackie nach Mitternacht aufhöre, damit sie schlafen könnten. Ich versprach es. Ich machte mir Hoffnung, daß Klein-Nick und Blackie jetzt, wo wir Recht und Ordnung hatten, etwas mehr Rücksicht nehmen würden. Aber um Mitternacht machten sie mehr Krach als je zuvor, und ich ging rüber, um sie um Ruhe zu bitten. Der Mann an der Tür wollte mich nicht reinlassen und hielt die Tür geschlossen. »Meinetwegen«, sagte ich, »dies ist nicht die stärkste Tür, die mir begegnet ist, und wenn ich anfange, dagegen zu treten, werde ich bestimmt mit der Tür ins Haus gelangen; ich möchte also vorschlagen, daß Sie öffnen und mich einlassen.«

»Blackie!«, schrie der Mann, »Blackie!«

Blackie kam an die Tür, öffnete sie und sagte: »Sie können hier nicht reinkommen, um zu würfeln, falls Sie darauf aus sind.«

»Nein, Blackie, das will ich nicht«, erwiderte ich. »Ich möchte nur, daß Sie hier für Ruhe sorgen, damit die Leute schlafen können.«

»Gehen Sie und verhökern Sie Ihr Recht und Ihre Ordnung woanders. Sie rennen in Ihr Verderben, Toby.«

»Blackie, es sieht so aus, als ob dieses Haus Recht und Ordnung mehr braucht als alle anderen der Gemeinde. Und was das Verderben anlangt: wenn ich jetzt hier weggehe, verderbe ich's mit den Browns und den Jenkins' und Pop und Holly, also will ich's schon lieber hier verderben.«

»Seien Sie nicht lächerlich. Machen Sie, daß Sie wegkommen.«

Ich sah, daß er sich im Augenblick für Recht und Ordnung nicht übermäßig interessierte, deshalb hob ich ihn hoch und ging mit ihm ins Haus. Anscheinend habe ich dabei versehentlich ein bißchen zu sehr zugedrückt, denn als ich ihn losließ, klappte er in einem Stuhl zusammen und kriegte einen Hustenanfall.

Klein-Nick kam angerannt und fragte: »Ist das alles, was du tust, wenn dich jemand anfaßt? Setzt dich einfach hin und läßt dir's gefallen?«

Blackie hustete noch ein wenig und sagte: »Dieser Riesenaffe hat mir beinahe die Brust eingedrückt, und wenn ich ans Ende meines Pistolenhalfters fasse, finde ich wahrscheinlich das Ende einer gebrochenen Rippe.«

»Was will denn der Clown schon wieder?« fragte Klein-Nick.

»Er will, daß wir für Ruhe sorgen.«

Klein-Nick wandte sich zu mir und sagte: »Sie wollen Ruhe haben? Gehen Sie, und schaffen Sie welche.«

Es war sehr freundlich von Klein-Nick, das zu sagen, und ich ging an die Arbeit. Erst kam ich zur Bar, wo ein paar Männer sangen, andere sich stritten und ein Musikautomat so laut spielte, daß einem die Zähne wehtaten. Ich wollte mich mit meinem funkelnden Stern nicht wichtigtun, deshalb hielt ich meinen Arm drüber, während ich zu den Männern ging, die sich stritten, und sie bat, aufzuhören. Statt dessen fingen sie aber nur an, sich mit mir zu streiten, und das brachte uns nicht weiter. Deshalb versuchte ich's erst mal bei den Männern, die sangen, und bat sie, das zu unterlassen, aber sie legten mir den Arm um die Schulter und wollten, daß ich mitsänge. Wenn es nicht so spät gewesen wäre, hätte ich nichts dagegen gehabt, obwohl ich immer aus der Melodie falle, jetzt aber konnte ich nicht mitsingen, und sie wollten das Singen nicht lassen. Ich ging zum Musikautomaten und zog den Stecker aus dem Kontakt, aber ein kleiner betrunkener Geselle stieg von seinem

Barhocker, kroch rüber und stellte ihn wieder an. Da ich nicht die Schnur zerreißen oder den Automaten zerbrechen wollte, was nicht nett gewesen wäre, wußte ich mir keinen Rat.

Ich ging in den Saal, wo gespielt wurde. Dort machte ich die Runde und flüsterte den Leuten zu, sie sollten weniger Lärm machen, weil die Nachbarn schlafen wollten, aber das machte auf sie keinen sehr tiefen Eindruck. Ich ging zurück zur Tür, wo Klein-Nick, Al und Carmine standen, und erzählte ihnen, daß ich keinen großen Erfolg hätte.

Klein-Nick sagte: »Also gut. Wir haben Ihnen eine Chance gegeben, und Sie konnten nichts damit anfangen. Nun türmen Sie.«

»Nein«, sagte ich, »ich muß mir überlegen, wie man hier Ruhe schaffen kann.«

Ich sah mich um und entdeckte einen Schalterkasten neben der Zelle, in der die Chips ausgegeben wurden, und da ich ja zugesehen hatte, wie das Haus gebaut wurde, erinnerte ich mich auch, daß in dem Kasten ein Schalter war, der alle Lichter an die Lichtmaschine anschloß. Ich dachte also, wenn ich die Lichter ein paarmal blinken ließ, würden die Leute auf mich hören, wenn ich sie um Ruhe bat. Ich öffnete also den Kasten und griff nach dem Schalter.

»Lassen Sie die Hände davon«, sagte Klein-Nick.

»Ich will nichts anderes tun«, erklärte ich, »als diese Lichter ein paarmal blinken lassen, um mir Aufmerksamkeit zu verschaffen.«

Klein-Nick wandte sich an Al und Carmine und fragte: »Habt ihr Schiß vor diesem Clown?«

Carmine sagte: »Nicht, wenn er keinen Stein in der Hand hat.«

»Wenn er nicht schleunigst verduftet«, sagte Klein-Nick, »macht ihn fertig.«

Ich sah, daß die Sache brenzlig wurde, weil Al sich einen neuen Totschläger besorgt hatte, und Carmine seinen Schlagring überstreifte. Aber ich konnte nicht mehr zurück. Ich drehte den Schalter zweimal aus und wieder an und schrie: »Ruhe im Saal!« Ob's mein Geschrei oder die blinkenden Lichter bewirkten, jedenfalls drehten sich alle nach mir um. Ich vergaß, meinen Stern mit dem Arm zu verdecken, und vermute, daß das Licht darauf glitzerte und jeder ihn sah. Denn sie wurden mäuschenstill.

»Leute«, sagte ich, »als Hüter des Gesetzes an diesem Platz muß ich ...«

Hinten im Saal brüllte ein Mann: »Razzia!«

Das hätte er nicht sagen sollen. Frauen kreischten, Männer rannten, und Al und Carmine stürzten sich auf mich. Ich hatte immer noch den Schalter in der Hand und konnte nur noch denken, daß es sehr praktisch wäre, den Schalterkasten zwischen mich und Schlagring und Totschläger zu bringen. Ich riß ihn daher aus der Wand, und alle Lichter gingen aus. Al und Carmine kriegten jemand zu fassen, aber jedenfalls nicht mich. Es stellte sich später heraus, daß ein paar Leute, die es sehr eilig hatten, auf ihnen rumtrampelten. Aber damals hatte ich keine Ahnung, was passierte, vor lauter Lärm und Kreischen, Krachen berstender Tische und Splittern der Fenster, durch die die Leute sich ins Freie retteten, wobei sie die Drahtnetzrahmen mitrissen. Draußen auf dem Parkplatz herrschte ein unsinniges Getümmel, und nicht viele Kotflügel blieben ganz. Die Leute fühlten sich auch beengt, weil im Drahtzaun nur ein Ausgangstor war, und eine ganze Anzahl legte neue Tore an, indem sie mit den Wagen einfach durch den Zaun fuhr.

Etwa zehn Minuten lang hätte ich gemeint, daß ich mit meinem Versuch, Ruhe zu schaffen, keinen rechten Erfolg hatte. Nachdem aber alle diese Menschen verschwunden waren, was ungefähr zehn Minuten dauerte, war kein Laut mehr zu hören. Das heißt, wenn man Klein-Nicks Bemerkung zu Blackie nicht mitrechnet: »Du und dein gottverdammter Stern!«

15

Als es am nächsten Tag hell wurde, sah ich mir Klein-Nicks und Blackies Haus genau an, und man hätte denken können, daß jemand das Haus hochgehoben und die darin befindliche Einrichtung durcheinandergeschüttelt hätte wie Würfel im Becher. Ich glaube, man konnte aus dem Aussehen des Platzes eine Lehre ziehen. In einem Haus, in dem die Menschen von Panik ergriffen werden, wenn jemand »Razzia« schreit, muß man viele Türen und Tore haben, sonst machen sich die Leute ihre eigenen. Ich fragte Klein-Nick und Blackie, ob ich in irgendeiner Weise helfen könnte, aber sie sagten, nein danke, im Augenblick brauche nichts weiter zerbrochen zu werden.

Sie taten nichts als rumsitzen, und ich fragte, wann sie das Haus reparieren wollten. Blackie erklärte, sie müßten erst ein kleines Problem aus der Welt schaffen, und das würde in zufriedenstellender Weise heute nacht geschehen. Ich sagte, ich hoffte, sie würden in ihrem Haus keinen Lärm mehr machen, wenn es repariert wäre, und Blackie entgegnete, es sei sicher, daß ich nicht eine einzige Beschwerde vorbringen würde. Das freute mich besonders, denn bisher waren Klein-Nick und Blackie für Recht und Ordnung nicht gerade begeistert gewesen.

Nach dem Abendessen, als es schon dunkel wurde, kamen Klein-Nick und Blackie bei uns vorbei und sagten, sie hätten gehört, daß man sich beim Angeln so gut entspannen und seine Sorgen vergessen könne. Sie wollten versuchen, ein bißchen auf der Brücke zu angeln, wenn wir ihnen zeigten, wie man's macht. Ich war gern dazu bereit, aber sie sagten, nein, sie wollten mich auf keinen Fall von meinem Dauerlauf von sechs bis sieben Kilometern abhalten, weil ich als Gesetzeshüter doch in guter Form sein müsse. Ich sollte mich nicht stören lassen, denn Pop, Holly und die Zwillinge könnten ihnen ja auch zeigen, wie man angelt.

Es war eine ziemlich dunkle Nacht ohne Mond, aber ich sehe gut in der Dunkelheit und rannte in schnellem Tempo die Straße entlang, indem ich hin und wieder einen kleinen Zwischenspurt einlegte, um etwas ins Schwitzen zu geraten. Als ich vielleicht drei Kilometer aufs Festland gelaufen war, hörte ich hinter mir einen Wagen kommen und lief zur anderen Straßenseite rüber, um ihm möglichst viel Platz zu lassen. Die Kiefernbüsche und jungen Palmen vor mir wurden von den Lichtern hell erleuchtet, und ich nahm an, daß er mich erblicken mußte und sich vorsehen würde. Aber auf so etwas kann man niemals rechnen. Wenn man manche Leute fahren sieht, kriegt man den Eindruck, daß sie jedesmal, wenn sie wissen, wohin sie fahren, einen Nickel in die Armenkasse zahlen. Es war gut, daß ich auf die Reifen des Autos hörte, denn im letzten Augenblick quietschten sie, als ob jemand das Rad herumgeworfen hätte. Ich verlor keine Zeit und sprang von der Straße runter, so daß der linke Kotflügel nur meine Hose etwas abstaubte.

Der Wagen brauste die Straße runter, und ich setzte meinen Lauf fort. Etwa eine Minute später sah ich Scheinwerfer auf mich zukommen. Es klang wie derselbe Wagen, und ich dachte, daß er vielleicht gerade noch mitgekriegt hatte, wie ich ihm aus dem Weg ging, und nun zurückkam, um zu sehen, ob er mir auch nichts getan hatte. Ich wollte ihn nicht dafür büßen lassen, daß er mich beinahe angefahren hatte, deshalb lief ich weiter, als ob nichts geschehen sei, und hielt den Kopf gesenkt, damit seine Scheinwerfer mich nicht blendeten. Aber er verlangsamte seine Fahrt nicht, als er näherkam, und vollführte doch tatsächlich wieder so eine Schlenkerbewegung. Ich machte einen Hechtsprung von der Straße runter, und diesmal gab der Kotflügel sozusagen den Staub wieder an meine Hose zurück.

Als ich mich aufrappelte, hörte ich die Bremsen quietschen. Der Wagen schleuderte über die ganze Straße, und die Insassen schrien sich gegenseitig an. Sie waren wahrscheinlich betrunken und mußten zu Schaden kommen, wenn das so weiterging. Sie hatten ungefähr hundert Meter hinter mir gehalten. Ich sauste hin, um ihnen zu sagen, sie sollten ihren Rausch ausschlafen, und einen Augenblick glaubte ich auch, daß sie zu eben diesem Zweck von der Straße runterfahren wollten. Aber in Wirklichkeit wollten sie nur wenden. Sie übersahen dabei anscheinend den Straßengraben, denn sie gerieten mit zwei Rädern in den Graben und blieben stecken. Vier Männer waren im Wagen. Sie vollführten einen Heidenlärm und hörten mich nicht kommen.

Mein erster Blick zeigte mir, daß die Männer zur Jagd fuhren. Es war ein Glück für sie, daß ich kein Jagdaufseher war, denn die Jagdzeit für Rehwild und wilde Truthähne hatte noch nicht angefangen, und es ist überhaupt gesetzwidrig, Rehwild und Truthähne mit einer Repetierflinte und einer Maschinenpistole zu jagen, wie diese Männer sie bei sich trugen. Nun sollten eigentlich Leute, die auf die Jagd gehen, wissen, daß Kugeln und Alkohol nicht Hand in Hand gehen, aber nein, das erste, was ein Jäger tut, ist, die Flinte laden, die Flasche entladen und sich dann wundern, warum er das Reh verfehlt, dafür aber Joe oder Tom erlegt hat.

Ich wollte diese Männer vor sich selber schützen und langte deshalb, bevor sie wußten, daß ich da war, in den Wagen neben den Fahrer, stellte den Motor ab und riß den Schlüssel raus. »Leute«, sagte ich, »ihr seid alle betrunken und müßt erst mal euren Rausch ausschlafen; diesen Schlüssel hier kriegt ihr nicht zurück, bevor ihr nicht wieder fähig seid zu fahren.«

Einen Augenblick starrten sie mich an, als hätte ich nicht alle fünf Sinne beisammen. Dann versuchte der mit der Maschinenpistole, auf mich zu zielen, aber eine Maschinenpistole ist in einem Wagen, besetzt mit Menschen, die keinen Wert darauf legen, den Kolben gegen den Schädel oder ins Auge zu bekommen, gar nicht so leicht zu handhaben. Es dauerte daher ein paar Sekunden, bis er seinen Kolben von den anderen Männern losgepolkt hatte. Nun kann man mir eins nicht nachsagen, nämlich, daß ich dumm bin, und ich wußte von Anfang an, daß ein Haufen angetrunkener Gesellen es sich nicht gern gefallen lassen würde, wenn ich ihnen den Wagenschlüssel abnahm. Bis der Mann seine Maschinenpistole so weit hatte, daß er sie gegen mich statt gegen seine Kumpane gebrauchen konnte, war ich schon hinten um den Wagen rumgelaufen und in den Wald gesprungen.

Sie kamen aus dem Wagen geklettert, wütend wie die Waldameisen, wenn man ihren Haufen zerstört hat, und feuerten ein paar Schüsse in die falsche Richtung. Nach dem Klang zu urteilen hatten sie außer der Flinte und der Maschinenpistole auch Revolver. Ich überlegte, daß ich diese Leute nicht hätte allein lassen sollen, weil sie in ihrem Suff allerhand dummes Zeug anstellen konnten. Aber das Beste, um einen Menschen zu ernüchtern, ist ein langer

Spaziergang, und so beschloß ich, ihnen den zu verschaffen.

Ich zog mich ein wenig in die Kiefern- und Palmbüsche zurück und rief: »Hier bin ich, Leute, hier!« Dann warf ich mich hin. Die nächste Minute war wie eine Geländeübung in Fort Dix. Ich wußte natürlich, daß sie besoffen waren und nicht geradeaus schießen konnten, aber es stellte sich heraus, daß sie Glück hatten und mit verschiedenen Schüssen die Zweige über mir erwischten. Sie hörten bald mit Schießen auf und kamen hinter mir hergewalzt wie die Bulldozer. Aus ihrer Art der Fortbewegung konnte ich schließen, daß sie aus der Stadt waren. Das einzige, was mir Sorge machte, war der Umstand, daß einige von ihnen Taschenlampen mithatten, und ich mußte aufpassen, daß ich nicht in ihren Lichtkegel geriet. Aber selbst das wäre nicht so schlimm gewesen. Wenn ein Stadtmensch aufgeregt ist und eine Taschenlampe im Walde gebraucht, dann läßt er den Kegel viel zu schnell wandern. Auf diese Weise geht er an dem vorbei, was er sehen will, und bringt genügend Schatten auf die Beine, um ein Heer in die Flucht zu schlagen. Ich rief den Männern von Zeit zu Zeit etwas zu, während ich sie immer tiefer in den Wald führte; und unterwegs erschossen sie eine ganze Kompanie Kiefern- und Palmenschatten.

Nachdem ich sie etwa anderthalb Kilometer von der Straße weggelockt hatte und sie immer noch weiter wegführte, schlug ich mich seitwärts in die Büsche und ließ sie an mir vorbeipflügen. Dann machte ich mich hinter einem von ihnen her, und zwar dem, der die Flinte und eine Taschenlampe trug. Da ich in den Kiefernwäldern New Jerseys aufgewachsen bin, fiel es mir nicht schwer, mich ganz dicht an ihn ranzuschleichen.

Im letzten Augenblick hörte er mich und fuhr zusammen.

»Jack?« flüsterte er. »Bist du das, Jack? Verflucht nochmal, komm mir nicht so nahe!«
Ich war ihm auf die Haut gerückt, damit er nicht die Flinte gegen mich schwingen konnte. »Ja, ich bin's«, flüsterte ich. »Ich habe gerade gesehen, wie er sich da versteckt hat. Ich halte dir die Taschenlampe, und du erschießt ihn.«
»Fein«, sagte er und ließ mich die Taschenlampe nehmen. »Wo ist er denn?«
Ich riß ihm die Flinte aus der Hand. »Hier ist er«, sagte ich, machte die Taschenlampe aus und schlüpfte davon.
Nach dem Geschrei, das der Bursche vollführte, hätte man glauben können, daß ich außer der Flinte und der Taschenlampe auch noch seinen Skalp mitgenommen hätte. Er fing an zu rennen und zu fallen und wieder zu rennen, und als er genügend Atem hatte, nach Jack und Red und Izzy zu rufen und zu jammern, daß der andre ihn beinahe erwischt hätte. Die anderen drei Männer holten ihn nach einer Weile ein und debattierten hin und her, dann machten sie ihre anderen Taschenlampen aus und saßen nur da, wartend und lauschend. Das war sehr gescheit von ihnen, weil ich, solange sie so zusammensaßen, nichts tun konnte außer sie erschießen, und dazu sah ich keinen Grund. Ich mußte sie möglichst wieder auseinanderbringen und nach mir fahnden lassen. Deshalb ging ich ein Stück weiter weg, hielt die Taschenlampe auf sie zu, legte sie auf den Boden, machte sie an und ging zur Seite.
»Hier bin ich, Leute«, rief ich. »Warum fangt ihr mich nicht?«
Und schoß mit der Flinte über ihre Köpfe.
Man muß es den Burschen lassen, daß sie Mut hatten. Sie bildeten eine Schützenlinie und krochen auf das Licht zu. Ich umging sie und schlich mich an einen Burschen ran, der auf dem Boden robbte und nicht viel mehr Lärm vollführ-

te, als wenn er ein Faß vor sich herrollte. Ich hatte noch etwa drei Meter zu kriechen, bevor ich ihn erreichte, als ein Mann an der Flanke »Jetzt« schrie und sie das Gehölz um die Taschenlampe zu beschießen begannen. Der Mann, an den ich mich ranmachte, hatte die Maschinenpistole und erwischte die Taschenlampe mit der dritten Garbe.
Bei all dem Krach war es nicht schwer, direkt neben den Mann zu gelangen. »Gut geschossen«, sagte ich.
»Ja, aber habe ich den Saukerl getroffen?« fragte er.
Ich langte rüber und nahm ihm die Maschinenpistole ab. »Ich glaube kaum«, sagte ich. »Und Saukerl lasse ich mich nicht nennen, da könnte ich direkt böse werden.«
Na, der verschwand schneller von meiner Seite, als man einem Menschen mit liegendem Start zutrauen sollte, und lief auf die anderen Männer zu. Sie schienen nicht sehr froh zu sein, als sie ihn kommen hörten, wenn man danach urteilen kann, wie sie aufsprangen und davonwetzten, aber in ein paar Minuten hatten sie sich wieder einigermaßen gefaßt und drängten sich alle vier zusammen, als ob ihnen kalt würde. Was sie nun noch übrig hatten, waren eine Taschenlampe und zwei Pistolen. Ich wußte, daß ich sie nicht wieder auseinanderkriegen würde, wollte aber nicht, daß sie etwas übrigbehielten, womit sie Schaden anrichten konnten.
Nun gibt es eine Art, im Wald zu schreien, die nicht verrät, wo man sich befindet. Man macht die Hände hohl und schreit durch sie durch, indem man den Ruf zugleich in die Luft schickt und nach einer Seite. Das tat ich und rief:
»Leute, jetzt geht's euch an den Kragen.«
Einer von ihnen feuerte einen Schuß, aber weit daneben. Ich zielte auf einen Kiefernzweig direkt über ihren Köpfen, gab eine Garbe mit der Maschinenpistole und schoß ihn ab. Die Männer warfen sich hin und fingen an, sich

so hastig einzugraben, daß ein Maulwurf vor Neid hätte erblassen können.

»Leute«, rief ich, »wie ihr wißt, habe ich eine Maschinenpistole und eine Flinte und kenne diese Wälder wie meine Hosentasche. Wenn wir uns also gegenseitig weiter beschießen, dürft ihr mal raten, wer den kürzeren zieht.«

Einer von ihnen schrie zurück: »Hör zu, alter Freund, es war alles nur ein Irrtum.«

Ich sagte: »Es ist immer ein Irrtum, wenn man sich so besäuft wie ihr.«

»Du hörst auf, und wir hören auf.«

Ich sagte: »Ich höre nicht auf, bevor ich nicht die Taschenlampe und die beiden Pistolen von euch kriege. Ich verlange, daß ihr die Taschenlampen anknipst, die Pistolen dort niederlegt, wo das Licht auf sie fällt, und sechs Meter zurück geht.«

»Scheiß drauf, alter Freund.«

»Das ist keine sehr nette Sprache, Leute«, sagte ich, »aber ich lasse mich nicht ärgern. Ich will nur mal ein bißchen Schießen üben.«

Ich bedachte sie mit einer wirklich niedrigen Salve aus der Maschinenpistole und einigen Rahmenschüssen aus der Flinte, die sie mit Kiefernnadeln bestreuten.

»Hör auf, hör auf!« schrie einer von ihnen. »Du kannst das verdammte Metall haben.«

»Danke sehr«, sagte ich. »Und falls ihr sonst noch Pistolen habt, von denen ich nichts weiß, oder irgendwelche Schnappmesser, dann wäre ich euch verbunden, wenn ihr sie mit auf den Haufen schmeißen würdet. Denn wenn jemand hinter dem Haufen auf der Lauer liegt, dann könnte ich nicht so sorgfältig zielen, wie ich's bisher getan habe, und wäre nicht sicher, daß ich ihn verfehle.«

Nach kurzer Zeit sah ich die Taschenlampe auf dem Bo-

den leuchten und einiges Metall im Lichtkegel schimmern. Dann hörte ich, wie die Männer sich entfernten.
Ich kroch sehr langsam bis hinter einen Baum, ein paar Meter von der Taschenlampe entfernt. Dort schlüpfte ich aus meinem Hemd und warf es über die Taschenlampe. Das tauchte alles wieder ins Dunkel. Ich dachte, wenn einer mein Hemd erschießen wollte oder ein Messer reinsenken, dann wollte ich lieber nicht drin sein. Als nichts geschah, robbte ich vorwärts, schob eine Hand unter das Hemd, machte die Lampe aus, nahm die Pistolen an mich und kroch wieder weg.
Nachdem ich genügend Bäume zwischen mich und sie gebracht hatte, rief ich: »Ich stecke eure Wagenschlüssel in den Anlasser und hoffe, ihr werdet nie mehr Auto fahren, wenn ihr betrunken seid.«
»Heh«, brüllte einer von ihnen, »du willst uns doch nicht etwa in diesem gottverdammten Dschungel allein lassen?«
»Das hier ist kein Dschungel«, erklärte ich. »Das ist ein ganz einfacher Kiefernwald.«
»Ja, aber wie finden wir raus?«
»Ich schlage vor«, sagte ich, »ihr bleibt bis zum Morgen, wo ihr seid. Das gibt euch Zeit, wieder nüchtern zu werden. Ihr seid etwa anderthalb Kilometer von der Straße entfernt. Sie liegt genau östlich von euch; wenn ihr also bis zum Morgen wartet, braucht ihr nur der Sonne entgegenzugehen und könnt die Straße nicht verfehlen. Da ihr im Wald in der Dunkelheit nicht Bescheid wißt, bringt ihr euch nur in Gefahr, wenn ihr anfangt rumzuwandern.«
Einer von ihnen rief mit schwacher Stimme: »Aber die Sümpfe, die Krokodile und die Schlangen?«
Ich sagte: »Es gibt einen Sumpf etwa drei Kilometer südlich von hier, und ich kann euch versprechen, daß er euch nicht heimlich besuchen wird, wenn ihr auf eurem Fleck

sitzen bleibt. Die Krokodile halten sich ziemlich in der Nähe des Sumpfes auf. Ihr könntet hier einige ausgewachsene Klapperschlangen finden, wenn ihr euch Mühe gebt; falls ihr also keine wollt, bleibt ihr besser bis zum Morgengrauen, wo ihr seid. Das Schlimmste, das euch heute nacht passieren kann, sind kleine juckende Flecken auf eurer Haut. Die kommen von roten Insekten und gehen mit ein bißchen Petroleum wieder weg. Nun gute Nacht, Leute!«

Ich ging zurück zum Wagen, legte die Taschenlampe auf den Vordersitz und steckte den Schlüssel in den Anlasser. Ich mochte eigentlich die zwei Pistolen, die Flinte und die Maschinenpistole nicht behalten, aber ich hielt es für besser, daß ich die Waffen hatte und nicht diese üblen Gesellen.

Ich machte mich auf den Heimweg, und als ich zu Hause anlangte, sah ich ein paar Laternen auf der Brücke, wo Pop, Holly und die Zwillinge Klein-Nick und Blackie das Fischen beibrachten. Ich ging erst zu unserm Haus, um mich zu waschen, bevor ich mich zur Brücke begab. Als ich an die Stufen kam, sah ich einen Schatten sich hinter einen der Pfähle ducken, die die Hinterseite unseres Hauses stützten. Ich war ein bißchen nervös von dem Jagdausflug, den ich gerade hinter mir hatte, und konnte mir nur denken, daß einer dieser Burschen aus dem Kiefernwald rausgefunden hatte und hergerannt war, um mir aufzulauern. Ich hätte wissen sollen, daß das nicht möglich war, aber ich dachte nicht sehr gründlich nach. Ich tat die Flinte beiseite und stellte die Maschinenpistole auf automatisches Feuer.

»Wer ist da?« fragte ich.

Niemand antwortete, aber der Pfahl sah dicker aus, als er hätte sein sollen. Ich rannte unter das Haus, duckte mich von einem Pfahl zum andern und kam auf der einen Seite des dicken Pfahles raus, während der Mann dahinter nach der anderen Seite auslugte.

Ich stieß den Lauf der Maschinenpistole in seine Rippen und sagte: »Kuckuck.«

Als er sich umdrehte, sah ich, daß ich mich geirrt hatte. Es war nur Carmine. Er lauerte mir gar nicht auf, weil er nämlich ein eingewickeltes Paket in einer Hand und einen Vierliterkanister in der andren trug, aber keinen Schlagring.

Ich hatte jedoch keine Zeit, mich zu entschuldigen. Carmine warf einen Blick auf die Maschinenpistole, ließ Paket und Kanister fallen und rannte wie besessen davon. Er machte nicht mal bei Klein-Nicks und Blackies Kasino Halt, sondern lief weiter die Straße entlang aufs Festland zu. Ich konnte's ihm nicht übelnehmen, denn man läßt sich nur ungern mit dem Ende einer Maschinenpistole die Rippen zählen.

Ich hob den Vierliterkanister auf, schraubte den Deckel ab und schnüffelte daran. Es war Petroleum. Wahrscheinlich hatte Carmine Pop gebeten, ob er sich ein bißchen für eine Laterne ausborgen könnte, denn ihr Haus hatte ja kein Licht, weil ich gestern den Schaltkasten rausgerissen hatte. Ich wußte nicht, was in dem Paket war, aber es konnte eine Laterne sein, wenn es auch ein bißchen klein dafür aussah. Ich wußte, daß Klein-Nick und Blackie in ihrem Haus Licht brauchen würden, wenn sie einmal mit Angeln aufhörten, deshalb nahm ich Kanister und Paket rüber zu ihrem Haus, öffnete die Vordertür und stellte sie rein. Dann ging ich zurück zu unserem Häuschen, wusch mich und begab mich auf die Brücke. Die Maschinenpistole nahm ich mit, um sie Blackie zu zeigen, der sich für Feuerwaffen interessierte.

Ich kam auf die Brücke und rief: »Na, ihr Leute, was macht das Angeln?«
Ich muß Klein-Nick erschreckt haben. Er hatte sich übers Geländer gebeugt, und als ich rief, fiel er beinahe ins Wasser. Blackie war auch wegen irgendwas sehr nervös, weil er nämlich rumschnellte und in die Hocke ging.
Klein-Nick fand zuerst sein Gleichgewicht wieder und sagte:
»Blackie, wenn er trägt, was ich glaube, mache bitte keine mißverständlichen Bewegungen.«
Pop fragte: »Was hast du denn da, Toby?«
»Eine hübsche, kleine Maschinenpistole, die ich im Wald gefunden habe, Pop.«
Holly schwang die Laterne, daß das Licht auf mich fiel.
»Toby Kwimper!« sagte sie, »was ist das für ein schreckliches Ding?«
Eddy und Teddy kamen angerannt, und Eddy rief: »Das ist 'ne richtige, das ist 'ne richtige!« Er fuhr rum, brachte seine Arme auf Teddy in Anschlag, als hätte er eine Maschinenpistole, und sagte: »Ba-da-da-da-da-da-da!«
Teddy faßte nach seinem Leib, knickte über seinen Händen zusammen und schmolz dahin auf die Brücke. Dann kringelte er sich und machte BA-DA-DA-DA-DA-DA-DA auf Eddy, der sich an die Kehle faßte und zu Boden ging; darauf zuckten beide nur noch ein paarmal und lagen still.
Blackie sagte mit sonderbarer Stimme: »Was kann man den Kindern geben, daß sie mit diesem Mist aufhören?«
Aber so wird man mit Kindern nicht fertig, und Eddy und Teddy rollten sich rum und machten BA-DA-DA-DA-DA-DA auf Blackie. Blackie schreckte zurück.
Holly meinte: »Jetzt ist's genug, ihr zwei. Ihr macht ja die Brücke ganz blutig.«
Blackie sagte: »Ich glaube, mir wird übel.«

Pop bemerkte: »Ich versuche mir schon die ganze Zeit auszuknobeln, wie man eine hübsche kleine Maschinenpistole im Wald findet, und hab's immer noch nicht rausgekriegt.«
»Sie gehörte einem Mann, der auf mich geschossen hat«, sagte ich. »Das heißt, er hat nicht wirklich auf mich geschossen, weil ich nämlich nicht da war, wo er glaubte. Ich kam ihm in den Rücken und hab sie ihm abgenommen.«
Holly sagte: »Oh, Toby, du hättest dabei verletzt werden können.«
»Na ja«, sagte ich, »er hat mir auch gegen's Schienbein getreten, als er so schnell wegrannte, nachdem ich ihm die Maschinenpistole abgenommen hatte, aber er hat's nicht mit Willen getan und benutzte mich nur als Startblock wie die Jungen in der Schule, wenn sie den Hundert-Meter-Lauf übten.«
Klein-Nick fragte: »Hat... hat er noch etwas gesagt, bevor Sie ihn niedermähten?«
»Es gab keinen Grund, ihn zu erschießen, nachdem ich seine Maschinenpistole hatte«, erwiderte ich. »Ich ließ ihn einfach da mit den andern drei Burschen, damit sie bis zum Morgen wieder nüchtern werden.«
Blackie stotterte: »Die... andern... drei?«
»Oh, ja, sie waren zu viert«, sagte ich. »Ich glaube, sie waren alle besoffen, weil sie mich beinahe mit ihrem Wagen angefahren hätten. Als sie dann anhielten, schlich ich mich an und nahm ihnen den Zündschlüssel weg, damit sie nicht mehr in betrunkenem Zustand weiterfahren konnten. Die Männer gingen auf Jagd. Sie wurden wütend, als ich ihren Zündschlüssel wegnahm, und kamen mir nach. Ich führte sie etwa anderthalb Kilometer westlich von der Straße ab und ließ sie da, damit sie ihren Rausch ausschlafen. Vorher hatte ich ihnen ihre Maschinenpistolen, ihre

Flinte, zwei Pistolen und Taschenlampen weggenommen. Diese Dinge sind bei der Jagd sowieso gesetzwidrig.«

Klein-Nick fragte: »Wo haben Sie gelernt, mit Maschinenpistolen umzugehen?«

»In Fort Dix«, antwortete ich. »Ich schieße ganz gut damit. Aber zur Rehjagd nehme ich lieber ein richtiges Gewehr. Eine Maschinenpistole taugt nur dazu, einen Mann auf kurze Entfernung niederzumähen.«

Blackie sagte zu Klein-Nick: »Der Kerl macht mich wahnsinnig, wenn er so Katze-und-Maus spielt.«

»Ich weiß, wie dir zumute ist«, erwiderte Klein-Nick. Er wandte sich an mich und sagte: »Warum sagen Sie nicht ohne Umschweife, wozu Sie hergekommen sind?«

»Habe ich doch«, entgegnete ich. »Das erste, was ich sagte, als ich hier ankam, war, was macht's Angeln?«

»Macht der Witze?« sagte Klein-Nick zu Blackie.

Blackie antwortete: »Ich bin schon so weit, daß ich's nicht mehr weiß.«

»Ach, dabei fällt mir ein«, sagte ich, »ich habe den Petroleumkanister und das Paket in euer Haus gestellt.«

»Sie haben was?« schrie Klein-Nick.

»Den Petroleumkanister, den Carmine gerade von uns geborgt hatte«, sagte ich. »Ich nehme an, daß in dem Paket vielleicht eine kleine Laterne war. Ich bin bei unserm Haus auf Carmine gestoßen, und die Maschinenpistole hat ihn vielleicht ein bißchen geängstigt, jedenfalls hat er alles fallenlassen und ist zum Festland gerannt.«

Blackie keuchte: »Und Sie haben's in unser Haus gebracht?«

»Gleich hinter die Tür, wo ihr's leicht finden könnt.«

»Heiliger Strohsack«, sagte Blackie zu Klein-Nick. »Nichts wie hin.«

Klein-Nick faßte ihn beim Arm. »Warte«, sagte er. Er sah auf seine Taschenuhr. »Zu spät«, sagte er. »Zehn. Neun.

Acht. Sieben. Sechs. Fünf. Vier. Drei. Zwei. Eins. Null. Da geht's los!«

Bumm!

Das Dach von Klein-Nicks und Blackies Haus hob sich ein paar Meter, die Vorderwand bog sich nach außen, und Flammenstrahlen spritzten umher.

»Feuer«, schrie ich, »Feuer!«

»Macht der Witze?« sagte Klein-Nick zu Blackie.

»Ich weiß immer noch nicht«, sagte Blackie.

»Ich bin hier fertig«, erklärte Klein-Nick. »Mit jedem Trumpf bin ich hier baden gegangen. Nix wie weg.«

Blackie sah zu mir rüber und sagte zu Klein-Nick: »Ja, wenn wir können.«

Sie fingen an, zu ihrem Haus zu rennen, und ich rannte hinterher, um ihnen beim Löschen zu helfen. Selten sind zwei Männer schneller gerannt als diese beiden. Ihr Wagen war vor ihrem Haus geparkt, und das erste, was sie taten, war, in den Wagen springen und ihn aus der Gefahrenzone fahren, was sehr klug war. Aber dann hielten sie nicht an, sondern steuerten den Wagen zum Festland hin und fuhren einfach drauflos. Ich nahm an, daß sie den Kopf verloren hatten, wie es manchmal passiert, wenn Leute sich stark erregen. Ich feuerte ihnen eine Salve nach, um ihre Aufmerksamkeit zu wecken, aber sie fuhren nur um so schneller.

Wir hatten nun aber ein ziemliches Feuer zu bekämpfen. Die Jenkins und Browns, Pop und Holly und ich mußten schwer arbeiten, um unsere Häuser zu retten, was wir dadurch erreichten, daß wir Eimer nahmen und Wasser über die Dächer und Wände gossen. Wir konnten nichts tun, um Klein-Nicks und Blackies Eigentum zu retten, und es war danach nicht mehr recht zu brauchen, außer für Holzkohle.

Wir haben Klein-Nick oder Blackie oder sonst einen von den Männern nie wieder gesehen. Ich habe gründlich über den Petroleumkanister und das Paket nachgedacht und schließlich auch die richtige Lösung gefunden. Pop sagte mir, daß niemand von ihm Petroleum geborgt hätte, also muß Carmine in unser Haus gekommen sein und es geklaut haben. Klein-Nick und Blackie wollten eigentlich gar nicht fischen, sondern uns nur alle aus dem Weg haben, damit wir nicht wußten, was vor sich ging. Und in dem Paket war auch gar keine Laterne, sondern eine Zeitbombe, und das Feuer war gar kein Zufall. Sie hatten geplant, ihr Haus niederzubrennen, um die Versicherung zu bekommen!

Aber ich war natürlich zur unrechten Zeit gekommen und hatte alles verdorben. Alles in allem war es gut, daß wir sie los waren. Es schmerzt mich, so etwas sagen zu müssen, aber Klein-Nick und Blackie waren nicht ehrlich.

16

In den nächsten Wochen ging alles bei uns wie am Schnürchen. Der Oktober neigte sich seinem Ende zu, und die Touristen fingen an, von Norden her anzureisen. Sie begannen, Muschelschmuck bei den Jenkins zu kaufen und sowohl die Vorleger von Mrs. Brown als auch die Vogelkäfige und anderen Sachen von Mr. Brown. Manche wollten auch angeln und ergaben zusammen mit unseren ständigen Anglern aus Gulf City eine ganz ansehnliche Kundschaft. Ein Wirbelsturm irgendwo draußen im Golf muß die Fische ziemlich wild gemacht haben, denn sie zerbrachen Angelruten und zerrissen Schnüre, als kriegten sie's von den Sportläden bezahlt.

Wenn alles so geblieben wäre, wären wir alle fett und übermütig geworden, aber wir kriegten uns wieder einmal mit Recht und Ordnung in die Haare. Diesmal lag's nicht daran, daß wir zu wenig hatten. Sondern wir kriegten mehr Recht und Ordnung, als wir verkraften konnten.

An einem Spätnachmittag fuhr ein Wagen vor unserem Haus vor, ein Mann steckte den Kopf raus und schrie: »Ist Mr. Kwimper hier?« Ich kam rüber und fragte ihn, ob er mich meinte, aber er sagte nein, er meinte Mr. Elias Kwimper. Ich rief also Pop, der den Kopf aus der Tür steckte und den Mann ins Haus bat. Dieser sagte jedoch, er hätte einen verstauchten Knöchel und könnte nicht gut laufen, und ob Pop nicht zu ihm zum Wagen kommen könnte. Während sich das abspielte, bemerkte ich, daß neben dem Fahrer eine Frau saß. Es war Miss Claypoole, die nicht mehr bei uns gewesen war, seit sie sich darüber, daß die Browns aus der Sonnentau-Siedlung hergezogen waren, so wütend geärgert hatte. Ich hatte keine Zeit, mit ihr zu sprechen, bevor Pop neben dem Fahrer erschien.

»Sind Sie Elias Kwimper?« fragte der Mann.

Pop sagte: »Ich glaube, ich bin's, wenn ich's recht bedenke.«

»Nun denn, Mr. Kwimper«, sagte der Mann. »Ich habe was für Sie.«

Er überreichte ihm ein Papier, und dann wandte er sich an Miss Claypoole und sagte: »Sie sind Zeuge, daß die Zustellung ordnungsgemäß und auf Staatsboden vorgenommen wurde.«

»Ja, Sie haben das sehr geschickt gemacht«, sagte Miss Claypoole.

»Es wäre peinlich gewesen, wenn er auf dem Boden geblieben wäre, der weder dem Staat noch dem Kreis gehört.«

Pop besah sich das Papier und freute sich, wenn er an ein Wort geriet, dessen er sicher war, wie d-a-s oder S-i-e, die er dann vor sich hin buchstabierte. Er sagte: »Nett von Ihnen, daß Sie sich die Mühe machen, und ich werde lesen, was auf dem Papier steht, wenn ich ein bißchen Unterstützung finde.«

»Nehmen Sie sich nicht allzuviel Zeit damit«, sagte der Mann. »Sie haben soeben eine Vorladung erhalten.«

Pop sagte: »Bisher habe ich noch von keinem Menschen gehört, der eine Vorladung erhält außer Menschen, die im Begriff sind zu sterben und eine Ladung vor den Allmächtigen bekommen. Da ich mich aber bei ganz guter Gesundheit fühle, wird das hier wohl doch was andres sein.«

»Was das anlangt«, sagte der Mann, »so ist Amtsrichter Robert Lee Waterman in gewisser Weise allmächtig, aber doch immerhin nur in gewissen Grenzen. Bitte, Miss Claypoole, möchten Sie ihm die Vorladung nicht etwas erläutern?«

Pop beugte sich vor, blickte in den Wagen und sagte: »Ja, guten Tag, Miss Claypoole, nett von Ihnen, uns wieder einmal zu besuchen.«

»Dies ist eine regelrechte Vergnügungsfahrt für mich«, sagte Miss Claypoole. »Die Vorladung fordert Sie auf, morgen nachmittag um zwei Uhr zu einer Verhandlung im Zimmer von Amtsrichter Robert Lee Waterman im Kreisgericht von Gulf City zu erscheinen. Als Leiterin der Kreiswohlfahrtspflege habe ich einen Gerichtsbeschluß bebeantragt, daß die Zwillinge mit Namen Edward und Theodore Kwimper, Alter sieben Jahre, unter die Kontrolle und Vormundschaft des Wohlfahrtsamtes gestellt werden.«

»Ich bin mir nicht ganz klar, was das bedeutet«, sagte Pop.

»Es bedeutet, daß wir Sie nicht für fähig und imstande halten, diese Kinder aufzuziehen«, sagte Miss Claypoole. »Wir werden sie Ihnen wegnehmen, wenn der Amtsrichter unserem Antrag stattgibt.«

Pop schwoll an wie ein alter Truthahn, der gereizt wird. »Das soll nur mal jemand versuchen«, sagte er. »Den möchte ich mir sehr genau ansehen, und zwar über Korn und Kimme einer Jagdflinte, und ...«

»Schreiben Sie sich das auf«, sagte Miss Claypoole zum Fahrer. »Der Mann bedroht uns.«

Der Fahrer meinte: »Ich würde mich hier lieber schnell wieder verdrücken, ohne was aufzuschreiben.« Er schaltete den Wagen in den ersten Gang.

»Bleiben Sie noch 'nen Moment«, sagte ich. »Was hat denn zu diesem Schritt geführt, Miss Claypoole?«

»Eine ganze Reihe von Dingen«, erwiderte sie. »Was mich aber zum Handeln zwingt, ist das Benehmen dieser Kinder in der Schule.«
Ich sagte: »Wenn sich diese Zwillinge schlecht benommen haben, wird man ihnen den Hintern versohlen.«
»Schreiben Sie sich das auf«, sagte Miss Claypoole zum Fahrer. »Grausamkeit gegen Kinder.«
Ich sagte: »Wenn man's mit mir zu weit treibt, könnte ich leicht auch mal ein bißchen Grausamkeit gegen Erwachsene aufbringen.«
»Mich brauchen Sie dabei nicht anzusehen«, sagte der Fahrer. »Ich bin nur Zustellungsbeamter. Auf Wiedersehen, meine Freunde.« Er machte eine wirklich forsche Wendung und brauste davon. Pop und ich sahen einander an, und ich sagte: »Es tut mir wirklich weh, aber ich glaube, das Amt für Öffentliche Wohlfahrt hat zusammen mit dem Amt für Öffentlichen Aufbau und vielleicht ein paar anderen Ämtern hier und da gegen uns auf der Lauer gelegen.«
»Hast du noch deine Maschinenpistole?« fragte Pop.
»Nein, Pop, wir kommen nicht weit, wenn wir uns mit der Regierung auf eine Schießerei einlassen. Wir müssen besser denken als die Regierung. Denn das Denken ist ihr schwacher Punkt, wie du Hunderte von Malen bewiesen hast.«
»Da hast du recht, Toby. Und jetzt weiß ich auch, was dahintersteckt. Miss Claypoole glaubt nicht, daß wir morgen vor Gericht erscheinen. Sie glaubt, daß wir die Zwillinge beim Wickel nehmen und nach New Jersey verduften. Ich möchte wetten, daß sie gar keine Gründe gegen uns hat.«
»Sie ist aber 'ne Frau, Pop. Und Frauen können sehr schnell Gründe finden, wenn ihnen dran liegt.«

»Wie dem auch sei«, sagte Pop, »wir wollen zunächst mal Holly und die Zwillinge rufen und feststellen, ob sie die Schule niedergebrannt oder nur ein bißchen angekratzt haben.«

Wir holten Holly und die Zwillinge, und Pop gab Holly die Vorladung zu lesen und erzählte ihr, was passiert war.

»Ich verstehe das nicht!« sagte sie. »Ich habe sie jeden Morgen zur Haltestelle des Schulbusses gefahren und jeden Nachmittag abgeholt, und alles schien in bester Ordnung. Jungen, was habt ihr in der Schule angerichtet?«

Da standen sie mit vor dem Bauch gefalteten Händen und nach oben gerollten Augen, als wollten sie einen Choral anstimmen.

»Wir haben nur Gutes in der Schule angerichtet«, sagte Eddy.

»Wir haben unsere Aufgaben besser gemacht als die anderen Dummköpfe«, meinte Teddy.

»Wir können die Geschichten an der Tafel richtig schnell lesen«, erklärte Eddy.

»Die Geschichte von heute ging so«, sagte Teddy. »Oh. Oh. Komme. Komme. Sieh das Auto. Es ist ein rotes Auto. Komme, sieh das rote Auto. Komme, Marianne. Komme, Jacob. Sieh das rote Auto.«

»Stinkt was?« fragte Eddy.

»Oh, oh, stinkt, stinkt«, sagte Teddy.

»Ich glaube, die sind nicht sehr helle, wenn sie uns solchen Blödsinn geben«, sagte Eddy.

»Aber wir haben mitgemacht, um sie bei guter Laune zu halten«, erklärte Teddy.

»Und was habt ihr getan, um Ärger zu stiften?« fragte Holly.

»Ach, das«, meinte Eddy.

»Nicht der Rede wert«, sagte Teddy.
»Und wir waren's auch nicht, die den Ärger gemacht haben, sondern die Lehrerin«, behauptete Eddy.
Holly fragte: »Was hat die Lehrerin denn getan?«
»Ja, gleich zu Beginn der Schule hat sie uns gesagt, wir sollten in verschiedene Zimmer; ich sollte in ihrem bleiben, und Eddy sollte in ein anderes.«
»Das konnten wir uns nicht gefallen lassen«, sagte Eddy.
»Wenn Teddy in ein anderes Zimmer kommt, tut er so, wie wenn er mehr wüßte als ich.«
»Ich muß ihn doch im Auge behalten«, sagte Teddy.
»Die Lehrerin hat mich in ein anderes Zimmer geschickt«, erzählte Eddy, »aber sie hat uns verwechselt und statt dessen Teddy geschickt.«
»Aber weil sie ja eigentlich gar nicht wollte, daß ich gehe«, erklärte Teddy, »bin ich auch nicht gegangen. Ich bin nur rausgegangen und habe gespielt, wo sie mich nicht sehen konnte. Aber dann sah ich ein, daß es nicht gerecht war, wenn Eddy allein die ganze Bildung kriegte und ich gar keine.«
»Und es war auch nicht gerecht, daß er die ganze Zeit spielte«, sagte Eddy.
»Da haben wir einen Handel vereinbart«, sagte Teddy.
»Er ging die eine Stunde in die Klasse, und ich die nächste. Und dann trafen wir uns und erzählten uns, was wir gelernt hatten. Die Lehrerin hat's nie gemerkt.«
Eddy sagte: »Die Lehrerin in dem andern Zimmer wußte ja gar nicht, daß ich in ihrem Zimmer sein sollte, deshalb war's auch ganz egal, daß sie uns nicht unterscheiden konnte.«
»Aber einer der Jungen hat uns gestern verpetzt, und wir wurden erwischt«, sagte Teddy.
»Der Junge hat nichts zu lachen«, meinte Eddy.

»Wir gehen nicht beide auf einen, denn das wäre feige«, sagte Teddy. »Aber wir verprügeln ihn abwechselnd, bis er wirklich genug hat.«

»Und das ist eigentlich alles«, sagte Eddy.

»Gütiger Himmel«, sagte Holly.

»Mit andern Worten«, stellte Pop fest, »ihr habt beide die Schule geschwänzt.«

»Ihr wißt sehr gut, daß das falsch war«, sagte ich.

Teddy meinte: »Wie konnten wir wissen, daß das falsch war, wo wir noch nie vorher in eine Schule gegangen sind?«

Eddy behauptete: »Es ist nicht falscher, als uns in verschiedene Zimmer zu tun.«

»Es ist viel falscher«, erklärte Pop, »und nun kriegen wir die Schuld. Sie haben uns vor Gericht bestellt und wollen versuchen, euch zwei von uns wegzunehmen.«

Teddy sagte: »Wir laufen weg, wenn sie das tun.«

»Wir laufen einzeln weg«, sagte Eddy. »Dann wissen sie nicht, wer weggelaufen ist und darum auch nicht, wen sie suchen sollen.«

»Aber noch lieber würden wir gar nicht erst wegkommen«, meinte Teddy. »Wenn es also hilft, daß wir in verschiedenen Zimmern sind, machen wir auch mit.«

Pop schickte sie weg, während wir andern den Fall durchsprachen. Pop und Holly waren sicher, daß Miss Claypoole keine Gründe vorbringen konnte und uns nur einen Schrecken einjagen wollte, damit wir wieder nach New Jersey zögen. Aber ich war nicht so ganz überzeugt. Wie ich Miss Claypoole kennengelernt hatte, war sie eine richtige Wildkatze, und man soll ja nicht denken, wenn eine Wildkatze einen anfaucht, daß hinter dem Fauchen nichts steckt. Aber Holly behauptete, sie sähe keine Möglichkeit, daß Miss Claypoole die Zwillinge wegnehmen könne, bloß weil sie abwechselnd die Schule geschwänzt hätten. Sie sagte, man könnte uns dafür allerhöchstens eine Strafe von zehn Dollar aufbrummen oder dergleichen.

Wir waren uns jedenfalls darüber einig, daß uns niemand von unserm Land vertreiben sollte, wo jetzt nur noch drei Tage fehlten, bis wir unsere Anwartschaft geltend machen konnten. Wir beschlossen, alle miteinander am nächsten Tag zur Verhandlung zu gehen und zu sehen, wie die Dinge standen.

Am nächsten Morgen verbrachten wir lange Zeit damit, unsere Boote an Land zu ziehen und unser Haus gut zu verschließen, denn der Orkan war uns über den Golf nähergerückt und schickte uns schon die ersten Böen und Regenschauer. Die Jenkins und Browns hatten Radio, und dort wurde angesagt, daß der Orkan draußen im Golf an uns vorbeiziehen würde. Die beiden Familien versprachen, sich um unser Haus zu kümmern, während wir fort waren.

Um zwei Uhr nachmittags erschienen Pop und Holly, die Zwillinge und ich im Kreisgerichtsgebäude. Miss Claypoole war da sowie eine der Schullehrerinnen und auch Mr. King, mit dem wir unseren Streit wegen des Landes gehabt hatten. Amtsrichter Waterman hatte gelegentlich von unserer Brücke aus ein bißchen geangelt, und ich konnte nur hoffen, daß er mehr von den Gesetzen verstand als vom Angeln, oder seine Fälle könnten ihm wegschwimmen. Er fragte, ob wir einen Anwalt hätten, und Pop sagte: »Nein, wir brauchen niemand, der den Kampf für uns ausficht.«

Der Richter sagte: »Schön, ganz wie Sie wünschen. Diese Verhandlung findet statt, weil das Amt für Öffentliche Wohlfahrtspflege einen Gerichtsbeschluß verlangt, der dem Amt die Aufsicht und Vormundschaft über die beiden Kinder, die ich hier sehe, überträgt. Falls ein solcher Beschluß zustandekommt, setze ich seine Rechtsgültigkeit auf heute in einer Woche fest. Das gibt Ihnen Zeit, sich einen Anwalt zu beschaffen und Einspruch zu erheben. Im übrigen wollen wir diese Verhandlung einfach und möglichst formlos durchführen und erst mal sehen, was vorliegt. Miss Claypoole, wollen Sie beginnen?«

Miss Claypoole begann damit, daß sie versicherte, das Amt für Öffentliche Wohlfahrtspflege hätte für alle Menschen einen warmen Platz im Herzen, am meisten aber für Kinder. Das Amt hätte sich schon lange wegen Edward und Theodore Kwimper Sorgen gemacht, weil sie nicht richtig erzogen würden, aber es konnte nichts dagegen tun, weil sie ihre ganze Zeit auf einem Stück Land verbrachten, das nicht zum Kreis gehörte. Jetzt gingen sie aber auf kreiseigenem Land zur Schule, und das Amt müßte Schritte ergreifen, statt sich nur Sorgen zu machen. Miss Claypoole sagte, eine Lehrerin sei anwesend, die dem Richter erzählen würde, was in der Schule passiert ist.

Die Lehrerin erzählte dem Richter, daß die Schule dagegen wäre, Zwillinge im gleichen Zimmer zu unterrichten, deshalb wäre Edward Kwimper in ein anderes Klassenzimmer geschickt worden, und sie hätte Theodore behalten. Aber Edward hätte sich im anderen Zimmer nicht gemeldet. Er und sein Bruder hätten abwechselnd den Unterricht in ihrem Zimmer besucht, während der andere die Schule versäumte, und sie wären dabei erst gestern ertappt worden.

Das war alles, was die Lehrerin vorzubringen hatte, und danach stand Miss Claypoole wieder auf und sagte: »Es ist ein klarer Fall von gespaltener Persönlichkeit, erschwert durch ein schlechtes häusliches Milieu.«

Der Richter rieb sich das Kinn und sagte: »Ich dachte, eine gespaltene Persönlichkeit ist eine Person, die zwei Persönlichkeiten besitzt.«

»Dies hier ist sogar noch schlimmer«, erklärte Miss Claypoole. »Dies sind zwei Personen, die zusammen nur eine Persönlichkeit besitzen.«

»Sie sagen, das ist ziemlich schlimm?« fragte der Richter.

»Überaus schlimm«, versicherte Miss Claypoole. »Beste psychiatrische Pflege ist nötig, um diese Kinder in den Stand zu setzen, sich erfolgreich den Lebensumständen anzupassen.«

»Die beiden Jungen sollen mal vortreten«, sagte der Richter.

Ich stieß Eddy und Teddy an, und sie standen auf und schoben sich zum Richter hin, wobei jeder den andern schubste, daß er zuerst gehen solle.

Der Richter fragte: »Welcher von euch ist Edward, der sich in einem anderen Klassenzimmer melden sollte?«

»Der da«, sagte der eine, indem er auf den anderen deutete.

»Der da«, sagte der andere, indem er auf den einen deutete.

»Wer ist wer?« fragte der Richter wobei er die Lehrerin ansah.

Sie runzelte die Stirn und erwiderte: »Ich glaube, der rechts ist Theodore. Oder ... oder ist es der links?«

»Miss Claypoole?« fragte der Richter.

»Ach, ich kann sie nicht auseinanderhalten«, sagte sie. Der eine Zwilling sah mit großen Augen zum Richter auf und sagte: »Ich hätte die ganze Zeit im Schulzimmer sein, meine Aufgaben machen und artig sein können. Wollen Sie das Lesestück hören, das wir gestern hatten? Oh. Oh. Komme. Komme. Sieh das Auto. Es ...«

»Ach, halt die Schnauze«, sagte der andere Zwilling. »Ich hätte auch die ganze Zeit im Schulzimmer sein können. Ich kenne das Lesestück ebensogut. Sieh das Auto. Es ist ein rotes Auto. Komme, Marianne. Komme, Jakob. Sieh das rote Auto.«

Der Richter sah Miss Claypoole an und sagte: »Irgendwer muß jetzt ziemlich schnell die Identifizierung vornehmen, oder ich weiß nicht, was aus ihrem Antrag werden soll.«
»Aber, Herr Amtsrichter«, sagte Miss Claypoole, »wie kann jemand diese beiden auseinanderhalten?«
Der Richter sagte: »Sie werfen beiden vor, die Schule versäumt zu haben. Aber einer von ihnen könnte ja die Schule regelrecht besucht haben. Ich sage nicht, daß er's getan hat. Wenn Sie nicht sagen können, wer von beiden wer ist, können Sie auch die Schulversäumnis nicht beweisen.«
Ich sah, daß die Zwillinge ein bißchen grinsten, und wollte nicht, daß sie so billig davonkamen. »Herr Richter«, sagte ich, »diese Zwillinge wissen sehr genau, wer von ihnen wer ist. Wenn Sie also nichts dagegen haben, will ich sie fragen.«
Ich zeigte auf einen von ihnen und sagte: »Los, sag, wer du bist.«
»Ach Toby«, sagte er, »muß ich?«
»Hör auf mit diesen Faxen und sag's dem Richter.«
»Na schön«, sagte er. »Ich bin Eddy.«
Der andere ließ den Kopf hängen und gab zu, daß er Teddy sei.
»So ist's gut«, sagte ich. »Nun erzählt dem Richter, was ihr in der Schule angestellt habt.«
Sie drucksten erst ein bißchen rum, kamen dann aber doch mit der Geschichte raus, wie sie sich in der Klasse abwechselten und einander mitteilten, was passiert war.
»So steht's, Herr Richter«, sagte ich. »Das erledigt wohl die Sache.«
Der Richter sagte: »Junger Mann, Sie brauchen einen Anwalt.«
»Wozu denn?«
»Sie haben eben dem Amt aus der Patsche geholfen. Jetzt

müssen wir ja wohl weitermachen. Gut, Miss Claypoole, Sie haben hier ein paar Schulschwänzer. Bisher sehe ich noch keinen Grund, mehr zu tun, als die Familie zu warnen, daß dergleichen nicht wieder vorkommt.«

Miss Claypoole öffnete einen großen Briefumschlag und entnahm ihm einen ganzen Stapel von Papieren. »Herr Richter«, sagte sie, »das Schulversäumnis ist nur ein einziger, winziger Punkt. Ich habe bloß deshalb damit begonnen, um zu zeigen, daß unser Amt ein Recht zum Einschreiten hat.« Sie suchte in ihren Papieren wie ein Luchs, der überlegt, an welchem Ende er eine Hühnerzucht aufrollen soll, und sagte: »Ich möchte Mr. H. Arthur King, Bezirksdirektor des Amtes für Öffentlichen Ausbau, bitten, seine Erfahrungen mit den Kwimpers zu schildern. Das wird wesentlich unsere Behauptung unterstützen, daß die Kwimpers nicht fähig sind, diese Kinder aufzuziehen.«

Mr. King stand auf und erzählte, daß das Amt für Öffentlichen Ausbau eine schöne neue Straße gebaut habe, um den Verkehr zu erleichtern, den Reisenden einen Blick auf die unberührte Natur zu gewähren und um die Inseln zugänglich zu machen, auf denen das Amt eine Musterfarm und eine Mustersiedlung aufbauen wolle. Infolge eines kleinen Irrtums habe das Amt aber vergessen, sich das Land übereignen zu lassen, das es an der Auffahrt zu Brücke Nummer vier hätte aufschütten lassen. Die Kwimpers wären des Weges gekommen und hätten das Land besiedelt, obwohl das Amt sie gebeten und ersucht hätte, die Aussicht nicht zu verderben. Es existierte ein altes Gesetz, das das Amt daran hindere, sie mit einem Fußtritt rauszubefördern.

Nicht nur seien die Kwimpers dem öffentlichen Interesse ins Gesicht gesprungen, sondern hätten darüber hinaus auch dem Gouverneur selbst eine lange Nase gedreht, als er auf einer Besichtigungsfahrt an der Stelle vorbeikam. Dann, um die Sache zu krönen, hätten die Kwimpers fünf Wagenladungen Muscheln gestohlen, die das Amt zur Brücke Nummer vier geschickt hatte. Sie hätten das getan, indem sie die Fahrer dazu verleiteten, die Muscheln auf ihr Siedlungsland zu schütten und damit ihren Strand zu verbreitern. »Sie sind die nichtswürdigsten Leute, die mir je begegnet sind«, sagte Mr. King. »Bevor sie auf diesem Land siedelten, haben sie davon gelebt, daß sie die Regierung nach Strich und Faden ausnutzten. Der, den sie Pop Kwimper nennen, hat sich mir gegenüber damit gebrüstet, daß er Wohlfahrtsgelder, Arbeitslosenunterstützung und Kindergeld erhielt. Und der, den sie Toby Kwimper nennen, hat eine Zeitlang im Heer gedient und die Ärzte durch Schwindel dazu gebracht, daß sie ihn mit einer Vollinvalidenrente entlassen haben. Das Wort Schwindel ist sehr stark, aber ich kann seinen Gebrauch rechtfertigen. Ich habe eine Anfrage wegen dieses Toby Kwimper an die Veteranenorganisation gerichtet, und sie hat ihn zu einer nochmaligen Untersuchung zu sich befohlen. Er wußte jedoch, daß das Spiel verloren war, und hat sich nie gemeldet.«

Mr. King setzte sich, und der Richter sah mich an und sagte: »Darf ich noch mal wiederholen, daß ich glaube, Sie sollten sich einen Anwalt nehmen?«

»Sicher dürfen Sie das, Herr Richter«, erwiderte ich. »Und es ist sehr freundlich von Ihnen. Aber ich hatte noch nicht vergessen, daß Sie's schon einmal gesagt haben.«

»Ich habe Sie gewarnt«, erklärte der Richter. »Nun gut, Miss Claypoole. Sonst noch was?«

»Oh, noch einen ganzen Haufen«, sagte Miss Claypoole. »Augenblick mal, wo war ich denn? Ach ja. Herr Richter, unser Amt möchte gern wissen, was für ein gesetzliches Recht diese Leute haben, als Vormund von Edward und

Theodore Kwimper aufzutreten. Soweit ich unterrichtet bin, sind die Eltern dieser Kinder bei einem Unfall ums Leben gekommen. Ich kann keinen Beweis entdecken, daß Elias Kwimper jemals gesetzlich zum Vormund bestellt worden ist. Ebensowenig läßt sich nachweisen, daß er der nächste Verwandte ist und daher der natürliche Vormund. Der Mann namens Toby Kwimper hat mir gegenüber mal zugegeben, die Verwandtschaftsverhältnisse bei den Kwimpers seien schrecklich verworren und er wüßte gar nicht, ob die Zwillinge Edward und Theodore seine Vettern oder seine Onkel seien. In welchem Verwandtschaftsverhältnis steht also Toby Kwimpers Vater Elias zu den Zwillingen? Das weiß kein Mensch.

Ich habe bereits erwähnt, daß die Zwillinge psychiatrische Behandlung brauchten, um sich den Umständen des Lebens anzupassen. Als ich einmal in meinen Forschungen über die Familie begriffen war, fragte ich einen der Zwillinge nach den Träumen, die er in der vorigen Nacht gehabt hätte. Sie sind, Herr Richter, sicher mit der Bedeutung vertraut, die Freud der Interpretation von Träumen beimißt. Ich hatte es nicht leicht, einen vollständigen Bericht von dem Jungen zu erhalten, denn die Spanne seiner Konzentration ist sehr kurz, und er lief immer wieder davon. Aber glücklicherweise hatte ich eine Schachtel Schokolade bei mir, und er kam dauernd zurück, um sich ein Stück zu holen. Sein Traum war höchst verräterisch. Er fing damit an, daß er auf der Brücke angelte und etwas sehr Großes gefangen hatte. Er sagte, es war ein Tiger. Dann sagte er, es war ein Seehecht, und er hätte im Dschungel gejagt und nicht auf der Brücke gefischt. Das Hin und Her von Jagen und Fischen und vom Tiger zum Seehecht zog sich durch den ganzen Traum. Es war ein Schulbeispiel für die gespaltene Persönlichkeit in Eruption.«

Der Richter sagte: »Ich dachte, Sie hätten eben behauptet, die Zwillinge spalteten eine Persönlichkeit unter sich auf, statt daß jeder zwei Persönlichkeiten hat?«

»Ja, aber in Träumen spielt das Wunschdenken eine übergeordnete Rolle«, erklärte Miss Claypoole. »Niemand will sich mit einer halben Persönlichkeit begnügen. Deshalb drückt das Kind in seinen Wunschträumen das Verlangen nach einer echten gespaltenen Persönlichkeit aus. Können Sie mir folgen, Herr Richter?«

»Ja, nur bin ich dabei ein bißchen durcheinandergeraten«, sagte der Richter. »Aber sprechen Sie ruhig weiter.«

»Einmal«, erzählte Miss Claypoole, »hat das Amt versucht, dieser Familie zu helfen, indem es ihr eine Wohnung in unserer entzückenden Mustersiedlung ›Sonnentau‹ anbot. Nicht nur hat sie diese großartige Gelegenheit zurückgewiesen, sondern auch vorsätzlich unsere Tätigkeit in der Siedlung sabotiert. Sie hat es sogar fertiggebracht, eins unserer Ehepaare, Mr. und Mrs. William Brown, dazu zu verlocken, daß es die Siedlung verließ und zu ihnen an die Brücke Nummer vier zog. Es muß ihnen irgendwie gelungen sein, die moralische Widerstandskraft der Browns zu brechen, indem sie vielleicht auf die verruchten Vergnügungen anspielten, die an Brücke Nummer vier geboten wurden.«

»›Vielleichten‹ Sie nicht ein bißchen viel, Miss Claypoole?« fragte der Richter. »Von was für verruchten Vergnügungen reden Sie denn?«

»Oh, von allerlei, Herr Richter. Weiß der Himmel, von was alles.«

»Bevor ich das akzeptieren kann«, meinte der Richter, »holen wir uns am besten jemand vom Himmel runter, der hier aussagt.«

»Immerhin, Herr Richter«, sagte Miss Claypoole, »kann

unser Amt zahlreiche Zeugen beschaffen, um zu beweisen, daß an der Brücke Nummer vier unkontrolliert getrunken und Glücksspiel betrieben wurde. Die Kwimpers haben zwei berüchtigten Gangstern von der Ostküste gestattet, auf dem von ihnen besiedelten Land ein Kasino einzurichten. Die Namen der Gangster waren – einen Augenblick bitte – Klein-Nick Poulos und Blackie Zotta. Dann, nach irgendeinem Streit, brannten die Kwimpers das Kasino nieder und vertrieben die Gangster mit Feuerwaffen.«

»Davon habe ich allerdings auch schon gehört«, sagte der Richter.

»Sonst noch was?«

»Leider ja, Herr Richter. Das Amt ist in der Lage zu beweisen, daß diese Leute zur antisozialen Kwimper-Familie aus Cranberry County, New Jersey, gehören. Diese Sippschaft hat seit Generationen Inzucht getrieben, eine eigene private Enklave gebildet und die Welt von sich ausgeschlossen. Auf ihre Weise ähneln die Kwimpers den berüchtigten Jukes- und Kalikak-Sippen. Leider weiß die Wissenschaft nicht so viel über die Kwimpers von Cranberry County wie über die Jukeses und Kalikaks, weil die Kwimpers sich nie bereit gezeigt haben, mit der Wissenschaft zusammenzuarbeiten. Es besteht aber kein Zweifel, daß die Kwimpers von Cranberry County einfach verrückt sind. Es besteht ferner kein Zweifel, daß sie alle Verdrehtheiten und Laster besitzen, die sich aus der Inzucht ergeben. Ich möchte nur beiläufig erwähnen, daß ein unverheiratetes Mädchen namens Holly Jones, die hier im Raum anwesend ist, mit Elias und Toby Kwimper in einem Verhältnis lebt, das ich lieber nicht untersuchen will.«

Der Richter sah Holly an, die puterrot geworden war und richtig hübsch aussah. »Das wäre aber doch ganz interessant«, bemerkte er.

»Unser Amt«, erklärte Miss Claypoole kalt, »befaßt sich nicht gern mit derartigen Dingen. Nun habe ich noch ein letztes Beweisstück, Herr Richter. Ich habe einmal mit Toby Kwimper einen Wort-Assoziations-Test gemacht. Ein solcher Test dient dazu, wie Sie wahrscheinlich wissen, verschiedene Motivationsschichten bloßzulegen, die ein Mensch gewöhnlich nicht nur vor anderen Personen, sondern auch vor sich selbst verbergen möchte. Ich habe Toby Kwimpers Antworten sorgfältig analysiert, und das Ergebnis ist vernichtend. Ich habe nicht die Absicht, es in der Öffentlichkeit zu verlesen, es sei denn, daß dieser Fall in einer öffentlichen Gerichtsverhandlung ausgetragen wird.«
Sie gab dem Richter ein paar Bogen Papier. Er sah sie sich an und pfiff durch die Zähne. »Donnerwetter«, sagte er. »Donnerwetter. Na, was habt ihr Kwimpers zu all dem vorzubringen? Und kann ich Sie nicht doch dazu überreden, einen Anwalt zu nehmen?«
Pop sagte: »Herr Richter, wir möchten das gern einige Minuten unter uns besprechen, wenn's erlaubt ist.«
Der Richter erwiderte, er hätte nichts dagegen, und wir drei verzogen uns in eine Ecke, um zu sehen, wie's um uns stand.
»Pop«, sagte ich, »es steht nicht sehr gut mit uns.«
Pop brach in ein Gelächter aus, das klang, wie wenn man zwei Austernschalen zusammenklappt, und sagte: »Wenn das alles wahr ist, bin ich nicht mehr sicher, ob ich mit den verrückten Kwimpers verwandt sein möchte.«
»Es ist lächerlich«, protestierte Holly. »Sie hat jede einzelne Tatsache verdreht.«
»Einer muß herhalten und die Dinge wieder zurechtdrehen«, sagte Pop. »Wer soll es sein?«
»Du bist das Haupt der Familie, Pop«, sagte ich.
»Nein«, antwortete Pop, »ich werde nur wütend, und das hilft uns gar nichts.«

»Holly«, sagte ich, »du hast die höhere Schule besucht, und kannst richtig gut reden.«

»Ich hätte eine Todesangst«, sagte sie. »Du bist nicht wütend und nicht ängstlich, Toby. Tu du's doch.«

»Ja, aber ich denke heute nicht so scharf wie gewöhnlich«, sagte ich. »Sieh doch nur, wie ich Miss Claypoole geholfen habe, die Zwillinge voneinander zu unterscheiden.«

»Mach's nur, Toby«, ermunterte mich Pop. »Wir können nicht schlimmer dastehen als jetzt.«

»Ja, mach's, Toby«, sagte auch Holly. »Wir stehen alle hinter dir.«

Na, ich war nicht gerade begeistert, sagte aber doch zu; dann stand ich auf und sagte dem Richter, wir hätten uns entschieden.

Der Richter fragte mit leiser Hoffnung: »Einen Anwalt zu nehmen?«

»Nein, ich will für uns sprechen, Herr Richter«, sagte ich. »Ich habe Pop und Holly gewarnt, daß ich wahrscheinlich großen Mist baue, aber sie sagten, ich soll es machen, und sie stehen hinter mir, was sehr schön ist, nur daß ich wünschte, sie ständen vor mir. Ich will versuchen, auf alle Punkte einzugehen, die gegen uns vorgebracht worden sind. Der erste Punkt ist, daß die Zwillinge Dummheiten gemacht haben, und ich muß zugeben, daß das stimmt. Ich kann nur sagen, daß sie's nicht wieder tun werden.« Ich wandte mich an die Zwillinge: »Habe ich recht?«

»Wir machen keine Dummheiten mehr«, erklärte Eddy. »Und überhaupt traue ich meinem Bruder nicht, daß er mir alles erzählt, was in der Klasse vorgeht.«

Teddy sagte: »Und überhaupt bin ich's leid, ihm alles zu erzählen, weil er dumm ist und so lange braucht, um's zu lernen.«

Ich sagte: »Herr Richter, ich glaube, es ist unser Fehler,

daß die Zwillinge diese Dummheiten gemacht haben, denn Pop, Holly und ich haben gewußt, daß sie solche Streiche schon oft gespielt haben, und wir hätten uns darum vorsehen sollen. Einmal zum Beispiel bei dem Traum, von dem Miss Claypoole gesprochen hat. Ich muß leider zugeben, daß die Zwillinge sie zum Narren gehalten haben. Sie hat nicht nur mit einem der Zwillinge gesprochen.
Sie hat mit beiden gesprochen, immer abwechselnd, und hat's nur nicht gewußt. Sie fing damit an, daß sie Eddy ein Stück Schokolade versprach, wenn er sich für sie an einen Traum erinnerte. Drum erzählte er ihr ein Stück Traum und kriegte dafür ein Stück Schokolade. Dann rannte er weg und sagte Teddy, er sei jetzt dran für ein Stück Schokolade. Und überdies muß ich auch leider zugeben, daß die beiden Träume ebenfalls erfunden waren. Stimmt das nicht, Jungen?«
Eddy sagte: »Ich habe einen wunderschönen Traum erfunden von einem riesengroßen Seehecht.«
»So'n oller Seehecht!» höhnte Teddy. »Ich hatte in meinem 'nen Tiger!«
»Sie sehen also, Herr Richter«, sagte ich, »wir hätten wissen müssen, daß sie sich auch in der Schule abwechseln würden.«
Der Richter fragte: »Miss Claypoole, ändert das etwas an Ihrer Ansicht, daß die Zwillinge eine gespaltene Persönlichkeit besitzen?«
»Nicht im mindesten«, erwiderte sie. »Die Tatsache, daß sie zusammengearbeitet haben, um einen Traum zu erfinden, beweist nur erneut, daß sie eine unter sich gespaltene Persönlichkeit besitzen.«
»Sehr interessant«, sagte der Richter. »Schön, reden Sie weiter, junger Mann.«
»Das will ich tun, Herr Richter«, sagte ich. »Miss Clay-

poole sagte, die Verhältnisse bei uns Kwimpers seien so verworren, daß Pop nicht beweisen könne, daß er der nächste Verwandte der Zwillinge ist. Da hat sie recht, und ich kann nur sagen, die Verhältnisse sind so verworren, daß auch keiner beweisen kann, daß Pop nicht der nächste Verwandte ist. Ist der Punkt damit geklärt?«

»Ich weiß nicht recht«, antwortete der Richter und rieb sich mit der Hand über die Stirn, als ob er sich ein bißchen schwindlig fühlte. »Irgendwas ist mit dem Punkt passiert, aber ich bin nicht sicher, was. Nur weiter.«

»Nun sind da die Punkte, die Mr. King gegen uns angeführt hat. Das waren wirklich gute Punkte, Herr Richter. Es ist keine Frage, daß wir uns einfach auf dem Land angesiedelt haben. Die einzige Entschuldigung dafür ist die, daß wir das anfänglich gar nicht beabsichtigt hatten. Uns war das Benzin ausgegangen, als die Straße noch gesperrt war, so daß keine anderen Autos vorbeikamen und wir fünf Tage lang da gestrandet waren.«

Der Richter fragte: »Hattet ihr Lebensmittel mit?«

»Bloß sechs Flaschen Limonade und ein paar Tafeln Schokolade. Wir haben uns einen Brunnen für frisches Wasser gegraben, Fische gefangen, Muscheln und Kokosnüsse gefunden und eine alte Farm entdeckt, wo noch etwas Obst war. Wir kamen damit ganz gut aus, obgleich wir von Pops Auto Kotflügel und dergleichen mausen mußten, um daraus Töpfe und Pfannen zu machen. Wir schnitten uns Zweige und Palmblätter ab, um zwei Indianerhütten zu bauen. Dann kam schließlich Mr. King und war furchtbar ärgerlich, daß wir dort so einfach kampierten und die Aussicht verdarben, was wohl auch der Fall war. Er befahl uns, das Land zu räumen, und ich muß zugeben, daß wir eigensinnig und widerborstig wurden. Pop sagte, er ließe sich nicht von der Regierung rumkommandieren, weil man ihr dadurch nur schlechte Manieren angewöhnt. Ja, und als wir dem Gouverneur lange Nasen machten, war das auch nur ein Teil unserer Widerborstigkeit.«

»Entschuldigen Sie mal«, fragte der Richter. »Wollen Sie sich verteidigen oder ein Geständnis ablegen?«

»Ich erzähle nur, was passiert ist, Herr Richter. Ist das nicht richtig?«

»Doch, aber ein bißchen ungewöhnlich. Hm, und wie verhielt sich das mit den fünf Muschelladungen?«

»Ich hab' mich dabei schrecklich dumm benommen«, sagte ich. »Es stellte sich heraus, daß Mr. King diese Ladungen vor unseren Hütten auf Staatsboden ausschütten wollte, um uns von der Straße abzuschneiden. Ich dachte aber, er wollte uns freundlicherweise einen Strand schicken, deshalb ließ ich die Leute ihre Ladung dort hinkippen.«

»So so. Und wie ist das mit den Unterstützungen und diesem ganzen Zeug?«

»Es tut mir leid, daß Sie das zur Sprache bringen, Herr Richter, weil wir darüber regelrecht empört sind. Die Sache ist nämlich die: Früher, in den dreißiger Jahren, als Pop alles zusammenkratzen mußte, um überhaupt leben zu können, kam die Regierung zu ihm, sagte ihm, was für schwere Zeiten er durchmachte, und gab ihm etwas Geld und Lebensmittel. Das ging so weiter, indem Pop das Geld und die Lebensmittel annahm, die die Regierung los sein wollte, bis Pop und die Regierung sozusagen auf einander angewiesen waren. Als ich dann in Fort Dix war, habe ich mir meinen Rücken verrenkt. Ich sagte den Ärzten, das ist nur 'ne Kleinigkeit, weil ich einen lumpigen alten Jeep aus einem Schlammloch gehoben habe, aber sie sagten, nein, ich müsse mich total arbeitsuntauglich schreiben lassen. Nun hat's aber Mr. King so eingerichtet, daß ich diese Rente verloren habe. Wir konnten auch unser

Kindergeld nicht von New Jersey bekommen, während wir hier unten waren, und Miss Claypoole hat gesagt, sie könne uns keine Unterstützung von Columbiana verschaffen, solange wir auf Land lebten, das nicht dem Kreis gehört. So mußten wir also wieder alles zusammenkratzen, um leben zu können. Ich glaube, wir haben die Regierung im Stich gelassen, weil wir nun keine Unterstützung und kein gar nichts mehr von ihr beziehen, aber es hat Spaß gemacht, einmal selbst ein bißchen zu kratzen, und es gibt Zeiten, wo der Mensch an sich selbst denken muß und nicht an die Regierung.«

Der Richter sah zu Miss Claypoole hinüber und sagte: »Erstaunlich, nicht wahr?«

»Ohne Frage, Herr Richter«, sagte sie. »Aber Sie können ähnliche Verdrehtheiten bei den Jukeses und Kalikaks finden.«

»Hm«, brummte der Richter. Dann fragte er mich: »Und wie haben Sie die Browns von der Siedlung ›Sonnentau‹ nach Brücke Nummer vier gelockt?«

»Ich habe nie recht verstanden, wie ich das gemacht habe, Herr Richter. Als ich die Browns in der Siedlung traf, erzählten sie mir die ganze Zeit, wie gut es war, daß man Vorschriften hatte, wie zum Beispiel, daß man den Vorplatz des Hauses nicht mit Vogelhäuschen verschandeln durfte, und daß man sich im Garten den Rücken nicht krumm arbeiten konnte, weil nämlich niemand einen Garten haben durfte. Und ich erzählte, wie schwer wir uns plagen mußten, um unseren Lebensunterhalt zu verdienen, und daß wir nicht mal Zeit hätten, krank zu werden. Ich glaubte, die Browns wären regelrecht glücklich in der Siedlung ›Sonnentau‹. Aber am selben Abend – ich dachte, mich rührt der Schlag – kamen sie plötzlich zu unserer Brücke raus und fragten, ob sie nicht bei der Brücke ein kleines Wohnhäuschen bauen dürften, und Mr. Brown hat seine Pillen weggeschmissen und seitdem bestimmt keine Zeit mehr gehabt, krank zu sein.

Miss Claypoole sagte: »Glauben Sie mir, was ich sage, Herr Richter. Mr. Brown würde heute gern auf allen vieren zu uns zurückkriechen.«

Ich erwiderte: »Ich glaube nicht, daß er kriechen müßte, Herr Richter. Er ist seit neuestem so kregel, daß er den ganzen Weg nach Gulf City im Galopp zurücklegen könnte, wenn er wollte.«

»Gehen wir zu einem andern Punkt über«, sagte der Richter.

»Ja«, sagte ich, »dann war da noch die Sache mit den Spielern. Als sie neben uns einzogen, sagten Klein-Nick und Blackie, das Glücksspiel an unserer Brücke könnte nicht gesetzwidrig sein, weil es weder auf Staats- noch auf Kreisboden stattfindet. Nach einer Weile wurde aber das Spielen, Trinken und Raufen in ihrem Haus uns anderen ein bißchen zu laut. Ich ging zum Sheriff, der sagte, er hätte kein Recht einzuschreiten, weil es nicht Kreisboden wäre, und wir sollten uns unseren eigenen Gesetzeshüter wählen. So wurde ich gewählt. In derselben Nacht ging ich rüber, um bei Klein-Nick und Blackie für Ruhe zu sorgen, und ich muß leider zugeben, daß ich die Sache nicht richtig angefaßt habe. Die Leute, die da tranken und spielten, glaubten, es wäre 'ne Razzia, und als sie versuchten davonzukommen, haben sie beinahe das Haus umgerissen.«

Der Richter räusperte sich und sagte: »Und das hat zu keiner Schießerei geführt?«

»Da waren ein paar Burschen, die in der nächsten Nacht geschossen haben, aber sie hatten nichts mit Klein-Nick und Blackie zu tun. Es war nur eine Horde betrunkener Jäger.«

»Die interessieren mich«, sagte der Richter. »Was ist denn da passiert?«
»Ach, in der nächsten Nacht habe ich auf der Straße einen kleinen Dauerlauf von sechs oder sieben Kilometern gemacht, um in Form zu bleiben, und da hätte mich ein Auto zweimal fast umgefahren. Drinnen saßen vier Männer, die betrunken waren. Das merkte ich an der Art ihres Fahrens, und weil die Jagdzeit noch nicht angefangen hatte, sie aber trotzdem eine Maschinenpistole, eine Repetierflinte und zwei Pistolen trugen. Wenn sie nüchtern gewesen wären, hätten sie bestimmt auch gewußt, daß diese Dinger beim Jagen gesetzlich nicht zugelassen sind, Herr Richter. Ich lockte sie also etwa anderthalb Kilometer in den Wald, schlich mich an sie ran, nahm ihnen ihre Waffen ab, als sie gerade nicht hinguckten, und ließ sie dort, damit sie wieder nüchtern werden konnten. Sie wußten im Wald nicht ein noch aus, aber ich habe ihnen gesagt, sie sollten der Sonne entgegengehen, wenn sie am nächsten Morgen aufging, dann würden sie auch die Straße finden.«
»Und die haben nicht auf Sie geschossen?« fragte der Richter.
»Nicht der Rede wert, Herr Richter. Wo es doch dunkel war im Wald und sie außerdem betrunken, haben sie weit danebengeschossen.«
»Haben Sie nun«, fragte der Richter, »Klein-Nicks und Blackies Haus niedergebrannt oder nicht?«
»Herr Richter, ich hab's getan, aber ich kann nur sagen, ich hab's nicht gewollt.«
»Erzählen Sie mal.«
»Also ich kam zurück vom Wald zu unserm Haus und sah darunter einen Schatten. Ich hatte die Maschinenpistole in der Hand und dachte: Einer der Burschen hat vielleicht doch aus dem Wald gefunden und lauert mir auf. Deshalb

kroch ich mit der Maschinenpistole unter unser Haus. Aber es war nur einer von Klein-Nicks und Blackies Leuten mit einem Kanister Petroleum und einem Paket. Ich dachte, er hätte das Petroleum von uns geborgt, und in dem Paket wäre vielleicht eine Laterne. Aber ich hatte keine Zeit, ihm zu sagen, er solle keine Angst haben, weil er nämlich Reißaus nahm, als ich ihn mit der Maschinenpistole anstieß. Ich nahm den Kanister und das Paket und stellte sie in Klein-Nicks und Blackies Haus. Dann ging ich zur Brücke, wo die beiden bei Pop, Holly und den Zwillingen Angelstunden nahmen, und ich nahm auch die Maschinenpistole mit, weil Blackie sich nämlich für Feuerwaffen interessierte.

Ja, Herr Richter, ich fürchte, in dem Paket war eine Zeitbombe, weil sie nämlich losging; dabei spritzte das Petroleum überall rum, und das Haus brannte nieder. Ich glaube nun folgendes: Dieser Mann hatte das Petroleum von uns geklaut und trug es zusammen mit der Bombe zu Klein-Nicks und Blackies Haus, um es für die Versicherung anzuzünden. Aber ich habe den Plan durchkreuzt, weil ich so plötzlich erschien. Vielleicht habe ich dadurch Klein-Nick und Blackie ein bißchen den Mut genommen, weil sie nämlich in ihr Auto gesprungen und fortgefahren sind. Und seitdem haben wir sie nicht mehr gesehen.«

Miss Claypoole sagte: »Herr Richter, entweder ist das alles erstunken und erlogen, oder was er sagt beweist nur, daß die Kwimpers verrückt sind.«

»Herr Richter«, sagte ich, »ich habe jeden Punkt zugegeben, den die Schule, Mr. King und Miss Claypoole gegen uns vorgebracht haben, aber in diesem Punkt gebe ich nicht nach. Wir Kwimpers sind ein bißchen anders als andere Leute, das ist alles, und wenn man uns verrückt nennt, dann ist das so, wie wenn ein 1,80 m großer Mensch behauptet, alle Menschen, die größer oder kleiner sind, sind Mißgeburten. Vielleicht ist der Mann mit 1,80 selbst eine Mißgeburt, und vielleicht sind's die andern Menschen, die nicht alle Tassen im Schrank haben. Weil ich nun heute nicht besonders scharfsinnig bin, kann's ja sein, daß Sie genau 1,80 m groß sind, also fassen Sie das bitte nicht persönlich auf.«

»Ich will's versuchen«, sagte der Richter. »Glücklicherweise bin ich 1,79$^{1}/_{2}$ groß. Aber weiter. Der einzige Punkt, auf den Sie noch nicht eingegangen sind, ist der Wort-Assoziationstest, den Miss Claypoole mit Ihnen gemacht hat. Möchten Sie ihr Gutachten darüber sehen?«

»Lieber nicht, Herr Richter«, sagte ich. »Das würde mich nur wieder so in Verlegenheit bringen wie damals, als sie ihn mit mir machte.«

»Wenn also niemand mehr was vorzubringen hat«, verkündete der Richter, »will ich jetzt selber ein paar Bemerkungen über diesen Fall machen. Ich ... ja, junges Fräulein?«

Holly war aufgesprungen und wollte sprechen. Sie sagte: »Darf ich zu Ihnen kommen und Sie etwas Privates fragen, Herr Richter?«

Der Richter sagte, ihm sei's recht, und Holly ging zu ihm und flüsterte eine Weile mit ihm. Schließlich sah der Richter Miss Claypoole an und sagte: »Diese junge Dame hat einen interessanten Gesichtspunkt vorgebracht. Sie sagt, die Aussagen hätten sich vorwiegend mit Toby Kwimper befaßt, während in Wirklichkeit sein Vater, Elias Kwimper, die Verantwortung für die Zwillinge trägt. Und wir haben sehr wenige Aussagen über die geistigen und sittlichen Qualifikationen des Vaters. Die junge Dame schlägt vor, daß Miss Claypoole an Ort und Stelle mit Elias Kwimper einen

Wort-Assoziationstest macht und ihn für mich interpretiert. Was meinen Sie dazu, Miss Claypoole?«
»Mit größtem Vergnügen, Herr Richter.«
»Gut«, sagte der Richter. »Wir brauchen nur noch ein paar Grundregeln. Die junge Dame hat angedeutet, daß der Ton Ihrer Stimme, Miss Claypoole, die Antworten beeinflussen könnte, die Mr. Kwimper gibt. Ich schlage also vor, daß Sie Ihre Wortliste niederschreiben und mir geben. Ich gehe dann mit Mr. Kwimper in mein Sekretariat, gehe die Liste Wort für Wort mit ihm durch und schreibe die Antworten nieder. Dann können Sie die Liste wiederhaben, sie studieren und uns Ihre Analyse mitteilen.«
Alle im Zimmer hielten das für eine hervorragende Idee außer Pop und mir, aber niemand fragte uns, was wir dazu meinten. Miss Claypoole setzte sich hin und schrieb ihre Liste, der Richter nahm sie und ging mit Pop hinaus.
Ich sagte zu Holly: »Wie ich diese Tests kenne, kann ich nur hoffen, daß es im Gefängnis Besuchsstunden gibt, zu denen wir Pop wiedersehen.«
»Ich glaube, du traust Pop nicht genug zu.«
»Ich glaube, du traust dieser Miss Claypoole nicht genug zu. Es würde Pop nichts helfen, wenn er eine Eins in diesem Test bekäme, wenn Miss Claypoole sich in den Kopf gesetzt hat, zu beweisen, daß alles falsch ist.«
»Wir werden's ja sehen«, sagte Holly.
Nach einer Weile kamen sie wieder herein. Pop sah viel fröhlicher aus, und es war schön, daß er noch ein Weilchen glücklich sein konnte. Der Richter gab Miss Claypoole die Liste. Sie sah sie durch und machte sich Anmerkungen, wobei sie hin und wieder den Kopf schüttelte wie ein Arzt, der im Begriff ist, dem Patienten zu erzählen, daß ihm nicht mehr zu helfen ist.
Nach etwa zehn Minuten stand sie auf und sagte: »Herr

Richter, ich wüßte nicht, wann ich je eine so entlarvende Sammlung von Wort-Assoziationen gesehen hätte. Soll ich sie lieber privat mit Ihnen besprechen?«

»Nein, ich hätte's lieber hier vor allen Leuten.«

»Auch gut, Herr Richter. Wie Sie wissen, waren neun Worte auf der Liste, jedes sorgfältig ausgewählt, um verborgene Motivationsschichten ans Licht zu bringen. Die Reaktion auf eines dieser Worte allein für sich genommen wäre schwer zu interpretieren. Wenn wir jedoch neun Reaktionen kennen, können wir ein Schema entdecken und demgemäß interpretieren. Das erste Wort auf meiner Liste war ›Gericht‹, und Mr. Kwimper hat das in seinen Gedanken mit dem Wort ›Verbrechen‹ verknüpft. Das zeigt natürlich eine Furcht vor dem Rechtsverfahren; das Gericht ist ein Ort, wo man hin muß, wenn man ein Gesetz übertreten hat.«

Der Richter fragte sie: »Nur der Neugier halber, was wäre Ihre Reaktion gewesen, wenn man Ihnen das Wort ›Gericht‹ genannt hätte?«

»Vielleicht das Wort ›Gerechtigkeit‹, Herr Richter.«

»Danke sehr, Miss Claypoole. Bitte, fahren Sie fort.«

Das zweite Wort war ›Mädchen‹, und die Reaktion das Wort ›Junge‹. Wenn das Generalschema der Antworten anders aussähe, könnte das sehr unschuldig erscheinen. Wie die Dinge stehen, neige ich jedoch zu der Ansicht, daß die Reaktion eine ungesunde Sex-Fixierung ausdrückt. Das dritte Wort war ›Wahl‹, und Mr. Kwimper fühlte sich an das Wort ›Kampf‹ erinnert. Das gehört zum Schema seiner gesetzesscheuen Natur.«

»Wäre es denn nicht möglich«, fragte der Richter, »daß er dabei an einen Wahlkampf gedacht hat, was ja durchaus naheliegt?«

»Das glaube ich nicht, Herr Richter. Ich glaube, er faßt die Wahl als etwas auf, das mit Körpergewalt statt mit demokratischen Mitteln entschieden werden sollte. Mein viertes Wort war nun ›Gesetz‹. Seine Reaktion war das Wort ›Bücher‹. Das zeigt eine Ansicht, nach der das Gesetz nichts Lebendiges ist, sondern etwas Totes, das in Büchern mumifiziert wird.«

»In meinem Sekretariat hatte er eine Menge Gesetzbücher vor Augen, Miss Claypoole. Vielleicht hat ihm der Anblick die Antwort eingegeben.«

»Möglich, Herr Richter, aber es stimmt nicht mit dem Generalschema überein. Das fünfte Wort war ›Jugend‹, und er antwortete: ›Arbeit‹. Offensichtlich denkt er an Jugendliche mit der Absicht, ihre Arbeit auszubeuten.«

»Könnte er nicht auch bloß an die Jugendarbeitsgesetze gedacht haben?«

»Ich bezweifle, daß er je davon gehört hat, Herr Richter. Das sechste Wort war ›Gattin‹ und die Antwort darauf ›Kusine‹. Das offenbart die ganze Inzucht unter den Kwimpers.«

»Ich darf wohl nicht vermuten, daß seine Ehefrau vielleicht eine Kusine hat, die zu Besuch kommt, oder etwas derartiges?«

»Herr Richter, wenn er eine Ehefrau hat, dann *ist* sie seine Kusine. Nun, das siebente Wort war ›Wahrheit‹ und die Antwort ›Lüge‹. Das beweist, daß er diese beiden Begriffe durcheinanderbringt. Er ist unfähig, das eine vom andern zu unterscheiden. Das achte Wort war ›Mond‹, und er erwiderte: ›Schein‹. Nun ist ›Mondschein‹ bekanntlich ein illegal gebrannter Schnaps, und hier begegnen wir wieder seinen gesetzlosen Neigungen.«

»Es ist wohl ausgeschlossen, daß er dabei an das Lied ›Schein, scheine hell, du Erntemond‹ gedacht hätte?«

»Höchst unwahrscheinlich, Herr Richter. Das neunte und letzte Wort war ›Gott‹. Mr. Kwimpers Antwort darauf lautete ›verdammt‹ und bewies, daß der Name der Gottheit ihn nur zum Fluchen reizt.«

»Das ist ja 'ne gottverdammte Sache«, sagte der Richter.

»Wie, Herr Richter?« fragte Miss Claypoole.

»Verzeihen Sie bitte. Es ist mir nur so rausgerutscht, Miss Claypoole.«

»Ja, gewiß. Ich verstehe das sehr gut. Das also, Herr Richter, ist die Analyse. Ich könnte sie durch weiteres Studium verfeinern, aber die grundlegende Interpretation würde sich nicht ändern. Ich hoffe, sie hat Ihnen genützt.«

»Eigentlich«, sagte der Richter, »hätte ich sie gar nicht gebraucht, aber die junge Dame hatte mich darum gebeten, und ich wollte gerecht sein. Nun – haben Sie noch was zu sagen, junger Mann?«

Der Richter hatte mich dabei ertappt, wie ich mit Pop flüsterte.

»Ich habe nur mit Pop gesprochen«, sagte ich.

»Etwas, was ich wissen sollte, junger Mann?«

»Herr Richter«, sagte ich, »ich habe Pop nur gesagt, daß er bei dem Test noch schlechter abgeschnitten hat als ich.«

»Ich finde, es besteht eine sehr enge Verbindung zwischen den beiden Tests«, sagte der Richter. »Das ist, wie ich annehme, nur natürlich. Also gut. Ihr Kwimpers habt euch keinen Anwalt genommen. Ich wünschte, ihr hättet einen, denn der würde jetzt euren Fall zusammenfassen, und es würde mich interessieren zu sehen, wie er's anpackt. Mal sehen. Wahrscheinlich würde er aufstehen, eine väterliche Miene aufsetzen, auf mich zutreten und den rechten Arm auf diesen vor mir stehenden Schreibtisch stützen. Damit würde er mir zeigen, daß er mich in sein Vertrauen zieht. Etwa so!« Der Richter stand von seinem Tisch auf, ging um ihn herum nach vorne, stützte einen Arm darauf und blickte sehr feierlich auf den leeren Stuhl. »Hohes Gericht«, sagte er. »Sie haben heute etwas sehr Bemerkenswertes gehört. Sie haben gehört, wie mein Klient freimütig gesprochen und fast jeden Vorwurf zugegeben hat, der gegen ihn und seine Familie erhoben worden ist. Heute, hohes Gericht, hatten Sie den Vorzug, einen ehrlichen Menschen zu hören.« Er hielt inne, wandte sich an mich und fragte: »Wie klingt das?«

»Das klingt sehr hübsch, Herr Richter«, sagte ich. »Und wer ist der ehrliche Mensch?«

»Das sind Sie, junger Mann.«

Miss Claypoole sprang auf und sagte: »Herr Richter, ist das nicht ziemlich ordnungswidrig?«

»Dies ist keine Gerichtsverhandlung, Miss Claypoole, sondern nur eine formlose Vernehmung. Ich gestatte mir bloß ein kleines intellektuelles Vergnügen.«

»Das haben Sie für unsere Sache aber nicht getan«, sagte Miss Claypoole.

»Sie haben ungemein schlagende Argumente vorgebracht. Ich glaube nicht, daß ein Anwalt daran etwas hätte verbessern können.«

»Danke sehr, Herr Amtsrichter.«

»Aber bitte, Miss Claypoole«, sagte der Richter. »Wo war ich denn stehengeblieben? Ach ja. Ich habe gerade dem hohen Gericht mitgeteilt, daß wir den Vorzug hatten, einen ehrlichen Menschen zu hören.« Er stützte sich auf den Tisch, blickte wieder auf den leeren Stuhl und sagte: »Hohes Gericht, mit Ihrer langen Gesetzespraxis, mit Ihrer tiefen Kenntnis der menschlichen Natur und jener warmen und verständnisvollen Intelligenz, die Sie für Ihren Beruf mitbringen, haben Sie sicher schon die großen Prinzipien erkannt, um die es in diesem Fall geht.« Er hielt inne, sah mich und Pop an und sagte: »Schmalzig, wie?«

»Ich finde es richtig schön, Herr Richter«, sagte ich. »Sind Sie das, über den Sie jetzt sprechen?«

»Hm, ja. Sie müssen verstehen, daß ich als Richter kein Wort von dem glaube, was der Mann da gesagt hat. Aber als Anwalt weiß ich, daß es nichts schadet, für diesen Idioten am Richtertisch ein bißchen Süßholz zu raspeln. Einen Augen... ach ja, großen Prinzipien erkannt, um die es in diesem Fall geht...«

Er wandte sich wieder zum leeren Stuhl und sagte: »Was wir hier heute in den schmucklosen und bescheidenen Worten dieses feinen jungen Mannes gehört haben, ist das Epos Amerikas. Wir haben die Geschichte einer kleinen Familie vernommen, die sich allein in der Wildnis fand. Mit ihren Händen hat sie sich eine eigene Heimstätte gezimmert, Hunger und Durst nicht achtend, wie schon ihre Vorfahren vor zwei- oder dreihundert Jahren. Tapfer wehrte sie die Angriffe feindlicher Eingeborener ab.«

»Herr Richter«, rief Miss Claypoole. »Sie mögen sich ja meinetwegen ein kleines Vergnügen erlauben, aber schließlich waren keinerlei feindliche Eingeborene da.«

Der Richter räusperte sich und sagte wie verlegen: »Ich muß die feindlichen Eingeborenen hier irgendwie hereinbringen. Ich hoffe, Sie haben nichts dagegen, Miss Claypoole und Mr. King, aber als Anwalt der Kwimpers muß ich das Amt für Öffentlichen Ausbau und das Amt für Öffentliche Wohlfahrt als feindliche Eingeborene betrachten.«

Mr. King sagte: »Das ist lächerlich.«

Der Richter erwiderte: »Rechtsanwälte haben das Recht, sich lächerlich zu machen, wenn es ihnen paßt, und ich muß sagen, es paßt ihnen häufig. Schließlich stehen sie ja nicht unter Eid. Das gibt ihnen ungeahnte Möglichkeiten. Lassen Sie mich auf meine feindlichen Eingeborenen zurückkommen. Hohes Gericht, die kleine Siedlung widerstand den Angriffen der feindlichen Eingeborenen mit echt amerikanischer Unerschrockenheit und behauptete sich. Andere kamen, um ebenfalls dort zu siedeln. Dann, wie so oft in den Grenzgebieten, drängte sich das gesetzlose Element ein – der Glücksspieler, der Revolverheld, der Spelunkenwirt. An welches Gesetz konnte sich die kleine Siedlung um Hilfe wenden? Es gab kein Gesetz, hohes Gericht. Die winzige Siedlung mußte aus eigener Kraft stehen oder fallen. Und sie stand! Ja, sie stand, hohes Gericht! Die guten Bewohner der Siedlung erhoben sich in ihrem Zorn, erließen Gesetze und fegten die Bösen hinweg. Bei Gott, hohes Gericht, es war so schön wie Wildwest im Fernsehen!« Er pochte mit der Faust auf den Tisch, wandte sich dann an uns und sagte: »Dieser Dreh mit dem Fernsehen gefällt mir besonders gut. Ihnen nicht?«

»Wenn die Fernsehspiele so gut sind, Herr Richter«, sagte ich, »dann müssen wir uns einen Apparat kaufen.«

»Zahlen Sie nur nicht den Listenpreis«, warnte der Richter. »Wenn Sie genügend rumhorchen, können Sie einen beträchtlichen Rabatt kriegen.« Er ging ein paarmal auf und ab und sprach dann wieder zu dem leeren Stuhl hinter dem Tisch.

»Hohes Gericht«, sagte er, »der Pioniergeist mag aus Amerika verschwunden sein, aber hier und da ist er noch lebendig. Er ist lebendig in diesen guten Leuten, die Ihnen heute ihre Geschichte erzählt haben. Dies, hohes Gericht, sind die letzten Pioniere. Man hat sie vor Ihren Ohren verrückt genannt. Waren sie verrückt, bevor sie Pioniere wurden, als sie noch Wohlfahrtsgelder, Arbeitslosenunterstützung, Kindergeld und eine Versehrtenrente von der Regierung erhielten? Aber nein, hohes Gericht. Jemand muß ja damals wohl verrückt gewesen sein, aber nicht die

Kwimpers. Waren sie verrückt, als sie alle diese Dinge verschmähten und sich allein ihren Weg durch die Wildnis bahnten? Hohes Gericht, wenn sie es waren, dann waren's auch alle die beherzten Menschen, die dies große Land besiedelten. Wie Sie gehört haben, hat dieser aufrechte junge Mann, der für sie spricht, zugegeben, daß sie ›widerborstig‹ waren. Ja, hohes Gericht, sie sind widerborstig. Sie sind die Art widerborstiger Menschen, die unsere Nation geschaffen haben. Wir könnten heutzutage mehr davon brauchen.

Sie haben hier erstaunliche Geschichten vernommen, wie die Pioniere ihre Schwierigkeiten auf sich nahmen und ihrer Herr wurden. Durchschnittliche Leute hätten das nicht fertiggebracht. Der junge Mann, dessen Ehrlichkeit uns so gebannt hat, hat mit der heutigen Jugend wenig gemein. Seine Taten gehören in die Sage, das Epos, die Legende. Seine Stärke ist wie die Stärke von zehn, denn sein Herz ist rein. Dies ist nicht allein Toby Kwimper, den Sie hier vor sich sehen. Dies ist Dan'l Boone und Davy Crockett, Johnny Appleseed und Paul Bunyan. Hohes Gericht, ich bitte nicht, daß Sie heute zugunsten meiner Klienten entscheiden. Ich bitte Sie, daß Sie zugunsten Amerikas entscheiden. Ich danke Ihnen, hohes Gericht.« Er trocknete sich das Gesicht, schleppte sich um den Tisch rum, als wäre er völlig erschöpft, und setzte sich auf seinen Stuhl. »Alles was recht ist«, sagte er dann, »ich habe meiner Meinung nach nie ein besseres Plädoyer gehört.«

»Herr Richter«, sagte ich, »wo ich nun gesehen habe, was ein Anwalt alles tun kann, finde ich, wir brauchen einen.«

»Eigenlob stinkt«, sagte der Richter, »aber Sie kriegen nie mehr einen so guten, wie Sie ihn eben hatten.«

Miss Claypoole sagte: »Jetzt da Sie Ihr – wie nannten Sie's, intellektuelles Vergnügen? – hinter sich gebracht haben, können wir hoffentlich wieder zur Sache kommen, Herr Amtsrichter.«

»Oh ja«, sagte der Richter. »Ich danke Ihnen, daß Sie mich daran erinnern, Miss Claypoole. Ihr Ersuchen um einen Gerichtsbeschluß ist hiermit abgelehnt.«

»Aber, Herr Richter!« sagte Miss Claypoole.

»Sie dürfen nicht glauben, daß ich mich dazu erst überredet habe«, sagte der Richter. »Ich hatte mich schon entschieden.«

»Aber, Herr Richter!« sagte Miss Claypoole, »nach unsern ganzen Aussagen! Und nachdem ich den Wortassoziationstest vor Ihnen analysiert und bewiesen habe, was für einen minderwertigen Charakter dieser Mann hat!«

»Ach ja, gut, daß Sie's erwähnen«, sagte der Richter. »Diesen Test hat nicht Mr. Kwimper beantwortet, sondern ich.«

17

Alle waren glücklich über den Ausgang der Verhandlung, außer vielleicht Miss Claypoole und Mr. King, und die blieben nicht lange genug im Zimmer, um zu sagen, ob sie nun glücklich waren oder nicht. Wir übrigen sprachen noch ein bißchen mit dem Richter, und es zeigte sich, daß er ein wirklich netter Mensch war, obgleich er im Wortassoziationstest nicht gerade gut abgeschnitten hatte. Bei der Unterhaltung stellte sich heraus, daß Holly ihm eingeredet hatte, er solle den Test nehmen statt Pop, weil sie glaubte, daß ich meine Sache als Sprecher für uns nicht allzu gut gemacht hatte. Aber der Richter sagte, er wäre sowieso auf unserer Seite gewesen, mit Test oder ohne Test.

»Wie lange dauert's noch«, fragte der Richter, »bis Sie ihre Anwartschaft auf das Land geltend machen können?«

»Bis übermorgen«, antwortete Pop.

»Verlieren Sie damit nur keine Zeit«, sagte der Richter. »Und lassen Sie das Haus um Gotteswillen nicht niederbrennen oder sonstwas. Ich kenne Arthur King und sein Amt für Öffentlichen Ausbau, und wenn Sie nicht aufs Haar dem Gesetzestext Genüge tun, legt er Ihnen bestimmt Steine in den Weg.«

Die Verhandlung hatte lange gedauert, und als wir aus dem Gerichtsgebäude kamen, war es schon später Nachmittag. Der Wind hatte sich verstärkt, während wir drinnen waren. Da kamen Böen, als hätten die Wolken einen schweren Seufzer ausgestoßen, und die Palmkronen flatterten wie

Rauch, wenn sie ein kleiner Regenschauer durchzischte; dann sog der Wind wieder den Atem ein, um sich für das nächste Mal vorzubereiten. Wir fuhren zu einer Eisdiele, um mit Eis und Sodagetränken für alle Anwesenden zu feiern und noch ein bißchen über die Verhandlung zu sprechen. Ich sagte, jetzt könne wohl keiner mehr behaupten, wir Kwimpers wären verrückt, wo ein richtiger lebendiger Richter gesagt hatte, daß wir's nicht wären.

Pop sagte: »Ich hoffe, du hast es nie bezweifelt.«

»Ich hab's auch nie bezweifelt«, erwiderte ich, »nur manchmal wußte ich nicht recht.«

Als wir mit unserm Eis fertig waren, fuhren wir zur Zugbrücke, wo wir warten mußten, weil nämlich die Schranke über die Straße runtergelassen war, die roten Lichter brannten und die Brücke ein klein wenig hochstand. Als in den nächsten Minuten nichts passierte, stieg ich aus und ging zur Schranke. Ein Mann kam aus dem Brückenwärterhäuschen, und das war Mr. King.

»Na, wie steht's?« fragte er. »Sie sind doch nicht böse wegen der Verhandlung?«

»Aber nein«, sagte ich. »Wenn die Regierung großzügig ist, dann wollen wir versuchen, auch großzügig zu sein.«

»Ja, es hat keinen Zweck, in einem Streit unversöhnlich zu sein. Wie war das noch, ihr könnt euren Anspruch in den nächsten Tagen geltend machen, nicht wahr?«

»Übermorgen.«

»Euer Glück, daß der Orkan nicht direkt auf uns zukommt. Wenn das passierte, könnte euch das Land doch noch durch die Lappen gehen.«

»Ja, das wäre nicht schön«, sagte ich. »Glauben Sie, daß wir bald über die Brücke fahren können, Mr. King?«

»Ich weiß nicht. Irgend etwas ist am Mechanismus kaputtgegangen, und sie ist in dieser Stellung steckengeblieben.

Wir schicken gerade nach einem der wenigen Mechaniker, die's reparieren können. Kann sein, daß es vor morgen früh nichts mehr wird.«

»Es sieht von hier so aus, als wäre nur ein kleiner Spalt zwischen den beiden Hälften. Wenn ich da ein paar Bretter hinlege, kann der Wagen sicher rüberfahren.«

»Nein, das könnte ich nicht zulassen«, sagte Mr. King. »Eins der Bretter könnte durchbrechen oder der Wagen seitlich abgleiten, oder das Gewicht des Wagens bringt den Mechanismus wieder in Gang und zieht die Brücke hoch.«

»Dann ist's vielleicht besser, wenn ich das Auto hierlasse und nach Hause renne. Es sind nicht mehr als achtzehn Kilometer.«

»Ich kann Sie nicht über den Spalt springen lassen«, erwiderte Mr. King. »Sie könnten auf dem nassen Asphalt ausrutschen und durch den Spalt fallen. Dann würden alle dem Amt die Schuld geben.«

»Wie Sie meinen«, sagte ich, »ich möchte Ihnen keinen Ärger machen.«

»Es freut mich, daß wir uns einig sind. Der Sicherheit halber habe ich der Verkehrspolizei aufgetragen, sie solle niemand von Gulf City über diese Brücke lassen, bis sie wieder ganz ist.«

»Aber was geschieht mit den Jenkins' und den Browns? Der Sturm macht ihnen vielleicht Angst.«

»Daran habe ich auch schon gedacht. Einer meiner Lastwagen war auf der anderen Seite dieser Brücke, und ich habe ihn zur Brücke Nummer vier geschickt, um die Leute zu holen. Ich glaube zwar nicht, daß der Orkan in unsre Gegend kommt, aber besser ist besser.«

»Das ist freundlich von Ihnen«, sagte ich. »Wenn jemand so nett ist, will ich ihm auch keinen Ärger machen, und Sie brauchen keine Angst zu haben, daß ich heimlich über

die Brücke gehe, solange sie nicht repariert ist. Wir werden wohl am besten in einem Motel an dieser Straße übernachten, und ich wäre Ihnen dankbar, wenn Sie den Jenkins' und Browns sagen würden, wo wir zu finden sind.«
»Das will ich tun«, versicherte Mr. King. »Und kommen Sie morgen früh wieder. Bis dahin sollte die Brücke wiederhergestellt sein.«
Ich ging zurück zu Pop, Holly und den Zwillingen und erzählte ihnen, was los war. Dann fuhren wir die Straße runter zu einem Motel. Die Besitzer waren sehr froh, uns im Motel zu haben, weil sie Hilfe brauchten, um die Sturmläden an den Fenstern anzubringen. Wenn der Orkan wirklich Gulf City erreichte, brauchten sie außerdem Leute, die auf der vom Wind abgekehrten Seite die Fenster ein bißchen offenhielten. Sie sagten, damit könne man den Luftdruck ausgleichen, der im Haus zu hoch und an der dem Wind abgekehrten Seite zu niedrig sei. Wenn man die Fenster nicht offenhielt, konnte das Haus platzen wie ein Schlauch, der durch eine schadhafte Stelle im Reifen birst.
Als wir im Motel mit Helfen fertig waren, kamen die Jenkins' und die Browns von unsrer Brücke. Mr. King und die Verkehrspolizei hatten sie mit aller Sorgfalt über die Zugbrücke gebracht, mit Hilfe von Seilen und dergleichen, was von Mr. King nett war und zeigte, er wollte nicht riskieren, daß ihm jemand durch den Spalt fiel. Die Jenkins' und Browns sagten, daß der Wind das Wasser in unsere Rinne aufstaue und wenn das so weiterginge, könne die Straße überflutet werden. Der Lastwagen hatte auch den Wohnanhänger der Jenkins' in Schlepp genommen, ihn aber auf der anderen Seite der Zugbrücke zurücklassen müssen.
Wir aßen Abendbrot und hörten Radio. Der Mann im Radio sprach sehr düster über den Sturm, aber sehr zuver-

sichtlich über ein dreischieniges Sturmfenster aus Aluminium für nur sieben Dollar fünfzig und eine Nähmaschine ohne Anzahlung mit Raten von nur einem Dollar pro Woche. Diese Ansager machen immer die Stürme schlecht und die Fenster und Nähmaschinen gut, deshalb setzte ich darauf, daß Mr. King mehr vom Orkan wußte als der Mann im Radio. Aber Pop und Holly machten sich Sorgen um unser Haus und holten sich Karten, um zu sehen, ob wir nicht auf Umwegen hinfahren könnten. Doch dazu mußten wir erst fünfundsiebzig Kilometer die Küste hinauf, dann dreißig Kilometer landeinwärts, hundertzwanzig Kilometer die Küste hinunter und sechzig zurück. Das waren viele Kilometer, besonders wenn vielleicht einige Straßen unter Wasser standen und Bäume quer über die Straßen lagen; wir konnten also nichts tun als warten.

Am nächsten Morgen war's noch schlimmer. Die Palmkronen waren schon ganz zerfetzt von den Windstößen, und ein Heulen war in der Luft, wie wenn man bei einem Sturm unten am Kamin sitzt und lauscht. Wir ließen die Zwillinge bei den Jenkins' und Browns und fuhren zur Zugbrücke. Sie war noch nicht repariert. Ich stieg aus und ging zur Schranke, Mr. King war nicht da, aber zwei Beamte von der Straßenpolizei hatten Wache. Ich sagte ihnen, daß wir uns große Sorgen machten um unser Land, aber sie antworteten, sie hätten Order, keinen rüberzulassen, bis die Brücke repariert wäre. Das letzte, was sie gehört hatten, war, daß der Mechaniker auf Urlaub sei, und so ließe sich gar nicht vorhersagen, wann die Brücke wieder in Ordnung käme. Es regnete stark, und ich ging mit ihnen ins Brückenwärterhäuschen, um mich ein wenig zu unterhalten. Es waren nette Leute, und sie waren sehr traurig darüber, daß wir unser Land verlieren würden, wenn das Haus wegwehte.

Es war ein scheußliches Gefühl, in diesem Brückenwärterhäuschen neben dem großen Getriebe zu sitzen, das die Brücke hob und senkte, und zu wissen, daß es die Brücke nicht mehr bewegen konnte. Als ich mich umsah, bemerkte ich eine große, ölverschmierte Schraube, die neben dem Motor auf der Erde lag, und hob sie auf.

Einer der Polizisten sagte: »Fassen Sie hier lieber nichts an.«

Ich erwiderte: »Nichts ist leichter, als eine Schraube zu verlieren, wenn man sie auf dem Boden rumliegen läßt, und ich wüßte gern, wo sie hingehört.«

»Ich weiß nicht, wie Sie das feststellen wollen«, sagte er.

»Wieso«, meinte ich, »der Motor ist zwar groß, sieht aber ungefähr ebenso aus wie der Motor der Bulldozer, die ich in Fort Dix gefahren habe. Und wenn mich nicht alles täuscht, dann ist da drüben ein leeres Gewinde, das aussieht, als wäre es für diese Schraube geschaffen. Lassen Sie mal sehen, ob sie paßt.«

Ich fing an, sie auf das Gewinde am Ende einer Welle zu drehen, aber ein Zahnrad war mir im Wege. Ich mußte das Zahnrad auf der Welle zurückschieben, bis es sich mit einem anderen Rad verzahnte; erst dann hatte ich genug Platz, die Schraube ganz festzuziehen.

»Ich hoffe, Sie machen da keinen Mist«, sagte der Mann.

»Sieht mir ziemlich richtig aus«, erwiderte ich. »Jetzt wird die Schraube wenigstens nicht rumgeschubst und geht dabei verloren. Um aber ganz sicher zu sein, daß es so richtig ist, will ich hier dieses Getriebe gründlich durchsehen.« Das tat ich auch und bemerkte, daß alles in einem Hebel endete.

»Bloß um zu beweisen, daß nichts passiert ist«, sagte ich, »will ich hier an diesem Hebel ziehen und Ihnen zeigen, daß das Getriebe funktioniert.«

»Lassen Sie das mal lieber«, sagte der Mann, aber da hatte ich schon ein bißchen am Hebel gezogen.

Man hörte nur ein kleines Summen, und die Räder drehten sich wie geschmiert.
»Na meinetwegen«, sagte der Mann. »Aber fassen Sie sonst nichts an.«
In diesem Moment kam Pop reingeplatzt und schrie: »Die Brücke ist runter! Die Brücke ist runter!«
»Mein Gott«, sagte einer der Männer. »Sie haben sie kaputtgemacht!«
»Nein, nein, sie funktioniert«, schrie Pop. »Die Brücke ist wieder ganz!«
»Nein, das kann ja nicht sein«, entgegnete ich. »Es war doch nur 'ne olle Schraube, die ich am Ende des Getriebes eingesetzt habe.«
»Komm raus und sieh's dir selber an«, sagte Pop.
Wir gingen raus, und die Brücke war wirklich runtergelassen, wie 's im Buch steht. »Donnerwetter!« sagte einer der Polizisten. »Stell dir mal vor, daß sich ein Mensch das ausdenken kann.«
»Das war gar nichts«, sagte ich. »Es ist nun mal so, daß eine Schraube auf ein Gewinde gehört und daß Zahnräder sich ineinander verzahnen müssen. Glauben Sie, daß wir jetzt rüberfahren können?«
»Ja, das können Sie«, sagte der Mann. »Ich lasse gleich die Schranke hoch.«
»Und ich suche derweil Mr. King«, sagte der andere. »Er wird sich sicher freuen.«
Der eine der Polizisten lief also fort, um Mr. King zu suchen, während der andere die Schranke öffnete und wir über die Brücke zu unserem Haus fuhren.
Die Fahrt war so, daß man lieber am Steuer eines Bulldozers gesessen hätte als eines Autos, weil es nämlich nicht so leicht ist, einen Bulldozer umzuwehen und der überdies sehr praktisch ist, wenn es gilt, Bäume aus dem Weg zu

räumen. Auf freien Flächen, wo der Wind von der Seite kam, kriegte der Wagen Schlagseite wie ein Segelboot, und wir mußten uns alle auf die Windseite drängen, um ihn auf seinen vier Rädern zu halten. Alle Naselang mußten wir anhalten, weil ein Baum quer über die Straße lag, unser Schleppseil rausholen und ihn zur Seite schleppen, damit wir vorbei konnten. Wir brauchten für die achtzehn Kilometer fast drei Stunden, und als wir zu unsrer Brücke kamen, hätte man denken können, sie wäre gar nicht da, wenn man nicht gewußt hätte, daß sie da sein mußte. Das Wasser stand schon zwanzig Zentimeter drüber, und man sah nur noch das Geländer. Ich ging vor dem Wagen zu Fuß über die Brücke, während Pop fuhr, um sicher zu sein, daß die Straßendecke noch fest war. Daraus daß ich nicht von der Bildfläche verschwand, konnte man schließen, daß auch die Straße noch nicht eingestürzt war.

Wir hatten am Nachmittag alle Hände voll zu tun. Die Ruderboote, die wir bis zu unserem Haus an Land gezogen hatten, begannen schon wegzutreiben; ich holte sie wieder zusammen und vertäute sie an den Pfählen unsres Aborts. Das Haus der Browns stand niedriger als unsers, deshalb holten wir ihre ganzen Möbel und sonstigen Kram und verstauten sie in unserm Abort, den Pop extra geräumig gebaut hatte, damit wir dort eines Tages Waschbecken und Duschen einbauen konnten. Wir öffneten die Fenster auf der dem Wind entgegengesetzten Seite und spannten ein Seil zwischen unserm Haus und dem der Browns, damit ich hin und wieder zurück gelangen konnte, auch wenn das Wasser noch weiter stieg. Holly kochte schon für alle Fälle, und ich brachte frisches Wasser aus unserer Tonne. Man hätte meinen sollen, daß Wasser das letzte war, was wir brauchten, aber es kann lange dauern, bis eine Tasse mit Wasser gefüllt ist, wenn man sie unter den Regen hält, und es kann noch länger dauern, wenn der Wind das Regenwasser so schnell aus der Tasse rausbläst, wie es reinkommt.

Bei Einbruch der Dunkelheit war alles fertig. Zu dieser Zeit standen dreiviertel Meter Wasser unter unserm Haus, und bei den schweren Windstößen konnte man fühlen, daß das Haus etwas unruhig wurde. Wenn der Wind gegen das Haus anrannte, klang es, als säßen wir im Innern einer großen, alten Geige, an deren Saiten jemand mit einem nassen Finger auf- und abfuhr. Nach einer Weile hielten wir es für besser, unsere ganze Habe vom Haus in den Abort umzuladen, und so trugen wir alles über den Bretterpfad. In einer freien Minute vertäute ich die Ruderboote etwas höher an den Pfählen. Ein bißchen später wollte ich mal nachsehen, wie das Haus der Browns aushielt, und ergriff das Seil, das ich nach drüben gespannt hatte. Aber das Seil hing lose. Ich nahm eine Taschenlampe und leuchtete über die Straße. Da drüben war aber nichts mehr.

»Pop«, sagte ich, »das Haus der Browns ist weg.«

Pop und Holly kamen zur Tür des Aborts und sahen raus.

»Was ist denn dieser große Brocken, der da vorbeischwimmt, direkt vor uns?« fragte Pop. »Sollte das ihr Haus sein?«

»Ich glaube kaum.«

»Es sieht aus wie ein sehr hübsches Häuschen.«

»Ist es auch, Pop«, sagte ich. »Ich glaube nämlich, es ist unsers.«

»Aha. Es hat sich von den Pfählen gelöst, wie? Es ist doch gut, daß wenigstens einer in dieser Familie weiß, wie man sich seine Häuser baut. Du siehst doch wohl nicht, daß mein Abort hier davonschwimmt?«

»Es gibt auch einen in dieser Familie, der sich die besten Pfähle gegrapscht hat, nachdem ich sie zurechtgehauen hatte«, sagte ich. »Wir sind in diesem Aborthäuschen dreißig Zentimeter höher als im Wohnhaus, und auf dickeren Pfählen.«

»Mir schnuppert was um die Beine«, sagte Pop, wobei er hinuntersah und versuchte, etwas in der Finsternis zu erkennen.

Ich machte die Taschenlampe an und sah, daß es nur eins der Ruderboote war, das auf die Tür zuschwamm. »Ich glaube, ich nehme dies Ruderboot lieber rein«, sagte ich. »Für den Fall, daß wir von unten her feucht werden.«

Das Ruderboot war ziemlich voll Wasser, aber ich schöpfte es leer und zog es durch die Tür in unsern Abort. Wir schlossen die Tür, um das Wasser abzuhalten, falls es noch höher stieg, und lehnten schwere Gegenstände dagegen, damit sie geschlossen blieb. Dann machten wir uns im Ruderboot Kissen zurecht und stiegen ein. Mit der Petroleumlampe war es so richtig behaglich. Das Fenster zur Straße behielten wir offen. Hin und wieder ging ich zum Fenster und sah hinaus. Das einzige, was man im Licht der Taschenlampe sehen konnte, war vorbeischäumendes Wasser. Wenn ich hinhörte, vernahm ich die Windstöße, die über unsern Köpfen dahinfuhren wie Schnellzüge. Erst kam ein Dröhnen in weiter Ferne, das lauter und lauter wurde, bis der Zug direkt über uns wegdonnerte und unsern Raum erschütterte.

»Du hast das wirklich gut gebaut, Pop«, sagte ich nach einem Blick aus dem Fenster. »Das Wasser draußen ist schon dreißig Zentimeter über der Höhe unseres Fußbodens, und hier drinnen haben wir kaum einen Tropfen.«

»Weißt du was?« sagte Pop. »Es ist gut, daß wir nicht in Gulf City geblieben sind, denn sonst wäre hier alles weggeweht. Und im Gesetz steht extra, daß man auf dem Land sechs Monate lang ein Gebäude unterhalten muß, bevor man es beanspruchen kann.«

Holly meinte: »Ich hoffe, daß wir am Ende nicht ein Periskop brauchen.«
»Das ist doch wieder echt weiblich«, sagte Pop. »Immer wollen Sie das, was sie nicht haben, selbst wenn's ein Periskop ist, was immer das auch sein mag.«
Holly sagte: »Ich glaube, du hast dieses Örtchen zu gut gebaut. Habt ihr schon bemerkt, daß der Fußboden beginnt, sich nach oben zu wölben?«
Pop fragte: »Was schadet schon das bißchen Wölbung?«
»Das ist der Wasserdruck«, erklärte Holly. »Er wird unser Häuschen von den Pfählen heben, wenn das so weitergeht.«
»Ich weiß nicht, was man dagegen tun kann«, sagte Pop.
»Nun«, meinte Holly, »wenn man die Fenster öffnet, um den Luftdruck rauszulassen, ist es vielleicht richtig, den Fußboden zu öffnen, um den Wasserdruck reinzulassen.«
»Laßt ja meinen Fußboden in Ruhe«, rief Pop.
»Pop«, sagte ich, »ich glaube, Holly hat recht.«
Gerade in dem Augenblick hörten wir's ein paarmal knirschen, als ob ein oder zwei Nägel aus dem Holz gezogen würden, und das Häuschen machte einen kleinen Sprung.
»Na, dann tu's schon«, sagte Pop, »aber ich glaube, es ist nur euer Neid, daß ich diesen Abort so gut gebaut habe.«
Ich sprang aus meinem Ruderboot mit der Absicht, die Tür zu öffnen. Aber wir hatten zuviel Zeug dagegengelehnt, und ich war nicht sicher, ob ich noch Zeit hatte, alles wieder wegzuschaffen. Ich nahm also ein Brecheisen und rammte das scharfe Ende auf eine Stelle, wo zwei Bretterenden zusammentrafen. Es traf genau die Fuge und sank runter bis auf die Balken. Dann benutzte ich das Brecheisen als Hebel und stemmte das Brett hoch. Gleichzeitig mit dem Brett stieg ein Wasserstrahl bis ans Dach, der den ganzen Raum naßspritzte und auch die Petroleumlampen

auslöschte. Ich hatte die Taschenlampe in der Tasche und knipste sie an. Ein paar Sekunden lang stieg der Wasserstrahl zur Decke, aber der Druck ließ langsam nach, und ich fühlte auch, daß sich die Wölbung im Fußboden verringerte. Schließlich gab es einen letzten Schwall, der bei Gott einen zehn Pfund schweren Seehecht mit sich brachte. Ich konnte ihn im Lichtkegel der Taschenlampe nur einen Moment lang sehen, aber offenbar fühlte dieser Seehecht sich nicht recht glücklich. Er landete in dem einen Fuß hohen Wasser, das den Boden bedeckte, schüttelte sich und verzog sich, um in einem Winkel zu schmollen.

»Pop«, sagte ich, »ich wette, du wirst niemals raten, was jetzt passiert ist. Ein großer alter Hecht ist eben mit dem Wasserstrahl hier reingekommen.«

»Das gefällt mir gar nicht«, sagte Pop. »Es ist ein ziemlich schlechtes Zeichen, wenn die Fische anfangen, in unserem Haus rumzuschwimmen.«

»Ach, der hat sich nur zwischen den Pfählen rumgetrieben, wie die Hechte immer«, sagte ich. »Und dann hat ihn der Wasserdruck erwischt.«

»Ich sage nur eins«, erklärte Pop, »wenn du anfängst, nach ihm zu angeln, dann ziehe ich aus.«

Ich hatte aber gar nicht vor, nach ihm zu angeln, denn der Hecht war in gewisser Weise nicht besser dran als wir, und ich hatte Verständnis dafür. Ich watete zurück zu unserem Ruderboot und half Pop, die Petroleumlampen wieder anzuzünden. Dann setzten wir uns ins Boot und warteten. Der Wind fuhr draußen mit seinem Heulen fort, und das Wasser kroch fast unmerklich immer höher. Dann und wann suchte ich mit der Taschenlampe nach unserm Hecht und fand ihn noch in seinem Schmollwinkel. Nach einigen Stunden war das Wasser schon fast bis an die Fenstersimse gestiegen, und ich machte mir bereits Gedanken, ob wir ein

Loch in die Wand schlagen und das Ruderboot rauslassen könnten, wenn es noch viel höher stieg.
Schließlich sagte Pop: »Ich hör's hier irgendwo plätschern. Sind wir von den Pfählen runter?«
Ich lauschte, hörte ebenfalls Plätschern, machte die Taschenlampe an und entdeckte die Ursache.
»Sieh dir das mal an«, sagte Pop entrüstet. »Da macht doch dieser Hecht Jagd auf einen Silberfisch. Toby, ich glaube, die Fische haben die Herrschaft angetreten, und wir sind abgemeldet. Sollen wir das Fenster aufbrechen und versuchen zu schwimmen?«
»Nein, nein, Pop«, antwortete ich. »Daß der Hecht auf Jagd geht, ist ein gutes Zeichen. Es bedeutet, daß das Wasser zur Ruhe gekommen ist und er sich besser fühlt. Sieh mal da!« Ich richtete den Schein der Taschenlampe gegen die Wand, und man konnte an dem feuchten Streifen erkennen, daß das Wasser schon fünf Zentimeter gefallen war. Nun wußten wir, daß wir nur noch warten mußten, bis das Wasser weiter fiel und der Wind sich beruhigte. Nach einer weiteren Stunde schien der Mond vor dem Fenster, und der Orkan war vorüber. Der Hecht machte fröhliche Jagd auf die Stichlinge und die Silberfische, die sich bei uns eingefunden hatten.
Pop sagte: »Wir könnten uns einen schönen fetten Seehecht zum Frühstück kochen.«
»Nein, das geht nicht«, erwiderte ich. »Es gibt in der Welt noch so etwas wie Solidarität, und niemand tut diesem Hecht etwas zuleide.«
Ich stieg aus dem Ruderboot, entfernte die ganzen Gegenstände von der Tür und öffnete sie. Ziemlich bald geriet der Hecht in die Nähe des Eingangs und flitzte mit einem Schwanzschlag hinaus. So kamen wir alle heil durch den Orkan.

18

Am nächsten Morgen standen noch überall Pfützen, und unendlich viel Schlamm und Dreck lagen rum, aber nichts, was man nicht wegräumen konnte. Pops Wagen hatte unter Wasser gestanden und war nicht recht zu brauchen, aber seine Klosetts im Aborthäuschen, die ebenfalls unter Wasser gestanden hatten, waren noch großartig zu brauchen. Pop war bereit, das Schlechte mit dem Guten hinzunehmen. Unser Haus hatte sich am Brückenende angesiedelt und stand halbwegs über die Straße. Es konnte nicht schwer sein, es auf Rollen zu stellen und dorthin zurückzubringen, wo es hingehörte.

Da Mr. Brown ein guter Tischler war, hatte sein Haus gut gehalten, als es davontrieb, und war an einem Strand, etwa hundert Meter hinter der Brücke gelandet. Die Jenkins' hatten die Plattform eingebüßt, auf der ihr Wohnanhänger gestanden hatte, aber es sah so aus, als könnten wir wenigstens das Holz wieder zusammenkriegen. Der Sturm hatte aber auch einen Nutzen gebracht; er hatte nämlich den Platz gesäubert, wo Klein-Nicks und Blackies Haus niedergebrannt war. Der große Landungssteg, den sie gebaut hatten, hatte das Wetter gut überstanden. Wir konnten die Planken des Stegs gut zur Reparatur gebrauchen, die Pfähle dort ausziehen und für uns verwenden. Wir hatten weder ein Ruderboot noch die Außenbordmotoren oder sonst etwas von dem Zeug verloren, das wir im Abort bergen konnten, waren also wirklich ganz gut davongekommen.

Wir verbrachten den ganzen Morgen mit Aufräumungsarbeiten. Früh am Nachmittag hörten wir drüben auf der Insel eine Art Motorengeräusch und gingen raus auf die Brücke, um nachzusehen, was da kam. Bald danach watschelte ein Bulldozer um die Kurve, kam zu ein paar Bäumen, die quer über die Straße lagen, und schob sie aus dem Weg. Dann schwenkte ein Jeep um den Bulldozer und flitzte zu der Stelle, wo ich auf der Brücke wartete. Mr. King sprang raus. »Ich sehe. Sie haben's überstanden«, sagte er. »Sind alle durchgekommen?«

»Ja, Mr. King«, erwiderte ich. »Es ist sehr freundlich von Ihnen, daß Sie extra herkommen, um sich danach zu erkundigen.«

»Sie mußten unbedingt die lose Schraube finden, die Zugbrücke reparieren, hier rauskommen und Ihr Leben riskieren, was? Ich hätte wissen sollen, daß es keinen Zweck hat, Sie in Gulf City festhalten zu wollen. Ihr Kwimpers seid verrückt.«

»Mr. King«, sagte ich, »es hat Zeiten gegeben, wo ich Ihnen das hätte durchgehen lassen. Da aber der Richter gesagt hat, daß wir nicht verrückt sind, muß ich Ihnen einen Verweis erteilen.«

»Schon gut, schon gut. Ihr seid geistig völlig normal auf eine idiotische Art und Weise.« Er wandte sich zum Jeep um und sagte: »Benny, steigen Sie aus, und photographieren Sie. Ich möchte eine vollständige Serie, die genau zeigt, was hier passiert ist.«

Ein Mann kletterte aus dem Jeep und stellte seinen Apparat ein. Mr. King blinzelte die Brücke entlang zu unserem Haus, das die Aussicht auf unser Grundstück ein wenig versperrte.

»Das ist doch Ihr Haus da?« fragte er.

»Jawohl«, antwortete ich. »Es tut mir leid, daß es die

Straße blockiert, aber wir wollen's aus dem Weg schleppen, sobald wir können.«

»Sie geben also zu, daß es nicht auf dem Land steht, das Sie besiedelt haben, nicht wahr?«

»Ja.«

»Sie geben zu, daß das Gesetz bestimmt, man müsse sechs Monate lang ununterbrochen auf seinem Land ein Gebäude *stehen* haben, bevor man seinen Antrag stellen kann?«

»Ja, Mr. King.«

»Sie geben zu, daß man dieses Gebäude dort kaum als *stehend* bezeichnen kann?«

»Ich würde eher sagen, es liegt.«

»Nehmen Sie's auf, Benny«, rief Mr. King dem Mann mit dem Photoapparat zu.

»Hab's schon«, rief der Mann zurück. »Wollen Sie auch ein Bild von dem Gebäude hinter dem Haus?«

»Von was für einem Gebäude reden Sie?« fragte Mr. King. »Alles auf beiden Seiten der Straße ist völlig weggefegt.«

Der Photograph rief: »Sie müssen hierher kommen, wenn Sie's sehen wollen. Wo Sie stehen, ist Ihnen das Haus im Weg.«

Mr. King warf mir einen etwas gehetzten Blick zu, rannte zu dem Mann mit der Kamera und sah an unserm Haus vorbei. Ich ging ihm nach und hörte Mr. King murmeln: »Nicht doch! Nein, sie können mir das nicht antun!« Er starrte auf Pops Abort. Der Mann mit der Kamera fragte: »Wollen Sie davon auch ein Bild?«

»Nein«, rief Mr. King. »Aber halten Sie die Augen offen. Vielleicht kriegen Sie ein Bild von mir, wie ich mir die Gurgel abschneide.« Er sah mich an, zuckte die Achseln und sagte: »Nun gut. Ich geb's auf. Es ist nun wohl doch Ihr Land. Aber räumen Sie mir dies gottverdammte Haus von der Straße, verstanden?«

»Ja gern«, sagte ich. »Wenn Sie mir diesen Mann und den Bulldozer leihen wollen, könnte ich Planken unterlegen, Pfähle für Rollen hauen und damit das Haus in kürzester Zeit aus dem Weg räumen.«
»Mein Gott, es ist reizend von Ihnen, daß Sie so hilfsbereit sind, Mr. Kwimper.«
»Wieso, es hilft uns ja auch«, erwiderte ich. »Aber da ist noch eins, bevor ich mir den Bulldozer von Ihnen ausleihe. Hat er auch Gummiraupen? Ich möchte die Planken der Brücke nicht mit Metallraupen beschädigen.«
Mr. King holte einmal tief Atem und sagte: »Er hat Gummiraupen. Er wird der Brücke nichts schaden. Haben Sie sonst noch einen Wunsch?«
»Ja, wenn Sie sowieso in Ihrem Jeep nach Gulf City zurückfahren, dann wäre ich Ihnen sehr dankbar, wenn Sie Pop mitnehmen könnten, weil nämlich unser Wagen nicht funktioniert und Pop gern aufs Gericht gehen möchte, um seine Anwartschaft geltend zu machen.«
Mr. King spielte eine Weile mit den Muscheln Fußball. »Wie hat doch der Richter gesagt?« murmelte er vor sich hin. »Oh ja. Seine Stärke ist die Stärke von zehn, denn sein Herz ist rein. Ja, sein Herz ist rein, und sein Kopf ist leer, und ich weiß nicht, wie man diese Kombination schlagen soll.« Er hörte auf mit seinem Murmeln und sagte: »Nehmen Sie den Bulldozer. Rufen Sie Ihren Vater. Ich nehme ihn mit. Mir ist jetzt alles egal.«
Er drehte sich um und stampfte zu seinem Jeep, während ich Pop rief und ihn hinter Mr. King herschickte, damit er mit ihm nach Gulf City fuhr.
Es war unglaublich praktisch, den Bulldozer zur Hand zu haben. Der Mann, der ihn fuhr, half mir, ein paar Pfähle auszureißen, wo unser Haus gestanden hatte, und sie als Rollen zu benutzen. In wenigen Stunden hatten wir unser

Haus wieder an einer Stelle, wo wir nur noch einen Flaschenzug brauchten, um es auf die Pfähle zu stellen. Nachdem der Bulldozer fort war, machten Holly und ich Abendbrot und saßen sehr zufrieden beieinander.
Holly sagte: »Pop kommt vermutlich heute abend nicht mehr nach Hause.«
»Nein«, antwortete ich, »er hatte sich vorgenommen, in der Stadt zu bleiben und erst morgen wiederzukommen.«
»Dann haben wir das Häuschen ganz für uns, nicht wahr?«
»Na ja, wenn du's so betrachten willst.«
»Ich will's so betrachten.«
»Dagegen ist sicher nichts zu sagen, wenn du nichts Besseres zum Betrachten hast.«
»Toby«, sagte sie, »das ist etwa wie verheiratet sein und ganz allein im eigenen Heim sitzen, nicht wahr?«
»Es ist sehr friedlich, wenn du das meinst.«
»Ach, mit dir ist nichts anzufangen«, sagte sie und ging ins Haus zurück.
Es war nicht sehr sinnvoll, daß sie erst verheiratet sein wollte und dann nichts mit mir anfangen konnte, aber dagegen konnte ich auch nichts tun. Ich saß da und beobachtete den aufgehenden Mond, bis Holly nach einer Weile wieder zurückkam. Sie trug die Schuhe mit den hohen Absätzen und hatte sich ein sehr hübsches Kleid angezogen, das vorn zugeknöpft wurde und die Taille fest einschnürte.
»Du siehst sehr hübsch aus«, sagte ich. »Schade, daß niemand da ist, der's sieht.«
Sie lehnte sich gegen den Türrahmen und rieb sich ein bißchen dagegen, wie eine Katze, die sich den Rücken kratzt. Dann sagte sie: »Du hast mich nicht mehr geküßt seit der Nacht auf der Brücke, als ich dir Stunde gab, wie man sich am besten vor Mädchen in acht nimmt.«

»Das war eine sehr gute Stunde«, erwiderte ich. »Ich wette, die wird mir nützen, wenn ich mal 'nem Mädchen begegne.«
Sie sagte mit einer komischen Stimme: »Ist es nicht günstig, daß ich kein Mädchen bin?«
»Na«, sagte ich, »du kommst schon ziemlich nahe ran. Damals nachts auf der Brücke hätte ich fast geglaubt, daß du eins bist. Aber nachher habe ich gemerkt, daß ich mich geirrt hatte.«
»Bist du sicher, daß dir meine Stunde nicht bei Miss Claypoole genützt hat? Als du vorgestern mit dem Richter sprachst, hast du was davon erwähnt, wie verlegen du warst, als Miss Claypoole mit dir einen von diesen Wortassoziationstests angestellt hat.«
»Ja, damals war's vielleicht ganz nützlich.«
»Was ist denn an dem Tag passiert, Toby?«
»Ach, nicht viel. Nachdem sie den Test mit mir gemacht hatte, saßen wir auf Decken und Kissen...«
»Kissen?«
»Kissen sind sehr bequem, wenn man auf dem Sand sitzt.«
»Einen Augenblick«, sagte Holly. Sie ging ins Haus und kam mit Decken und einigen Kissen zurück. »Wir wollen uns hier auf den Boden der Veranda setzen, und du zeigst mir, wie alles verteilt war«, sagte sie.
»Ich weiß nicht, ob das ein guter Gedanke ist.«
»Toby, wenn du mir nicht zeigst, was wirklich vorgegangen ist, muß ich das Allerschlimmste annehmen. Du willst doch nicht, daß ich vor Sorgen krank werde?«
»Könntest du mir nicht glauben, wenn ich's dir sage?«
»Ich möchte lieber sehen, was passiert ist.«
Ich wußte ja, daß sie das nicht richtig meinte, denn sie konnte nicht wissen, daß ein paar peinliche Sachen wirklich passiert waren, aber ich dachte, ich könnte ihr ein paar

Kleinigkeiten vormachen, die ihre Sorgen zerstreuen würden. Ich breitete also die Decke aus, verteilte die Kissen, und wir setzten uns hin.

»Es fing so an«, sagte ich, »daß Miss Claypoole sagte, ich müßte nach dem Test müde sein, und warum ich mich nicht hinlegen und ausruhen wollte. Das tat ich dann auch. Etwa so, siehst du?« und ich legte mich zurück mit dem Kopf auf eines der Kissen. Ich fühlte mich sehr behaglich, gähnte herzhaft und sagte: ›Ich könnte jetzt ohne weiteres einschlafen.‹«

»Toby, sie hätte dich an diesem Tag bestimmt nicht einschlafen lassen.«

»Das nicht. Ich habe auch mehr an jetzt gedacht.«

»Zeige mir, was passiert ist, und weiche nicht vom Thema ab.«

»Ja, dann strich mir Miss Claypoole mit der Hand über die Stirn, damit ich mich nach dem Test entspanne.«

»So vielleicht?« fragte Holly, langte rüber und strich mir übers Gesicht.

»Du kannst es schon ganz gut«, sagte ich. »Nur muß es ganz sanft sein und nicht so, wie wenn du Hemden für die Zwillinge plättest... ja, Mädchen, das ist schon viel besser.«

»Und was hat sie dann getan?«

»Sie sagte, sie wollte sich auch entspannen, machte ihr Haar auf und sagte, ich dürfte mit meiner Hand drüberfahren, wenn ich wollte.«

»Ach«, sagte Holly. »Nun beginne ich zu verstehen, wie man das anfängt.« Sie öffnete ihr Haar, schüttelte es lokker um ihr Gesicht und beugte sich über mich. »Gefalle ich dir so, Toby?« fragte sie.

»Wie kommst du nur dadrauf?« fragte ich. »Holly, dieselben Worte hat sie auch gebraucht.«

»Ich bezweifle, daß sie sie erfunden hat. Ist mein Haar so schön wie ihr's?«
Ich fuhr ihr mit der Hand durchs Haar. Es war weich und prickelte mir in den Fingern. Das Mondlicht schien durch ihr Haar, machte ihr Gesicht ganz blaß und schön wie eine Wasserlilie, die im holzgerandeten Becken schwimmt. »Ich glaube, dein Haar gefällt mir besser«, sagte ich. »Deins ist weicher und verheddert sich nicht in meinen Fingern wie ihrs, wodurch es auch kam, daß Miss Claypooles Gesicht und meins irgendwie zusammengerieten, als ich mit meinen Fingern durch ihr Haar fuhr.«
»Mein Gott«, sagte Holly, »jetzt bist du an eine verzottelte Stelle geraten.«
Ich konnte keine Zotteln spüren, aber es war ja auch nicht mein Haar, an dem gezogen wurde, also mußte Holly besser wissen als ich, was passierte, jedenfalls waren unsere Gesichter plötzlich dicht beieinander, und ich kann nicht leugnen, daß wir uns küßten.
Nach einer Minute hob Holly den Kopf, blickte mich seltsam an und sagte: »Toby Kwimper, was machst du da mit dem obersten Knopf an meiner Bluse?«
»Ich habe ihn aufgemacht. Anscheinend weiß ich nicht mehr, wo ich bin.«
»Du dachtest, du wärst bei Miss Claypoole, nicht wahr?«
»Ja und nein. Damals bei Miss Claypoole wollte ich den Knopf an ihrer Bluse nicht aufmachen, aber diesmal muß ich gestehen, daß ich's wollte. Ich sage also einfach, daß es mir leid tut, und vielleicht stellen wir lieber Stühle auf und machen hiermit Schluß.«
»Nein, Toby, ich muß rauskriegen, was passiert ist, oder ich gräme mich zu Tode. Was ist passiert?«
»Also, der oberste Knopf an ihrem Hemd ist von selbst aufgegangen, und da ihre Finger vom Schreiben steif wa-

ren, bat sie mich, ihn für sie zuzumachen. Ich wollte ihn auch zumachen, aber meine Finger haben sich auf einmal selbständig gemacht und taten genau das Falsche.«

»Wie jetzt, Toby?«

Um diese Zeit waren schon ein paar Knöpfe mehr an Hollys Kleid aufgegangen. Mir wurde ein bißchen schwindlig, und meine Brust fühlte sich an, als wäre ich zwei bis drei Minuten unter Wasser geschwommen. Ich sagte: »Holly, du hast ja unter deinem Kleid nichts an.«

»Hatte sie ja auch nicht«, sagte Holly. »Ich habe sie doch gesehen, als du mit ihr damals weggefahren bist.«

»Holly«, sagte ich, und meine Stimme klang ganz schwach, »du bist doch mehr gewachsen, als ich glaubte.«

»Wieviele Knöpfe hast du bei ihr aufgemacht, Toby?«

»Ehrenwort, ich habe nicht mehr aufgemacht. Zu dieser Zeit war ich schon ziemlich bedrängt, fast so sehr wie jetzt, und alles ging ein bißchen durcheinander. Ich wollte meine Hände von da wegnehmen, wo sie Unheil anrichten konnten, und es schien, als ob Miss Claypoole mir die Rippen unterm Hemd zählte, und ich konnte nicht gut sprechen, weil unsre Gesichter so nahe beieinander waren, und ich zog ihre Arme an ihren Seiten runter und... Holly, wie kann ich weitererzählen, wenn du die ganze Zeit dasselbe machst?«

»Ich will nur deinem Gedächtnis aufhelfen«, sagte sie, indem sie sich eng an mich schmiegte.

»Holly, mehr ist nicht passiert, denn da war ich bis viermal sechs ist vierundzwanzig gekommen, machte mich los und ging schwimmen.«

»Sehr brav«, sagte Holly und kuschelte sich noch dichter an mich ran.

»Aber hier muß ich nun eigentlich schwimmen gehen, Holly. Ich meine, jetzt.«

»Was wäre denn passiert, wenn du nicht schwimmen gegangen wärst?«

»Daran möchte ich lieber nicht denken.«

Aber es half nichts zu sagen, daß ich lieber nicht dran denken wollte, denn ich dachte dran. Und überdies war es mir auch nicht gelungen, Hollys Arme an ihre Seiten zu pressen wie damals Miss Claypooles. Leider versuchte ich es auch nicht sehr, und es gibt Zeiten, wo die Hand einfach nicht darauf hört, was man ihr verbietet. Darum stürzte ich mich schnell aufs Einmaleins und fing mit viermal sechs an, wo ich bei Miss Claypoole aufgehört hatte. Ich kam bis fünfmal fünf, und es half ein bißchen, aber es stand immer noch auf der Kippe, wie's ausgehen würde.

»Toby Kwimper«, flüsterte Holly, »du sagst ja wieder das verfluchte Einmaleins auf.«

»Ja«, sagte ich, »und mir gehen bald die Zahlen aus.«

»Wie weit bist du denn schon?«

»Bei fünfmal fünf.«

Holly sagte sehr schnell: »Fünfmal sechs ist dreißig. Fünfmal sieben ist fünfunddreißig. Fünfmal acht ist vierzig.«

»Holly! Weiter kann ich nicht!«

»Ich weiß, Toby.«

Ich holte tief Atem, weil ich hoffte, das würde mich etwas beruhigen, und fragte: »Holly, was kommt nach fünfmal acht?«

Sie schmiegte sich so eng wie möglich an mich und sagte ganz froh: »Ich, Toby.«

Es stellte sich raus, daß sie damit recht hatte.

19

Nachdem wir den Orkan überstanden hatten, ging bei uns alles sehr gut voran. Pop machte bei Gericht unsre Anwartschaft geltend. Die Jenkinses und Browns kamen zurück, und wir halfen ihnen bei ihren Arbeiten. Mr. Endicott in der Bank lieh uns noch fünfhundert Dollar, fand eine Schar Männer, die einen Tag nicht viel zu tun hatten, und schickte sie raus zu uns, um das Haus auf die neuen Pfähle zu setzen. Wir nahmen den großen Landungssteg, den Klein-Nick und Blackie zurückgelassen hatten, auseinander und benutzten einen Teil des Holzes, um eine kleine Hütte direkt an der Brücke zu bauen, wo Holly Kaffee und belegte Brote servieren konnte, und außerdem auch die Zitronen- und Nußtörtchen, die Mrs. Brown backte.

Gegen Ende November kamen die Touristen in einem steten Strom, und wir erzielten wöchentlich einen Reingewinn von hundert Dollar, was sogar mehr war als das, was wir bei der Regierung verdient hatten, als Pop noch Wohlfahrt oder Arbeitslosenunterstützung erhielt, die Zwillinge Kindergeld bezogen und ich meine Rente für totale Arbeitsunfähigkeit. Es machte so auch mehr Spaß, als wenn man's von der Regierung kriegte.

Ich hatte mir ziemlich Sorgen gemacht über das, was mit Holly in der Nacht auf der Veranda passiert war. Ich wußte, es war nicht hübsch, wenn man solche Sachen geschehen ließ, aber ich konnte auch nicht ernstlich behaupten, daß ich's nie wieder tun wollte. Ich besprach das also mit Holly, und sie sagte, so etwas wäre ganz in der Ordnung, wenn die zwei verheiratet sind. Es gibt Zeiten, in denen Holly ein sehr schlaues Köpfchen hat, und ich sagte, ich hätte nichts dagegen, verheiratet zu sein, wenn's nur mit ihr wäre; und wenn sie einen Tag mal gerade nichts zu tun habe, könnten wir vielleicht nach Gulf City fahren und uns erkundigen, wie man so was macht. Es ergab sich dann, daß sie an dem Tag zufällig nicht viel vorhatte; deshalb fuhren wir nach Gulf City, brachten die Dinge ins Rollen, und schon nach wenigen Tagen waren wir ganz fest verheiratet. Die Heirat war ein großer Erfolg, und es könnte einen wundern, daß ich nicht früher drauf gekommen war, oder auch Holly.

Alles war also in schönster Fahrt bis Ende November, als ich eines Tages zu Hollys kleinem Stand an der Brücke ging, um frisches Wasser für den Kaffee zu bringen. Pop und Holly saßen im Speiseraum und sprachen mit einem Mann, den ich schon ein paarmal im Gerichtsgebäude gesehen hatte. Er war einer jener Leute, die einen immer anlächeln und jedem ein gutes Wort geben. Aber das Komische war, daß Pop und Holly gar nicht so glücklich aussahen, obgleich der Mann einen sehr freundlichen Eindruck machte.

»Ei, ei«, sagte der Mann zu mir. »Und das ist Toby Kwimper, nicht wahr? Freut mich, Sie kennenzulernen. Ich bin Billy Smith.«

Holly sagte mit ersterbender Stimme: »Mr. Smith kommt vom Finanzamt.«

»Freue mich auch«, sagte ich. »Und ich bin froh zu wissen, wo Sie herkommen, weil ich Sie nämlich schon ein paarmal gesehen habe.«

Pop sagte zu ihm: »Sagen Sie Toby, was Sie uns grade erzählt haben.«

»Aber«, sagte Mr. Smith, »das sind doch nur ein paar Kleinigkeiten. Ich bin hergekommen, um Ihnen zu sagen, wie glücklich wir darüber sind, daß Sie nun eine feste gesetzliche Anwartschaft auf Ihr Land haben, und wie gern wir es sehen, daß Sie hier Ihr gutes Auskommen haben.«

»Das ist furchtbar freundlich von Ihnen«, sagte ich.

»Nun habe ich Ihrem Pop und Ihrer lieben Frau hier erzählt, daß wir einige Sachen erledigen müssen. Die Steuern zum Beispiel.«

»Ach ja«, sagte ich. »Ich habe schon mal davon gehört. Aber ich glaube, wir sind ihnen bisher noch nicht übern Weg gelaufen.«

»Das hat man mir zu verstehen gegeben«, sagte Mr. Smith. »Bis vor kurzem war natürlich das Eigentumsrecht an dem Land noch umstritten. Wir waren der Meinung, daß wir Sie nicht besuchen und mit Ihnen über Steuerfragen sprechen durften, weil das so ausgesehen hätte, als ob wir damit Ihren Anspruch anerkennen wollten. Jetzt aber darf ich zu meiner Freude sagen, daß wir ihn voll und ganz anerkennen.«

»Das ist sehr nett von Ihnen«, sagte ich.

»Nun«, sagte Mr. Smith, »ist hier die Kleinigkeit der Gewerbesteuer für diese Imbißstube, die Ihre liebe Frau betreibt. Im Augenblick hat sie noch keine fünfzehn Stühle, daher beträgt die Gewerbesteuer nur sieben Dollar und fünfundsiebzig Cents. Wenn Sie mehr als fünfzehn und weniger als fünfzig Stühle hätten, betrüge die Steuer fünfzehn Dollar und fünfundzwanzig Cents.«

»Das ist uns ganz neu«, sagte ich. »Aber wir wollen tun, was recht ist, und zahlen Ihnen die sieben Dollar und fünfundsiebzig Cents.«

»Schön. Das hat Zeit bis morgen. Wir haben wochentags bis fünf Uhr geöffnet. Dann ist hier die Gewerbesteuer für den Bootsverleih. Ich sehe, daß Sie vier Ruderboote zum Verleih haben. Das macht vier Dollar und fünfundsiebzig Cents pro Boot plus drei Dollar für jede beschäftigte Person. Seien wir nachsichtig in dieser Angelegenheit und nehmen wir an, daß Sie die einzige beschäftigte Person sind. Das käme dann, glaube ich, auf einundzwanzig Dollar.«

»Na ja«, meinte ich, »das ist keine sehr große Summe, und wie die Sachen stehen, können wir das wettmachen, indem wir mehr Köder an unsre Angler verkaufen.«

»Es freut mich, daß Sie das Thema Köder angeschnitten haben», sagte Mr. Smith. »Der Verkauf von Köder untersteht dem Amt für Fischereiwesen, und Sie müssen sich von dort eine Konzession besorgen. Die kostet nicht viel. Das Fischereiamt hat einen Vertreter in Gulf City, und wenn Sie morgen zu meinem Büro kommen, gebe ich Ihnen gleich seinen Namen und seine Adresse.«

»Machen Sie sich damit keine allzu große Mühe?«

»Nein, nein. Es ist mir ein Vergnügen, behilflich zu sein. Dann ist da selbstverständlich noch die Vermögenssteuer. Ich habe mich umgesehen und eine Schätzung angestellt, wonach ich Ihre Steuer berechnen kann. Ich habe die Berechnung morgen für Sie fertig, so daß Sie sie mitnehmen können.«

Pop sagte: »Vergessen Sie nicht, ihm von der Grundstückssteuer zu erzählen.«

»Ach ja!« rief Mr. Smith. »Es ist schönes Land, das Sie sich hier erworben haben, und wir freuen uns darüber. Ich habe die Grundstückssteuerveranlagung auch morgen für Sie fertig. Sie gilt natürlich nur für die beiden letzten Monate dieses Jahres, beginnend mit dem Datum, an dem Sie Ihre Anwartschaft angemeldet haben. Nächstes Jahr dürfen Sie dann die vollen zwölf Monate bezahlen.«

Holly sagte: »Vergessen Sie nicht, die Verkaufssteuer zu erwähnen.«
»Streng genommen gehört das nicht in meine Zuständigkeit«, sagte Mr. Smith. »Die staatliche Steuer von drei Prozent für jeden verkauften Gegenstand, einschließlich der Lebensmittel, wird vom Kunden getragen und beim staatlichen Finanzamt eingezahlt. Ich fürchte, daß Sie diese Steuer für den vergangenen Monat aus Ihrer eigenen Tasche erlegen müssen, weil Sie sie, wie ich höre, nicht erhoben haben.«
»Ist... ist das alles?« fragte ich.
Mr. Smith runzelte die Stirn und senkte die Stimme: »Nein«, sagte er, »dann kommt noch die Einkommensteuer. Verlangen Sie nicht, daß ich darüber glücklich bin, und verlangen Sie auch keinen Rat von mir. Die Steuer wird vom Bund erhoben, und dort sitzen sehr unzugängliche Leute, die einem nicht die geringste Gefälligkeit erweisen, wie wir es tun. Da sind Sie auf sich selbst angewiesen, wie wir alle. Nun ja, auf jedes Leben fällt ein wenig Regen, stimmt's? Freue mich, Ihre Bekanntschaft gemacht zu haben. Ich erwarte Sie morgen.« Er lächelte, winkte uns zu, ging zu seinem Wagen und fuhr davon.
Pop, Holly und ich sahen einander an, und schließlich goß sich Pop etwas von dem Trinkwasser ein, das ich gebracht hatte, und schluckte es runter. »Da wird einem die Kehle trocken«, sagte er.
»Holly«, fragte ich, »was wird uns das alles zusammen kosten?«
»Ich... ich weiß nicht, Toby. Wir haben noch nicht alle Steuerbescheide. Und ich muß die Einkommensteuer noch studieren.«
»Wir hatten einen Reingewinn von hundert Dollar die Woche«, sagte ich. »Das ist besser als zu der Zeit, wo wir

noch von der Regierung lebten. Wieviel haben wir jetzt, wo die Regierung anfängt, von uns zu leben?«
Holly stieß einen Seufzer aus. »Weniger vermutlich.«
»Was sollen wir da tun«, fragte ich, »fangen wir wieder an, von der Regierung zu leben?«
Pop richtete sich kerzengerade auf und sagte: »Das tun wir nicht! Sie haben alles versucht, was ihnen nur einfallen wollte, sie haben versucht, uns von unserem Land zu vertreiben, und versucht, uns runterzuschmeicheln; sie haben versucht, uns die Zwillinge wegzunehmen, und uns den Orkan geschickt, den sie unzweifelhaft mit einer ihrer Atombomben aufgescheucht haben. Jetzt versuchen sie's mit Steuern. Aber wir bleiben hier auf diesem Fleck, zahlen ihnen Steuern und fechten's aus! Holly macht mit. Machst du auch mit, Toby?«
Ich holte tief Atem und sagte: »Ja, Pop. Ich mache mit. Aber ich schätze, die Kwimpers sind letzten Endes doch verrückt!«

Früchtchen des Zorns und andere Satiren

KiWi 302

Früchtchen des Zorns versammelt eine bunte Mischung von Satiren deutscher und ausländischer Autoren – ganz unterschiedliche Themen und ganz unterschiedliche Stimmen, die zugleich ein Panorama der Literatur des 20. Jahrhunderts ergeben.

KiWi Paperbackreihe bei Kiepenheuer & Witsch

Paola Pelo
Alles Paletti

Tagebuch einer glücklichen Hausfrau

Titel der Originalausgabe: *Diario di una stupida*
Aus dem Italienischen von Anneliese Braun
KiWi 238

Die Frau, die hier eine Woche ihres Lebens erzählt, ist eine Hausfrau aus Überzeugung, ein Fossil aus der Vergangenheit, ein seltenes Tier, das von allen berufstätigen Freundinnen mit Argwohn betrachtet wird, zumal sie nicht dümmer, sondern eher intelligenter als ihre Umgebung ist. Ihre Welt ist die Erziehung der Kinder und die Organisation des Haushalts, das tägliche Kochen, die Familienfinanzen, das Einkaufen. Sie ist nicht »frustriert«, und sie singt – komisch genug – das hohe Lied ihres gar nicht so sinnlosen Lebens.

Maruja Torres
Er ist's!
Eine phantastische Reise zu Julio Iglesias
Roman

Titel der Originalausgabe: *¡OH, ES EL!*
Aus dem Spanischen von Barbara Böhme
KiWi 207

Jahrelang denkt sich Encarna Alférez gefühlvoll-erotische Serien und intime Lebenshilfe-Tips für die Zeitschrift *Acaso* aus. Ihr eigenes Liebesleben hingegen ist nicht der Rede wert. Es besteht eigentlich nur aus der Schwärmerei für zwei Männer: den Schlagerstar Julio Iglesias, über den Encarna besser Bescheid weiß als über sich selbst und ihren Chef Viceversa. Dieser bietet Encarna eines Tages die Chance ihres Lebens: Sie soll Julio Iglesias auf seiner USA-Tournee begleiten. Maruja Torres hat in ihrer fröhlichen Satire auf Heile-Welt-Romane und den Starkult in einschlägigen Klatschmagazinen kein Klischee ausgelassen. Aus Ingredienzien wie Sex und Crime, Schicki-Micki-Ambiente und Unterweltflair hat sie einen spritzigen Cocktail voller Tempo, Witz und Überraschungen gemixt.

THOMAS BERGER
LITTLE BIG MAN

Der letzte Held. Ein Superwestern

Titel der Originalausgabe: *Little Big Man*
Aus dem Amerikanischen von Johannes Piron

KiWi 75

Dies sind die Memoiren von Jack Crabb, alias Little Big Man. Cowboy, Büffeljäger, Scout, Goldgräber und Indianer vom Stamme der Cheyenne. Im biblischen Alter von 111 Jahren erzählt er einem amerikanischen Schriftsteller seine abenteuerliche Geschichte auf Band, die Geschichte eines Mannes, der sein Leben meist unfreiwillig mal bei den Weißen, mal bei den Indianern verbringt, sich nirgendwo mehr richtig zu Hause fühlt und sich recht und schlecht durchschlägt. Als einzig Überlebender, so behauptet er wenigstens, der letzten großen Auseinandersetzung zwischen Indianern und Weißen am Little Big Horn River, »Custers letztem Stand«, wo der berühmte General von den Indianern besiegt wurde und fiel, kehrt er schließlich in die »Zivilisation« zurück.

Thomas Berger schrieb einen literarischen Western, wie es ihn in dieser glänzenden, sehr witzigen Mischung aus Historie und Fiktion kaum gibt.

KiWi Paperbackreihe bei Kiepenheuer & Witsch

Marcel Aymé
Die grüne Stute
Roman

Titel der Originalausgabe: *La jument verte*
Aus dem Französischen von Walter Widmer
KiWi 147

Zwischen den alteingesessenen französischen Bauernfamilien Haudoin und Maloret herrscht eine uralte Rivalität, die zur offenen Fehde wird, als die Großmutter im 1870er Krieg gegen die Deutschen durch die Schuld eines Maloret von einem Bayern vergewaltigt wird. Zwar ist Ferdinand Haudoin um seines Vorteils Willen zur Versöhnung, d. h. zur Opferung einer geheiligten Familientradition bereit, aber sein Bruder Honoré nimmt den Kampf auf, der auf beiden Seiten mit List und grimmigem Humor zäh und umsichtig geführt und schließlich coram publico im Bett entschieden wird.
Die grüne Stute ist Marcel Aymés erfolgreichster Roman in Deutschland. Er erlebte bisher eine Auflage von mehr als 200.000 Exemplaren.

KiWi Paperbackreihe bei Kiepenheuer & Witsch

ANNEMARIE SELINKO
DÉSIRÉE
Roman

KiWi 167

»Das Tagebuch einer charmanten, witzigen, klugen und warmherzigen jungen Frau, die plötzlich, ohne ihr Zutun, mitten im Weltgeschehen steht. Ein bezauberndes und liebenswertes und lehrreiches Buch.«
Süddeutscher Rundfunk, Stuttgart

»Die Biographie romancée ist ein Buch, das man atemlos liest, das man entzückt und um viel Wissen reicher aus der Hand legt. Eine entzückende Liebesgeschichte mit großartiger historischer Szenerie.« *St. Galler Tageblatt*

»Was die Autorin als Finesse handhabt, stellt sich dem Leser als köstliche, einmal ganz historische Vision dar, als Privatblick durch einen Vorhangsspalt ins offizielle Rampenlicht.« *Die Zeit*

J. M. G. Le Clézio
Wüste
Roman

Titel der Originalausgabe: *Désert*
Aus dem Französischen von Uli Wittmann
KiWi 263

In seinem poetischen Roman erzählt Le Clézio die Geschichte der jungen Marokkanerin Lalla, die am Rande der Wüste in enger Verbindung mit der Natur und den Legenden ihres Volkes aufgewachsen ist. Sie flieht nach Marseille, als sie mit einem ungeliebten Mann verheiratet werden soll, erkennt aber im Elend der Großstadt, daß sie ein Kind der Wüste ist.

Der Goldsucher
Roman
Titel der Originalausgabe: *Le chercheur d'or*
Aus dem Französischen von Rolf und Hedda Soellner
KiWi 186

Ein großer Abenteuerroman. Die Geschichte des jungen Alexis, der von der Insel Mauritius über den indischen Ozean aufbricht, um den sagenhaften Goldschatz des Korsaren zu finden.

KiWi Paperbackreihe bei Kiepenheuer & Witsch

HEINRICH BÖLL
DR. MURKES GESAMMELTE SCHWEIGEN
Satiren

KiWi 150

Ohne Übertreibung kann man sagen, daß Heinrich Bölls Buch »Dr. Murkes gesammeltes Schweigen«, das die schönsten Satiren des Autors enthält, schon seit langen ein Klassiker der deutschsprachigen Literatur ist. Von dem Band, der 1958 zum ersten Mal erschien, wurden in der Zwischenzeit weit mehr als 300.000 Exemplare verkauft, immer wieder neue Generationen gerade von jungen Lesern fanden über dieses schmale Bändchen zum Werk von Heinrich Böll. Der Band enthält neben der Titelerzählung die Satiren »Nicht nur zur Weihnachtszeit«, »Es wird etwas geschehen«, »Hauptstädtisches Journal« und »Der Wegwerfer«.

KiWi Paperbackreihe bei Kiepenheuer & Witsch